DIE SELBSTLOSE ART VON LIEBE

LEXI RYAN

DIE SELBSTLOSE ART VON LIEBE

Die Jungs von Jackson Harbor
Buch zwei

von Lexi Ryan

 Erstellt mit Vellum

*Für Mandy, die ein Baby wollte und eine Familie
geschaffen hat.*

DANKSAGUNG

Zuallererst möchte ich meiner Familie danken. Brian, danke, dass du an mich und meine Geschichten glaubst und verstehst, wie viel Zeit diese Karriere benötigt. Ich liebe es, dich während dieser Reise an meiner Seite zu haben. An meine Kinder Jack und Mary: Ihr seid das Beste, was ich je getan habe. Ich verstehe total, wieso Ava so dringend Kinder haben will, weil ihr absolut umwerfend seid. An meine Eltern, Brüder, Schwestern, Schwiegerfamilie, Tanten, Onkel und alle Cousins, Cousinen und ihre Partner: Danke, dass ihr mich anfeuert – alle auf eure verschiedene Weise.

Ich habe Glück, ein Leben voller wundervoller Freunde zu haben. Ein Dankeschön an meine Sportfreunde und das ganze CrossFit Terre Haute-Team, vor allem Robin, die immer nach mir sieht, wenn ich zu lange untertauche, um zu schreiben, und mich gerne daran erinnert, dass es ebenso wichtig ist, mich um mich selbst zu kümmern. Und an meine Trainer, Matt und Chaz. Ein riesiges Danke an Mira Lyn Kelly, die mich versteht wie sonst niemand. Ich habe viele wunderbare Dinge aus dieser Karriere erhalten, aber ihre Freundschaft ist ganz oben auf der Liste.

An jeden, der mir Feedback gegeben hat – vor allem Heather Carver, Samantha Leighton, Tina Allen, Lisa Kuhne, Dina Bittner und Janice Owen. Ihr seid klasse! Rhonda Edits und Lauren Clarke, danke für eure Einblicke und Meinungen. Ihr helft mir, eine bessere Autorin zu sein und meine Geschichten so gut wie möglich zu gestalten. Danke an Arran McNicol von Editing720 für dein Korrektorat. Es braucht wirklich ein ganzes Dorf.

Danke an das Team, das mir geholfen hat, dieses Buch schön zu machen und zu vermarkten. Sarah Eirew hat dieses wunderschöne Foto geschossen und das Design entworfen. Danke an meine Assistentin, Lisa Kuhne, dass du versucht hast, mich auf dem rechten Weg zu halten und extra Stunden eingelegt hast, weil ich geschrieben habe. Danke an Nina und Social Butterfly PR, dass ihr die Erscheinung organisiert habt. Es war wundervoll, mit euch und euren tollen Assistenten zu arbeiten!

An alle Blogger, Bookstagrammer, Leser und Rezensenten, die meine Bücher geteilt haben: Ich fühle mich geehrt, dass ihr euch die Zeit genommen habt, um meine Geschichten zu lesen. Mein Danke ist nicht genug, aber es ist aufrichtig. Ihr seid die Besten.

An meinen Agenten, Dan Mandel, dafür, dass du an mich glaubst und an meiner Seite bist. Danke an dich und Stefanie Diaz, dass ihr meine Bücher in die Hände der weltweiten LeserInnen bringt. Danke, dass ihr zu meinem Team gehört.

Und ein großes Dankeschön an meine Fans. Mein größter Traum war es, aus meinem Schreiben eine Karriere zu machen, und ich kann immer noch nicht glauben, dass ich meinen Traum leben darf. Ich könnte es ohne euch nicht tun. Ihr seid die coolsten, schlausten und besten LeserInnen auf der Welt. Ich wertschätze jeden einzelnen von euch!

XOXO,
    Lexi

ÜBER DIE SELBSTLOSE ART VON LIEBE

Von *New York Times*-Bestsellerautorin Lexi Ryan kommt ein neuer, sexy eigenständiger Roman über eine Frau, die alles tun würde, um ein Baby zu haben, und einen Mann, der alles tun würde, um sie zu haben …

Zu meinem dreißigsten Geburtstag schenke ich mir die eine Sache, die ich am meisten will. Ein Baby. Klar, es wäre einfacher, wenn ich einen Mann hätte – oder wenigstens einen Freund –, aber ich weigere mich, wegen solch kleinen Details darauf zu verzichten.

Als ich meinen Freundinnen betrunken von meinem Plan erzähle, überreden sie mich, Jake Jackson um Hilfe zu bitten. Jake, der beste Freund, der durch Dick und Dünn für mich da gewesen ist. Jake, der übrigens schlau, witzig, unglaublich gutaussehend und der Gewinner der genetischen Lotterie ist.

Und als Jake mir seine Hilfe gewährt, mit der einzigen Bedingung, dass wir es auf die gute, altbewährte Art tun, wäre ich ein Trottel, es abzulehnen.

Das einzige Problem? Ich weiß nicht, ob ich Sex von meinen Gefühlen für diesen wundervollen Mann trennen kann. Wenn ich mein Herz nicht verschlossen halte, riskiere ich die Beziehung, die ich am meisten brauche.

Jake hat seine eigenen Gründe, mir meinen Kinderwunsch erfüllen zu wollen. Aber als ich seine Geheimnisse aufdecke, könnte es unser Ende bedeuten. Ich muss eine Wahl treffen.

Ich kann weglaufen, oder um die Liebe kämpfen.

Verlieben Sie sich in die Jungs von Jackson Harbor in Lexi Ryans sexy, neuen, kontemporären, romantischen Reihe. Diese Bücher können alleinstehend gelesen werden, sollten aber als Reihe genossen werden!

KAPITEL EINS

AVA

„Das ist eine Bratenspritze." Ich sehe Teagan – meine Freundin, die mein neustes Geheimnis kennt und mir das weltkomischste Geburtstagsgeschenk gegeben hat – finster an. Sie lacht so heftig, dass sie seitlich von der Bank fällt. Das habe ich nun davon, ihr von meinem großen Plan erzählt zu haben. „Du bist so ein Arsch."

Teagan, Nicole, Veronica und ich sitzen gemeinsam an einem Tisch im Jackson Brews, um meinen Geburtstag zu feiern, und ich bin so verdammt glücklich, dass ich nicht aufhören kann, zu strahlen. Erstens, weil ich diese Frauen mit ihrer großen, warmen, kitschigen Liebe, die dich von innen bis zu den Fingerspitzen ausfüllt, liebe. Zweitens, weil ich dreißig geworden bin, und obwohl es mich gestern verrückt gemacht hat, bin ich heute aufgeregt. Weil ich heute einen Plan habe.

Und während die Bratenspritze den Anschein haben könnte, dass Teagan sich lustig macht, weiß ich, dass es ihre Art ist, mir Ihre Unterstützung zu zeigen.

„Ich sollte wohl eine Ankündigung machen." Ich stütze eine Hand auf den Tisch, um mich aufrecht zu halten. Tequila …

„Schieß los", sagt Nic und streicht ihr hellbraunes Haar hinters Ohr. Sogar sie hat heute einen Drink genossen – sehr selten für das „gute Mädchen" der Gruppe –, und ihre Wangen sind leicht gerötet.

„Da heute mein Geburtstag ist, habe ich beschlossen, mir selbst ein Geschenk zu bereiten."

„Du verdienst es", sagt Teagan und hebt ihr Glas. *Wie kann ich so viel Glück haben, solch wundervolle Freunde zu haben?*

„Was für ein Geschenk?", fragt Veronica.

„Ein Baby", posaune ich heraus, meine Stimme schrill vor Aufregung. Veronica und Nic starren mich an, als hätte ich lateinisch gesprochen. „Ich habe entschieden, eins zu bekommen."

„Äh, wie unbefleckte Empfängnis oder …", sagt Veronica.

Ich drücke das Ende der Bratenspritze und schenke Veronica einen finsteren Blick. „Okay, Arschkopf. Mir ist bewusst, dass mir ein Teil fehlt, aber ich bin dreißig, und es scheint, als würde sich das nicht sehr bald ändern. Aber ich konnte während meiner Ehe nicht schwanger werden–"

„Glück im Unglück", sagt Teagan.

„–also will ich es jetzt versuchen", beende ich.

„Versuchen ... schwanger zu werden?", fragt Nic.

„Jap, denn wer braucht schon einen Kerl, um das zu tun?", fragt Veronica sarkastisch.

Ich schüttele den Kopf. Sind meine Freunde absichtlich so begriffsstutzig? „Hört mir zu. Ich schwöre, dass ich nicht verrückt bin." Ich mustere unsere kleine Gruppe und fühle mich wie das hässliche Entlein inmitten von Schwänen. Neben der schönen Nic sitzt ihre eineiige Zwillingsschwester Veronica. Sie ist die hochschwangere, weniger fröhliche Version von Nic. Gegenüber von Veronica sitzt Teagan mit ihrem dunklen Haar, Olivenhaut und einem natürlichen paar Brüsten, für die ich meinen linken Arm geben würde.

Meine Freundin Ellie konnte es heute nicht schaffen, weil sie und mein Bruder Colton schon wieder streiten, aber sie ist genauso hübsch wie die anderen.

Es ist nicht, als würde ich mich unattraktiv finden, aber ohne eine ausreichende Menge an Make-Up und etwas Zeit mit einem Lockenstab bin ich eher unscheinbar als hübsch. Wenn man dann noch Gepäck zu meinem nicht gerade überwältigenden Aussehen hinzufügt, hat man das Rezept für ein ewiges Dasein als alte Jungfer.

„Ich war bereits verheiratet, und es hat nicht funktioniert", erkläre ich. „So toll es wäre, einen Kerl zu finden, mit dem ich mein Leben verbringen könnte, es ist nicht notwendig. Aber Schwangerschaft und ein Kind? Das ist etwas, das ich erleben will." Adrenalin schießt durch meine Venen und erneuert meine Aufregung. Oder ist das vielleicht der Alkohol? Es ist schwer zu sagen, aber das ist mir egal. Um ehrlich zu sein war meine einzige Frage, seit ich *Operation Schwangerschaft* gestern ins Leben gerufen habe, wieso ich nicht eher daran gedacht habe.

Ich schlage auf den Tisch, als wäre meine Hand ein Gerichtshammer und ich eine Richterin. „Ich will eine Familie, und ich werde nicht jünger, also werde ich sie selbst kreieren."

„Gut für dich", sagt Veronica und hebt ihr Wasserglas in die Höhe. Sie strahlt mich an, ihre Augen leuchten, ihr Lächeln breit. Vielleicht ist sie stolz, oder vielleicht ist sie einfach nur froh, dass sie nicht die einzige ledige Mutter in der Gruppe sein wird.

„Ich denke, dass es wundervoll ist", sagt Nic. „Sehr, sehr mutig, aber verdammt toll."

„Also ..." Teagan mustert die Bar. „Wählen wir einfach einen Kerl in der Bar aus oder was?"

Ich verdrehe die Augen. Teagan weiß, dass mein Plan künstliche Befruchtung beinhaltet – daher die Bratenspritze –, aber ich schätze, ich hätte etwas spezifischer sein sollen darüber, *wo* ich mir das Sperma holen werde. „Ich habe bereits mit ein paar Samenbänken gesprochen. Ich schaue momentan die Kandidaten durch, aber hier ist das Dilemma: Was, wenn diese Männer verrückt sind? Es gibt kein Kästchen dafür im Fragebogen. Woher weiß man, dass man sich nicht das Sperma eines verrückten Kerls reinschiebt? Ich will mein Kind lieben, nicht mich fragen, ob sein Vater einen verrückten Latex-Fetisch hat."

Teagan nickt. „Scheint plausibel. Gene, nicht wahr?"

„Ich bin verwirrt", wirft Veronica ein. „Du benutzt eine Samenbank, oder?"

Ich seufze. Okay, ich bin wirklich aufgeregt und entschlossen. Und ich werde meine Meinung nicht ändern. Aber ich bin nicht ganz vernarrt in die Idee, Sperma zu kaufen. „Ich habe mich noch nicht entschieden. Natürlich ist es am einfachsten, so ein Kind zu bekommen, aber ..." Ich grunze frustriert. „Aber nachdem ich an diesen verrückten Kerl gedacht habe, erscheint mir keines der Profile als gut genug. Ich bin nervös."

Teagan zuckt mit den Schultern. „Wieso fragst du nicht einfach einen Freund nach seinem Sperma? Die Bratenspritze funktioniert genauso gut, wenn das Sperma umsonst ist, weißt du?"

Kostenloses Sperma von einem Freund? „Macht man sowas?"

„Klar", erklärt Teagan. „Meine Cousine hat das gemacht. Sie war so wie du – wollte ein Kind und wollte nicht warten –, also hat sie ihren besten Freund nach seinem Sperma gefragt. Er hat einen Becher gefüllt und neun Monate später: Voila! Das Baby ist da, ohne dass sie sich um einen Latex-Fetisch sorgen muss."

„Das wäre ideal." Um ehrlich zu sein war der Anruf bei der Samenbank bereits unangenehm für mich, und mit meiner Vorgeschichte, glaube ich nicht, dass es ein einmaliges Ding sein würde. „Aber wie entscheidet man sich, wen man fragen soll?"

„Naja", sagt Veronica, „nicht, dass ich jemanden

wählen könnte, da ich bereits meine schlechte Entscheidung getroffen habe." Sie verzieht das Gesicht, und ich fühle mit ihr. Sie hat richtig Mist gebaut, als sie mit dem Ex-Verlobten ihrer Schwester geschlafen hat, aber sie hat die letzten vier Monate damit verbracht, alles zu tun, um sich mit ihrer Schwester auszusöhnen, während sie sich darauf vorbereitet hat, das Kind allein zu erziehen. Sie sieht mich schelmisch an, als sie sagt: „Aber wenn ich du wäre, würde ich mir ein paar Jackson Gene besorgen."

„Sie sind alle gutaussehende Männer", stimmt Nic zu, „und sie sind intelligent."

Man kann nicht bestreiten, dass die Jacksons alle erhabene Gene besitzen. Aber *seltsam.* „Ich bin mein ganzes Leben lang mit den Jacksons befreundet." Sie waren wortwörtlich die Jungs von nebenan, als ich aufgewachsen bin. „Levi ist der heißeste", sage ich über den jüngsten der Brüder, „und er ist gelassen und so, aber ich bin mir ziemlich sicher, dass das Gespräch ganz schön unangenehm wäre." Ich senke meine Stimme und sehe mich um, um sicherzugehen, dass niemand lauscht, bevor ich fortfahre: „Und ich glaube, dass er heimlich etwas für meine beste Freundin Ellie empfindet."

„Und er würde dich ficken wollen", sagt Veronica. „Keine *Bratenspritze.*"

Levi ist nicht die Art von Kerl, die sich die Chance entgehen lassen würde, eine Frau ins Bett zu kriegen, aber ich glaube, die Mädels unterschätzen, dass ich für sie wie eine Schwester bin.

„Jake ist dein bester Freund, oder?", fragt Teagan. „Was ist mit ihm? Ich wette, er würde es für dich tun."

Ich verziehe das Gesicht. *Jake?* „Es wäre ganz schön seltsam, oder nicht?" Ich suche ihn instinktiv in der Menge und finde ihn hinter der Bar. Er hat dunkles Haar, und Frauen sagen, dass seine Augen traumhaft sind. Sie sabbern fast über seine breiten Schultern und die Tattoos, die unter den Ärmeln des engen Hemdes hervorblitzen. Jake würde alles für mich tun. Nicht zu vergessen, dass er einfach ein toller Kerl ist. Wäre es nicht eine Erleichterung, zu wissen, dass mein Kind derart gute genetische Anlagen hat?

Teagan schiebt mir mein Glas in die Hand. „Trink das aus und frag ihn nach einem Glas Sperma."

Schmetterlinge fliegen in meinem Magen umher. Kann es so einfach sein?

Ich will nicht darüber nachdenken. Wenn ich das tue, erstarre ich. Ich will es einfach tun. „Heute ist mein Geburtstag, und es kann ja nicht schaden, zu fragen, nicht wahr?" Ich schlucke schwer. „Okay, los geht's."

JAKE

Ava McKinley begegnet meinem Blick von ihrem Tisch aus im Jackson Brews, und ihre Augen sind so intensiv, dass mein Magen sich verkrampft. Für einen Moment kann ich mir diese dunklen Iriden vorstellen, wie sie mich aus einem anderen Grund ansehen. Vielleicht genau hier, nachdem alle anderen gegangen sind, wenn sie auf der polierten Bar aus Walnussholz sitzt und mich hungrig ansieht. Ich würde zwischen ihre Beine treten und das Wickelkleid aufmachen, das mich schon die ganze Nacht lang verspottet. Ich würde meinen Kopf zu ihren perfekten Brüsten senken und ihre Nippel mit meiner Zunge necken, bis sie nach mehr fleht.

Träum weiter, Jackson.

Ich kann mir diese Fantasie nicht verübeln. Welcher Kerl würde sich das und mehr nicht vorstellen wollen? Ava ist locker die atemberaubendste Frau in dieser Bar. Wenn man dann noch dazuzählt, dass sie einen tollen Sinn für Humor hat und mein Essen fast genauso sehr liebt wie mein Bier, dann ist es kein Wunder, dass ich nicht von ihr wegsehen kann.

Aber sie ist deine beste Freundin und hundert Prozent tabu für dich.

Sie steht auf, ihr Glas in der Hand, verlässt ihre Gruppe und marschiert auf mich zu. Ihr leichtes Taumeln erinnert mich, dass sie getrunken hat. Aber ich erkenne eine Frau auf einer Mission. Vorfreude gleitet über meine Wirbelsäule, bevor ich das Gefühl abschütteln oder mich an die Kluft zwischen Fantasie und Realität erinnern kann.

Cindy stupst mich an. Wir arbeiten beide heute hinter der Bar – ich, weil es Freitag ist, und ich die Bar am vollsten Tag der Woche gerne im Auge behalte, und Cindy hilft aus, da ich darauf bestanden habe, dass Ava an ihrem Geburtstag nicht arbeitet. „Hast du etwas angestellt oder so?", fragt sie.

„Ich ... glaube nicht?" Ava hat den ganzen Abend mit ihren Freundinnen gefeiert, und ich bin froh darüber. Sie arbeitet zu viel. Eine Gruppe von Freundinnen zu haben, die sie nicht zu Hause sitzen und Arbeiten benoten lässt, ist das Beste, was ihr hätte passieren können.

An ihrem dreißigsten Geburtstag lässt sie wirklich locker. Der Tisch, an dem sie mit Nicole, Veronica und Teagan gesessen hat, ist voll mit mittlerweile leeren Gläsern, die mit Long Island Iced Tea und Bier gefüllt waren.

„Viel Glück", sagt Cindy und macht sich vom Acker, als Ava hinter die Bar kommt und sich neben mich stellt. Sie hält genau vor mir an und stellt ihr leeres Glas auf den Tresen. Ihre Nähe lässt Verlangen durch meinen Magen pochen, scharf und unmöglich, zu ignorieren. Sie war schon immer schön mit ihrem dunklen Haar, wohlgeformten Kurven und tiefbraunen Augen, die einen Mann zurechtweisen können, ohne, dass sie auch nur ein Wort sagen muss. Aber in letzter Zeit überkommt mich das Gefühl, etwas zu wollen, das ich nicht haben kann, schwer. Ich gebe meinem Bruder Ethan und seinem neugefundenen Glück mit seiner Freundin Nic die Schuld.

„Hey, Geburtstagskind." Vielleicht sollte es nicht so einfach sein, zu verbergen, dass ich einen Halbsteifen habe, oder noch vor zehn Sekunden darüber fantasiert habe, sie über den Tresen zu beugen.

Naja, ich habe *Jahre* der Übung hinter mir.

Sie taumelt etwas in ihren roten Mary Janes und umfasst mein Handgelenk. Normalerweise ist jede ihrer Berührungen etwas, das ich archiviere, um später darüber zu fantasieren, aber diese ist mehr ein betrunkener

Versuch, aufrecht zu stehen, als liebevoll zu sein – nicht, dass sie mich außerhalb meiner Fantasie jemals sexuell berührt hat.

„Ich werde ein Kind haben", sagt sie und scheitert bei dem Versuch, zu flüstern.

Auf Wiedersehen, Erektion. „Du ... was?" Ich starre sie an und versuche, ihren Worten Sinn zu verleihen. Ich schaue zu den Leuten an der Bar, um zu sehen, ob jemand sie gehört hat, aber sie sind alle viel zu beschäftigt damit, zu trinken. Ich sehe zu ihren Freundinnen, als würden sie erklären können, was hier gerade passiert. Sie kann nicht schwanger sein. Ich wusste nicht einmal, dass sie mit jemandem zusammen ist.

„Es ist okay", sagt sie. „Ich kann es tun. Ich brauche keinen Mann. Ich kann es allein schaffen. Also ..." Der Ausdruck auf ihrem Gesicht lässt mich stutzen, ob ihr letzter Drink zu viel war und sich gleich auf den Weg nach draußen machen wird. Sie ist nicht die Einzige, der es etwas mulmig ergeht. Ihre Neuigkeiten lassen einen Elefanten auf meinem Herzen tanzen. „Also, kannst du mir helfen?"

Ich habe wirklich keine Ahnung, was ich sagen soll, weil ich nicht weiß, was sie fragt. Kann ich ihr helfen, ein Kind großzuziehen? Oder werde ich ihre Stunden in der Bar anpassen? Ich runzele die Stirn, als ich realisiere, dass sie immer noch etwas in der Hand hält. „Ist das eine Bratenspritze?"

„Das war ein Geburtstagsgeschenk. Hast du nicht zugehört? Ich werde ein Baby haben, und ich brauche deine Hilfe."

Ich weiß immer noch nicht, wie ich ihr helfen kann, aber wen interessiert's? Es ist egal. Wenn Ava meinen rechten Arm brauchen sollte, würde ich nach der nächsten Axt suchen. „Was auch immer du willst, Ava."

Sie *strahlt* mich an. Verdammt. „Oh! Wirklich? Ich dachte, es wäre zu viel verlangt."

Es gibt nichts, wonach sie fragen könnte, das zu viel wäre. Aber dieses Gefühl, das ich bekomme, wenn ich daran denke, dass sie ein Kind mit einem anderen Mann haben wird? Damit werde ich mich später auseinandersetzen. „Du bist betrunken, oder?"

„So betrunken", stimmt sie zu.

„Alles klar." Etwas anderes, womit ich mich später beschäftigen werden muss. Morgen werden wir über Alkohol und Schwangerschaft reden – das seltsamste Thema, da sie die verantwortungsvollste Person ist, die ich kenne, aber anscheinend notwendig. Vielleicht hat sie es gerade erst herausgefunden. Vielleicht ist flüssiger Mut dafür verantwortlich, dass sie den Test auf der Frauentoilette gemacht hat.

Sie lacht. „Ich kann nicht glauben, dass es tatsächlich passiert."

Da sind wir schon zwei. „Komm schon. Ich bringe dich ins Bett."

Sie greift ihre Bratenspritze mit beiden Händen und folgt mir gehorsam die Hintertreppe hinauf zu der Wohnung über der Bar. Ich werde morgen nach ihrem Geschenk fragen müssen.

Als ich die Tür hinter uns schließe, sehe ich mein Zuhause in einem neuen Licht. Ich bin hier während der

Uni eingezogen, als ich das Jackson Brews gemanagt und gleichzeitig Vollzeit studiert habe. Es hat damals Sinn gemacht, und ich habe einfach nie nach etwas Neuem gesucht. Es war egal. Aber wenn Ava ein Baby haben wird, wird sie dann hier oben mit ihr oder ihm rumhängen wollen? Obwohl es eine gute Wohnung im Loft-Stil mit einem Schlafzimmer und einem Bad ist, ist es nicht gerade kindergerecht gesichert. Ich stelle mir ein Kind vor, das durch das Stahlgeländer und über die offene Treppe fällt, und verziehe das Gesicht. Ich werde wirklich etwas Besseres finden müssen.

Ein Baby. Ava wird ein Baby haben.

Es ist, als würde ich erneut den Tag durchleben, an dem sie mir von ihrer Verlobung mit Harrison erzählt hat. Außer, dass ich ihr diesmal helfen werde, statt mich zum Deppen zu machen. Ich werde mich um alles kümmern wie ein *Kumpel*. Nicht wie ein verliebter Trottel.

Ich gehe in meine kleine Küche und fülle ihr ein Glas Wasser auf, und als ich mich umdrehe, ist sie genau hinter mir. Sie mustert mein Gesicht mit ihren großen, braunen Augen. „Ich schätze mich so glücklich, dich in meinem Leben zu haben, Jake."

Sie ist so nah. So nah, dass ich meinen Kopf senken und sie küssen könnte. Das langverneinte Verlangen verengt meine Brust. „Ich weiß." Ich gebe ihr das Glas Wasser. „Trink das hier."

Sie gehorcht, trinkt die Hälfte und gibt es mir zurück. „Denkst du, ich werde eine gute Mutter abgeben?"

„Die beste." Ich schlucke schwer und mache einen Schritt nach hinten, um etwas Platz zwischen uns zu schaffen. Ich erwarte, dass der Schmerz in meiner Brust mit der Distanz vergeht, aber das tut er nicht. *Sie ist schwanger.* „Komm, es ist Zeit zum Schlafen."

Sie dreht sich zum Sofa, auf das sie immer besteht, wenn sie hier übernachtet, aber ich lege eine Hand auf ihre Schultern und drehe sie zu meinem Schlafzimmer.

„Ich brauche die Couch heute Nacht", lüge ich. „Du wirst in meinem Zimmer schlafen müssen."

„Oh, tut mir leid. Klar. Ich will nicht im Weg sein." Sie betritt mein Schlafzimmer und streift ihre Mary Janes ab. Ich ziehe die Decke zurück, ehe sie ins Bett klettert, die Augen bereits halbgeschlossen. Wird ein Baby das Ende ihrer Mädelsabende bedeuten, nach denen sie lachend und mit rosa Wangen bei mir übernachtet?

„Warte", sagt sie, als ich sie zudecke. „Haben wir über mein Baby gesprochen?"

Ich bin mir nicht sicher, ob sie jemals über ein Kind sprechen können wird, ohne dass mein Magen sich schmerzhaft verkrampft. Ich war cool und geduldig, habe auf den Tag gewartet, an dem sie mich als jemand Anderes sieht als den albernen Jungen oder den Sportler, der während seiner Schulzeit mit jedem Mädchen geschlafen hat, das ihn wollte. Ich war geduldig. *Zu* geduldig. Und jetzt ist sie schwanger. Mit dem Kind eines anderen Mannes. Ich strukturiere mein Leben bereits um, um ihr so viel zu helfen, wie ich kann, aber ich habe einen wichtigen Teil dieses Puzzles vergessen. Was passiert, wenn sie dem Vater von der Schwangerschaft erzählt? Wer auch immer er ist, er wäre ein Idiot, wenn er sie nicht zu der Seinen machen würde.

Ich schlucke schwer. „Wir haben darüber gesprochen. Wir können morgen darüber reden, okay? Und über Alkohol.“

„Kein Alkohol mehr. Ab morgen wird mein Körper heilig sein.“ Sie schließt die Augen und lächelt. „Du bist ein toller Freund, Jake. Der beste.“

„Ja“, flüstere ich. „Ich wäre bei allem der Beste, wenn du es zulassen würdest.“

KAPITEL ZWEI

AVA

Als mein Handy mich weckt, bemerke ich mehrere Sachen auf einmal.

Erstens: Wer auch immer am anderen Ende ist, ist ein totales Arschloch.

Zweitens: Ich bin total verkatert.

Drittens: Ich bin in Jakes Wohnung.

Es ist nicht das erste Mal, dass ich bei ihm übernachtet habe. Während ich mich nicht oft volllaufen lasse, sind die einzigen Male, wenn ich es tue, im Jackson Brews, weil man das eben macht, wenn ein Freund eine Bar hat. Ich trinke unten, und wenn ich bereit bin, schlafen zu gehen, und nicht nach Hause laufen will, leihe ich mir sein Sofa aus.

Aber diesmal bin ich nicht nur in Jakes Wohnung ... Ich bin in seinem *Bett*. Und das wäre auch total okay, weil

Jake die Art von Mann ist, der lieber die Couch nimmt und seinen Gästen das Bett gibt, allerdings habe ich immer darauf bestanden, im Wohnzimmer zu schlafen. Aber die letzte Nacht kommt mir langsam wieder ins Gedächtnis, und in seinem Bett aufzuwachen scheint … bedeutungsvoll.

Ich habe den Mädels von dem Baby und meiner Entscheidung erzählt, mein Leben in die Hände zu nehmen und eine Familie zu gründen. Ich habe von meinen Bedenken gesprochen, eine Samenbank zu nutzen, was meinen Wunsch, schwanger zu sein, aber nicht beeinflusst. Sie haben mir gesagt, ich soll Jakes Sperma benutzen.

Und er hat … Ja gesagt? Hat er nachgegeben?

Ich setze mich auf, und mein Kopf pocht wild. Neben mir vibriert mein Handy, um mich wissen zu lassen, dass ich eine Sprachnachricht habe, während ich eine Hand zu meiner Stirn hebe. Wieso scheinen all diese Drinks eine gute Idee zu sein, wenn man angetrunken ist? Viele Dinge klingen gut, wenn Alkohol involviert ist. Mehr Alkohol. Auf Tischen tanzen. *Freunde nach Sperma fragen.*

Ich erblicke die Bratenspritze neben mir und stöhne auf, während ich wieder unter die Decke rutsche. Er hat doch sicherlich nicht in einen Becher abgespritzt und mich es benutzen lassen, oder?

Das wäre einfach seltsam. Was mein betrunkenes Ich als eine tolle Idee angesehen hat, erkennt das nüchterne Ich als komplettes Desaster. Weder Jake noch ich wollen aus Jackson Harbor wegziehen. Und auch wenn er mir sein Sperma geben will, würde ein gemeinsames Kind alles verändern. Oder?

Wieso bin ich in seinem *Bett?*

Das Geräusch seiner Schritte lässt mich die Augen aufreißen und zur Tür sehen, wo Jake sich anlehnt.

„Guten Morgen, Geburtstagskind", sagt er.

„Nichts ist gut an diesem Morgen", murmele ich. „Ich fühle mich wie der Tod selbst."

Jakes trägt nur eine Jeans, die Tattoos auf seinen Armen und seiner Brust komplett sichtbar.

Intellektuell kann ich seinen Körper anerkennen. Das ist nicht die Art von Figur, die man bei meinem Nerd erwartet. Vor allem nicht bei einem, der so viel Bier trinkt wie er. Aber er hat keinen Hängebauch. Er und seine Brüder verbringen dafür viel zu viel Zeit im Fitnessstudio. Und sie haben verrückte Gene, die sie alle unglaublich gut aussehen lassen. Ja, intellektuell kann ich den Körper dieses Mannes genießen.

Aber Anziehung ist nicht nur intellektuell. Anziehung ist emotional. Und emotional gesehen, sehe ich Jake als meinen besten Freund. *Das ist alles.* Und das war schon lange so. Weswegen ich es *verstehe*, wenn eine Freundin ihn ansieht und fast schnurrt oder mir sagt, wie sehr sie ihn ins Bett kriegen will. Ich bin nicht blind, aber ich bin nicht eifersüchtig. Das ist auch gut so, weil er mich sonst auslachen würde.

„Wieso hast du mich so viel trinken lassen?"

Er verschränkt die Arme, sein Kiefer fest zusammengebissen. „Weil ich nicht wusste, dass du schwanger bist."

Zum zweiten Mal an diesem Morgen setze ich mich

kerzengerade auf, und zum zweiten Mal an diesem Morgen lässt diese Bewegung meinen Kopf pochen.

„Man sollte nicht trinken, wenn man schwanger ist", sagt Jake.

„Du denkst, dass ich das nicht weiß?"

„Ich verurteile dich nicht. Ich hätte nur gedacht–"

„Ich bin nicht schwanger." *Oder?* Habe ich die Braten-spritze benutzt? Gott, ich fühle mich elend.

„Du hast gestern gesagt, dass du ein Baby haben wirst."

„Jap."

Er sieht mich finster an. „Was ist es also?"

Ich schüttele den Kopf, was ich sofort bereue. „Kann ich Ibuprofen haben? Und eine Tasse Kaffee? Und Wasser? Und … ich weiß nicht, vielleicht eins dieser Hara-Kiri-Messer?"

Er verschwindet, und als er wiederkommt, liege ich wieder flach auf dem Bett, und er hat alles dabei außer dem Messer. *Toll.* Er legt alles auf den Nachttisch neben meinem Kopf. „Können wir jetzt weiterreden?"

„Ich bin so verkatert, und du ergibst keinen Sinn, also nein. Ich will nicht reden."

„*Ich* ergebe keinen Sinn?" Er stemmt die Hände in die Seiten. „Du hast mir gesagt, dass du schwanger bist."

„Nein. Ich habe gesagt, dass ich ein Kind haben werde. Das ist nicht dasselbe."

„Was dann?"

„Ich weiß es nicht. Etwas mit Zeitformen und Kondi-tionen und … ich will so früh am Morgen wirklich nicht über Grammatik reden."

„Es ist zehn Uhr, Ava."

Ich schnappe mir die Schmerztablette und das kalte Wasser, um sie runterzuspülen, ehe ich das Gesicht verziehe, sobald die Mischung meinen Magen erreicht. „Ich *will* ein Baby, Jake. Und letzte Nacht habe ich dir davon erzählt, weil ..." Das Einzige, was dieses Gespräch noch seltsamer machen könnte, wäre, wenn er einen Becher Sperma in der Hand halten würde, während wir das alles besprechen. Ich atme tief ein und spucke es aus: „Ich brauche ... Hilfe."

„Womit?"

„Wieso machst du es mir so schwer?" Ich werfe ihm ein Kissen an die Brust. „Geh einfach. Ich bin müde und mir geht es hundeelend. Gestern war ein Fehler."

„Ich versuche nicht, es dir schwer zu machen. Ich verstehe nur nicht ganz, was du meinst." Er atmet tief ein und lächelt mich geduldig an. „Du willst ein Kind, aber du bist *nicht* schwanger."

„Ich bin nicht schwanger", bestätige ich sanft. Diese Worte tun immer weh. Sie haben mich am Anfang meiner Ehe verletzt, als mein Mann mich in seine Arme gezogen und versprochen hat, dass es nächstes Mal klappen würde. In der Mitte, als das pinke Minuszeichen auf diesen dummen Tests eine Mauer zwischen uns errichtet hat. Und am Ende unserer Ehe, als sein Verrat mir das Herz gebrochen hat und mir alle gesagt haben, ich solle mich glücklich schätzen, dass wir keine Kinder hatten. Sie schmerzen immer auf dieselbe Art.

Nicht schwanger.

Jake atmet aus und seine Schultern sacken runter, als er sich wegdreht. „Scheiße. Das ist gut."

JAKE

„Es ist schrecklich", sagt Ava, aber die Worte kommen in einem uncharakteristischen Kreischen. „Wenn ich nicht sofort eine Familie gründe, ist dir schon klar, dass meine Chancen, nach dreißig schwanger zu werden jedes Jahr sinken, oder? Verstehst du, wie schwer es sein wird, überhaupt schwanger zu *werden*?"

Als ich mich wieder umdrehe, kriecht sie unter die Decke und zieht sie über ihren Kopf. „Können wir reden?", frage ich.

„Nein", sagt sie, ihre Stimme gedämpft.

Ich durchquere das Zimmer und ziehe die Decke von ihrem Kopf. Ich weiß, dass sie verkatert ist, aber ich kann dieses Gespräch nicht einfach so lassen. Ich habe kaum geschlafen, ihre Schwangerschaft und alles, was damit herrührt, hat mich total aufgewühlt, und jetzt ... ist sie *nicht* schwanger? Sie will, dass ich sie in Ruhe lasse und ihr *helfe*.

Was zum Teufel bedeutet das?

„Rede." Ich verschränke die Arme vor meiner Brust.

„Ich will eine Familie, und ich bin es leid, auf den Einen zu warten, also werde ich mich selbst darum kümmern."

„Und du willst meine Hilfe?" *Verdammt.* Ich versuche wirklich, mir keine Fantasien einzureden. *Fantasien ...*

„Ja. Ich meine, nein. Ich meine ..." Sie atmet tief ein. „Gestern Nacht hat es nach einer guten Idee geklungen."

Babysachen mit Ava zu tun, klingt für mich zu jeder einzelnen Minute jeder Stunde jedes verdammten Tages nach einer guten Idee, aber mir ist bewusst, dass es ihr nicht so oft durch den Kopf geht, es mit mir zu tun. Oder überhaupt jemals. „Meintest du, dass du dich von mir schwängern lassen willst, als du nach meiner Hilfe gefragt hast?"

Sie verzieht das Gesicht. „Bist du absichtlich so begriffsstutzig?"

„Nein. Versprochen." Aber wenn es jemals ein Gespräch gab, dass praktisch buchstabiert werden sollte, dann dieses. „Ich will einfach nur sicherstellen, dass ich dich richtig verstehe."

Sie presst eine Handfläche auf ihre Stirn. „Ich wollte, dass du in einen Becher abspritzt und ihn mir gibst. Nicht auf die seltsame Weise."

Genau. Weil *das* nicht seltsam wäre. „Tut mir leid." Ich halte einen Finger hoch. „Gib mir eine Sekunde." Ich gehe im Zimmer umher und sehe zur Decke und in die Ecken. Ich blicke hinter die Lampe und öffne den Schrank kurz, um reinzuschauen.

„Was machst du da, Jake?"

Ich drehe mich um. „Ich suche nach der Kamera, die du angebracht hast, bevor du mich verarschen wolltest. Gibt es diese Shows immer noch? Weil ich mir sicher bin, dass du mich richtig hochnimmst." Ich knie mich hin und sehe unters Bett.

„Du wirst nicht verarscht! Sei kein Arschloch!"

Ich stehe auf, verschränke die Arme und beiße die Zähne zusammen. „Du erzählst mir also, dass du mich letzte Nacht nach meinem Sperma fragen wolltest?" Mein Blick landet auf der Bratenspritze, die neben ihr im Bett liegt. Alles klar. Das macht Sinn.

Gott. Das ist also mein Leben. Das ist es, was passiert, wenn man jahrelang in seine beste Freundin verknallt ist, statt sich zu zwingen, über sie hinwegzukommen. Sie will dein Sperma. Nicht dich. Nur deine Schwimmer. Ich fühle mich, wie das Kind, das realisiert, dass es den ganzen Schultag mit einem „Tritt mich"-Schild verbracht hat. „Das kannst du nicht ernst meinen, Ava."

„Nein. Ich meine es *jetzt* nicht ernst. Ich war betrunken, und es hat sich nach einer guten Idee angehört. Jetzt bin ich nüchtern, und ich *will dein Sperma nicht.* Es war eine dumme Idee, und ich weiß das jetzt. Es tut mir leid."

Und dann – *verdammt nochmal* – fängt sie an, zu weinen. Sie wischt die Tränen mit ihrem Daumen weg, aber ihre Brust erzittert, und es fühlt sich an wie ein Messer in der Brust.

„Wieso kann ich nicht wie alle anderen sein?", fragt sie, ihre Stimme zittrig. „Wieso kann ich nicht einen netten Kerl finden, der mich schwängern will? Was ist falsch mit mir, dass meine einzige Beziehung, die länger war als fünf Minuten, eine Ehe war, die von Anfang an zum Scheitern verurteilt war?"

Scheiße. „Ava ..."

„Was?" Sie dreht sich zur Seite, die Decke fest im Griff, als sie mich anstarrt. „Du weißt, dass meine Beziehungen alle beschissen waren. *Ich* bin wirklich beschissen."

Meinen Erfahrungen nach liegt es nicht daran, dass Ava beschissen ist. Das Problem ist, dass sie den Männern keine wirkliche Chance gibt. Sie trifft einen netten Kerl, und er entpuppt sich entweder als Arschloch, weswegen sie Schluss macht, weil sie bereits mit einem Trottel verheiratet war und ihre Lektion gelernt hat, oder er ist *zu* interessiert, was sie verdächtig macht, dass er verrückt sein könnte, weil ja niemand an ihr interessiert sein kann. Es ist richtig verzwickt, aber so ist sie nun einmal – die selbstbewussteste Frau in jedem Aspekt außer ihrem Liebesleben.

Sie schwingt die Beine über das Bett und legt ihren Kopf in die Hände. „Oh, es ist so dumm. Ich kann nicht glauben, dass ich dir das alles gesagt habe."

„Naja ..." Ich räuspere mich. „Ich schätze, ich fühle mich geehrt?"

Sie linst mich zwischen ihren Fingern an. „Du schätzt, du fühlst dich geehrt? Ich habe dich gefragt, deinen Nachwuchs auszutragen, und du *schätzt*, du fühlst dich *geehrt*?" Sie stöhnt.

Ich setze mich neben sie. „Meinst du es ernst mit dieser Babysache?"

Ava lässt die Hände sinken und nickt. „Ich habe sehr lange darüber nachgedacht, aber ich hatte gehofft, jemanden kennenzulernen. Wie jede andere Frau würde ich es vorziehen, es auf die gute, alte Art zu tun, aber es wird langsam etwas spät."

„Du bist erst dreißig, Ava. Du hast noch Zeit."

Sie saugt ihre Unterlippe ein. „Meine Mutter hatte drei Fehlgeburten, Monate der Fertilitätsbehandlung und hatte mich dann endlich. Sie hat denselben Prozess mit Colton durchgemacht. Es wird mir nicht einfach fallen, schwanger zu werden. Ich weiß, dass es klingt, als würde ich es überstürzen, aber das tue ich nicht. Es gibt kaum etwas in meinem Leben, worüber ich mir sicherer bin. Ich bin mir *sicher*, dass ich eine Mutter sein will, und ich bin nicht bereit, zu warten und zu sehen, ob es *vielleicht* funktioniert."

Ich schlucke schwer, nehme ihre Hand in meine und drücke sie. „Was willst du tun?"

„Ich habe mit einer Fruchtbarkeitsklinik über Samenspende gesprochen, aber letzte Nacht ist mir der Gedanke gekommen, dass ich die Gene eines verrückten Mannes kriegen könnte, und dann hat Teagan vorgeschlagen, dass ich einen Freund fragen soll. Ich kann das Sperma umsonst haben *und* wissen, dass mein Kind genetisch nicht vorbelastet ist, einen Fetisch für Barbie-Köpfe zu entwickeln oder so." Sie versucht, zu lächeln, aber in ihrem miserablen Zustand sieht es eher aus, als würde sie die Zähne fletschen. „Ist schon gut, Jake."

„Du wirst alleine ein Kind aufziehen? Weißt du, wie schwer es sein wird?"

„Ja, das tue ich. Aber ich habe keinen Zweifel, dass es das wert sein wird. Ich würde es nie bereuen, ein Kind zu haben."

Wenn es einer der Romane wäre, die Ava so gerne liest, würde ich sie jetzt küssen und ihr sagen, dass ich ihr alle Kinder geben werde, die sie will, und an ihrer Seite bleibe. Wenn es eins dieser Bücher wäre, würde sie mich insgeheim auch wollen.

Aber ich habe es vorher einmal mit ihr versucht und herausgefunden, was sie wirklich für mich empfindet.

Also sind wir hier. Wir wollen beide etwas vom anderen, das wir nicht haben können.

„Zu schade, dass wir als Kinder keinen Pakt geschlossen haben", sage ich. Als sie mich fragend ansieht, fahre ich fort: „Du weißt schon. Einer dieser ,Wenn wir mit dreißig unverheiratet sind, heiraten wir einander'-Dinger."

Sie lacht und schüttelt den Kopf. „Es wäre, als würde ich meinen Bruder heiraten."

Ich presse eine Hand über meine Brust. „Aua."

„Ist nicht böse gemeint."

„Es ist nur emotionale Kastration. Keine Sorge."

Sie verdreht die Augen. „Willst du nicht ein junges Ding heiraten, dass dir jede Nacht wilden Sex gibt?"

„Ja. Auf jeden Fall." Wilder Sex mit Ava klingt toll. Zu schade, dass sie nicht über sich selbst redet.

„Ich sollte nach Hause gehen. Ich habe so viel zu tun, bevor ich heute Nacht arbeite."

„Wie Recherche über künstliche Befruchtung?"

Sie nickt und mustert mich. „Was denkst du? Ich weiß, dass es Leute gibt, denen es nicht gefällt, wenn eine Frau allein Kinder hat, aber—"

„Seit wann war ich nicht genau an deiner Seite, wenn

du mich gebraucht hast? Das hier wird nicht anders sein." Außer, dass es das sein wird. Weil ihre Entscheidung, allein eine Familie zu gründen, irgendwie der letzte Nagel im Sarg von „Ava und Jake" ist. Seit ihrer Scheidung habe ich gehofft, dass sie mich anders sehen würde. Mir eine Chance geben würde. Aber jetzt ...

Ich lasse ihre Hand los und stehe auf. „Willst du Eier und Speck? Salz hilft, wenn man einen Kater hat."

Sie legt sich wieder hin, statt aufzustehen. „Ja, bitte."

Ich zwicke sie in die Nase und gehe in die Küche.

„Jake?", ruft sie, als ich den Flur betrete.

Ich halte an und drehe mich hoffend um. „Ja?"

„Kannst du etwas Käse auf die Eier geben?"

Ich atme tief ein, als würde es helfen, mich zu erden, nachdem ich den emotionalsten Morgen meines Lebens hatte. „Was auch immer du willst, Av."

KAPITEL DREI

AVA

„Besser?", fragt Jake, als ich meinen Teller wegschiebe.

„Jap." Jake hatte recht. Mein Kater wurde von einem kleinen, salzigen Frühstück besänftigt, und als ich die Hälfte aufgegessen habe, fühlte ich mich bereits wie eine neue Frau. Es hilft, dass er der beste Koch ist, den ich jemals getroffen habe. Ich lehne mich zurück in meinem Stuhl, meine Hand auf meinem vollen Bauch. „Danke. Das war so gut."

Er dreht sein Handgelenk, um auf seine Armbanduhr zu sehen, und ich realisiere panisch, dass Samstag ist. „Jake! Deine Mutter und Shay kommen heute aus Grand Rapids zurück! Du wolltest dort sein, oder nicht?"

Er zuckt mit den Schultern. „Ist schon gut. Ich habe

Shay geschrieben und gesagt, dass ich später kommen werde.“

Meine Schultern sacken zusammen. Ich bin die schlechteste beste Freundin überhaupt. „Du bist hiergeblieben und hast für eine verkaterte Frau Frühstück zubereitet, während deine Familie sich um deine kranke Mutter versammelt.“

„Es ist nicht so, als würden wir eine Party schmeißen“, sagt er mit einem amüsierten Grinsen auf den Lippen. „Wenn ich es heute nicht rüber schaffe, dann werde ich sie alle morgen beim Brunch sehen.“ Seine Lässigkeit täuscht mich nicht. Familie bedeutet Jake alles, und ich weiß, dass er bereits in seinem Elternhaus wäre, wenn er sich nicht um mich kümmern müsste.

„Wie geht es deiner Mutter?“, frage ich.

Er versteift sich. „Sie ist müde, aber das ist verständlich. Gestern war ihre letzte Behandlung in dieser Runde Chemo, also wird sie jetzt wenigstens eine Pause haben. Die Übelkeit war zum Ende hin besonders stark, und ich habe sie nie so erschöpft gesehen ...“ Er verstummt, und ich weiß, dass er nicht nur an seine Mutter denkt. Er erinnert sich an seinen Vater, der vor fünf Jahren an Krebs gestorben ist.

Dass Kathleen Krebs hat, war ein Schock für die ganze Familie. Sie hat sogar versucht, ihre Diagnose geheimzuhalten und ihre Behandlung in Deutschland zu erhalten, wo ihre Kinder ihrer Mutter nicht beim Sterben zusehen könnten.

„Wann werdet ihr wissen, ob es geklappt hat?“

„Shay sagt, sie haben eine PET-Untersuchung für Juni

angesetzt. Das wird ihnen die Zellenaktivitäten zeigen, womit sie sehen können, ob der Krebs aktiv oder in Remission ist. Wir sind optimistisch."

Optimistisch ... Aber sein Lächeln ist unsicher, und er meidet meinen Blick, als er es sagt. Das ist nicht das Gesicht eines optimistischen Jakes. Das ist das Gesicht eines Mannes, der sich auf das Schlimmste vorbereitet, weil er es bereits gesehen hat, und ich leide mit ihm. Es wird ein paar lange Monate dauern, bevor sie den Test machen können.

Als sie ihren Vater vor fünf Jahren verloren haben, war ich damit beschäftigt, meine Hochzeit und mein gemeinsames Leben mit Harrison zu planen, aber ich habe trotzdem genug gesehen, um zu wissen, dass es die schlimmsten Tage seines Lebens waren. Der Gedanke, Kathleen zu verlieren, bringt mich um. Sie ist wie eine zweite Mutter für mich. Aber noch schlimmer wäre es, Jake zum zweiten Mal schwer trauernd zu sehen.

„Ich werde dich gehen lassen", sage ich und kümmere mich um meinen Teller. „Du kannst immer noch hinfahren."

„Nein, lass dir Zeit."

„Du kannst mich jederzeit sehen", sage ich, und als er zusammenzuckt, will ich die Worte zurücknehmen. Sie bezeugen, dass ich hier sein werde, und seine Mutter es vielleicht nicht sein *kann*. Obwohl das wahr ist, will ich nicht die sein, die Jake daran erinnert.

Ich mache einen Schritt nach vorne und schlinge meine Arme um ihn herum, mein Kopf an seiner Brust, während ich ihn fest umarme.

„Hey, was ist das?", fragt er.

Ich bin kein großer Fan von körperlicher Zuwendung unter Freunden, aber wir brauchen ab und zu alle eine Umarmung. „Alles wird gut, Jake."

Er streichelt mein Haar, ehe er meinen Kopf küsst. „Ich weiß", flüstert er.

Er ist so warm und verlässlich. Diese Woche war eine emotionale Achterbahn. Zuerst hat mein Ex-Mann mir eine Einladung für die Babyparty seiner neuen Frau geschickt, und dann hatte ich eine schlechte Woche bei der Arbeit, ehe das alles in meinem dreißigsten Geburtstag kulminiert ist – ein Tag, an den ich nicht erinnert werden will, weil es eine Erinnerung an meine innere, tickende, biologische Uhr ist.

Ich schließe meine Augen für einen Moment und realisiere, dass ich versucht habe, Jake zu trösten, aber stattdessen von ihm getröstet werde. Das ist wahrscheinlich die perfekte Metapher für unsere Beziehung. Er hat immer alles gegeben, und ich habe genommen. Ich hasse es.

Ich lasse ihn los, und als ich mich zurücklehne, mustert er mein Gesicht. „Alles in Ordnung?", fragt er.

„Meine Probleme sind im Großen und Ganzen keine Probleme."

Er schüttelt den Kopf. „Alle Probleme zählen. Sie sind vielleicht nicht dieselben, aber sie zählen. Ist alles in Ordnung? Ernsthaft?"

Ich zucke mit den Schultern. „Wenn man darüber nachdenkt, dass unser Morgen mit einem Gespräch über dein Sperma und meine kinderlose Gebärmutter angefangen hat, kann ich sagen, dass es mir schon besser ergangen ist.“

Er verzieht das Gesicht. „Naja, wenigstens kannst du mich immer noch überraschen.“

Ich will darüber nicht zu sehr nachdenken. Was nach ein paar Drinks als gute Idee angefangen hat, ist jetzt im nüchternen Zustand so offensichtlich wahnsinnig und lächerlich. Gott sei Dank hat er mir seine *Zutaten* gestern Nacht nicht überreicht.

„Willst du dein Geburtstagsgeschenk?“

Ich runzele die Stirn. „Du hast mir bereits mein Geschenk gegeben. Erinnerst du dich, als mein Auto zusammengebrochen ist und du fürs Abschleppen bezahlt hast?“

„Das ist ein beschissenes Geschenk“, sagt er und reicht in seine Gesäßtasche.

Ich verschränke die Arme. „Jake, wir waren uns beide einig.“

„Es ist für uns beide, okay? Also zählt es kaum.“ Er gibt mir einen Umschlag.

Ich nehme ihn widerwillig an, weil ich mich fühle, als würde ich schon wieder nehmen. Aber wenigstens habe ich den Anstand, mich schuldig zu fühlen. Ich öffne den Umschlag und ziehe eine Karte heraus, die einen tanzenden Mann in enger Badehose mit einem Glas Margarita zeigt. Ich sehe hinein und keuche auf. „Jacob Jackson, das hast du *nicht* getan!“

Er grinst und hebt eine Augenbraue. „Ich kann sie auch jemand anderem geben, wenn du sie *wirklich* nicht willst.“

Ich drücke die Tickets an meine Brust. „Wag es nicht! Es ist *Hamilton*! Ich wollte dieses Stück so gerne sehen!" Ich habe wirklich nicht das Geld, um zu einem Musical in Chicago zu gehen, aber ich wollte so gerne hin, dass ich fast auf meinen Händen sitzen musste, um zu widerstehen. Ich kreische und tanze, bevor ich meine Arme um seinen Hals werfe, um ihn zum zweiten Mal an diesem Morgen zu umarmen. „Du bist der allerbeste Freund!"

„Ich weiß", sagt er, als er mich loslässt. „Aber diese Tickets sind nicht umsonst. Du musst mich mitnehmen."

„Ellie wird es nicht gefallen, aber sie weiß, dass sie mich mit dir teilen muss."

Er lacht. „Ich hoffe, das Datum passt. Ich habe mir den Kalender auf deinem Handy angesehen und sichergestellt, dass du nichts anderes vorhast."

„Ich hätte alles abgesagt." Ich suche nach dem Datum, und mir bleibt der Atem weg, als ich den Veranstaltungsort sehe. „Jake, die Tickets sind für *Hamilton* am *Broadway*!"

„Ist das ein Problem?"

„In *New York*." Ich sehe ihn an.

„Ich glaube, dass der Broadway dort ist."

Ich blinzele und zähle im Kopf, wie viel ich brauche, um einen Flug und ein Hotelzimmer zu buchen. Vielleicht kann ich etwas Geld sparen, wenn ich hinfahre, und ich muss nicht in irgendeinem tollen Hotel übernachten. Ich nicke. „Ich kann es schaffen", flüstere ich, weil ... *Gott*, das ist etwas, das man tun will, bevor man stirbt. „Ich habe zwei Jobs. Ich verdiene das, oder?"

„Total", sagt Jake. „Aber wenn du dir wegen der Kosten Sorgen machst, brauchst du das nicht. Alles ist bezahlt."

„Nein." Ich schüttele meinen Kopf, als würde die Bewegung helfen, ihn zu Verstand zu bringen. „Jake, das ist zu viel."

„Es ist nicht mehr als die Tickets." Er zählt die Gründe an den Fingern ab. „Wir benutzen meine Kreditkarten-Flugmeilen, und Jackson Brews bezahlt das Hotel, da ich dort ein paar geschäftliche Dinge erledigen muss."

„Ernsthaft?"

„Es ist dein Geburtstagsgeschenk. Sei einfach froh und hör auf, dir Sorgen zu machen."

Ich haue ihm auf die Brust, während meine Augen sich mit Tränen füllen. Es gibt vielleicht Sachen in meinem Leben, die nicht genug sind, aber ich habe die besten Freunde. „Du kannst mich nicht jedes Jahr so verwöhnen."

„Kann ich und werde ich", sagt er. Er dreht sich zur Spüle.

„Hey, warte! Du hast gekocht. Lass mich das Geschirr abspülen."

„Auf keinen Fall, Geburtstagskind."

Ich schlucke schwer, aber meine Kehle ist voller Dankbarkeit, während meine Haut vor Aufregung kribbelt. Ich weiß nicht, was ich tun kann, um den Gefallen zu erwidern, aber ich werde mir etwas einfallen lassen. „Ruf mich später an, okay? Lass mich wissen, wie es Mutti geht."

„Klar." Er lädt unser Geschirr in das seifige Wasser und zwinkert mir zu.

Ich drücke die Tickets erneut an meine Brust.

Natürlich hat Jake meinen schwierigsten Geburtstag verändert, indem er mir das beste Geschenk gegeben hat.

KAPITEL VIER

JAKE

Dieses Fitnessstudio ist samstagabends leer, und ich könnte darüber nicht glücklicher sein. Nach dem Morgen, den ich hatte, ist das Letzte, was ich will, mich zu unterhalten, während ich meine Aggressionen abarbeite.

Als Ava gelangen ist, hat Shay mir eine SMS geschrieben, dass ich nicht kommen brauche. Unsere Mutter ist eingeschlafen und hat gesagt, sie würde uns morgen beim Brunch sehen. Ich habe die Küche aufgeräumt und mein Bestes versucht, nicht an Ava zu denken. Nicht an die Art, wie sie mich umarmt hat, nachdem ich ihr die Tickets gegeben habe. Nicht an die Weise, wie sie in meinem Bett ausgesehen hat. Und definitiv nicht an die Tatsache, dass sie meine Schwimmer lieber in einem Becher bekommt, als mich anzufassen.

Ich habe wirklich *ernsthaft* versucht, an nichts davon zu denken.

Ich bin gescheitert.

Ava war *Alles*, woran ich denken konnte, und da dieses Gewirr von Gefühlen mich verrückt gemacht hat, bin ich ins Fitnessstudio gegangen, wie ich es immer tue, wenn ich meinen Emotionen entkommen will.

Trotz der dreißigminütigen Intervalle auf dem Laufband und einer schweißtreibenden Bein-Session bin ich immer noch verstört. Vielleicht kann man ein Gespräch wie das von heute Morgen nicht einfach ausschwitzen.

Ich bereite die Stange fürs Bankdrücken vor, als mir jemand auf die Schulter tippt. Ich ziehe einen Kopfhörer raus und drehe mich zu Avas bester Freundin Ellie.

„Ava hat den Verstand verloren."

„Hey, El. Schön, dich heute zu sehen."

Sie verdreht die Augen. „Ich brauche deine Hilfe."

Meine Gedanken rasen zu letzter Nacht, zu Ava in diesem heißen Wickelkleid und roten High Heels, ihre Hand auf meinem Arm, während sie fragt, ob ich ihr helfen kann.

Ellie starrt mich erwartungsvoll an. „Bitte?"

Ich sehe mich nach Colton um, da er und Ellie immer gemeinsam trainieren, aber er ist nicht hier. So betrunken, wie er letzte Nacht war, bevor ich ihn aus der Bar geschmissen habe, würde ich sagen, dass er wahrscheinlich immer noch schläft.

„Hörst du mir zu?", fragt sie. „Ava will ein *Baby*."

„Das hat sie mir gesagt." Ich zucke mit den Schultern, als würde es mich nicht interessieren. Als hätte diese

Neuigkeit und die Art, wie sie mir mitgeteilt wurde, meine Welt nicht auf den Kopf gestellt. „Was soll ich denn tun?"

Wenn sie vorschlägt, dass ich ihr einen Becher ... *Ich* gebe, raste ich aus.

Ellie reißt die Augen auf und wirft die Hände in die Luft. „Ich will, dass du sie aufhältst! Sie hat keine Ahnung, wie schwer es sein wird. Allein ein Kind groß-ziehen? Ich habe meiner Mutter zugesehen, wie sie jahre-lang gekämpft hat. Ich will Besseres für meine beste Freundin."

Ich schiebe eine zwanzig Kilo schwere Scheibe auf die Stange und greife mir eine andere. „Dann sag *ihr* das."

„Das habe ich, aber sie will nicht auf mich hören. Sie ist verrückt geworden, nachdem sie diese Einladung bekommen hat."

Ich schiebe die zweite Scheibe rauf und sehe zu Ellie. „Welche Einladung?"

„Zu der Babyparty von Harrisons Frau. Womit denkst du, hat all das angefangen?"

Ehrlich gesagt, wollte Ava so lange eine Mutter sein, dass ich nicht darüber nachgedacht habe, was sie dazu bewegt hat, es jetzt in Angriff zu nehmen. Ich war viel zu sehr auf mein Ego fixiert. Aber dass sie gerade herausge-funden hat, dass die Frau ihres Ex-Mannes schwanger ist, würde es erklären. „Harrisons Frau ist schwanger?"

„Ja, und jetzt hat Ava es sich in den Kopf gesetzt, dass sie nur ein Kind haben kann, wenn sie es allein tut. Du weißt, dass es irgendwo einen tollen Mann gibt, der alles tun würde, um mit ihr zusammen zu sein."

Das kann ich nicht bestreiten.

„Sie muss einfach nur geduldig sein“, sagt Ellie, und ihre Worte haben eine solche Intensität, dass ich denke, dass sie genauso über all das denkt wie ich. „Ava ist wundervoll und verdammt *heiß*. Wer würde nicht mit ihr zusammen sein wollen?“

„Ich habe keine Ahnung“, murmele ich.

„Ich will nicht, dass sie einen so großen Fehler macht.“

Ich schlucke schwer. Ava war am Boden zerstört, als ihr Mann sie verlassen hat, aber es war nicht nur die Tatsache, dass sie Harrison verloren hat, die ihr Herz gebrochen hat. Sie hat gedacht, dass er ihre einzige Chance auf eine Familie war. Es macht Sinn, dass die Schwangerschaft seiner neuen Frau ihr schwer zu schaffen macht.

Ich streiche mit einer Hand durch mein Haar. „Ich kann mit ihr reden, aber es geht mich nichts an, Ellie.“

„Komm schon“, sagt sie. „Wir wissen beide, dass sie mehr auf dich hört als auf mich. Und du bist Single. Jeder weiß, dass Colton und ich uns bald verloben werden, also wäre es hypokritisch, ihr zu sagen, dass sie warten soll, wenn ich es nicht muss.“

Was sie sagt, macht Sinn, aber was erwartet sie von mir? *„Hi, Ava. Du bist impulsiv, weil dein Ex das Kind haben wird, das du wolltest. Es ist in Ordnung, dass du traurig bist, aber überstürz nichts. Warte, bis du bereit bist für* mich.“

„Du siehst müde aus“, sagt Ellie.

„Ich habe letzte Nacht auf dem Sofa geschlafen. Ava war betrunken und hat bei mir übernachtet“, sage ich und lasse das Detail aus, dass ich nicht schlafen konnte, weil ich gedacht habe, dass Ava schwanger ist. Ich sehe zu Ellie. „Was du gewusst hättest, wenn du zu ihrer Geburtstagsfeier gekommen wärst.“

Sie verzieht das Gesicht. „Ich wollte nicht absagen, aber Colton und ich haben uns gestritten, und ich wollte nicht feiern.“

Ein Streit würde erklären, wieso Colton total betrunken in der Bar war und nach Streit gesucht hat. Ich bin runtergegangen, um Avas Handtasche zu holen, und da war Colton. Schwankend und bereit, jemandem in die Fresse zu hauen. Ich war erleichtert, dass er erst aufgetaucht ist, als sie oben war. Ava scheint zu denken, dass es ihr Job ist, ihren Bruder auf dem rechten Weg zu halten. „Worüber habt ihr euch dieses Mal gestritten?“

„Ich will nicht darüber reden.“

Levi kommt aus der Umkleidekabine. „Hey, Jake.“ Er hebt sein Kinn zur Begrüßung, bevor sein Blick zu Ellie wandert und er sie genauso mustert, wie er es jedes Mal tut, wenn er sie sieht. Mein kleiner Bruder ist schwer verknallt. Mein Herz schmerzt für ihn. Ich weiß ein bisschen darüber, wie es ist, eine Frau zu wollen, die man nicht haben kann.

„Hey, Levi“, sagt Ellie. „Danke, dass du Colton nach Hause gebracht hast.“ Sie schüttelt den Kopf und senkt ihre Stimme. „Es wird nicht wieder passieren, okay?“

Levi nickt, seine Haltung angespannt. „Was ist mit dir? Ist alles in Ordnung?“ Er starrt sie an, und ich frage mich, was ich verpasst habe.

„Mach dir keine Sorgen. Ich versuche gerade, Jake zu

überzeugen, dass er Ava ausreden soll, ein Kind zu haben.“

Levi hebt seine Augenbrauen. „Ich wusste nicht, dass sie mit jemandem zusammen ist.“

„Das ist es ja“, sagt Ellie. „Sie ist Single. Sie hat diese Idee, zu einer Samenbank zu gehen und sich schwängern zu lassen.“

Levi dreht sich zu mir und sieht mir in die Augen. „Ach wirklich?“

„Ich glaube nicht, dass sie es tun wird“, sagt Ellie. Ich *hoffe*, dass es nur Gelaber ist. Sie realisiert nicht, wie schwer es sein wird, es allein zu tun.“

Seufzend drehe ich mich von Levi weg. Ich kann die Fragen in seinen Augen nicht beantworten. Nicht hier. Gott, nicht einmal, wenn wir allein sind. Ich schüttele den Kopf und wende mich Ellie zu. „Du sagst das immer wieder, aber sie wurde von einer alleinerziehenden Mutter aufgezogen. Sicherlich hat sie eine Ahnung.“

Nicht, dass mir der Samenbank-Plan gefällt. Ehrlich gesagt, hasse ich diesen Gedanken noch mehr, als ihr eine Bratenspritze voller Sperma zu geben. Ich kann den Gedanken, dass ich sie erneut verliere, wenn sie diesen Plan mit der Schwangerschaft durchzieht, nicht aus meinem Kopf bekommen. Und diesmal ist es vielleicht für immer.

„Aber es war für ihre Mutter anders“, sagt Ellie. „Ihr Vater hat sie nicht verlassen, bis sie zehn Jahre alt war, und er war davor immer da. Und sogar nachdem er sie verlassen hat, hat er seine Kinder an den Wochenenden gesehen und Kindergeld bezahlt. Als *Anwalt*.“ Sie schüttelt den Kopf. „Das ist nicht das typische Einkommen einer alleinerziehenden Mutter. Ich bleibe bei meiner Meinung. Sie hat *keine Ahnung*, wie schwer es sein wird."

Levi grinst neben mir. „Wieso bietest du ihr nicht an, ihr ein Kind zu machen?"

Mir stockt der Atem, als ich meinen Bruder anblinzele. Ich habe keine Lust, mich zu blamieren, indem ich zugebe, dass Ava mich letzte Nacht im betrunkenen Zustand nach meinen Schwimmern gefragt hat. Zuallererst geht es sie nichts an. Zweitens versuche ich, an dem letzten bisschen Stolz festzuhalten.

„Ih", sagt Ellie und sieht Levi mit gerunzelter Stirn an. „Wieso sollte er das tun? Du hilfst nicht."

Levi zuckt mit den Schultern. „Klingt nach einer einfachen Lösung."

„Ih?", frage ich. „Ernsthaft, Ell?"

„Ihr seid *Freunde*. Wie Levi und ich. Es wäre zu seltsam." Hinter ihr wird Levi blass, aber sie bemerkt es nicht, weil sie mich mustert, ein Grinsen auf den Lippen. „Aber ich bin mir sicher, dass nichts ekelhaft daran ist, mit dir zu schlafen, Jake."

„Weiter", sagt Levi.

„Kannst du *bitte* mit ihr reden?", fragt Ellie erneut.

„Ich werde es versuchen."

Sie atmet schwer aus. „Alles klar. Ich muss auf die Tretmühle. Ich fürchte, ich bin nicht mehr attraktiv genug für Colton."

Levi knurrt. „Dann ist Colton ein Trottel."

Sie zuckt mit den Achseln. „Er würde es nie *sagen*. Er hat keinen Todeswunsch. Naja, bis später." Sie geht davon, und Levi sieht ihr hinterher wie ein liebeskranker Idiot.

„Tu es dir nicht an“, sage ich.

„Was?“, fragt Levi, als wüsste er nicht, worüber ich spreche. Sieh sich uns einer an – beide Profis darin, so zu tun, als wären wir nicht in Frauen verliebt, die tabu sind.

Ich lege mich auf die Bank und greife die Stange. „Ellie denkt, dass Colton ihr bald einen Antrag machen wird. Wenn du ihr sagen willst, was du für sie empfindest, dann solltest du es bald tun.“

Sei nicht wie ich und warte, bis es zu spät ist.

Levi sieht mich an. „Sag ihr was?“

Ich grunze und nehme die Stange ab, um mein erstes Set anzufangen.

„Was wirst du wegen Ava tun?“, fragt er und stellt sich hinter mich, um mich zu sichern, obwohl ich seine Hilfe nicht brauche. „Stört es dich? Zu wissen, dass sie allein eine Familie gründen will?“

„Nö.“

„Weißt du, dass du ein schlechter Lügner bist?“

Ich konzentriere mich auf meinen Atem, als ich mein Set beende, atme aus, als ich die Stange hochdrücke und atme ein, als ich sie langsam runterbringe. Nach meiner zehnten Wiederholung hänge ich die Stange wieder auf und sehe zu meinem Bruder. „Es macht mich verrückt“, gebe ich zu, „aber das ändert nichts.“

AVA

Meine Eingangstür knatscht, als sie geöffnet und geschlossen wird, und ich höre, wie jemand durch den Flur läuft.

Es gibt nur zwei Menschen in meinem Leben, die sich in mein Haus einladen, ohne zu klopfen – Ellie Courdrey und Jake Jackson. Nach der Seltsamkeit dieses Morgens wegen diesem Baby-Ding bin ich dankbar, als ich Ellies Absätze höre statt Jakes Stiefel.

Ellie kommt in die Küche, ein eingepacktes Geschenk in der Hand. „Alles Gute zum Geburtstag!", singt sie grinsend, als sie es auf den Tresen schiebt.

Ich schiebe meine Arbeitspapiere zur Seite und gehe auf meine Freundin zu. „Du hättest mir nichts kaufen müssen."

Sie schüttelt den Kopf. „Ich bin ein Arschloch. Ich hätte kommen sollen, und es tut mir leid."

„Willst du darüber reden?" Die Mädels und ich waren bereits im Jackson Brews, als sie mir geschrieben hat, dass sie es nicht schaffen würde.

Sie sieht weg. „Nein, danke." Als sie mich wieder ansieht, ist ihr Lächeln zittrig. Ich bin dankbar, dass mein Bruder Ellie in mein Leben gebracht hat – ich habe sie kaum gekannt, bevor sie mit Colton zusammengekommen ist –, aber ich wünschte, er würde erwachsen werden. Die Hälfte der Zeit will ich ihr raten, Schluss zu machen, weil sie jemanden Besseres verdient.

„Ich weiß, dass mein Bruder nicht perfekt ist", sage ich und mustere sie. „Du musst vor mir nicht so tun."

„Ich bin auch keine Heilige, aber es ist in Ordnung. Versprochen." Sie deutet zum Stapel Geschenke. „Mach sie auf."

Mehr Geschenke. Niemand wird Jake übertreffen, aber ich fühle mich besonders, dass meine Freundin mich verwöhnen will. „Das hättest du wirklich nicht tun müssen."

„Ich wollte es tun."

Grinsend packe ich das erste Geschenk aus. In der Schachtel ist ein schwarzes Negligee, das aus der zartesten Spitze gemacht ist, die ich je gefühlt habe. „Wow." Ich versuche, das „Was zum Teufel?" aus meinem Ton zu verbannen. Das Geschenk ist hinreißend, und wenn ich jemanden hätte, für den ich es tragen könnte, wäre ich wirklich aufgeregt, es vorzuzeigen Aber das tue ich nicht, und es ist nicht wirklich etwas, was man trägt, während man Netflix guckt. Außerdem wird es mir in ein paar Monaten nicht mehr passen, wenn alles gut geht.

„Ich weiß, was du denkst", sagt sie. „Du denkst, dass du keinen Kerl hast und es nicht brauchst, aber ich habe mich darum gekümmert. Öffne dein nächstes Geschenk."

„Wenn du mir einen aufblasbaren Freund geschenkt hast, werde ich nie wieder mit dir reden."

Sie schmunzelt. „Ich habe darüber nachgedacht, aber ich denke, ich habe eine bessere Option gefunden."

Ich schnappe mir das nächste Geschenk. Die Schachtel ist federleicht, und als ich den Deckel abziehe, realisiere ich, warum. Darin ist nur ein Blatt Papier. Ich öffne es und starre es ungläubig an. „Ellie, nein."

Sie grinst. „Oh doch."

Ich würde den Schauder gerne aus meinem Gesicht halten, aber ich kann meine Gefühle nicht verstecken, also weiß sie wahrscheinlich, was ich über dieses Geschenk denke. Es ist ein Gutschein für *Straight Up Casual* – eine örtliche Liebesagentur, die Single-Menschen für zwanglose Blinddates zusammenbringt, die nur eine Regel haben: Beginne deine Verabredung mit Alkohol, um dich locker zu machen. Ich habe immer gedacht, dass es absurd ist, aber da die Agentur Ellie und Colton zusammengebracht hat, habe ich meine Meinung immer geheimgehalten.

„Ich liebe es, dass du dein Leben selbst bestimmst", sagt sie. „Ich verstehe dich. Du bist dreißig und hast Angst, dass es zu spät ist, dich zu verlieben. Aber ich verspreche dir, dass es das nicht ist. Eil nicht zu einer Samenbank."

Ich mustere das Blatt, obwohl es keine neuen Informationen bietet. „Ich habe andere Prioritäten als du, Ell." Ellie ist jung. Sie und Colton heiraten wahrscheinlich bald, aber sie ist nicht wie ich. Mit fünfundzwanzig Jahren sind Kinder nicht ganz in ihrem Visier. Als ich fünfundzwanzig war, war ich verlobt. Ein Jahr später waren Harrison und ich frisch verheiratet und haben versucht, eine Familie zu gründen.

Versucht und gescheitert.

„Deine Priorität ist es nicht, ein Kind zu haben", sagt sie.

„Eigentlich schon." Hat sie meine gestrige Erklärung verpasst, als ich ihr gesagt habe, dass ein Kind das

Einzige ist, worüber ich mir in diesem Leben sicher bin? Rückblickend bin ich es falsch angegangen. Statt meinen Plan zu verkünden, hätte ich es geheimhalten sollen, bis der Schwangerschaftstest positiv war. Ich weiß nicht einmal, ob ich schwanger werden *kann*.

„Nein. Es ist nicht ein Kind, das du willst. Du willst eine Familie." Sie beißt sich auf die Unterlippe. „Du kannst auf viele verschiedene Weisen eine Familie gründen, aber ich will dich nicht kämpfen sehen wie meine Mutter. Es ist *schwer*, es allein zu tun."

Meine Mutter war den Großteil meiner Kindheit auch eine alleinerziehende Mutter, aber ich weiß, was Ellie meint. Mein Vater hat vielleicht nicht in demselben Haus gelebt, aber er war da, und ich weiß, dass unsere finanzielle Situation ohne ihn anders gewesen wäre. Als ich ein Kind war, war meine Mutter eine Sekretärin für ein Bauunternehmen. Sie hat ihr Doktorat beendet, als ich in der High School war.

„Es kann nicht schaden, die Agentur auszuprobieren. Es muss ja nicht Liebe sein, aber du könntest Spaß haben. Ich habe dir zehn Verabredungen gekauft."

Meine Kinnlade fällt auf den Tresen. „*Zehn?* Gott, Ellie, ich glaube nicht, dass es in dieser Stadt zehn ledige Kerle gibt, die ich mag."

„Und *diese* Einstellung ist der Grund, weswegen du Single bist."

„Okay, nur der Argumente wegen: Lass uns so tun, als gäbe es in Jackson Harbor zehn Kerle, an denen ich interessiert wäre. Ich vermassele alle meine Dates", sage ich. Ellie weiß das. Sie hat mein beschissenes Liebesleben nach meiner Scheidung *selbst* miterlebt.

„Deswegen habe ich *Straight Up Casual* eingestellt. Sie bringen Leute zusammen, und du verdienst tolle Verabredungen. Wenn sie alle langweilig sind, werde ich eigenhändig Liebessaft in deine Grotte der Lust spritzen. Versprochen."

Ich verziehe das Gesicht bei ihren ekelhaften Worten. „Danke, aber nein, danke."

Sie lacht. „Du weißt, was ich meine. Ich werde dich immer unterstützen."

„Danke", sage ich sanft.

„Also?"

„Ich werde darüber nachdenken." Ich will es ernst meinen, aber ich denke bereits daran, die Agentur anzurufen und die Dates auf jemand anderen zu übertragen. Teagan wäre vielleicht interessiert. Sie beschwert sich immer darüber, wie schwer es ist, gute, Single Kerle in Jackson Harbor zu finden. Ich glaube nicht, dass sie eine Chance auf Liebe aufgegeben hat.

„Yay!" Ellie streckt ihre Arme siegessicher über ihren Kopf. „Lass uns ins *Ooh La La* gehen, damit ich dir ein Stück Geburtstagskuchen kaufen kann."

KAPITEL FÜNF

AVA

Jeder Mensch in Jackson Harbor weiß, dass der beste Ort für Kaffee gleichzeitig dein Verlangen nach etwas Süßem stillen kann. *Oh La La!* ist eine Cafébäckerei, die nur einen Hausblock vom Jackson Brews entfernt ist, und der Ort, an dem Ellie und ich zu besten Freundinnen geworden sind. Vor zwei Jahren haben sie und Colton eine Beziehung angefangen, und sie hat darauf bestanden, dass wir einander kennenlernen. Zu der Zeit war gerade meine Scheidung angelaufen, und ich habe schnell herausgefunden, dass ich eine Freundin brauchte, mit der ich meinen Herzschmerz teilen konnte, weil es sich nicht richtig angefühlt hat, alles auf Jake abzuladen. Es hat sich herausgestellt, dass Ellie eine prima Zuhörerin ist, und unsere Freundschaft ist von da an gewachsen.

Das Angebot hier ist so köstlich, dass ich das Café nur einmal pro Woche besuchen kann. Täglicher Gourmet-Kaffee mit Gebäck würde meine Taille zerstören. Ich habe keine ausreichenden finanziellen Ressourcen dafür, aber ein Stück Geburtstagskuchen sollte in Ordnung sein.

„Alles Liebe zum Geburtstag", ruft Star hinter dem Tresen. Das Café gehört ihr, und sie ist verantwortlich für die Köstlichkeiten hinter dem Glas – von handgemachter Schokolade, die im Munde schmilzt, zu Croissants, die perfekt zum Kaffee passen. Star weiß, wie man das gute Zeug zubereitet. „Hattest du gestern Abend Spaß?"

Ich nicke. „Vielleicht etwas zu viel des Guten." Ich reibe meine Stirn. Meine Kopfschmerzen sind fast verschwunden, aber die Erinnerung, dass ich zu viel getrunken habe, schwellt noch unter der Oberfläche.

„Nichts, was ein bisschen Koffein und Zucker nicht beseitigen können." Star grinst, während sie eine rote Locke hinter ihr Ohr steckt.

Ellie geht auf den Tresen zu und mustert das Essen. „Was für Cupcakes hast du heute gebacken? Die Süße hier braucht etwas Gutes."

Star legt einen Finger auf ihre Lippen. „Nicht viel mehr als Doppel-Schoko-Cupcakes."

Ellie keucht. „Wie kannst du es wagen, sie als *nicht viel mehr*" zu bezeichnen?"

„Sie sind nicht besonders genug", sagt Star. „Ich arbeite gerade an Proben für eine Braut, die morgen kommt, also habe ich vielleicht ein paar Optionen im

Hinterzimmer. Lance, versorg sie mit Kaffee, während ich nachsehe. Sie gehen aufs Haus, weil Ava Geburtstag hat.“

Der schlaksige Teenager nickt mürrisch, als hätte sie ihm gerade mitgeteilt, dass sie es ihm von seinem Gehalt abziehen wird. Aber so ist Lance nun einmal. Ich kenne ihn aus der Theater-AG, und er ist eins der Kinder, die ihr Leben aus den Augen von Esel in *Winnie Pooh* ansehen – immer auf der Suchen nach grauen Wolken.

„Was willst du trinken?“, fragt Ellie. „Ich denke, wir sollten etwas Dekadentes bestellen. Etwas mit Vollmilch und zuckrigem Syrup.“

„Was schlägst du vor, Lance?“, frage ich.

Er zuckt mit den Schultern. „Ich mag Kaffee nicht.“

Ellie verdreht die Augen. „Wie wäre es mit einem Sundae-Macchiato?“

Lance nickt. „Alles Gute zum Geburtstag, Frau McKinley“, sagt er, ehe er sich umdreht, um sich um unsere Getränke zu kümmern.

Ellie und ich sehen einander grinsend an. Lance macht es zwar nicht absichtlich, aber er bringt uns immer zum Lachen.

„Lass uns da drüben sitzen“, sagt Ellie und deutet zu einem Tisch auf der anderen Seite des Cafés.

Ich gehe darauf zu, bleibe aber stehen, als ich Myla Quincy, eine der anderen Englischlehrerinnen an meiner Schule, sehe.

„Geh schon vor“, sage ich Ellie. „Ich komme in einer Minute nach.“

Myla sitzt vor einem Tisch voller Arbeiten, eine

große, heiße Tasse mit schwarzem Kaffee an ihrer Seite. „Toller Tag zum Benoten, oder?", frage ich, weil jeder Englischlehrer es hasst.

Sie sieht auf und blinzelt mich an. Sie ist die Cheerleader-Trainerin und üblicherweise das Klischee ihrer Leidenschaft – voller Pep und Energie. Heute sieht sie einfach nur erschöpft aus. „Man sollte es genießen, solange man kann, nicht?"

Ich runzele die Stirn. „Was soll das heißen?"

Sie schüttelt den Kopf. „Ich bin einfach nur nervös, seitdem ich heute Morgen von den geplanten Kündigungen gehört habe."

„Was für Kündigungen?"

Sie beißt auf ihre Unterlippe und mustert mich. „Du hast noch nicht davon gehört? Der Windsor Prei-Vorstand hat ein neues Budget ausgearbeitet. Sie werden die Mittelstufe abschaffen und damit ein Viertel der Lehrer."

Plötzlich habe ich meinen Appetit auf den Cupcake und Kaffee verloren. Tatsächlich hat mein Magen den Kater besser vertragen als diese Neuigkeiten. „Bist du dir sicher?"

„Ich schätze die Nummer ist eher geraten als offiziell, aber die Kündigungen werden bald verschickt." Sie reibt ihre Augen, und ich realisiere, dass sie nicht müde aussieht. Sie sieht aus, als hätte sie geweint. „Ich bin ein Wrack. Ich habe gerade erst ein Haus gekauft."

Ich kann verstehen, dass sie sich sorgt. Sie ist die neuste Lehrerin im Bereich Englisch und unterrichtet größtenteils die Mittelstufe, was bedeutet, dass ihr wahrscheinlich zuerst gekündigt wird. „Es tut mir leid, Myla." Ich drücke ihr Handgelenk. „Ich weiß, dass es schwer ist, aber versuch, dich nicht mehr darum zu sorgen, ehe wir mehr wissen, okay?"

Ihre Augen füllen sich mit Tränen, während sie nickt. „Ich weiß. Man soll sich keine negativen Sachen einreden, richtig?"

„Genau. Wir wissen nicht einmal, was passieren wird." Ich versuche, zu lächeln, aber ich fühle es nicht, und ich mache mir Sorgen, dass die Besorgnis sich auf meinem Gesicht abzeichnet.

„Danke, Ava." Sie atmet tief ein. „Ich werde die Arbeiten weiter benoten."

„Wir können Montag weiterreden", verspreche ich, bevor ich zu Ellie gehe.

„Worum ging es?", fragt sie, als ich mich setze.

„Windsor Prep bereitet sich wohl auf eine große Runde von Kündigungen vor." Ich reibe meine Schläfen. „Die Mittelstufe ist nie so gewachsen, wie sie es angenommen haben, und anscheinend hat der Vorstand sich entschieden, sie abzuschaffen."

„Ach, Scheiße", sagt Ellie. „Und die Cheerleaderin steht ganz vorne in der Schlange?"

Ich atme tief ein. „Ich weiß es nicht. Vielleicht. Ich hoffe nicht." Um ehrlich zu sein, ist der einzige Kollege, den ich gerne gefeuert sehen würde, der Schuldirektor.

„Was ist mit dir? Du unterrichtest in der Oberstufe, nicht? Das heißt, dass du dir keine Sorgen machen musst, oder?"

„Vielleicht. Ich weiß nicht, was sie vorhaben."

„Es tut mir so leid, Ava."

Ich schüttele den Kopf. „Entschuldige dich nicht. Wir wissen noch nichts." Aber bis die Kündigungen verschickt worden sind, weiß ich, dass ich meine Pläne vertagen muss. Alleine ein Kind zu haben, wird schwer sein, aber diese Mission ohne eine feste Anstellung zu beginnen, wäre einfach nur leichtsinnig. Ein Gewicht legt sich auf meine Brust und zerquetscht die Freude, die ich seit der Gründung von *Operation Schwangerschaft* in mir herumgetragen habe.

JAKE

Am Samstag Abend will ich mir in den Arsch treten, weil ich zugestimmt habe, mit Ava über ihre Baby-pläne zu reden. Es gibt eine Menge an Gesprächsstoff, den ich nie mit ihr diskutieren will. Ein Gespräch darüber ein Kind mit einem anderen Mann zu haben, ist ganz oben auf der Liste – gleich neben dem Sexleben meiner Mutter. In anderen Worten: Wenn es nicht *absolut, verdammt wichtig* wäre, würde ich auf keinen Fall solch einen emotionalen Masochismus begehen.

Ich verlasse meine Wohnung und gehe die Treppe hinunter ins Jackson Brews. Ava wird heute Abend schließen. Vielleicht ist es nicht der beste Ort, um ein so empfindliches Thema zu besprechen, aber ich bin bereit, das Pflaster abzureißen. Wenigstens können wir hier bei einem Bier darüber sprechen, statt es in der Stille ihres Hauses zu tun.

„Jake!“ Ava entdeckt mich, sobald ich aus der Küche komme. „Was machst du hier?“

Ich zucke mit den Schultern. „Ich arbeite hier.“

Sie verdreht die Augen. „Du weißt genau, was ich meine. Du sollst heute nicht arbeiten.“

„Ich habe nichts anderes zu tun.“ Das ist nicht wahr. Ich habe den Abend frei genommen, weil ich eine Verabredung mit einer aufgedrehten pharmazeutischen Vertreterin hatte, die mich anruft, wenn sie in der Stadt ist. Ich habe abgesagt, nachdem Ava meine Wohnung heute Morgen verlassen hat. Nenn mich verrückt, aber nachdem ich mit ihr darüber diskutiert habe, gemeinsam ein Kind zu haben, wollte ich nicht unbedingt mit einer anderen Frau ausgehen.

Ich gehe hinter den Tresen und sehe mir die Szene an. Wir haben eine gute Menge Gäste, wenn man bedenkt, dass die Saison vorbei ist. Die meisten Barhocker und die Hälfte der Tische sind besetzt, aber hinter der Bar gibt es kein Anzeichen von Stress. Ava schafft es immer, alles sauber zu halten. Ich habe ihr noch nie etwas wegen mangelnder Hygiene sagen müssen. Sie ist so stolz auf ihre Arbeit, als wäre Jackson Brews ihre Bar.

Ava arbeitet hier seit zwei Jahren an den Wochenenden und gelegentlichen Abenden. Seit ihr Mann sie verlassen hat. Sie hat hier angefangen, weil sie extra Geld brauchte, aber ich glaube, sie ist geblieben, weil sie ihre Nächte gerne mit mir hinter dem Tresen verbringt. Gott weiß, dass meine Nachtschichten mit ihr mir am liebsten sind.

Die Wahrheit ist, dass ich trotz Ellies Sorgen weiß, dass Ava ein Leben als alleinerziehende Mutter durchziehen könnte. Und ich weiß, dass sie recht hatte, als sie gesagt hat, dass sie ein Kind nicht bereuen würde. Meine einzige Sorge ist das Timing. Ist es etwas, das sie tun wollen würde, wenn Harrisons Frau nicht schwanger geworden wäre?

„Ich wollte nur schauen, ob alles in Ordnung ist", sage ich, weil ich nicht zugeben will, dass ich nur runtergekommen bin, um mit ihr über ihre Pläne zu reden. „Ich dachte, ich würde sehen, wie allen mein neues Weißbier gefällt."

Sie reißt die Augen auf. „Oh mein Gott! Ich wusste nicht einmal, dass du das Fass angestochen hast." Sie greift ein Probierglas und füllt es zur Hälfte. „Darf ich?", fragt sie und hält das frischgezapfte Glas an ihre Lippen.

„Klar."

Sie trinkt einen langen Schluck und schließt die Augen. „Gott, ist das gut."

Grund #2603 wieso ich in Ava McKinley verliebt bin: Sie *versteht* gutes Bier.

Die Jacksons sind Brauer. Mein Vater hat alles riskiert, um eine Familienbrauerei aufzubauen. Nach Jahren des Brauens in der Garage hat er seinen Anteil an der Baufirma seines Vaters verkauft und Jackson Brews gegründet. Mein ältester Bruder Brayden ist jetzt das Gesicht des Unternehmens. Er ist verantwortlich für das Marketing, den Verkauf und dafür, unsere Mikrobrauerei in ein Emporium umzuwandeln, von dem unser Vater geträumt hat. Ich kümmere mich um die andere Seite des Unternehmens – den Jackson Brews Brewpub – und bin verantwortlich für achtzig Prozent der neuen Rezepte, die zum Jackson Brews-Label gehören. Ich liebe fast genauso sehr, mit Bier zu experimentieren wie mit Essen, also passt es zu mir, auch wenn es so gar nicht mit meinem Abschluss in Computerwissenschaft harmoniert.

„Es gefällt dir wirklich?", frage ich, als sie ihre Augen erneut öffnet.

„Es ist sanft, aber der Geschmack ist interessanter als der von dem Zeug, das wir in Grand Rapids gekauft haben. Man würde nicht einmal wissen, dass es kein dunkles Bier ist, wenn man nicht hinsieht. Verrückt!"

„Verrückt gut oder verrückt anders?"

„Verrückt gut", sagt sie.

Zufrieden grinse ich und greife um sie herum, um mir ein eigenes Glas einzuschenken. Mit dreizehn Prozent Alkoholgehalt ist es kein schwaches Bier – nicht so stark wie ein Kurzer, aber stark genug, mir durch dieses Gespräch zu helfen. „Wie war dein Tag?"

„Gut."

Ich höre ein Zögern, das mich die Stirn runzeln lässt. „Was? Was ist passiert?"

Sie mustert mich, bevor sie den Kopf schüttelt. „Nichts. Ellie ist vorbeigekommen und hat mich mit Geschenken überschüttet, bevor wir ins *Ooh La La!* gegangen sind und eine verantwortungslose Menge an Zucker und Koffein verdrückt haben."

„Dafür gibt es doch Geburtstage, oder?"

„Richtig." Sie zieht ihre Unterlippe zwischen die Zähne – eine alte Angewohnheit, die meinen Magen immer in einen Knoten verwandelt. „Ich habe Myla Quincy dort getroffen."

„Sie ist eine der anderen Englischlehrerinnen, oder?"

Sie strahlt. „Ich war schon immer erstaunt, dass du meine Kollegen auseinanderhalten kannst."

„Es ist nicht so, als gäbe es Hunderte von euch." An manchen Tagen fühle ich mich, als sollte ich ihrem Ex-Mann dafür danken, dass er so ein Arschloch war. Er lässt mich aussehen wie einen verdammten Prinzen. Nicht, dass mein Prinzenstatus mir jemals eine Chance mit Ava verschafft hätte.

„Myla hat mir gesagt, dass bald Kündigungen ausgeschickt werden. Sie war richtig zerstört und macht sich Sorgen, dass sie bald keinen Job mehr hat. Mir ging es zuerst nicht anders."

„Wer kann es dir übelnehmen?", frage ich. „Aber es geht dir jetzt besser?"

Sie verzieht das Gesicht und nickt. „Ja. Zumindest mit meiner eigenen Situation. Myla wird es vielleicht nicht so gut gehen. Ich habe Francine, die Kunstlehrerin, angerufen. Sie ist seit fünfundzwanzig Jahren an der Schule und hat gesagt, dass sie immer nach dem Dienstalter gegangen sind. Nichts steht fest, aber da ich die Englischlehrerin bin, die am längsten an der Schule ist, war es gut, das zu hören."

Ich atme aus. Es wäre kriminell, Ava zu kündigen. Sie ist nicht nur eine wundervolle Lehrerin, sondern ich habe ihr auch zugesehen, wie sie Problemkindern geholfen hat, ihre Energie ins Theaterspiel zu fokussieren, bis sie ihre Leidenschaft geteilt haben. „Wann wirst du es mit Sicherheit wissen?"

Sie zuckt mit den Schultern und wirbelt ihr Bier im Glas umher. „Ich weiß es nicht. Es sind nur noch sechs Wochen bis zum Ende des Schuljahres. Ich würde mich nicht wundern, wenn sie bis zum Ferienanfang warten würden."

„Aber es geht dir gut?", frage ich. „Du machst dir nicht zu große Sorgen?"

„Nein, aber der Gedanke, mich von anderen verabschieden zu müssen, macht mich traurig."

Ich nicke. „Ich verstehe."

„Aber mein Kopf war voll mit diesen Neuigkeiten, als ich etwas Verrücktes getan habe." Sie schüttelt den Kopf. „Es war wirklich impulsiv, und ich werde verrückt."

Ich runzele die Stirn. *Scheiße*. Bin ich zu spät? War sie bereits bei der Samenbank? Gibt es dort keine Wartezeit?

Statt zu offenbaren, dass ich totale Panik schiebe, versuche ich, das Gespräch leicht zu halten. „Lass mich raten … Du hast Herr Mooney nach seinem Sperma gefragt."

Sie verzieht das Gesicht bei der Erwähnung ihres chauvinistischen Schulleiters und schlägt mir auf die Brust. „Du bist ein Arsch."

„Schuldig." Ich lache und nehme einen Schluck Bier. „Ernsthaft mal. Was hast du getan?"

Sie atmet ein, bevor sie den Rest ihres Glases austrinkt. „Es ist Ellies Schuld", sagt sie. „Sie hat das

Haus nicht verlassen, bis ich es getan habe. Ich bin fast zu spät zur Arbeit gekommen.“

„Wenn du mir die Details nicht verrätst, werde ich die Lücken mit versauten Sachen füllen.“

Ava verdreht grinsend die Augen. „Hör auf. Ich meine *Straight Up Casual*. Ich bin offiziell eingeschrieben, und ich habe sogar zwei Verabredungen abgemacht. Die erste ist nächsten Samstag.“

Mein Atem rauscht aus mir heraus, und ich hoffe, dass sie es nicht bemerkt. Ich habe Ava jahrelang zugesehen, wie sie sich verabredet hat. Es hat mir nie gefallen, aber ich bin damit zurechtgekommen. Verdammt, ich habe sogar bei ihrer Hochzeit getanzt. Aber irgendwie ist es wie ein Tritt in die Eier, der etwas mehr inne hat, weil ich ihr Endziel kenne. „Du machst hier nächsten Samstag zu.“

„Ich habe Cindy gefragt, ob sie ihre Schicht tauschen will, und es macht ihr nichts aus, wenn es für dich in Ordnung ist.“ Diese süße Linie taucht zwischen ihren Augenbrauen auf, als sie die Stirn runzelt. „Es ist okay, dass ich mir Samstag Abend freinehme, oder?“

„Klar.“ Es ist nicht nur okay, sondern ich habe sie dazu ermutigt, es zu tun. Sie arbeitet zu viel. Zwischen der Schule, dem Theater und Jackson Brews tut sie kaum etwas anderes, als zu arbeiten.

Aber ein *Straight Up Casual*-Date? Ava?

Ich habe die Agentur in der Vergangenheit benutzt – obwohl ich lieber in Scheiße treten würde, als es vor ihr zuzugeben –, und meiner Erfahrung nach geht es den Teilnehmern nur um Sex. Was soll man sonst von einem

Blinddate erwarten, das mit einem Kurzen beginnt? „Gestern war es Sperma, und heute sind es betrunkene Blinddates." Ich schüttele den Kopf. „Du bist voller Überraschungen, Ava."

Ihre Augen weiten sich, bevor sie wegsieht. Sie beschäftigt sich damit, die sauberen Gläser in ihr Regal zu räumen. „Was soll das heißen?"

Scheiße. Meine verletzten Gefühle machen mich zum Arschloch. Was ist los mit mir? Ich habe vor Jahren beschlossen, dass es in Ordnung ist, Avas Freundschaft anzunehmen und sie nie wieder nach mehr zu fragen. Ich bin nicht scharf auf Ablehnung. Aber jetzt, da sie davon redet, eine Familie zu gründen, kann ich auf einmal nicht damit klarkommen? Ich schüttele den Kopf. „Ich bin ein Arsch. Ignorier mich."

„Das bist du wirklich." Einer der Stammgäste hebt sein Glas am anderen Ende des Tresens, und Ava zapft ihm ein frisches Bier, bevor sie es für jemand anderen wiederholt und sich wieder zu mir gesellt. „Wenn du wirklich denkst, dass ich mich darauf freue, auf ein Blinddate zu gehen, das von einer Agentur geplant wird, dann kennst du mich tatsächlich nicht."

Ich kenne dich besser als alle anderen. „Wieso machst du es dann?"

„Ich habe Ellie versprochen, dass ich es versuchen würde."

Avas Babypläne haben Ellie schwerer erwischt als mich, also will sie natürlich, dass Ava sich verabredet und nicht schwängern lässt. „*Straight Up Casual*? Wirklich?"

„Ellie und mein Bruder haben einander dadurch kennengelernt", sagt sie.

Ich bin mir nicht sicher, ob ich Ellie und Colton als Standard für eine erfolgreiche Beziehung benutzen würde, aber ich halte die Klappe und zwinge mich zu einem Schulterzucken. „Naja, ich hoffe, dass sie dich mit einem guten Kerl zusammenbringen."

Sie beißt sich auf die Unterlippe und rümpft die Nase. „Ist es schlimm, dass ich nicht sehr optimistisch bin?"

„Eher realistisch als schlimm." Ich atme ein und erinnere mich daran, wieso ich runtergekommen bin. „Hör mal, können wir kurz reden?"

Sie füllt ihr Glas erneut auf und nickt. „Klar."

Die Bar ist ruhig, also kann Cindy sich kurz um alles kümmern. Ich nicke zur Küche. „Alleine?"

Sie hebt eine Braue. „Ist alles in Ordnung? Ist es deine Mutter?"

„Ihr geht's gut. Es geht nicht um sie." Ich schwinge die Tür zur Küche auf und folge ihr hinein. „Ich wollte mit dir über heute Morgen sprechen. Über das, was wir besprochen haben ..."

Sie dreht sich langsam und mustert die leere Küche, bevor sie mich ansieht und mit einem verschwörerischen Flüstern sagt: „Du meinst *Sperma*?"

Ich beiße die Zähne zusammen. „Ja. Das."

Ihre Lippen zucken. „Ist das jetzt ein schlimmes Wort? Oder ist Schwangerschaft ein Tabuthema?"

Ich schiebe meine Hände in die Hosentaschen. „Auch

nicht, aber es geht niemanden etwas an, und ich dachte nicht, dass du vor den Kunden darüber reden wolltest.“

Sie haut mir leicht auf die Brust, und ich will ihre Hand in meine nehmen und sie festhalten. Ich würde ihr sagen, dass sie meinen Herzschlag hören und fühlen soll, wie er durch ihre Berührung schneller wird. Ich will all die Dinge, die ich mir jahrelang verweigert und nach denen ich mich gesehnt habe.

Und genauso, wie ich es all die Jahre getan habe, unterdrücke ich diese Gefühle und priorisiere unsere Freundschaft.

„Du hast mir nicht erzählt, dass Harrisons Frau schwanger ist.“

„Ich dachte nicht, dass es dich interessieren würde.“

„Wenn es dich dazu bringt, verrückte Sachen zu machen, wie dich schwängern zu lassen, dann schon.“

Ihr Blick sinkt zu Boden. „Das ist nicht der Grund.“

„Nicht?“ Ich wünschte, ich könnte ihr Kinn heben und sie zwingen, mir in die Augen zu sehen, aber wir berühren einander so nicht, und wenn ich ihr Gesicht anfasse, weiß ich, dass ich meine Hand in ihr Haar schieben und meinen Mund auf ihren legen würde. Ich habe Ava einmal geküsst. Ein einziges Mal. Was würde ich geben, um es zu wiederholen?

„Ich wollte seit Jahren ein Kind haben. Die Einladung zu der Babyparty ... Ich bin nicht mehr jung.“

„Du wirst eines Tages eine wundervolle Mutter sein. Aber du bist plötzlich verzweifelt genug, um etwas zu tun, das so drastisch ist ... Wie passen die Blinddates, die Ellie dir aufgezwungen hat, dazu?“

„Oh mein Gott!" Ihre Kinnlade fällt herunter, und ihre Augen weiten sich. „Denkst du, dass die Verabredungen dafür gedacht sind? Guter Gott, Jake. Ich bin nicht irgendeine verrückte Frau, die Löcher in Kondome sticht und mit jedem Kerl schläft, den sie kriegen kann."

Ich zucke zusammen. „Ich meinte ni–"

„Ich habe Ellie versprochen, dass ich zu ein paar Verabredungen gehe, bevor ich Operation Schwangerschaft beginne. Sie ist überzeugt, dass ich den Einen finden kann, aber wenn es nicht klappt – und wir wissen beide, dass es das nicht wird –, dann wird sie mich voll und ganz unterstützen."

Ich verschränke die Arme vor meiner Brust. „Was passiert, wenn du jemanden kennenlernst, den du magst? Erzählst du ihm dann von deinem Plan?"

Ava stemmt ihre Hände in die Hüften und sieht mich finster an. Sie trägt ein rotes Jackson Brews-T-Shirt und eine Jeans, die ihr auf den Körper geschnitten wurde. Irgendwie sieht sie darin genauso sexy aus wie in dem schwarzen Kleid, das sie gestern Nacht getragen hat.

„Ich habe vielleicht beschissene Beziehungen hinter mir", sagt sie, „aber ich bin nicht *so* dumm. Wenn ich jemanden finde, den ich mag ..." Ihr finsterer Blick verschwindet, und sie sieht erneut zu Boden. „Es ist so lange her, dass ich Schwierigkeiten habe, es mir vorzustellen, aber wenn ich es tun sollte, dann würde ich meine Pläne vertagen."

„Zu wie vielen Verabredungen hast du zugestimmt?"

„Ellie hat mir zehn gekauft."

Meine Kinnlade fällt herunter. „Wow. Das ist ..."

„Eine Menge. Ich weiß. Aber ich kann die meisten hinter mich bringen, bevor die Sommerferien anfangen und mich dann um Operation Schwangerschaft kümmern. Ich kann es nicht tun, wenn ich keinen Job habe, aber ich werde bis zum Ende des Schuljahres wissen, ob ich eine Stelle habe oder nicht, also ist es nicht allzu schlimm."

Wieso zum Teufel wollte Ellie, dass ich mit Ava rede? Sie hat alles unter Kontrolle. Wenn Ava mit den Verabredungen fertig ist, wird der Schock über Harrisons Baby und ihrem neuen Status als Dreißigjährige verblasst sein. Es ist ein genialer Plan, um ehrlich zu sein. Ava wird die Blinddates durchziehen und erkennen, was sie aufgibt, falls sie sich entscheidet, es alleine zu tun.

Ein genialer Plan, der mich wahrscheinlich den Verstand verlieren lassen wird …

KAPITEL SECHS

JAKE

Sonntage sind für Jackson Familienbrunches reserviert. Jeden Sonntag priorisieren wir Brunch, weil wir wissen, dass es unsere Chance ist, uns daran zu erinnern, dass wir einander haben und Familie am wichtigsten ist, egal wie gut oder schlecht die Woche gelaufen ist.

Meistens treffen wir uns in Braydens Haus – oder das, was *jetzt* Braydens Haus ist. Wir sind alle darin aufgewachsen, aber Brayden ist hier eingezogen, nachdem unsere Mutter ausgezogen ist, um Ethan mit Lilly zu helfen. Niemand war bereit, das Haus zu verkaufen, und Brayden hier zu haben, macht Sinn, auch wenn das Haus viel zu groß ist für einen ledigen Workaholic.

Jedes Mal, wenn ich durch die Tür gehe, umarmt mich die Nostalgie. Ich hatte eine gute Kindheit. Die beste. Und auch wenn Brayden es etwas renoviert und ein paar Möbelstücke meiner Mutter durch etwas zeitgenössischere Teile ersetzt hat, ist es der Geruch von Mamas Pinienöl-Reiniger, den Brayden immer noch benutzt, und Lavendel im Vorgarten, der mich zurückversetzt.

Aber als ich heute über die Türschwelle trete, wird die Nostalgie von einem Rausch Liebe getroffen, als ich meinen Vater im Augenwinkel sehe. Für einen Moment, bevor ich mich umdrehe, bevor ich überhaupt einatme, glaube ich, dass er wirklich hier ist. Nur für eine Sekunde, und ich kann die Wärme seines Lächelns und das Gefühl seiner Hand, als er mich beruhigend drückt, spüren.

Als ich mich drehe, realisiere ich, dass es Brayden ist, der im Wohnzimmer steht. Mein ältester Bruder ist so groß, wie unser Vater war, und hat dasselbe dunkle Haar und die breiten Schultern, aber während er Papa ähnelt, könnte er nie mit ihm verwechselt werden. Es ist nur mein Gehirn, dass mir Streiche spielt. Schon wieder.

Das passiert ab und zu einfach. Ich denke, dass ich meinen Vater sehe, aber es ist unmöglich, weil er seit vier Jahren tot ist. Diese Momente vergehen so schnell, wie sie geschehen, aber der Schmerz in meiner Brust ist nicht so leicht abzuschütteln.

„Du siehst aus, als hättest du einen Geist gesehen", sagt Brayden.

Ich atme schwer aus. „Ich habe dich in meinem Augenwinkel gesehen, und du sahst aus wie Papa."

Er macht sich nicht lustig. Stattdessen nickt er verständnisvoll. Meine Brüder und ich witzeln über alles und jeden herum, aber nie über das hier. Niemals über den Kummer über den Verlust unseres Vaters oder den Herzschmerz darüber, dass unsere Mutter dasselbe durchmachen muss. „Das ist mir vor ein paar Tagen mit Ethan passiert", sagt er. „Ich war an der Bar und habe ihn von hinten gesehen. Ich bin zwei Schritte auf ihn zugegangen und bereit, Papa zu begrüßen, als ich mich erinnert habe, dass es unmöglich ist."

„Ich dachte, es wäre mittlerweile besser", sage ich.

Brayden nickt. „Das ist es ein bisschen. Am Anfang ist es viel häufiger passiert, aber jetzt ist es nur noch ab und zu so."

„Ja, bei mir auch."

„Jetzt kommt es nur noch vor, wenn ich besonders angespannt bin über etwas, oder zu sehr an irgendetwas gedacht habe, womit er mir geholfen haben könnte." Er mustert mich. „Was erklären würde, wieso es dir gerade so erging."

Ich runzele die Stirn. „Was soll das heißen?"

„Ich habe gehört, dass du einen interessanten Freitagabend hattest." Ich weiß nicht, was er meint, und als ich nicht antworte, fügt er hinzu: „Mit Ava."

„Wer hat dir davon erzählt?" Ich schwöre, man kann nicht einmal einen Schritt zur Seite treten, um zu pissen, ohne dass die Stadt darüber lästert.

Brayden nickt in Richtung der Küche. „Unsere Brüder machen sich richtig lustig." Er haut mir zwischen die Schulterblätter, die Geste beruhigend wie von unserem Vater. „Dein Wunsch wird vielleicht doch noch in Erfüllung gehen.“

Ich weiß nicht, was sie zu wissen glauben, aber ich weiß, dass ich nicht in der richtigen Stimmung bin, um mich von meinen Brüdern auslachen zu lassen.

Ich zwänge mich an Brayden vorbei und in die Küche, in der alle meine Geschwister, Ethans Freundin Nic und meine Nichte sind. Carter und Levi lachen, als sie mich erblicken, und sogar Ethan grinst.

„Große Freitagnacht, hm, *Papi*?“, fragt Levi lachend. „Du hättest mir die ganze Geschichte erzählen können, als ich dich gestern im Fitnessstudio gesehen habe.“

„Sie sind Dummköpfe“, knurrt Nic an meiner Seite. Sie ist so süß, wie sie hübsch ist, und als ich mich zu ihr drehe, beißt sie sich auf die Unterlippe, als wäre es irgendwie ihre Schuld.

„Worüber reden sie verdammt nochmal?“

„Ich habe Ethan erzählt, das Ava dich nach ... du weißt schon, deinem Sperma fragen wollte. Ich dachte, dass sie es getan hat, als sie sich Freitag verabschiedet hat, und dann seid ihr beide in deine Wohnung verschwunden.“ Sie sieht Ethan finster an. „Ich verspreche, dass ich nichts gesagt hätte, wenn ich gewusst hätte, dass er es den anderen erzählen würde.“

Ethan unterdrückt ein Lächeln. „Wie soll ich sowas für mich behalten? Wir sollten alle feiern. Jake und Ava sind endlich zusammen.“

Mein Bauch tut weh. „Außer dass wir es nicht sind.“

Meinen Brüdern vergeht das Lächeln. Ich fühle mich wie ein Idiot. Ich weiß, dass meine Gefühle für meine beste Freundin kein Geheimnis sind, aber meine Brüder haben wenigstens nicht darüber gesprochen, außer wenn es absolut nötig war. Sie alle hier zu haben, während sie über meine Beziehung – oder *Nicht*beziehung – reden, macht mich verletzlich, und ich hasse es. „Nicht einmal ein bisschen."

„Was habt ihr oben gemacht?", fragt Nic sanft.

„Sie hat mir gesagt, dass sie ein Baby haben wird." Ich spreche so leise, dass nur Nic mich hören kann, aber alle anderen spekulieren über die Zukunft von „Jayva", wie Shay Ava und mich nennt. Ich bin es bereits leid, darüber zu reden, und habe keine Lust, mich vor allen zu erklären. „Als sie gesagt hat, dass sie meine Hilfe braucht, dachte ich, dass sie meinte, dass sie bereits schwanger ist, und meine Hilfe wollte. Nicht, dass sie sich von mir schwängern lassen will."

Nic guckt Ethan finster an. „Es ist nicht, was ihr denkt", zischt sie. „Hört auf."

„Jake ist ein großer Junge", erwidert Levi. „Du musst ihn nicht beschützen, Nic." Er greift einen Löffel und häuft überbackene Hash Browns auf seinen Teller.

Shay sitzt leise in der Ecke, trinkt ihren Kaffee und beobachtet mich, was sie und Brayden zu den einzigen zwei meiner fünf Geschwister macht, die mich nicht auslachen. Ich notiere mir im Kopf, dass sie zu Weihnachten extra tolle Geschenke bekommen werden.

Wir füllen unsere Teller auf und gehen ins Esszimmer. Ich kann nicht anders, als Nic mit Lilly zu beobachten. Meine Nichte ist sechs Jahre alt, und sie lächeln immer, wenn sie zusammen sind. So sehr ich glaube, dass Ethan und Nic füreinander bestimmt sind, sind Nic und Lilly die echten Seelenverwandten.

Sehnsucht packt alte Träume aus, wo sie tief in meiner Brust versteckt waren. Ich kann nicht verleugnen, dass ich etwas in Nic verknallt war, als sie nach Jackson Harbor gezogen ist. Sie ist hübsch und passt zu unserer Familie, als wäre sie schon immer ein Teil davon gewesen. Ich glaube, dass alle Jackson Jungs etwas für sie übrig hatten, obwohl Levi der war, der es immer wieder gesagt hat, bis Ethan dem ein Ende bereitet hat. Aber es sind keine Gefühle für Nic, die an meinem Herzen zerren. Es ist das, was sie haben.

Ich werde Ethan in den Arsch treten müssen, wenn er ihr nicht bald einen Ring an den Finger steckt, aber ich bin mir ziemlich sicher, dass es nicht soweit kommen wird. Ethan ist schlau genug, um zu wissen, was er hat. Er hat sie einst fast verloren und wird es nicht noch einmal passieren lassen.

Ich ziehe einen Stuhl heraus und setze mich neben Shay. Sie isst heute, was ein seltener Anblick ist, auch wenn ihr Teller nur aus Weizentoast und Rührei besteht, und nichts von dem tausend-plus-Kalorien-Frühstück hat, das meine Brüder und ich gleich verputzen werden. Seit Shay ihr Übergewicht während ihres Studiums verloren hat, ist sie sehr vorsichtig mit dem, was sie isst.

„Wo ist Mama?", frage ich, als ich mich umsehe. Der Tisch ist voll mit uns sechs Jackson-Geschwistern, Nic und meiner Nichte, aber so viele, wie hier sind, lässt der Anblick von Mamas leerem Stuhl es leer erscheinen. Ich habe gestern Nacht mit ihr telefoniert, um ihr zu gratulieren, weil sie die Chemo beendet hat, aber ich habe mich gefreut, sie heute zu sehen.

„Sie schläft oben", sage Brayden. „Es geht ihr nicht so gut."

Scheiße. Arme Mama …

„Arme Oma", sagt Lilly, ihr Gesicht traurig. „Ihr ist ständig übel."

„Wieso ist sie nicht zu Hause geblieben?", frage ich.

„Du kennst Mama doch", sagt Shay. „Sie will unser Brunch nicht verpassen, auch wenn sie den Geruch nicht abkann."

Ich nicke. Ich kenne sie, aber ich spüre einen scharfen Schmerz bei dem Gedanken, dass sie jeden Sonntag mit uns verpassen wird, wenn der Krebs gewinnt. Ich hasse es, mich so hilflos zu fühlen. Ich will ihr helfen. Einen Weg finden, die Krankheit für sie zu bekämpfen, damit sie es nicht tun muss.

„Tut mir leid, dass ich Freitag nicht da war", sagt Shay leise. „Vielleicht hätte ich Teagan davon abhalten können, einer betrunkenen Ava zu sagen, dass sie nach deinem Sperma fragen soll."

„Also soll ich mich bei Teagan bedanken?"

Sie schiebt die Eier auf ihrem Teller herum. „Laut Nic, ja."

Ich zucke mit den Schultern. „Ist schon in Ordnung. Sie ist nüchtern aufgewacht und wusste, dass es eine schlechte Idee ist."

Sie nickt. „Ist es das?"

Ich hebe eine Augenbraue. „Sie *mein* Kind *ohne* mich haben zu lassen? Ja, klingt ganz schön beschissen."

„Hmm." Sie schaufelt Eier auf ihre Gabel und mustert sie. „Der letzte Stand der Dinge ist, dass Ava kaum etwas ohne dich tut, Jake." Sie kaut und schluckt, bevor sie ihre Aufmerksamkeit auf Lilly lenkt, die darüber redet, was letzte Woche in der Schule passiert ist.

Ich bin viel zu abgelenkt, um zuzuhören. Ich kenne Ava gut genug, um zu wissen, dass, wenn sie sich entschieden hat, eine Familie zu gründen, sie es durchziehen wird. Ellies Verabredungen werden sie vielleicht etwas bremsen, aber wenn Ava niemanden trifft, den sie wirklich mag, wird „Operation Schwangerschaft", wie sie es nennt, diesen Sommer beginnen.

Entweder verliebt sie sich in jemanden, oder sie wird alleine ein Kind haben.

Ich weiß nicht, welche Option mich verrückter macht. Aber ich kann nichts dagegen tun. Ich muss mich einfach nur erinnern, dass unsere Freundschaft an erster Stelle steht. Ava weiß, was ich für sie empfinde. Ich habe es ihr vor fast fünf Jahren gesagt. Ich habe nur Glück, dass ich sie damals nicht verloren habe.

JAKE

Vor fünf Jahren ...

Ich klopfe dreimal an Avas Tür und halte die Luft an, während ich darauf warte, ihre Schritte zu hören. Ich werde es tun. Ich werde meiner besten Freundin sagen, was ich für sie empfinde.

Das Wetter passt zu meiner Stimmung – dunkle, graue Wolken, starker Wind und ein Sturm, der den Himmel erleuchtet und durch die Stadt grollt.

Ich habe sechs Monate lang versucht, genug Mut aufzutreiben, aber nachdem mein Bruder mir gesagt hat, dass ihr Freund Harrison sie gestern Nacht wieder zum Weinen gebracht hat, bin ich fest entschlossen, etwas zu sagen. Ich bin es leid, dass Harrison sie als selbstverständlich sieht und sie wie Scheiße behandelt, sobald ihm etwas Besseres über den Weg läuft und er deswegen absagt. Ich bin es leid, dass er ständig Wege findet, mich aus ihrem Leben zu drängen. Und ich bin es leid, so zu tun, als würde ich nicht jeden Tag ein bisschen sterben, während ich ihr zusehe, wie sie sich in jemand anderes verliebt.

Ich werde es tun, und ich werde es *jetzt* tun.

Als die Tür aufschwingt und sie mich anlächelt, schiebe ich die Hände in meine Taschen.

„Jake! Was machst du hier?", fragt sie, als sie zurücktritt, um mich reinzulassen.

Sobald ich in ihrer Wohnung bin, entspanne ich mich. Es ist einer meiner Lieblingsorte. Ava hat die Wohnung zu ihrem eigenen Reich gemacht. Sie hat künstliche Blumen in den Vasen auf ihrem Tresen, Stapel mit Büchern auf ihren Regalen und bequeme Möbel mit Kissen und kuscheligen Decken. Es ist anders als die Wohnungen von anderen Leuten in unserem Alter, und für mich fühlt es sich nach Zuhause an. Aber vielleicht ist es auch nur so, weil sie hier lebt.

„Ist alles in Ordnung?" Sie grinst, als sie fragt.

Die Tränen von letzter Nacht sind verschwunden und ersetzt mit einer guten Laune, die sie geradezu nach Außen hin ausstrahlt. Sie ist erneut die fröhliche Ava in ihrem riesigen Pulli und einem bequemen Paar Jeans. Ihr dunkles Haar hängt über ihren Schultern, und ein offener Roman liegt auf der Sofalehne. Ich muss sie beim Lesen unterbrochen haben.

Alles in meiner Brust ist angespannt. Ich habe Angst. Bin ein verdammter Feigling. Ava ist meine beste Freundin, seit wir zehn waren, und ich bin ein Idiot, weil ich meine Gefühle für sie nie erkannt habe, bis sie mit Harrison zusammengekommen ist. Sie ist nach ihrer ersten Verabredung nach Hause gekommen, die Wangen rosa, ihr Gesicht aufgeregt. *Ich glaube, er könnte der Eine sein, Jake.*

Die Eifersucht übermannte mich so heftig und schnell, dass ich mich fühlte, als hätte mir jemand in den Magen geschlagen.

Ich habe versucht, meine Gefühle zu verleugnen. Versucht, zu warten, bis sie vergehen. Versucht, mit jeder anderen schönen Frauen in einem achtzig Kilometer Umkreis auszugehen. Nichts hat funktioniert. Jeden Tag akzeptierte ich mehr und mehr, dass meine Gefühle für Ava zu nichts führen werden. Und jeden Tag verliebte sie sich mehr in diesen Arschloch-Junioranwalt, mit dem ihr Vater sie verkuppelt hat.

„Können wir reden?", frage ich krächzend.

„Natürlich." Sie schließt die Tür. „Um ehrlich zu sein, wollte ich sowieso mit dir sprechen. Ich bin froh, dass du gekommen bist."

„Kann ich anfangen?" Ich muss es sagen, bevor ich kneife.

„Klar." Sie zuckt mit den Schultern und versucht, zu lächeln, aber ihr Gesicht zeigt nun Sorge. Meine Nervosität muss offensichtlich sein. Ihre braunen Augen sind sanft, als sie mich mustern und mich daran erinnern, dass Ava und ich auf unsere Weise schon viel länger zusammen sind als sie und Harrison. Der Gedanke gibt mit das bisschen Mut, das ich brauche.

Ich öffne meinen Mund, aber die Ansprache, die ich im Auto aufgesagt habe, ist verschwunden. Ich will nicht über meine Worte stolpern. Ich will kein Missverständnis riskieren.

Von einem Herzschlag auf den nächsten ändere ich meinen Plan. Ich trete auf sie zu, und bevor sie reagieren kann, umrahme ich ihr Gesicht mit meinen Händen und senke meinen Mund zu ihrem. Ich atme ihren blumigen Duft ein. Ich verewige die Hitze ihrer Haut in meinen Gedanken. Ich nehme mir den Kuss, über den ich schon länger fantasiere, als ich mich erinnern kann.

Ava keucht auf. Ihr ganzer Körper versteift sich, bevor sie sich entspannt, und für einen Herzschlag – den süßesten Schlag in der Geschichte der Zeit – küsst sie mich zurück. Ihre Hände graben sich in mein T-Shirt, und ihre Lippen öffnen sich. *Scheiße, ja!*

Der Moment ist so schnell vergangen, wie er begonnen hat. Sie lässt mich los und schiebt mich weg. „Jake, stopp. Was tust du?"

Ich mustere ihre Augen und finde Panik und Verwirrung. „Ich liebe dich", sage ich. Mit dem Geschmack ihrer Lippen ist es einfacher, die Worte zu sagen. „Ich bin in dich verliebt, und ich will mit dir zusammen sein."

Sie schluckt und schüttelt den Kopf. Ihre Augenbrauen sind gerunzelt, und ihre Lippen öffnen sich, bevor sie sie wieder schließt – immer und immer wieder –, als wäre sie stumm. „Ich bin in einer Beziehung mit Harrison", sagt sie endlich.

„Er hat dich gestern zum Weinen gebracht." Mein Körper spannt sich an. Sie sollte mit jemandem zusammen sein, der sie zum Lächeln und Lachen bringt. Nicht mit jemandem, der sie unsicher und traurig macht.

„Was? Wer hat das gesagt?"

„Levi hat euch im Jordan's Inn gesehen. Du verdienst Besseres als jemanden, der dir weh tut, Ava. Lass mich der Mann sein, den du verdienst."

Sie schüttelt den Kopf erneut. „Er hat mir nicht weh getan. Ich war nicht traurig, sondern glücklich." Sie wartet, als würde sie mir einen Moment geben, um sie zu verstehen. „Er hat mir einen Heiratsantrag gemacht."

Für einen Moment denke ich, dass sie lügt, um das schlechte Verhalten des Mannes, der es nicht wert ist, zu erklären.

Aber dann sehe ich die Wahrheit in ihrem Gesicht

und fühle mich, als würde ich verschwinden. Ich höre die Autos auf der Straße vor der Wohnung, die Anlage von den Nachbarn. Ich halte die Luft an – wage es, zu hoffen, dass sie seinen Antrag abgelehnt hat –, aber ich weiß es bereits. Sogar bevor sie den zu langen Ärmel ihres Pullis hochzieht, um mir den glitzernden Diamant zu zeigen. Ich weiß bereits, dass sie Ja gesagt hat.

Ich starre den Ring an. „Bist du dir sicher, dass du das willst?"

„Ja. Ich *liebe* Harrison." Sie verschränkt die Arme vor der Brust. „Jake?"

Ich reiße meinen Blick von ihrem Finger, um ihr in die Augen zu sehen.

„Ich hab' dich lieb. Du bist mein bester Freund, und ich will dich nicht verlieren."

Die Worte sind wie ein Schwert im Herzen. Ich will sie auch nicht verlieren, aber ich glaube, dass ich das bereits habe. „Tu es nicht. Heirate ihn nicht. Ich kann das hier nicht mehr tun, wenn du ihn heiratest."

„Was tun?" Sie legt ihren Kopf zur Seite und mustert mich. „Was sagst du?"

„Ava, ich will mehr. Ich habe versucht, es genug sein zu lassen, aber ... Ich kann es nicht mehr."

„Wieso tust du das?" Sie schüttelt den Kopf, und eine Locke fällt über ihr Auge. Ich will sie wegstreichen. Ich will sie in meine Arme ziehen und anflehen, meinem Herzen zuzuhören. „Du bist nicht ..." Sie hebt ihr Kinn und sieht zur Decke, bevor sie mich mit einem harten Blick anguckt. „Ich weiß, dass du Harrison hasst, aber das geht zu weit."

Ich mache einen Schritt nach hinten – und dann einen weiteren –, der süße Geschmack ihres Mundes immer noch auf meinen Lippen. „Du fühlst es überhaupt nicht?"

„Es tut mir leid. Du bist mein bester Freund."

Diese Worte tun weh. *Scheiße*. „Ich muss gehen." Mein Blick fällt erneut auf ihren Ring.

Sie wird ihn wirklich heiraten.

Vielleicht hätte ich eine Chance, wenn er ein offensichtlicheres Arschloch, ein Loser und ein Fremdgeher wäre … aber er ist ein junger Anwalt, frisch von der Uni, ihr Vater liebt ihn, und er tut etwas für sie, das ich nie getan habe.

Ich bin einfach nur Jake. Der Junge, der nebenan aufgewachsen ist, mit acht Jahren eine Schlange in ihr Schlafzimmer gebracht hat, mit dem sie mit den Schlitten um die Wette gerast ist und mit dem sie sich mit dreizehn im Schlamm gewälzt hat.

„Zwischen uns ist alles gut, oder?" Panik schwingt in ihren Worten.

„Wieso sollte es gut sein, wenn du ihn heiratest?"

„Weil wir Freunde sind? Weil du willst, dass ich glücklich bin?"

„Ich bin in dich verliebt."

„Nein, bist du nicht", zischt sie. „Wir lieben einander, weil wir seit Ewigkeiten Freunde sind. Du bist nicht *verliebt*. Du stehst nicht auf Frauen wie mich."

„Erzähl mir nicht, wie ich mich fühle." Wut entflammt in meinem Magen. Sie muss mich anhören. Mir *glauben*.

„Du magst Blondinen mit riesigen Titten, die den Unterschied zwischen Gucci und Versace kennen."

Ich kann nur den Kopf schütteln. *Blondinen mit riesigen Titten.* Es ist wahr. Ich tendiere mehr zu Frauen, die das komplette Gegenteil von Ava sind. Wenn sie auch nur einmal wirklich nachdenken würde, wüsste sie, dass ich es nur tue, um über sie hinwegzukommen. Mit jemandem zusammen zu sein, der Ava ähnelt, würde mich dazu zwingen, sie zu vergleichen. Ob es mir gefällt oder nicht, keine Frau reicht an Ava heran.

„Flipp' wegen meiner Verlobung nicht aus", flüstert sie. „Nichts muss sich zwischen uns ändern."

„Dann gib dich nicht mit jemandem zufrieden, der es nicht wert ist, nur weil du Angst hast, dass dein Vater dich nie lieben wird." Ich bereue die Worte, sobald ich sie sage, und noch mehr, als sie zusammenzuckt, als hätte ich sie geschlagen, aber ich kann sie nicht zurücknehmen. Und vielleicht ist das gut so. Vielleicht muss sie wissen, was ich sehe, wenn ich sie und Harrison gemeinsam betrachte.

„Ich will, dass du gehst", sagt sie sanft.

„Tschüss, Ava." Ich reiche um sie herum, öffne die Tür und stürme in den Regen, mein Körper taub, mein Herz irgendwo in ihrer Wohnung. Zerbrochen.

KAPITEL SIEBEN

AVA

Gegenwart ...

Mein Vater hat mich gebeten, am Montag in sein Büro zu kommen, also lasse ich meine Theaterschüler, mit denen ich die Mittagsstunde in meinem Klassenzimmer verbringe, wissen, dass ich es heute nicht schaffen würde, und gehe die zwei Blocks zu seinem Büro.

Wenn ich könnte, würde ich nicht einmal herkommen. Harrison arbeitet für meinen Vater, und während ich mich hier einst wie eine stolze Tochter und Frau gefühlt habe, sehe ich mich jetzt als Versagerin – ein weiterer guter Grund, wieso eine Frau ihren Wert nicht von einem Mann abhängig machen sollte. Ich habe geglaubt, dass ich es wert war, weil Harrison mich wollte, und als er mich verlassen hat, musste ich um die letzten Teile meiner Identität kämpfen. Ich habe alles hinterfragt – meine Beziehungen, meine Talente und sogar meine Arbeit. Ich musste darum kämpfen, mein Selbstvertrauen neu aufzubauen.

Heute, als ich durch die Türen von McKinley, Morton and Zimmerman gehe, ist es genauso wie in den letzten zwei Jahren. Eine Erinnerung an mein Versagen. Harrison ist immer noch hier, und sein Nachname wurde vor ein paar Monaten zum Türschild hinzugefügt, als er ein Partner wurde. Aber ich bin nicht länger Frau Zimmerman. Ich war weder gut genug für Harrison noch für meinen Vater.

Ich gehe an der Rezeption vorbei und durch den Flur auf Papas Büro zu, wo ich meine Stiefmutter an ihrem Tisch sitzen sehe. Leider ist mein Vater ein Klischee. Er hat meine Mutter für seine Sekretärin verlassen.

Jill strahlt mich an. „Hallo, Geburtstagskind! Tut mir leid, dass wir dich nicht übers Wochenende sehen konnten." Sie steht auf und kommt um ihren Tisch herum, um mich zu umarmen. „Dein Vater hatte Tickets für das Cubs-Spiel und war nicht davon abzubringen. Ich weiß, dass es ihm leid tut."

Ich drücke sie, und als ich sie loslasse, erwidere ich ihr Lächeln und frage mich, ob sie den Mist glaubt, den sie von sich gibt. Mein Vater hat wahrscheinlich nicht einmal daran gedacht, dass er meinen Geburtstag verpasst hat. „Jill, mach dir keine Sorgen. Ich war beschäftigt."

Ihre Schultern senken sich vor Erleichterung. „Du bist das süßeste Mädchen. So verständnisvoll, und du stellst alle anderen vor dich."

Meine Stiefmutter entspricht nicht ihrem Teil dieses Klischees. Während ich keine Mühe habe, meinen Vater als Arschloch zu sehen, kann ich an Jill nicht als eine Bitch oder Hure denken – oder an sonst etwas, das zu ihm passen würde. Vielleicht wollte ich das Schlimmste von ihr erwarten, als mein Vater uns verlassen hat, aber ich war zu jung und zu eingenommen von ihrer Schönheit und ihrem Sinn für Mode, um zu hinterfragen, ob ihre Freundlichkeit echt war. Glücklicherweise war sie es.

„Dein Vater erwartet dich", sagt sie. „Kannst du bleiben? Vielleicht kann ich seinen Termin um ein Uhr absagen, und wir können dich zum Mittagessen ausführen?"

Ich schüttele den Kopf. „Ich muss für die vierte Stunde wieder in der Schule sein."

„Dann halt ein anderes Mal." Sie lächelt und führt mich zu Papas Tür, ehe sie sanft klopft und sie einen Spalt öffnet. „Nelson, Ava ist hier." Sie öffnet sie ganz und winkt mich herein.

„Hey, Papa", sage ich, als ich auf ihn zugehe.

„Ava!" Er drückt sich an seinem Tisch ab und steht auf. Mein Vater muss einen Deal mit Dorian Gray eingegangen sein, weil ich schwören könnte, dass er seit meiner Kindheit keinen Tag gealtert ist. Mit neunundfünfzig hat er immer noch einen vollen Schopf dunkler Haare und den Körper eines Athleten. Weil ich weiß, dass er so viel Wert auf sein Aussehen legt, bin ich froh, dass er so gut gealtert ist, aber sein Glück bedeutet, dass ich mir jahrelang anhören musste, wie heiß meine Freundinnen ihn finden. *Das* könnte ich gut und gerne vergessen. „Hattest du einen guten Geburtstag?"

Er geht um seinen Schreibtisch herum, schlingt seine Arme um mich, und ich bin erneut zehn Jahre alt – ein kleines Mädchen, das glaubt, dass sie nicht gut genug ist, weil ihr Vater ausgezogen ist, und die die Momente geliebt hat, an denen er ihr Grund gegeben hat, das Gegenteil zu glauben. Ich wünschte, ich bräuchte seine Anerkennung nicht, aber das tue ich.

„Es war toll, Papa." Ich trete zurück, sehe hoch und lächle ihn an. „Hattet du und Jill Spaß in Chicago?"

„Ja, und glücklicherweise für dich habe ich einen alten Unikumpel getroffen, als wir da waren. Ich weiß nicht, ob du dich an Vern und Martha Stone erinnerst."

Ich schüttele den Kopf. „Tut mir leid. Die Namen sagen mir gar nichts, aber vielleicht würde ich sie wieder erkennen können?"

„Ich habe Vern an der Universität kennengelernt. Er und seine Frau sind gute Freunde und das Beste, was dir passieren könnte."

Ich runzele die Stirn. „Wie meinst du das?"

Er reibt die Hände zusammen, als würde er einen Plan ausarbeiten. „Ich habe von den Kündigungen gehört, Ava. Verns Frau arbeitet als Administratorin für das Schulsystem in Florida. Ich habe gerade am Morgen über deine Schule gelesen und es war ein glücklicher Zufall, dass ich Vern getroffen habe. Ich habe ihm gesagt, dass du nach etwas suchen würdest und ihn daran erinnert, dass er mir einen Gefallen schuldet." Er lacht, als wäre es der lustigste Witz, aber ich fühle mich überhaupt nicht amüsiert.

Mein Vater nimmt an, dass ich eine der Lehrerinnen bin, die gefeuert werden. *Toll, wie sehr du an mich glaubst, Papa.*

„Wir wissen noch nicht, wie vielen Leuten gekündigt wird", sage ich, während ich versuche, geduldiger zu klingen, als ich mich fühle. „Ich habe keinen Grund, anzunehmen, dass ich gefeuert werde."

Mein Vater schenkt mir ein angespanntes Lächeln. „Lass uns nicht so dumm sein, keinen Plan B zu haben." Er hebt eine Braue. „Wenn wir eine Gelegenheit in Florida haben, dann werden wir sicherstellen, dass wir sie fördern, falls sie in Zukunft gebraucht wird."

„Ja, aber sogar wenn ich meine Stelle verliere, bin ich nicht sicher ob ich–"

„Immer so trotzig." Sein angespanntes Lächeln verwandelt sich in einen faltigen Ausdruck der Missbilligung. „Vielleicht solltest du dir einen Moment nehmen, um über deine Worte nachzudenken."

Wenn ich eine Blume wäre, würde ich jetzt braun und verwelkt sein. Ich bin erneut zehn Jahre alt – das gescholtene Kind, das nicht ihre Dankbarkeit zeigt, dass sie zum Sonntagsessen mit seiner neuen Familie eingeladen wurde. Ich bin siebzehn, lebe mit der perfekten Familie meines Vaters und schaffe es nie, mich ganz anzupassen. Ich bin achtundzwanzig und mir wird gesagt, dass ich verständnisvoller sein soll bezüglich des betrügenden Verhaltens meines Mannes.

Ich schlucke schwer und schüttele den Kopf. Ich hasse es, dass meine Antwort ihn enttäuscht und genauso sehr, dass es mich fertig macht. „Danke, dass du mir helfen willst, Papa."

Sein Gesicht wird sanfter. „Bereite dich auf ihren Anruf vor. Martha war sehr enthusiastisch, als ich ihr von deiner Erfahrung mit dem örtlichen Kinder- und Jugendtheater erzählt habe."

Ich soll mich vorbereiten? Scheint voreilig und hoffentlich unnötig. Aber es gibt nur eine geeignete Antwort. „Ich werde mich vorbereiten. Danke, Papa."

„Gern geschehen. Können Jill und ich dich zum Essen ausführen?"

Ich schüttele den Kopf. „Ich muss zurück zur Arbeit." Nach all diesen Jahren versteht er immer noch nicht, dass ich mir nicht einfach frei nehmen kann. Aber andererseits versucht er ja auch nicht, sich zu bemühen, die Welt um sich herum zu verstehen.

Er lehnt sich vor, drückt einen Kuss auf meine Wange und sagt: „Alles Liebe zum Geburtstag. Jill wird dich nach draußen begleiten." Er geht um seinen Tisch herum und drückt den Knopf an seinem Telefon, um Jill wissen zu lassen, dass wir fertig sind.

Sie erscheint sofort, und die Aufmerksamkeit meines Vaters ist auf seinem Computer, als wäre ich bereits weg.

„Hab' einen guten Tag, Papa", sage ich, als ich sein Büro mit Jill verlasse.

Ich bin im Stande, selbst heraus zu finden, aber sie begleitet mich trotzdem immer. Ich frage mich, ob sie einfach nur höflich ist, oder ob sie weiß, wie unangenehm es für mich ist, hier zu sein, weil ich immer Angst habe, Harrison im Flur über den Weg zu laufen.

Als wir den Ausgang erreichen und die glänzenden Glastüren aufschieben, scheint die Sonne, und die Luft ist warm.

„Fühlt sich an, als würde der Sommer bald hier sein", sage sie, ihr Kopf zum Himmel gerichtet.

Ich lächele. „Ich kann es nicht erwarten." Die meisten Menschen nehmen an, dass Lehrer drei Monate Sommerferien haben, aber ich habe nie so viel Zeit benutzt. Wegen meiner Anstellung beim Theater arbeite ich so viele Stunden im Sommer wie während des Schuljahres, da ich beim Theater-Ferienlager mithelfe und die größte Show des Jahres leite. Die örtliche Jugend – von fünf bis achtzehn Jahren – arbeitet den ganzen Sommer und führt genau vor Beginn des neuen Schuljahres auf. Es ist meine liebste Zeit des Jahres. Ich verbringe meine Tage mit Kindern, die das Theater lieben, und meine Nächte mit extra Schichten im Jackson Brews. Manche Wochenenden bin ich mit den Jacksons in ihrem Chalet.

„Weißt du was?", fragt Jill und reißt mich aus meinen Gedanken. „Molly kommt in ein paar Wochen nach Hause."

Oh ... Meine Stiefschwester. Ellie und ich nennen sie „Mutter Teresa", weil sie immer etwas tut, um die Welt zu verbessern – theoretisch eine tolle Eigenschaft, aber wenn sie jemandem gehört, mit dem man immer verglichen wird, ist es etwas schwer, damit zu leben. „Das ist toll. Wie geht es ihr?"

„Gut, aber du kannst sie selbst fragen. Sie sagt, sie muss über etwas Wichtiges reden, also glaube ich, dass sie große Neuigkeiten hat."

„Das ist super!" Ich zwinge mich zu einem Lächeln.

Molly ist für die Uni weggezogen. Sie hat an einer extravaganten, liberalen Kunstuniversität studiert, wo ein Jahr mehr kostet als mein Haus. Sie ist weggezogen und nur selten nach Hause gekommen. Im Gegensatz zu mir. Ich bin so nah an Jackson Harbor geblieben, wie ich konnte. Ich hatte kein Interesse, mich irgendwo anders einzuleben. Aber als Molly ihr Studium vier Jahre nach mir begonnen hat, hat sie immer ein tolles Praktikum hier und da gehabt. Ich habe keinen Zweifel, dass ihre Neuigkeiten genauso wichtig sein werden.

„Wirst du zum Abendessen kommen, wenn sie da ist?"

Die Wahrheit ist, dass es die Wut meines Vaters nicht wert wäre, solch ein Familienessen zu verpassen. Ich will vielleicht nicht gehen, aber ich weiß, dass ich es werde. Kann ich es wagen, von meinen eigenen Neuigkeiten zu erzählen, wenn Molly ihre mitteilt? Mutter Teresa arbeitet wahrscheinlich daran, ein Waisenheim in Kalkutta zu öffnen, während ich, die leistungsschwache Tochter, die bald vielleicht keine feste Anstellung mehr hat, plant, in Sperma zu investieren. „Ich würde es mir nicht entgehen lassen!"

Als ich zurück zur Schule komme, strömen die Schüler langsam in meinen Klassenraum. Theater ist meine Lieblingsstunde, und die Gruppe, die ich dieses Jahr habe, ist voller Enthusiasmus.

„Guten Nachmittag", sage ich, nachdem die Glocke läutet. Ich schnappe mir den Stapel Papiere auf meinem Tisch und verteile sie. „Wie versprochen, habe ich die Anmeldungen für das Sommerprogramm des Jugendtheaters mitgebracht. Ich hoffe, ihr werdet euch diese Chance durch den Kopf gehen lassen und mit euren Eltern reden. Wenn ihr denkt, dass ihr aushelfen wollt, könnt ihr mir die Anmeldungen bis Ende der Woche zurückgeben. Ich habe immer mehr Freiwillige für die Jugendleitungspositionen, als ich Plätze habe, also solltet ihr nicht zu lange warten."

Lance hebt seine Hand aus der letzten Reihe, als ich die restlichen Papiere aushändige. „Frau McKinley?"

„Ja, Lance?"

„Meinte Frau Quincy es ernst, als sie gesagt hat, dass mehrere Lehrer entlassen werden?"

Die Klasse atmet gleichzeitig ein, und ich kann nicht anders, als es ihnen gleichzutun. Als Myla und ich am Sonntag im Café darüber gesprochen haben, hat sie wahrscheinlich nicht daran gedacht, dass Lance hinter dem Tresen zuhören würde. Die Kündigungspläne sind kein Geheimnis, aber niemand will die Schüler beunruhigen.

„Bisher wissen wir noch nichts genaues", sage ich mit einem Lächeln, das hoffentlich beruhigend wirkt.

In der ersten Reihe wedelt Sydney mit ihrem Blatt

Papier. „Wenn sie das Sommerprogramm nicht leiten, dann will ich nicht dabei mitmachen."

Ich schüttele mit dem Kopf. „Das Kindertheater hat nichts mit Windsor Prep zu tun.. Ich verspreche euch, dass ich das Sommerprogramm so oder so leiten werde."

„Also könnten Sie gefeuert werden?", fragt Lance.

„Was, wenn Sie für Ihre neue Anstellung umziehen müssen?", fragt Corrine.

„Was ist mit dem Musical im nächsten Jahr?", fragt Sydney. „Es gibt niemanden sonst an der Schule, der sich einen Dreck um die Theaterkinder schert."

„Sydney, rede nicht so."

Sie errötet. „Tut mir leid, aber es ist wahr."

Ich atme tief ein. „Bitte sorgt euch nicht, bis wir mehr wissen. Ich will nichts versprechen, weil es nicht meine Entscheidung ist. Ich werde es wissen, wenn es soweit ist."

„Aber Sie werden es uns sagen?", fragt Corrine, ihre Stimme leise.

Diese Kinder verhalten sich so stark und erwachsen, dass man meistens vergisst, dass sie einfach nur ... Kinder sind. Aber ich sehe die Verletzlichkeit in den Augen der fünfzehn Schüler, die auf meine Antwort warten.

Sie brauchen Versicherung, dass ich nächstes Jahr hier sein werde, weil ich ein Symbol von dem bin, was sie lieben − Welten auf der Bühne zum Leben zu erwecken. Ich will ihnen sagen, dass ich mir keine Sorgen mache, und erklären, dass ich schon länger hier bin als die beiden anderen Lehrer in diesem Bereich. Aber ich beiße meine

Zunge für den Fall, dass ich mit meiner Zuversicht falsch liege.

„Ich werde euch Bescheid geben", verspreche ich. Ich deute zu den Anmeldungen und grinse. „Aber ich garantiere euch, dass ich beim Theater-Ferienlager dabei bin, und das solltet ihr auch."

KAPITEL ACHT

Jackson Brews ist voll. Nach ein paar warmen Tagen im März lässt der scheinbar unendliche Michigan-Winter uns los, und die milden Temperaturen haben alle aus ihren Häusern und auf die Straßen der Jackson Harbor-Innenstadt gezogen. Es ist eine dieser Nächte, wenn Kunden sich durch eine Menge zwängen müssen, um zur Bar zu gelangen. Schon bald wird die Schule vorbei sein, und Touristen werden wiederkommen, wodurch Nächte wie diese sich normal anfühlen werden. Ich bin dankbar für den Tourismus und alles, was damit einhergeht, aber die Bar mit Einheimischen gefüllt zu sehen, erfüllt mich mit Stolz.

Jackson Brews war eine einfache, örtliche Bar, als ich sie übernommen habe. Mein Vater wollte keine Bar öffnen, sondern einfach nur Bier brauen. Er war gut, und bevor er erkrankt ist, hat er an die ganze Stadt und in Grand Rapids verkauft. Der Jackson Brews-Pub war da, aber es war nichts Besonderes. Kunden konnten vorbeikommen und eins von seinen selbstgebrauten Bieren trinken und vielleicht ein Sandwich und Fritten bekommen. Es war funktionell, aber kein Reiseziel.

Ich war an der Uni, als Papas Krebs diagnostiziert wurde, und als die Behandlungen ihn zu krank zum Arbeiten gemacht haben, haben wir alle mit angepackt. Brayden hat damals schon an seiner Seite gearbeitet, um den Bierexport zu erweitern. Es hat Sinn gemacht, dass er diese Seite des Geschäfts übernehmen würde, aber alle wussten, dass er nicht die richtige Person war, um die Bar zu managen. Carter hatte gerade bei der Jackson Harbor Feuerwehr angefangen, und Ethan war gerade mitten im Medizinstudium. Shay und Levi waren beide zu jung, also blieb nur noch ich übrig – ein einundzwanzigjähriges Kind, das die beste Bar der Stadt haben wollte. Es passierte nicht so schnell, wie ich wollte, aber es ist mir gelungen, und ich kann nicht anders, als stolz zu sein. Ich denke, Papa wäre auch stolz, wenn er es sehen könnte.

Die Glocke klingelt gerade, als die Vordertür aufgestoßen wird. Ich sehe aus Instinkt in die Richtung, erstarre jedoch, als ich Ava sehe, die höllisch heiß aussieht, ihre Augen auf mir. Vorfreude spannt sich über meine Wirbelsäule, bevor ich mich einkriege.

Sie hat sich für ihre Verabredung angezogen, du Idiot.

Sie zwängt sich durch die Menge und kommt neben mir hinter der Bar zum Stehen. Ich atme tief ein, meine Augen geschlossen, als ich ihr blumiges Parfüm einatme wie ein Junkie. Als ich meine Augen wieder öffne, mustert sie die Menge mit einem Kopfschütteln. „Ich glaube, ich sollte meine Verabredung absagen und dir helfen. Gott. Wo sind die alle hergekommen?“

Ich zucke mit den Schultern. „Es ist ein schöner Tag. Ich glaube, es ist der erste sonnige Frühlingstag mit über null Grad.“

„Hast du die Terrasse aufgemacht?“

„Jap, und es gibt dort auch nur noch Stehplätze.“ Ich winke einem Stammkunden zu, bevor ich mich von ihr wegdrehe, um sein Bier einzugießen und seine Rechnung zu beginnen. Ich fülle ein paar Getränke auf und schicke eine Bestellung in die Küche, bevor ich mich Ava wieder zuwende.

Ihr Gesicht ist mit Sorge verspannt. „Du brauchst mich.“

„*Du* versuchst nur, dich aus deiner Verabredung herauszureden.“ Als sie meinem Blickkontakt ausweicht, senke ich meinen Kopf, um sie anzusehen. „Cindy und ich haben alles im Griff.“

„Bist du dir sicher?“

„Versprochen.“ Nicht, dass ich will, dass sie zu diesem Date geht, aber ich werde nicht der Typ sein, der ihr im Weg steht.

„Ich bin nervös. Ich hasse erste Verabredungen und den Druck, den ich spüre. Weißt du, was ich meine? Ich habe aufgegeben.“ Sie zieht an ihrem Kleid. „Aber ich bin nicht mit den Träumen aufgewachsen, das perfekte *Sperma* finden zu wollen, um ein Kind zu haben. Ich habe von dem perfekten Kerl geträumt. Was soll ich sagen?

‚Hey, schön, dich kennenzulernen. Ich heiße Ava, und ich habe gehofft, wir wären das perfekte Paar, damit mir uns verlieben, heiraten und *sofort* Babys haben können.‘“

Ich schlucke schwer und ziehe meine „bester Freund“-Mütze über. „Vielleicht solltest du damit nicht anfangen.“

Sie schüttelt den Kopf. „Aber ich bin eine dreißigjährige, geschiedene Frau, die nicht einmal ihr eigenes Make-Up auftragen kann. Ellie musste mir helfen.“

Ihr Augen-Make-Up ist dunkler als sonst, und sie hat ihren typisch pinken Lipgloss für einen Lippenstift ausgetauscht, der so dunkel ist, dass er fast rot erscheint. Es ist mehr, als Ava normalerweise auftragen würde, aber nicht zu viel. „Sie hat gute Arbeit geleistet.“

„Ich fühle mich, als würde ich gleich meine Schicht auf dem Strich beginnen.“

„Entspann dich. Du siehst toll aus.“ Ich übertreibe es nicht. Sie trägt ein kleines, schwarzes Kleid – Betonung auf *klein* – und ihre roten High Heels. Ich habe das Kleid noch nie gesehen. Wenn ich das hätte, bin ich mir sicher, dass ich mich daran erinnern würde, also schätze ich, dass es Ellie gehört. Es zeigt all ihre besten Eigenschaften. Der Ausschnitt zeigt mehr Busen als sonst, und der Saum ihres Kleides zeigt mehr Bein. Kein heißblütiger, heterosexueller Mann könnte ihr widerstehen, auch wenn sie ihre „Ich will ein Baby“-Begrüßung benutzt.

„Ich fühle mich wie eine angespülte, alte Frau, die sich zu viel Mühe gibt.“

„Naja, du siehst aus wie ein *feuchter* Traum.“

Sie runzelt die Stirn, als sie mich mustert. „Meinst du es ernst?“

Scheiße, ja. Ich würde sie gerne in die Küche ziehen, gegen den begehbaren Kühlschrank drücken und ihr zeigen, wie ernst ich es wirklich meine.

Aber ich muss unsere Freundschaft an erste Stelle setzen, also verschränke ich die Arme einfach vor meiner Brust. „Suchst du nach Komplimenten?“

„Vielleicht.“ Ihre Lippen zucken. Ich habe wirklich Mühe, meine Augen von diesen Lippen zu halten, aber es wäre für alle am besten, wenn ich es schaffe.

Sie spielt erneut mit ihrem Kleid herum. „Ist Levi hier?“

Ich schüttele den Kopf. „Wieso?“

Sie zuckt mit den Schultern. „Ich will ihn vor meinem Date sehen. Du weißt schon ... Er ist gut für mein Selbstvertrauen. Er weiß, wie man Komplimente macht und sie ein Mädchen glauben lässt.“

Knurrend presse ich eine Hand auf meine Brust. „Das tut weh. Denkst du, ich bin ein Lügner?“

„Nein, ich denke, dass du mein bester Freund bist. Du bist der, der mich mit Oreos und Schoko-Martinis versorgen wird, wenn ich die Nacht damit beende, mich hässlich und nicht gut genug zu fühlen. Du hast dein eigenes Interesse, mein Selbstvertrauen steigern zu wollen.“

„Ich bin mir ziemlich sicher, dass du mich immer noch Lügner nennst, aber schon gut. Ich habe Schlimmeres gehört.“

Sie lacht, und ihr dunkles Haar streicht über ihre

nackten Schultern, als sie den Kopf schüttelt. „Hey, rate mal, wer bald herkommt.“

„Wer?“

„Mutter Teresa.“

Ich runzele die Stirn. Es ist so lange her, seit ich diesen Spitznamen gehört habe, und ich brauche einen Moment, um zu verstehen, dass sie von ihrer Stiefschwester redet. Bei dieser Erkenntnis wird mir flau im Magen. „Wow. Molly? Ernsthaft? Wann? Zieht sie her?“

Super. Echt toll.

Ich atme ein und ignoriere das flaue Gefühl in meinem Magen, das ich jedes Mal bekomme, wenn Molly erwähnt wird.

Ava scheint meine seltsame Art nicht zu bemerken. Sie verdreht die Augen. „Ich bezweifle es. Sie bleibt nie länger als ein oder zwei Tage. Anscheinend hat sie große Neuigkeiten, die sie mit allen teilen will.“

Dank der offensichtlichen Bevorzugung ihres Vaters war Ava schon immer unglaublich eifersüchtig auf ihre jüngere Stiefschwester. Ava war zehn Jahre alt, als ihr Vater ihre Mutter verlassen hat. Er ist sofort bei Jill und ihrer schönen, blonden Tochter eingezogen, die das Zentrum seines Universums ist.

Als Ava mir das erste Mal davon erzählt hat, habe ich gedacht, dass sie ein eifersüchtiges Kind war, aber dann habe ich es über die Jahre selbst gesehen. Ich kann ihr ihren Konkurrenzsinn, den sie Molly gegenüber verspürt, nicht übelnehmen.

Das Einzige, was Harrison jemals richtig gemacht hat, wenn es um Ava geht, war, dass er klargestellt hat, dass er *sie* wollte und *nicht* Molly. Ihr Vater wollte Harrison eigentlich mit Molly verkuppeln, als sie zu Besuch da war. Die Geschichte, die Avas Vater allen erzählt, lautet, dass Harrison Molly nicht ausführen konnte, weil er nicht aufhören konnte, an Ava zu denken. Das allein war genug, um Avas Herz zu gewinnen.

„Was für Neuigkeiten hat sie?", frage ich.

„Keiner weiß es. Ich meine, wenn ich raten müsste, würde ich sagen, dass sie einen komplett bezahlten Trip nach Haiti hat, um eine Spendenaktion zu starten für rehabilitierte Zirkuselefanten, um die Leseschwächen von Einheimischen zu verbessern, während sie ihnen Zugang zu sauberem Wasser verschafft." Sie schmunzelt, und ich grinse. Ihre Übertreibung von Mollys freiwilliger Arbeit ist ungefähr, wie Avas Vater sie in die Welt herausposaunt. „Was auch immer die Neuigkeiten sind, kannst du dir vorstellen, was sie sagen werden, wenn ich ihnen von meinen Sperma-Plänen erzähle? Mein Vater würde ausrasten und Molly als Beispiel für all meine Misserfolge benutzen."

Ich verziehe das Gesicht, als ich mir die Szene vorstelle. „Bist du dir sicher, dass du deinem Vater von deinen Plänen erzählen willst?"

„Ich glaube, ich sollte es abwarten. Um ehrlich zu sein, sollte ich wahrscheinlich überhaupt warten, es jemandem zu erzählen, und einfach so tun, als wäre ich aus Versehen schwanger geworden. Sogar meine Freunde verstehen nicht, wieso jemand sich entscheiden würde, eine alleinerziehende Mutter zu sein, aber das ist mir egal. Wenn es bequemer ist, zu glauben, dass ich verantwortungslos war und geschwängert worden bin, als mit der Wahrheit klarzukommen – dass ich verzweifelt geplant habe, ein Kind zu haben –, dann ist das in Ordnung.“

„Alles klar“, sage ich und zwinge mich zu einem Lächeln. Gott, sie meint es wirklich ernst, und ich kann nicht glauben, dass ich dankbar bin für Ellies Idee. Ava braucht eine Chance, um ihren Plan ein paar Monate lang zu überdenken.

Sie sieht auf ihr Handy. „Ich sollte gehen.“

Zu einer Verabredung. Um den Einen zu finden. Um den potenziellen Vater ihrer Kinder zu interviewen.

Wie beschissen.

Ich mustere sie erneut – weil sie ihr Selbstbewusstsein steigern muss und ich es verdammt nochmal *will* – und schüttle den Kopf. „Ich hoffe, dass das Arschloch, das du triffst, dich wertschätzt.“

Sie wickelt ihre Finger um meinen Bizeps und drückt zu. „Danke, Jake. Das habe ich gebraucht.“

„Schick mir eine SMS, wenn du sicher zu Hause angekommen bist.“

„Klar.“ Dann geht sie.

Nachdem die Tür hinter ihr zugefallen ist, gehe ich in den Essbereich und starre aus dem Fenster. Die Gehwege sind voller Leute, die das perfekte Wetter genießen, aber ich erspähe Ava sofort. Ihre Hüften bewegen sich, als sie sich auf den Weg ins Howell's macht. Ich atme über den Knoten in meinem Magen hinweg und beginne, die Sekunden runter zuzählen, bis sie mir schreibt.

KAPITEL NEUN

AVA

$\mathcal{N}$ur Ellie würde denken, dass Blinddates, die mit einer Reihe von Kurzen beginnen, die beste Art sind, den zukünftigen Vater meiner Kinder kennenzulernen. Aber auch wenn ich denke, dass sie den Verstand verloren hat, habe ich beschlossen, das Beste daraus zu machen, und das bedeutet, dass ich den Regeln folgen muss.

Erstens: Hingehen.

Zweitens: Meinen Kurzen exen, wie es sich gehört.

Ich spiele mit dem Träger meiner Tasche, als ich auf die Bar zugehe. *Zeit, mein Gift zu wählen.*

Die Barkeeperin mustert das Papier vor ihr, bevor sie mich angrinst. „Ich sehe, du hast eine Straight Up Casual-Verabredung. Freut mich für dich, Ava.“

„Wie geht's?“ Ich erkenne sie aus der High School. Sie

war zwei Jahrgänge vor mir und ziemlich nett, aber ich kann mich nicht an ihren Namen erinnern. *Kleinstadtprobleme …*

Sie winkt mich ab. „Ich lebe meinen Traum. Was kann ich dir bringen?“

„Patrón?“ Tequila war schon immer Glücksgefühl im Glas, und eine kleine Stimmungshilfe kann nicht schaden, wenn man mitrechnet, wie nervös ich bin, weil es meine erste Verabredung seit … Ich will nicht einmal nachrechnen. Ich werde mich nur auf einen Kurzen limitieren. Tequila ist gut darin, mich *mehr* Tequila trinken lassen zu wollen, und das Letzte, was ich tun sollte, ist, mich heute zu betrinken.

„Mutige Wahl.“ Sie schenkt den Tequila ein und schiebt ihn über den Tresen. Ich exe ihn, und sie lacht. „Willst du einen doppelten?“

Ich verziehe das Gesicht. *Wow, das brennt.* „Nein, ein Kurzer ist mehr als genug.“

„Willst du etwas anderes, während du auf deine Verabredung wartest?“

Meine Verabredung. Oh Scheiße. Ich bin so eine Niete. Vielleicht hätte ich einen doppelten bestellen sollen. „Wie wäre es mit einem Margarita?“

„Auf Eis und mit Salzrand?“

Ich nicke und sehe ihr nervös zu, als sie meinen Cocktail vorbereitet.

„Da drüben“, sagt sie, sobald sie mir mein Glas zugeschoben hat. Sie deutet zu einem kleinen, runden Tisch in der hinteren Ecke, auf dem ein Schild mit dem Logo der Datingagentur ist – weil es ja nicht peinlich genug ist, wenn nicht jeder weiß, was ich hier tue. „Du bist etwas früh dran, aber ich werde dein Date zu dir schicken, sobald er ankommt.“

„Danke.“ Ich mache mich auf den Weg zu meinem Tisch.

„Ava“, sagt sie, und ich halte an, „beruhig dich. Du bist verdammt heiß.“

„Danke.“ Ob ich es will oder nicht, ihre Worte helfen mir, und ich stehe etwas gerader, als ich auf den Tisch zugehe.

Ich stelle meinen Drink ab und setze mich, bevor ich die Beine kreuze. Ich hole mein Handy aus der Tasche, bevor ich es überdenke und das Telefon wieder zurücklege. Ich will nicht uninteressiert aussehen, wenn meine Verabredung auftaucht.

An der Bar sehe ich Herr Mooney, den Direktor der Windsor Prep-Schule. Und er kommt auf meinen Tisch zu. Scheiße. Mein Blick landet auf das Schild vor mir, und ich verwelke praktisch. *Super.*

Ich nehme einen großen Schluck, weil es jetzt notwendig erscheint.

„Frau McKinley?“, fragt er, als er vor mir zum Stehen kommt. „Ich glaube, Sie sind meine Verabredung.“

Ich verschlucke mich und spucke Margarita auf meinen Chef. „Scheiße! Ich meine, Mist! Ich meine ...“ Ich stehe auf, schnappe mir ein paar Servietten vom Tisch und schiebe sie unbeholfen in seine Richtung. „Es tut mir so leid. Sie haben mich überrascht.“

Er schüttelt seinen Kopf auf eine langsame, amüsierte Weise, als er sein Hemd abtupft. Ich kann mit voller

Ehrlichkeit sagen, dass es das erste Mal ist, seit ich ihn kennengelernt habe, dass ich mich nicht klein fühle, wenn er mich anlächelt. „Entspannen Sie sich, Ava. Ich bin auch sehr überrascht."

Herr Mooney ist ein gutaussehender Mann. Er ist groß, hat die Figur eines Läufers und ist immer gut angezogen. Heute Abend trägt er ein dunkelblaues Hemd, das in seine Jeans gesteckt und ganz oben aufgeknöpft ist. Seine blauen Augen scheinen heller als sonst.

„Setzen Sie sich, bitte. Oder wollen wir uns duzen?" Er stellt sein Bier auf den Tisch.

Ich starre ihn stumm an. Sitzen? Bedeutet das, dass wir es durchziehen? Als ich ihn mit meinem Margarita angespuckt habe, habe ich angenommen, dass wir darüber lachen und uns verabschieden würden. *Weil er mein Chef ist.*

Er winkt zu meinem Stuhl und zieht seinen eigenen heraus, bevor er ihn neben meinen stellt, damit er sich näher neben mich setzen kann.

Ich spanne mich bei der gezwungenen Nähe an. Die Musik ist laut, und das wird es einfacher machen, uns zu unterhalten, aber er sitzt ein kleines bisschen zu nahe an mir dran.

Sei nicht so, Ava. Ellie sagt mir immer, dass ich mich mehr versperre als andere. Ich soll mich einfach nur entspannen.

„Ava, Ava." Er grinst mich an. „Wer hätte das gedacht?"

Ich atme schwer aus. Wenn man die Größe von Jackson Harbor berechnet, ist es nicht unwahrscheinlich, dass ich mit jemandem gepaart wurde, den ich kenne. Trotzdem werde ich mich darüber bei der Agentur beschweren. Irgendwo in ihrem Formular sollten sie die Berufe von ihren Teilnehmern speichern, damit man nicht auf seinen Chef trifft. Und außerdem, ist Herr Mooney der beste Mann, mit dem sie mich zusammensetzen konnten? Das ist nicht sehr vertrauenserweckend.

„Du bist also auch ein Teil des Clubs, hm?", frage ich, verzweifelt, dieses schreckliche Gefühl zu bekämpfen, und greife nach meinem Margarita. In dem Moment, als meine Finger das Glas berühren, zwinge ich mich, es loszulassen. Ich fühle mich bereits etwas angeheitert, und wenn ich schon aus Versehen mit meinem Chef ausgehe, sollte ich wenigstens bei klarem Verstand bleiben.

Röte steigt in seinen Wangen auf, und er räuspert sich. „Ich bin nur wegen meiner Schwester hier ...“

Ich nicke. „In meinem Fall war es meine beste Freundin. Ob du es glaubst oder nicht, es war ein Geburtstagsgeschenk.“

Er lacht sanft. „Na dann alles Gute zum Geburtstag. Ich hoffe, sie wird dir nächstes Jahr etwas Besseres schenken.“

Es kommt mir in den Sinn, dass ich vielleicht zu harsch war. Ich sehe ihn ja normalerweise auf der Arbeit, wo er unter viel Druck steht, aber heute Abend scheint er sanfter, sein Verhalten wärmer – trotz der Tatsache, dass ich ihn mit Tequila und Saft angespuckt habe.

„Gut für dich“, sage ich. „Ich kann mir nur vorstellen, wie stressig dein Job gerade ist.“ Ich beiße mir auf die

Unterlippe und wünsche mir sofort, ich hätte nichts gesagt.

„Mit den Kündigungen?"

Ich nicke. „Ja. Alle machen sich Sorgen, aber ich bin mir sicher, dass es für dich genauso stressig ist."

„Du?", fragt er. Sein Blick senkt sich zu meinem Dekolleté. *Wieso habe ich mir von Ellie dieses Kleid einreden lassen?* „Machst du dir Sorgen, meine ich?"

Ich zucke mit den Schultern. „Ich versuche, mich auf alle Möglichkeiten vorzubereiten, aber es ist natürlich schwer, sich nicht zu sorgen, wenn man die Zukunft nicht kennt."

„Kann ich dir etwas Vertrauliches sagen?" Er sieht wieder runter, und diesmal bleibt sein Blick haften.

Okay, seine Augen sind auf meinen Titten, und ich fühle mich echt unangenehm. „Natürlich."

„Du musst dir keine Sorgen machen. Du bist am längsten im Bereich Englisch."

„Wirklich?" Ich atme aus, als Erleichterung mich durchdringt. „Das freut mich."

„Wir müssen einander aushelfen, richtig?" Sein Daumen wischt über die Feuchtigkeit auf seinem Glasrand. „Zwei Singles, die versuchen, über die Runden zu kommen."

Und da ist dieses unangenehme Gefühl erneut. „Äh, richtig." Ich setze ein Lächeln auf, während ich mich zwinge, freundlich zu bleiben. Lächeln kostet ja nichts, oder?

Er schiebt seinen Stuhl noch näher heran und lehnt sich vor, während ich meinen Blick stur auf meinem

Margarita halte. Ihn anzusehen, während er mir so nahe ist, würde sich zu sehr nach dem Date anfühlen, auf das ich mich vorbereitet habe. „Ich kann nicht sagen, dass ich enttäuscht war, als ich realisiert habe, dass du meine Verabredung bist", sagt er.

Ich sehe ihn an, als er eine Hand auf mein Knie legt.

Heilige, verdammte Scheiße. Herr Mooney berührt mein Knie. Alarmglocken gehen in meinem Kopf los. „Herr Mooney?"

Er drückt mein Bein leicht. „Nenn mich Mark. Das hier ist ja schließlich ein Date." Er zwinkert mir zu, als seine Hand höher wandert.

Ich winde mich etwas, während ich versuche, so normal von seiner Berührung wegzukommen, wie ich kann. Ich will keine Szene machen, aber seine Hand auf meinem Bein ist definitiv *nicht* in Ordnung.

Er realisiert nicht, dass ich es nicht möchte und bewegt sich mit mir, bevor seine Finger unter den Saum meines Kleides rutschen. „Sollen wir uns vom Acker machen und das tun, wofür wir hergekommen sind?"

Ich schüttele den Kopf. „Nein, danke", flüstere ich und hasse, wie schwach ich mich anhöre. Ich bin nicht die Art von Frau, die Angst hat, einen Kerl abzuschießen, wenn er etwas tut, das sie nicht will, aber er ist mein *Chef.* „Ich glaube nicht, dass das angemessen ist." Ich stehe auf, und mein Stuhl quietscht, bevor er laut zur Seite fällt. „Ich glaube, ich sollte gehen."

Er steht auch auf, seine Wangen pink. „Warte, bitte."

Ich schnappe mir meine Tasche, als wäre sie ein Rettungsring in diesem schrecklichen Abend.

„Es tut mir leid, Ava. Ich hoffe, du kannst mir vergeben. Ich scheine diese Situation falsch eingeschätzt zu haben."

Ich schlucke schwer und schüttele den Kopf. „Lass uns diesen Abend einfach vergessen, ja?"

„Ich hoffe, dass es unsere Zusammenarbeit nicht beeinträchtigt. Ich schätze dich als Lehrerin wert."

Atme, Ava. Es war ein Missverständnis. „Schon gut."

Er nickt. aber etwas in seinem Ausdruck lässt mich denken, dass er weiß, dass das meine Lieblingslüge ist.

KAPITEL ZEHN

JAKE

Ich tauche Sonntag Morgen vor Avas Haus auf, eine Schachtel frischer Donuts und zwei riesige Kaffeebecher von *Ooh La La!* in den Händen, als ich an der Tür klingele, ehe ich mich mit meinem eigenen Hausschlüssel reinlasse, mein Atem angehalten. *Sei bitte hier. Bitte sag mir, dass du gestern Abend nach Hause gekommen bist und dass die Verabredung beschissen war.*

„Ava?", rufe ich sanft, als ich das Haus betrete. Es ist dunkel, aber ich gehe in die Küche, wo ich erwarte, sie mit einem Buch und einer Tasse Kaffee zu sehen. Die Küche ist genauso dunkel. „Ava?", rufe ich erneut, diesmal lauter.

Ich hasse den Gedanken, dass sie mit jemandem nach Hause gegangen sein könnte. Es ist dumm. Sie ist jung und schön und verdient ein gesundes Sexleben. Aber der

Gedanke frisst mich von innen auf. *Und sie hat mir nie gesimst.*

Mit unseren Kaffees in den Händen und der Schachtel Donuts unter meinem Arm entscheide ich, im Schlafzimmer nachzusehen.

Sanftes Morgenlicht scheint durch dünne, blaue Vorhänge. Ava schläft in ihren Laken verdreht, ein Arm über ihren Kopf geworfen, ihr Haar auf dem Kissen verbreitet. Die Eifersucht, die mich überkommen hat bei der Vorstellung, wie sie die Nacht mit jemandem verbracht hat – und mit ihm aufgewacht ist –, wird durch einen lustvollen Schmerz ersetzt. Ihre pinken Lippen sind leicht geöffnet, ihre Wangen rosa vor Schlaf.

Was würde ich dafür geben, der Mann zu sein, der zu diesem Gesicht aufwachen darf? Meinen Tag damit zu beginnen, mit den Knöcheln über ihre Wange zu streichen, bevor ich meinen Mund auf ihren lege?

Ich schlucke schwer und versuche vergeblich, meine Füße zu bewegen. Ich will sie einfach nur weiter ansehen.

Ava will ein Baby mehr als alles andere. Eine Mutter zu sein, war ihr schon immer wichtig, und seit sie mir von ihrem Plan erzählt hat, habe ich mich etliche Male dabei erwischt, einen eigenen Plan zu schmieden, wie ich ihr dabei helfen kann.

Ich könnte ihr den Gefallen tun, nach dem sie mich betrunken gefragt hat. In einen Becher spritzen. Ihr zusehen, wie ihr Bauch mit meinem Kind wächst. Ihr zusehen, wie sie mein Kind großzieht. Auf der einen Seite würde es sich gut anfühlen, ihr etwas zu geben, das Harrison ihr nicht geben konnte, aber auf der anderen weiß ich zweifellos, dass ich damit nicht umgehen kann. Ich würde mich so sehr in ihr Leben einfügen, dass sie mich hassen würde. Wenn Ellie sich Sorgen macht, dass es schwer sein wird für Ava, sich zu verlieben, dann kann man sich vorstellen, wie viel schwerer es wäre, wenn der Vater nie von ihrer Seite weicht. Ich kann nicht aufhören, an ihre Bitte zu denken, aber ich weiß, dass es keine Lösung ist.

Ich wollte Ava schon immer alles geben, aber zum ersten Mal denke ich darüber nach, ihr das zu bieten, was sie will. Aber zu meinen eigenen Bedingungen. Würde sie mitmachen? Oder würde sie in Panik geraten und mich ausschließen?

Ich trete in ihr Schlafzimmer ein, stelle die Becher auf dem Nachttisch ab und lege die Donuts daneben. „Guten Morgen, Schlafmütze." Ich setze mich neben sie.

Ihre Augen flattern auf, und sie sieht auf die Uhr, bevor sie mich anblinzelt. „Guten Morgen." Ihre Stimme ist verschlafen und zerrt an mir. „Was machst du hier?"

Ich öffne den Mund, um zu antworten, als sie sich streckt – beide Arme über dem Kopf, ihr Rücken durchgedrückt, ihre Brüste angehoben –, und vergesse ihre Frage.

Sie sieht mich erneut an. „Ist alles in Ordnung?"

Richtig. Worte. Benutz deine Worte, Jake. „Ich wollte nur nach dir sehen. Du hast mir gestern nicht geschrieben, und ich wollte nur sicherstellen, dass du nicht gefesselt in irgendeinem Keller liegst."

„Oh, Scheiße." Sie drückt sich hoch, und die Decke

rutscht runter und zeigt ihr dünnes Top, durch das ich die Linien ihrer perfekten Brüste erhaschen kann.

Ihre Augen sind in ihrem Gesicht. Aber ich weiß nicht, ob ich mir vertrauen kann, ihr ins Gesicht zu sehen, also wende ich mich den Bechern zu, ehe ich ihr einen in die Hand drücke.

„Du bist ein Prinz. Tut mir leid, dass ich mich gestern nicht gemeldet habe. Es war so seltsam, dass ich nur nach Hause gehen und alles abwaschen wollte." Sie erschaudert.

„Was ist passiert?" Alarmglocken gehen los. „Ist alles in Ordnung?"

„Ja, es geht mir gut. Es ist nur ... Mein Chef war meine Verabredung."

„Herr Mooney?"

„Jap."

„Ekelhaft."

„Es wird noch schlimmer", sagt sie. „Er wollte sich an mich ranmachen."

„Will ich wissen, wie das ausgesehen hat?"

„Er hat versucht, unter mein Kleid zu fassen"

Ich springe auf. „Er hat was?" Ich greife bereits nach meinen Schlüsseln, bereit, ihn zu suchen.

„Jake, beruhig dich."

Brayden und Mark Mooney haben gemeinsam ihren High School-Abschluss gemacht. Mark war in den einzigen Kampf verwickelt, in den Brayden je geraten ist. Brayden war das Vorzeigekind, aber er hat sich an Mark ausgelassen. Ich erinnere mich an einen wütenden Brayden, der am Küchentisch saß, sein Auge blau, während er auf unseren Vater gewartet hat, um mit ihm über seine zweitägige Suspendierung zu reden. Er hat Papa erzählt, dass Mark wochenlang ein Mädchen belästigt hat, und als sie mit den Lehrern darüber gesprochen hat, haben sie gesagt, dass er einfach nur ein Junge ist, der für sie schwärmt und ungefährlich. Aber an dem Tag hat Mark ihr in den Arsch gekniffen, und Brayden war da. Er hat beschlossen, dass jemand Mark Konsequenzen beibringen musste, wenn man eine Frau berührt, die es nicht möchte.

„Mooney ist schleimig", knurre ich.

Ava schüttelt den Kopf. „Nichts ist passiert."

„Und nichts wird passieren. Jemand muss ihn erinnern–"

„Jake." Sie ergreift mein Handgelenk. Wie immer beruhigt mich das Gefühl von Avas Haut auf meiner. Sie hält mich für eine Sekunde, bevor sie loslässt, und wie immer ist der Kontakt viel zu flüchtig. „Er hat sich entschuldigt, und wir haben uns freundlich verabschiedet. Mach daraus nichts Größeres."

„Scheiße." Ich streife mit einer Hand durch mein Haar, während ich sie mustere. „Bist du dir sicher?"

„Er hat meine Unschuld nicht gestohlen", sagt sie lächelnd. „Nur meinen Samstag Abend."

„Er hätte dich nicht anfassen sollen."

„Ich weiß, aber als ich ihm klargemacht habe, dass ich nicht interessiert war, hat er sich *entschuldigt*."

Ich zwinge meine Schultern, sich zu entspannen und löse meine Fäuste. „Ich hätte mir nie vorgestellt, dass

Mooney Straight Up Casual benutzt. Untersuchen sie ihre Kunden nicht?"

„Sei nicht gemein." Sie rümpft die Nase. „Ich meine, er ist ein Fang. Er hat einen guten Job. Er ist gutaussehend."

„Mooney? Du denkst, *er* ist gutaussehend?"

Sie nimmt einen großen Schluck und zuckt mit den Schultern. „Intellektuell gesehen, kann ich erkennen, dass er die Charakteristiken eines attraktiven Mannes hat. Ich sage ja nicht, dass ich mich zu ihm hingezogen fühle." Sie gestikuliert zu meinem Körper und hebt eine Augenbraue. „Ich kann dich ansehen und weiß, dass du attraktiv bist, aber das bedeutet nicht, dass ich mit dir ins Bett springen will."

Ich ignoriere den Tritt in die Eier, während ich eine Braue hebe. „Jetzt bin ich in derselben Kategorie wie er?"

Sie verdreht die Augen. „Du siehst viel besser aus und bist angenehmere Gesellschaft. Besser? Hat das deinem fragilen Ego geholfen?"

Nicht wirklich.

„Was auch immer. Ob er ein Hengst ist oder nicht, ist egal", sagt sie. „Ich verstehe diese Kerle nicht, die denken, dass sie sich Frauen aufzwängen müssen. Funktioniert das jemals? Gibt es Frauen, die sowas mögen?"

Ich atme tief ein. „Ich weiß es nicht, weil ich nicht so bin wie Mooney." Ich versuche, lässig zu antworten, aber die Worte fühlen sich an, als würden sie durch einen Schlauch geschoben werden.

Sie seufzt und hält den Becher gegen ihre Brust, genau zwischen ihre Brüste. „Egal, es ist vorbei. Wenn wir nie wieder darüber sprechen könnten, wäre das super.“

„Du musst mit der Verwaltung sprechen“, sage ich, während ich immer noch etwas – oder *jemanden* – schlagen will. „Was er getan hat, ist auf so vielen Ebenen unangemessen.“

„Es ist nicht seine Schuld, dass die Agentur uns zusammengebracht hat. Es sind *Blinddates*.“

„Okay, aber er hat Kontrolle über seine eigenen Hände. Lass es ihm nicht einfach durchgehen.“

Sie kaut auf ihrer Unterlippe. „Ich glaube, dass es mehr Schwierigkeiten mit sich bringen würde, wenn ich daraus ein Problem mache. Er hat mir gesagt, dass mein Job sicher ist, also will ich wirklich nichts tun, das das gefährden könnte.“

Ich entspanne mich bei den guten Neuigkeiten und setze mich wieder, bevor ich rüberreiche und die Schachtel vom Tisch ziehe. „Ich habe Donuts mitgebracht.“

Sie grinst und lehnt sich zu mir. „Versuchst du, dich einzuschleimen oder so?“

Ich zucke mit den Schultern. „Vielleicht.“

„Was hatte Star heute auf der Speisekarte?“ Sie nimmt die Schachtel entgegen und öffnet sie. „Wusstest du, dass sie heute Morgen Schoko-Erdnussbutter hatte? Sie sind wie Kryptonit für mich, Jake. Man muss um sechs Uhr anstehen, um welche zu kriegen.“

„Lilly will bei ‚Schweinchen Wilbur und seine Freunde‘ mitmachen“, sage ich, als hätte das etwas damit zu tun, dass ich vor Stars Tür stand, bevor sie geöffnet hat. Ich würde Ava mit Herzensfreude jeden Tag ihr Lieblingsessen bringen.

„Das ist super!" Sie nimmt sich einen schokoladenbezogenen Donut und beißt rein, bevor sie die Augen schließt und so lange und tief stöhnt, dass Blut in meinen Schwanz pumpt.

Scheiße. Ava stöhnend im Bett. Ich weiß nicht, ob es eine meiner dümmsten oder besten Ideen war, ihr Frühstück im Bett zu bringen.

Stars Essen ist wie Voodoo. Alles ist köstlich, aber einmal pro Woche macht sie Donuts, die alle anderen langweilig erscheinen lassen. Diese − Schokoladenganache und Erdnussbutter-Cremefüllung gepaart mit einem Donut, der eher wie ein Croissant schmeckt − sind Avas Lieblingsdonuts. Das Einzige, was besser ist, als einen zu essen, ist, Ava beim Essen zuzusehen.

Ihre Zunge kommt aus dem Mund, um ein bisschen Erdnussbutter von ihrer Lippe zu lecken, aber sie kriegt nur die Hälfte davon weg, und ich schlucke schwer, während ich versuche, meine Hände an meinen Seiten zu behalten.

„Sie wird die Bühne erleuchten."

Ich brauche meinen Moment, um mich zu erinnern, worüber wir gesprochen haben. *Lilly. Meine Nichte. Kindertheater. Meine Ausrede, weswegen ich Ava Donuts ans Bett gebracht habe.*

„Ist Ethan damit einverstanden?"

Ich nicke, wobei ich versuche − und scheitere −, meine Augen nicht zu ihrem Mund wandern zu lassen.

„Sie wollte wissen, ob du ihr vor dem großen Tag beim Vorsingen zuhören könntest.“

Sie haut mir auf den Arm. „Klar! Du musstest mich dafür nicht bestechen.“

„Du hast ...“ *Zur Hölle damit.* Ich greife nach vorne und wische die Erdnussbutter von ihrer Lippe. Sie erstarrt, ihre Augen auf meinen.

Ich habe in den letzten sieben Jahren viel Zeit damit verbracht, mich zu fragen, wie es möglich ist, etwas so Intensives für eine Frau zu empfinden, die nichts außer Freundschaft fühlt, aber ab und zu, in Momenten wie diesen, mit meinem Daumen auf ihrer Lippe und ihren Augen auf meinen, weiß ich, dass Ava *etwas* fühlen muss. Sie will es sich nur nicht eingestehen.

Wenn es nicht Momente wie diesen gäbe, wäre ich vielleicht vor langer Zeit weitergezogen. Aber ich bin auch nicht von ihr weggekommen, als sie jemanden geheiratet hat, also sind die Chancen eher gering, dass ich mich entlieben könnte.

Ich ziehe meine Hand weg, bevor die Hitze in ihrem Blick zu Angst werden kann.

Sie sieht zu dem Donut in ihrer Hand.

„Lilly will dem Schwimmteam beitreten“, sage ich, um den Moment beiseite zu schieben, als wäre er nicht passiert. „Sie ist sechs Jahre alt, und ich glaube, dass sie mehr auf ihrem sozialen Kalender stehen hat als ich.“

Ava grinst. „Sie ist ein tolles Kind.“

Ich nicke. „Manchmal kommt es mir so vor, als würde sie mit Mamas Krebs besser umgehen als der Rest von uns.“

Ava sieht mich durch ihre dunklen Wimpern an, ihr Ausdruck sanft. „Vielleicht. Kinder können viel widerstandsfähiger sein als Erwachsene."

„Lilly auf jeden Fall", flüstere ich und denke daran, wie meine Nichte mit drei Jahren die Hand ihres Vaters hielt, als er zugesehen hat, wie der Sarg seiner Frau in die Erde gesenkt wurde. „Sie hatte es nicht einfach." Ich höre Schritte im Flur und drehe mich zur Tür.

„Was zur Hölle, Jake?", fragt Colton. „Kannst du dich bitte aus dem Bett meiner Schwester verpissen?"

„Colton", sagt Ava in ihrem Lehrerton – gleichermaßen geduldig und autoritär. „Jake hat mir Frühstück ans Bett gebracht."

„Er sollte nicht in deinem Schlafzimmer sein. Vor allem nicht in deinem Bett." Seine Brust hebt sich, seine dunklen Augen voller Wut. Jemand ist in der Laune für einen Kampf.

Er hat vielleicht recht, und nicht, weil etwas Unanständiges passiert, sondern weil ich mir Ideen in den Kopf setze. Aber wenn sie das auch tut, dann könnte dieser langsame Tod es wert sein.

„Guten Morgen, Colt." Ich stehe auf. „Willst du einen Donut? Sie sind vom Ooh La La!"

Seine Wut schwindet etwas.

„Schoko-Erdnussbutter", sagt Ava und hebt die Schachtel in die Luft, als wäre sie eine Opfergabe.

„Ernsthaft? Du denkst, du kannst mich mit Donuts manipulieren?", fragt Colton, aber er ist bereits vor ihr und greift nach dem köstlichen Gebäck.

Ava zieht die Schachtel weg, bevor er einen erreicht.

„Es sind viel zu viele Menschen in meinem Zimmer. Alle raus."

Colton schnappt sich die Schachtel. „Ich werde die hier mitnehmen."

Sie zeigt mit dem Finger auf ihn. „Du kannst *einen* haben, aber wenn du mehr von meinen Donuts isst, werde ich dich jagen!"

Ihr kleiner Bruder grinst. „Natürlich, Frau Lehrerin." Er dreht sich um und verlässt das Schlafzimmer.

„Bist du dir sicher, dass ich da draußen in Sicherheit bin?", frage ich und winke zur Tür, wobei ich mir in Wirklichkeit keine Sorgen mache wegen Colton. „Es wäre schlauer, hier bei dir zu bleiben. Ich fürchte, er wird mich zusammenschlagen, um deine Unschuld zu bewahren."

KAPITEL ELF

AVA

„**W**ieso sorgen sich alle auf einmal um meine Unschuld?", frage ich Jake. „Ihr beide solltet euch beruhigen. Ich bin eine erwachsene Frau." Ich bin mir wirklich nicht sicher, was Coltons Problem ist. Er war schon immer beschützerisch, aber er weiß, dass Jake nur ein Kumpel ist.

Aber ich bin mir auf einmal bewusst, wie nahe Jake und ich uns stehen und wie dünn mein Top ist. Lustig, wie ich gestern Abend daran gedacht habe, dass ich meinen Abstand brauche, das aber bei Jake nie wichtig war.

Aber vielleicht sollte er das sein, denn die Art, wie mein Inneres geschmolzen ist, als er meine Lippen berührt hat ... *Scheiße, was war das?*

Nichts. Es war nichts außer der Reaktion eines Körpers, der seit langem nicht berührt wurde.

„Raus", sage ich Jake. „Ich muss mich anziehen und meine Zähne putzen."

„Brauchst du Hilfe?"

Ich hebe eine Augenbraue. „Hilfe, meine Zähne zu putzen?"

„Hilfe, dich anzuziehen. Oder ... *aus*zuziehen." Er schenkt mir ein teuflisches Lächeln, das die meisten Frauen dazu bringt, ihre Höschen fallen zu lassen. Es würde bei mir auch funktionieren, wenn ich nicht eine jahrelang aufgebaute Immunität hätte.

Ich schnappe mir ein Kissen und werfe es ihm an die Brust. „Raus, Jake. Colton ist da draußen, und wenn er hören könnte, was du sagst, würde er dich zusammenschlagen."

Sein Blick fällt auf meine Brust. „Vielleicht ist es das wert."

„Raus!"

Er wirft lachend das Kissen zurück auf mein Bett und verlässt das Zimmer.

Ich krieche aus den Laken heraus und trinke einen großen Schluck Kaffee, dankbar, dass Jake so umsichtig ist. Ich gehe ins Badezimmer und erschaudere, als ich mich im Spiegel sehe. Ich habe gestern eine lange, heiße Dusche genossen, als ich nach Hause gekommen bin, und bin dann mit nassem Haar eingeschlafen. Heute Morgen ist es ein totales Durcheinander. Und auch wenn ich mein Gesicht in der Dusche gewaschen habe, habe ich mich nicht gerade bemüht, mein Augen-Make-Up abzuwischen, und jetzt sind die Überreste um meine Augen herum verschmiert.

Seufzend nehme ich mir ein Feuchttuch und mache mich daran. Dann putze ich meine Zähne, ziehe mein Haar zu einem unordentlichen Dutt zusammen und ziehe mir eine schwarze Leggings und meinen liebsten Hamilton-Pulli über.

Als ich in die Küche komme, hat jemand bereits Kaffee aufgebrüht, und Colton und Jake witzeln herum.

„Es war klasse", sagt Colton. „Ich bin durch die Luft geflogen, und dann war die Unterseite meines Motorrads einfach", er macht eine Schneide-Geste, „weg. Sie ist einfach abgefallen, aber ich war immer noch da oben, die Lenkstange in meiner Hand und sonst nichts. Mein Team hat auf den Seitenlinien den Verstand verloren, und ich bin *geflogen*."

Sie müssen über das letzte Motocross-Rennen sprechen, bei dem Colton sich fast umgebracht hat. Nicht zum ersten oder letzten Mal, nur das aktuellste. Gottseidank war ich nicht da, um es mit anzusehen. Ich glaube nicht, dass ich damit gut umgegangen wäre.

„Du hast Glück, dass du dein Bein nicht gebrochen hast", sagt Jake.

Ich nicke zustimmend. „Oder deinen Hals." Colton braucht mehr Stimmen der Vernunft in seinem Leben. Levi stiftet ihn nur an.

Colton zuckt mit den Achseln. „Es geht mir gut. Zuschauer lieben sowas. Es war toll." Er dreht sich zu mir. „Du siehst besser aus."

„Danke, schätze ich?"

Er grinst. „Jill hat mir eine Sprachnachricht hinterlassen, dass wir in zwei Wochen zum Abendessen eingeladen sind. Molly kommt zurück, hm?"

Ich nicke. Ich habe es fast vergessen, und ich bin nicht froh über die Erinnerung. Ich frage mich, was Molly tun würde, wenn ihr Chef versucht hätte, unter ihren Rock zu greifen. Ich kann mir nicht vorstellen, dass sie sich in so einer Situation wiederfindet, aber wenn, dann hätte sie es anmutiger gehandhabt. Und sie würde sowas wie die Agentur bestimmt nicht einmal benutzen. „Anscheinend hat sie große Neuigkeiten."

„Vielleicht zieht sie wieder her", sagt Colton.

Jake hält die Tasse auf halbem Weg an. „Meinst du?"

Ich runzele die Stirn, bevor ich wieder zu meinem Bruder sehe. „Ich kann mir nicht vorstellen, dass sie es wollen würde. Sie war in den letzten fünf Jahren *fünf* Mal hier."

„Das stimmt." Colton mustert den Inhalt seiner Tasse.

Ich halte ein Knurren zurück. Die alleinige Erwähnung von Mutter Teresa lässt alle Männer trist zurück. Ich bin vier Jahre älter, habe aber jüngere Freunde, die mir erzählt haben, dass alle Jungs in der Schule auf sie versessen waren. Ich wusste immer, dass Colton für unsere Stiefschwester geschwärmt hat, aber ich hasse es, mir Jake so vorzustellen. „Wirst du hingehen?", frage ich meinen Bruder.

„Kann nicht", sagt er. „Ich habe Pläne."

„Pläne? Klingt super wichtig. Ich bin mir sicher, dass Papa das verstehen wird."

Colton zuckt mit den Schultern. „Seit wann interessiert es mich, was er denkt?“

Das ist wahr. Colton kann unseren Vater nicht ausstehen, und als Mama nach Florida gezogen ist, ist er mit ihr mitgegangen, statt mit unserem Vater zu leben. Für mich hat es Sinn gemacht, hier zu bleiben. Ich war in der elften Klasse, also hatte ich nur noch anderthalb Jahre bis zu meinem Abschluss und habe beschlossen, dass es besser war, die Außenseiterin in der Familie meines Vaters zu sein, statt meine Freunde zu verlassen. Rückblickend glaube ich, dass Colton die weisere Entscheidung getroffen hat, aber zu der Zeit konnte ich nicht anders, als mich zu fragen, ob er Angst hatte, dass Molly ihn eher als Bruder ansehen würde, wenn er sich entschieden hätte, einzuziehen, und nicht als ... Was? Was wollte Colton von Molly? Mit ihr schlafen oder mehr? Vor Ellie hat Colton sich auf niemandem ernsthaft eingelassen, aber ich habe mich immer gefragt, ob Molly die Ausnahme gewesen wäre. Oder vielleicht sogar der Grund.

Ich drehe mich zu Jake und erwische ihn dabei, wie er einen Stapel Papiere anstarrt, der noch nicht benotet ist. Er sieht etwas betroffen aus, als er seine Schlüssel aus der Tasche zieht. „Ich muss zum Brunch in Braydens Haus. Willst du mitkommen?“

Ich lege eine Hand über meinen Bauch, der von Stars Donut gefüllt ist. „Ich glaube, ich bin voll.“

Er schüttelt den Kopf und lächelt. „Du musst nichts essen. Du kannst einfach mit uns rumhängen. Ich weiß, wie sehr du Shays Kaffee magst.“

„Verführerisch, aber ich habe eine Menge Sachen, die ich erledigen muss." Arbeiten, die benotet werden müssen, frische Wäsche, die zusammengelegt werden muss, Unkraut, das gejätet werden muss. Da ich zwei Jobs habe und meine Zeit dem Jackson Harbor Kindertheater widme, um als Direktorin mitzuhelfen, bin ich geizig mit meiner Zeit.

„Dann werde ich dich später sehen", sagt Jake und geht auf die Tür zu.

„Sag Mama, dass ich sie vermisse", rufe ich ihm nach.

„Kein Problem", kommt von ihm.

Ich gehe durch die Küche, sehe, was Jake sich vorhin angeguckt hat, und mein Herz setzt einen Schlag aus. Es sind keine Arbeiten. *Potenzielle Samenspender.*

Colton sieht über meine Schulter und schmunzelt. „Jake scheint die Neuigkeiten deiner möglichen Schwangerschaft nicht sehr gut zu verkraften."

Jegliche Unbeholfenheit von Jake war nicht auf meine mögliche Schwangerschaft bezogen, sondern darauf, dass ich ihn nach seinem Sperma gefragt habe, aber da Colton ausflippen würde, wenn ich ihm von meiner betrunkenen Bitte erzählen sollte, werde ich es für mich behalten. Vielleicht sollte ich nicht mehr trinken.

Ich sehe meinen Bruder an und verenge die Augen. Woher weiß er davon? „Ellie hat es dir erzählt?"

Er nickt und mustert mich. „Ich hätte es lieber von meiner Schwester erfahren."

„Naja, es ist eine Möglichkeit. Ich will mich nicht zu sehr reinsteigern." Ich zucke mit den Schultern. „Wie läuft die Saison?", frage ich, um das Thema absichtlich zu wechseln.

Manchmal denke ich, dass mein Bruder sich nur für eine Motocross-Karriere entschieden hat, weil es unseren Vater anpisst. Allerdings gefällt Colton auch alles an seiner Karriere. Das Reisen. Die Adrenalinschübe. Die lebensbedrohliche Gefahr. *Die Frauen* ...

„Läuft gut", antwortet er. „Es gibt ein paar neue Typen, die versuchen, die Aufmerksamkeit auf sich zu lenken, aber wir werden sehen, ob sie es durchstehen."

„Und wie geht es dir und Ellie?"

„Super."

Ich grinse. „Ah, deswegen hört sie also die Hochzeitsglocken."

Der Donut hält auf halbem Weg zu seinem Mund inne, als er erstarrt. „Hat sie das gesagt?"

Ich verschränke meine Arme und runzele die Stirn. „Nicht in so vielen Worten, aber sie redet darüber, dass ihr heiraten werdet, als wäre es unvermeidlich. Ich glaube, wir denken das alle."

Er sieht weg und mustert den großen Kalender, der an meinem Kühlschrank hängt. Die Stille zwischen uns ist schwer. Ich trinke meinen Kaffee, während ich warte.

„Ich liebe sie. Ich will es nicht ruinieren, in dem wir uns in etwas hineinstürzen."

„Ihr seid seit über zwei Jahren zusammen. Kann man es da wirklich überstürzen?"

„Wenn wir dazu bestimmt sind, zusammen zu sein, was ist dann falsch daran, etwas zu warten? Wo eilen wir hin?"

Ich seufze. Ich weiß, dass Ellie nicht dasselbe empfindet, aber das Letzte, was ich will, ist, dass mein Bruder Ellie aus Schuldgefühlen einen Antrag macht, für den er noch nicht bereit ist. „Sag ihr einfach, was du fühlst."

Als er sich wieder zu mir dreht, ist da mehr Qual in seinem Blick, als ich erwartet hätte. Manchmal vergesse ich, dass mein kleiner Bruder kein Kind mehr ist, und dass er seine eigenen Probleme hat. „Ich bin nicht wie du, Av. Ich kann mich nicht einfach so zufriedengeben. Ich will *mehr*."

Ich bin mir nicht sicher, ob er mich beleidigen wollte, aber es tut trotzdem weh. „Wer hat gesagt, dass ich mich einfach so zufrieden gebe?"

Er hebt eine Braue und deutet zu den Papieren auf dem Tisch. „Also wirst du deinen Samenspender-Plan durchziehen?"

„Es ist kompliziert, aber ich denke schon. Vielleicht in ein paar Monaten, aber ..."

Er verschränkt die Arme, mustert mich, und für eine Sekunde kann ich meinen Vater in seinem ernsten Ausdruck wieder erkennen. Alle McKinley-Männer sehen einander so ähnlich. „Erinnerst du dich daran, als wir Kinder waren und Mama das Wohnmobil verkauft hat und zum Haus hinzugebaut hat?"

Ich lächle, als ich mich daran erinnere. Ich war zwölf und Colton sieben. Unsere Mutter hat das Wohnmobil bei der Scheidung bekommen, aber Colt und ich haben campen gehasst, also wurde es nie benutzt. Wir haben sie überredet, dass sie es verkaufen und etwas für sich selbst tun sollte – einen tollen Urlaub, eine neue Garderobe, *irgendetwas*, solange es für sie war. Sie hat entschieden, ans Haus anzubauen und das Master-Schlafzimmer mit dem *En Suite*-Badezimmer zu versehen, von dem sie schon immer geträumt hat. Und wir hatten so viel Spaß, ihr bei den Design-Entscheidungen zu helfen. „Ich kann immer noch nicht glauben, dass wir sie dazu überredet haben.“

„Erinnerst du dich, wie sehr du dich gefreut hast, in ihr altes Schlafzimmer einzuziehen?“

Stirnrunzelnd schüttele ich den Kopf. „Du bist da eingezogen, nicht ich.“

„Jap, aber nur, weil du entschieden hast, dass du es nicht wolltest. Du hast dich gefreut, so viel Platz und die alten Fenster zu haben, aber je näher wir am Einziehdatum waren, desto mehr Angst hattest du. Keine deiner Sorgen hat Sinn gemacht, aber du hast dich geweigert, umzuziehen.“

„Ach ja.“ Ich erinnere mich vage daran. Mama hat gesagt, dass ich das Zimmer haben könnte, weil ich älter bin, aber ich habe damals entschieden, dass Colton es haben sollte. Ich erinnere mich nicht, wieso ich mich so entschieden habe, aber ich war danach unglaublich eifersüchtig. Er hatte genug Platz dafür, dass drei Freunde übernachten konnten, während meine Freunde und ich im Wohnzimmer schlafen mussten.

„Du hattest so viel Angst, dass du dein altes Zimmer vermissen würdest, dass du dich geweigert hast, das größere Zimmer zu nehmen, obwohl du es wolltest.“

„Es hat im Endeffekt funktioniert.“ Ich haue ihm auf

die Schulter. „Und ich erinnere mich nicht daran, dass du dich beschwert hast.“

„Und als du ein Praktikum für deinen MFA in Drama in New York bekommen hast ...? Du hast so viel an deiner Bewerbung gearbeitet, und als sie dir den Platz angeboten haben, hast du abgelehnt.“

„Ich war gerade mit Harrison zusammengekommen. Es hat keinen Sinn gemacht, wegzuziehen. Und außerdem habe ich die Schulden umgangen, die ich mit dem Programm gemacht hätte.“

Er macht einen Schritt nach vorne und tippt auf den Stapel potenzieller Samenspender. „Und jetzt willst du ein Kind, aber du bremst dich wieder ab.“

Meine Wangen werden warm, weil es mir immer noch peinlich ist, und es ist komisch, darüber mit meinem Bruder zu sprechen. „Versucht mein wilder, freiheitsliebender Bruder wirklich, mir einzureden, ein Kind zu haben?“, frage ich.

„Vielleicht.“ Er verschränkt die Arme erneut. „Als Ellie mir gesagt hat, dass sie deine Pläne erfolgreich auf Eis gelegt hat, war ich wütend. Du musst erinnert werden, dass du dein Glück jagen musst, nicht, dass du vorsichtig sein solltest. Du warst dein ganzes Leben vorsichtig.“

„Sie will nicht, dass ich es überstürze.“

„Ich kenne dich, Schwesterherz. Du magst Veränderungen nicht. Sie erschrecken dich zu Tode. Also weiß ich, dass es riesig ist, dass du überhaupt so weit gekommen bist. Hör nicht auf, weil du Angst hast. Veränderungen können *gut* sein.“

„Diese Entscheidung betrifft nicht nur mich. Ich muss auch an das Kind denken, und Ellie hat recht. Es wäre so viel schwerer, es alleine zu tun.“

„Das Timing wird nie perfekt sein.“ Er verengt die Augen und schüttelt seinen Kopf. „Du musst Risiken eingehen, wenn du glücklich sein willst.“

„Das von dem Kerl, der sein Leben lang Risiken eingegangen ist und nie glücklich war ... Ich bin mir nicht sicher, ob das ein guter Vorschlag ist.“ Ich beiße mir auf die Lippe. „Ist nicht böse gemeint, Colt.“

„Ne, ist schon gut. Wir sind unterschiedlich. Vielleicht solltest du etwas mehr wie ich sein und ich wie du. Aber du bist vorbereitet. Du hast einen Job – zwei, um ehrlich zu sein sogar drei, wenn man dein Sommertheater mitrechnet. Und ich habe nicht einmal mit einbezogen, dass du so viel Geld gespart hast und dich weigerst, es zu benutzen.“ Er tippt mir auf die Nase, wie er es immer getan hat, als wir Kinder waren. „Alles wird gut gehen, wenn du es nur zulässt.“

„Ich hätte nie gedacht, dass du dafür sein würdest.“ Ich habe erwartet, dass er wie Ellie reagieren würde und Angst hätte, dass ich das letzte Bisschen meiner Jugend verschwende. Aber so schockierend, wie es ist, fühlt es sich auch gut an. Ich mag es, dass mein Bruder auf meiner Seite ist.

„Ich kenne dich. Ich weiß, was dir wichtig ist. Konzentrier dich weniger darauf, die sichere Entscheidung zu treffen und tu das, was du wirklich willst.“

„Verdammt.“ Ich stemme meine Hände in die Hüften. „Wann bist du so weise geworden?“

Er grinst. „Ich muss los. Lass mich wissen, wie das Abendessen abläuft und grüß Molly von mir."

„Kein Problem."

Er geht, und ich drehe mich um, um zu dem Kalender am Kühlschrank zu sehen. Mein hektischer Terminkalender ist vor meinen Augen – Theaterproben, Drama-AG-Treffen und Schichten im Jackson Brews. Ich liebe dieses Leben. Ich bin wirklich dankbar für alles, was es erfüllt. So dankbar, dass ich mich jahrelang schuldig gefühlt habe, wenn ich wollte, dass etwas weniger *voll* und etwas mehr *erfüllt* ist.

Ein Baby. Meine eigene Familie.

Vielleicht hat Colton recht. Vielleicht sollte ich etwas weniger Angst davor haben, etwas zu verändern, und mich etwas mehr darauf konzentrieren, mir das zu nehmen, was ich will.

KAPITEL ZWÖLF

AVA

„Ich kann mich nicht entscheiden zwischen einem ein Meter zweiundachtzig großen Physiker und einem ein Meter sechsundsiebzig großen Psychiater", sage ich Jake am Freitag hinter der Bar. „Ich will, dass mein Kind schlau, aber auch emphatisch ist. Es ist eine schwere Entscheidung."

Er verschränkt die Arme, und sein dunkles T-Shirt spannt sich über die Muskeln in seinen Schultern. „Du wählst den Vater deines zukünftigen Kindes ernsthaft aufgrund seiner Größe und Arbeit?"

Ich zucke mit den Schultern. „Es gibt noch ein paar extra Informationen, aber alles andere ist gleich, und die Details sind auf jeden Fall limitiert."

„Und was passiert, sobald du dich entscheidest?"

„Naja, ich werde entgegen dem Rat meines Arztes die

billige Route eingehen, was bedeutet, dass ich Selbstbesamung versuchen werde."

„Bratenspritze?"

Ich verdrehe die Augen. „Nicht wirklich." *Aber nah genug.*

„Wieso rät dein Arzt davon ab?"

„Die Klinik bietet all diese Fruchtbarkeitshilfe an, und er glaubt, dass ich sie brauche. Aber ich will mein Geld vorsichtig einsetzen, also werde ich es lieber selbst versuchen. Zumindest beim ersten Mal. Vielleicht werde ich Glück haben."

„Fruchtbarkeitshilfe?"

„Du weißt schon, sie werden herausfinden, wann mein Eisprung stattfindet, und die Befruchtung zur besten Zeit durchführen. Sie können mir sogar Medikamente geben, die mir beim ovulieren helfen, aber das kostet alles Geld, also will ich es erst einmal allein versuchen. Um ehrlich zu sein, bin ich wahrscheinlich eine Spitzenkandidatin für extra Hilfe, aber ich will glauben, dass meine fehlende Fruchtbarkeit mit Harrison nur ein Zufall war und nicht auf größere Probleme hindeutet."

Jake zwinkert ein Mädchen vor der Bar an und füllt ihr Bier auf, bevor er sich wieder zu mir dreht. „Erklär es mir. Wieso denken die Ärzte, dass du zusätzliche Hilfe brauchst?"

„Ich habe keine regelmäßigen Regelblutungen, also ist es schwer für mich, zu wissen, wann ich fruchtbar bin. Ich könnte diese Ovulationstests kaufen, aber die sollte man am besten benutzen, wenn man denkt, dass man bereits einen Eisprung hat. Da ich keine Ahnung habe, wäre es reine Geldverschwendung.“

Er zuckt zusammen und zapft ein Bier, diesmal für sich selbst. Ich bin mir ziemlich sicher, dass das einzige Mal, als wir darüber gesprochen haben, ohne dass Jake nach einem Drink gegriffen hat, war, als ich ihm in seiner Wohnung davon erzählt habe, und ich beginne, zu glauben, dass er es da auch getan hätte, wenn es nicht zu früh gewesen wäre. Er sieht verängstigt aus – wirklich entsetzt, dass wir dieses Gespräch haben –, also halte ich meine Klappe. Ich habe so viel darüber nachgedacht, dass es aus mir herausströmt. Ich kann Ellie nicht davon erzählen, weil sie meinen Plan nicht unterstützt. Aber Jake ist ein Kerl. Er will nicht von meinen unregelmäßigen Zyklen und Ovulationstests hören.

„Tut mir leid“, stöhne ich. „Du warst höflich, und ich habe dich überfallen. Ich werde zu einer dieser Frauen, die alles teilt. Ich versuche einfach nur, alles zu planen, bevor ich damit beginne, aber ich kann nicht wie andere Frauen planen, und es ist frustrierend.“

„Jap.“ Er räuspert sich und starrt auf sein Bier. „Zu schade, dass du nicht einen Kerl hast, mit dem du regelmäßig schlafen kannst, damit du dich nicht darum sorgen musst, kostbares Sperma zu sparen.“

Ich grunze. „Wenn ich einen Kerl haben würde, mit dem ich regelmäßig schlafe, dann wäre ich nicht in dieser Situation, oder?“

Er nimmt einen langen Schluck von seinem Glas und wischt sich mit dem Handrücken über den Mund. „Du hast recht.“

„Bin ich eine Göre? Ich will einfach nur ein Kind. Ich habe wirklich schwer daran gearbeitet, um eine Familie zu haben. Ich arbeite während dem Sommer nicht, und ich habe zwei Jobs, damit ich mein kleines Haus abbezahlen und genug Ersparnisse haben kann. Ich fahre keine schnellen Autos und buche keine großen Urlaube. Ich treffe gute Entscheidung, weil–" Ich schließe den Mund und schüttele meinen Kopf. „Das bin ich. Ich verhalte mich wie eine Göre. Ich glaube, dass ich etwas haben sollte, nur weil ich es will, und dass es jetzt sein sollte. Aber es wird schon gut gehen."

Jake reibt seinen Nacken und starrt mich an. „Scheiße", murmelt er. Dann greift er meinen Arm und zieht mich in die Küche. „An deinem Geburtstag ... Meintest du es ernst, als du mich nach Hilfe gefragt hast?"

„Ich meine, betrunken ernst, aber ja." Ich verziehe das Gesicht. Habe ich mich jemals wirklich dafür entschuldigt, ihn in diese Position gebracht zu haben? *Ich bin die Schlimmste.* „Jake, es tut mir leid. Niemand sollte einen Freund um sowas bitten."

Er tippt mit den Fingern gegen seine Lippen und mustert mich. „Du weißt, dass du niemals schwanger wirst, wenn du dich damit derart stresst."

Ich zucke zusammen. Harrison hat das immer gesagt.

„Hör auf, dich unter Druck zu setzen."

„Du versuchst, alles zu kontrollieren. Es ist kein Wunder, dass dein Körper kein Kind akzeptiert."

„Kannst du nicht meditieren oder so?"

Ich hebe mein Kinn. „Du könntest recht haben, aber das ist nicht sehr nett."

„Scheiße. Ich meine ..." Er reicht nach mir und steckt eine Locke hinter mein Ohr, bevor er beide Hände gegen die Wand neben meinem Kopf presst und sich vorlehnt. Und ich meine, sich *wirklich* vorlehnt. Seine Hitze ist nahe, seine Augen auf mir, und seine Stirn berührt meine fast.

Schmetterlinge schwärmen in meinem Bauch und bis zu meinen Armen, und meine seit langem ignorierte Lust für meinen besten Freund erwacht, die Arme in die Luft gestreckt.

Komm runter, Mädchen. Das ist Jake. Nicht irgendein heißer Hengst, der dich nach Hause bringen will.

„Lass mich helfen", sagt er. „Ich will dir helfen."

Mein Blick wandert zu seinem Mund, und ich fühle Dinge, die ich nicht fühlen sollte. „Bietest du mir unbegrenztes Sperma an, bis ich schwanger bin?" Ich versuche, lustig zu sein und ein Lachen zu erzwingen, aber ich schaffe es nicht, weil er mir so nahe ist und mein Herz rast.

Sein Kehlkopf bewegt sich mit einem schweren Schluck. „Ich schätze, man könnte es so sehen."

„Wie würde das überhaupt funktionieren? Würdest du mir jeden zweiten Tag einen frischen Becher überreichen?" Mein zweiter Versuch klingt manisch, aber mein Körper ist voller Aufregung. Ja, ich bin nicht ganz davon überzeugt, einen Freund zu benutzen, aber das ändert nicht, dass er mir meinen Traum anbietet. Ich will meine Arme um ihn schlingen und ihn fest drücken. Stattdessen mustere ich ihn und versuche erfolglos, seine Gedanken zu lesen. Mehr als einmal in der letzten Woche habe ich mir potenzielle Samenspender angesehen und an diesen seltsamen Morgen in Jakes Wohnung gedacht. Er hat nie Nein gesagt, oder? Er hat mich missverstanden, und dann habe ich es als schlechte Idee verkündet, bevor er antworten konnte. „Du würdest es wirklich für mich tun, Jake?“

„Du bist meine beste Freundin. Ich würde alles für dich tun.“

Mein Herz ist warm. „Ich bin mir nicht sicher, ob ich es verdiene.“

„Aber ich werde nicht in einen Becher abspritzen.“

Ich runzele die Stirn. „Jetzt bin ich aber verwirrt.“

Sein Lächeln ist sanft, als seine Augen über mein Gesicht streifen. „Ich werde dir helfen, ein Kind zu haben, aber wir werden es auf die altbewährte Art tun, damit du dich entspannen kannst.“ Er schüttelt den Kopf. „Nichts von diesem ‚Eisprung, kein Eisprung‘-Zeug. Nur du und ich und gute, alte Fortpflanzung bis du ein Baby in dir hast.“

Ich blinzele ihn an. Ich weiß, was er meint, aber bei diesem Thema wäre es am besten, wenn ich mir eine Bestätigung einhole. „Tut mir leid, aber was meinst du mit ‚guter, alter Fortpflanzung‘?“

Er drückt seinen Rücken durch und schafft etwas Raum zwischen uns. Mein Herzschlag verlangsamt sich, und ich kann leichter atmen, aber … ich vermisse seine Hitze.

„Du weißt schon“, beginnt er, „wenn ein Junge ein Mädchen mag, dann küssen sie sich manchmal und geben einander besondere–“

Ich haue ihm auf den Arm. „Halt die Klappe!"

„Du weißt, wie man das macht, oder?" Er grinst, aber seine Stimme bleibt sanft. „Ich meine, es waren nicht immer nur du und deine Bratenspritze, oder?"

Ich kann nicht glauben, dass ich lächele. Er redet darüber, dass wir miteinander *schlafen* sollten, und ich *lächele*. Und … es ist irgendwie heiß. Was ist falsch mit mir? Habe ich Fieber? Bin ich im Fieberwahn? Ist es echt? „Du bist ein Arschloch."

„Ich bin ein Arschloch, dass dir ein Angebot macht. Nimm es an oder lass es." Dann dreht er sich um, verlässt die Küche, und ich bleibe allein zurück, während ich versuche, zu verstehen, was gerade passiert ist.

JAKE

„Das ist das dümmste, was du je getan hast", sagt Levi. Er verschränkt die Arme und lehnt sich gegen die Bar. Sie ist geschlossen, die Barstühle sind hochgestellt, und die Böden wurden gemoppt. Draußen scheinen die Straßenlampen.

Ich sehe meinem kleinen Bruder in die Augen und zucke mit den Schultern. „Ich leugne es nicht."

„Was passiert, wenn sie schwanger ist und mit ihrem Plan, alleinerziehende Mutter zu werden, weitermacht? Dann hast du ein Kind."

Wenigstens ist sie ein Teil meines Lebens. „Viele Kinder

werden von Eltern erzogen, die nicht zusammen sind. Aber wenn es nach mir geht, dann wird es nicht dazu kommen. Du verstehst nicht, Levi. Ich habe vor langer Zeit beschlossen, dass ich Ava so oder so in meinem Leben haben will. Das ist der Grund, wieso ich die Klappe gehalten habe, als sie dieses Arschloch geheiratet hat."

Levi verzieht das Gesicht. „Das hier ist anders. Es verändert alles. Hast du daran gedacht?"

„Ich kann entweder zusehen, wie sie ein Kind mit einem anderen Mann hat, oder ich kann zusehen, wie sie meins hat." Ich zucke mit den Schultern. Sobald das zu einer Option wurde, habe ich meine Entscheidung getroffen. Ava ein Kind anzubieten, war das größte Risiko meines Lebens. Aber ist es das wirklich, wenn ich mir die Alternativen ansehe?

Als ich den Stapel mit den Samenspendern gesehen habe, habe ich mich entschieden.

„Jemand wird verletzt werden", sagt Levi. „Wirklich verletzt. Und ich fürchte, dass du es sein wirst."

„Wenigstens werde ich wissen, dass ich es versucht habe."

AVA

„Er hat *was* gesagt?", fragt Teagan.

„Er hat gesagt, er würde es tun, wenn wir es auf die gute, alte Art tun können, weil es der einzige Weg ist, dass ich mich genug entspanne, um schwanger zu werden.“

Teagan schnaubt. „Na, *das* ist eine Anmache, die ich noch nie gehört habe.“

Ich haue ihr auf den Arm. „Komm schon. Wir reden von Jake. Es ist nicht so, als wäre es ein Plan, mich ins Bett zu kriegen.“

„Aber ist es das nicht? Ich meine, er ist Single und nicht irgendein Gigolo, der sich an jedem dahergelaufenen Weib ergötzen will – glaub’ mir, ich habe es versucht –, also weißt du, dass er sich ab und zu einen runterholt. Wie schwer kann es schon sein, dir Sperma zu geben? Aber stattdessen ...“, sie senkt ihre Stimme zu einem tiefen Grummeln, *„Es ist besser, wenn wir es auf diese Weise tun, süße Ava. Wir werden eher Erfolg haben, wenn ich es mit dir treibe.* Ich wette, er wird einen Grund haben, wieso er dich lecken will.“

Meine Wangen sind *so rot* bei der Vorstellung. Ich habe versucht, die Teile in mir zu ignorieren, die an Jakes Vorschlag interessiert sind – nicht aus mütterlichen Gründen. „Halt die Klappe“, knurre ich.

Teagan zwinkert mir zu. Es ist Mädelsabend, und wir sitzen an unserem Stammtisch im Jackson Brews. Ich habe Teagan gesagt, dass ich ihr von meinem persönlichen Drama erzählen würde, bevor die anderen ankommen, aber die Wahrheit ist, dass ich Hilfe brauche. Da ich bereits weiß, was Ellie von meinen Plänen hält, wollte ich Teagans Meinung hören. Ich habe so Angst, eine schlechte Entscheidung zu treffen, dass ich paralysiert bin. „Du denkst, es ist eine schlechte Idee“, sage ich.

Teagan reißt die Augen auf, während ein Grinsen sich auf ihrem Gesicht ausbreitet. „Machst du Witze? Ich denke, dass es eine *tolle* Idee ist. Ich bin für dich und Jake im Bett seit ... ich weiß nicht. Seit ich weiß, dass es ein Ava-und-Jake gibt. Ihr seid toll. Ihr solltet einen eigenen Namen haben. *Avake. Jayva.*"

Ich verziehe das Gesicht. In der Schule hat Jakes Schwester uns Jayva genannt, und Jake hat es gehasst, was mich denken lassen hat, dass er nicht wollte, dass jemand uns für ein Pärchen hält, also habe ich es auch gehasst. „Bitte benutz' diese Worte nie wieder."

Sie schmunzelt. „Okay, okay, aber du weißt, was ich meine."

„Ich weiß, dass wir *Freunde* sind. Ich weiß, dass es *kompliziert* ist."

„Richtig, richtig. Und niemand will eine Freundschaft für ein paar heiße Nächte opfern, aber jetzt hast du einen Grund, und wenn du ein Baby bekommst, dann ist es ein Bonus."

„Was, wenn es unsere Freundschaft ruiniert? Können wir Sex haben und dann wieder Freunde sein?" Das ist es. Das ist die Frage, die ich mir seit Jakes Vorschlag ununterbrochen stelle. Ich habe ihm versprochen, dass ich darüber nachdenken würde, und in den fünf Tagen, die seither vergangen sind, habe ich nichts anderes getan. Ich habe gedacht. Und gedacht. Und überdacht. Auf der einen Seite ist es genau das, was ich will, und die Intimität gegenüber der Bratenspritze gefällt mir. Auf der anderen Seite könnten Jake und ich damit unsere Freundschaft vermasseln. Bin ich egoistisch genug, um das zu riskieren?

„Warte mal", sagt Teagan. „Du glaubst nicht, dass es seltsam sein wird, sein Kind zu haben und seine beste Freundin zu sein, aber du hast Angst, dass ein paar Orgasmen zu viel sein könnten?"

„Kannst du mit jemandem Orgasmen haben und einfach befreundet sein?", frage ich. Ich bemerke Levi nicht am Tisch, bis Teagan sich zu ihm dreht.

„Was glaubst du, Levi?", fragt Teagan. „Ist es möglich?"

Levi grinst sie an. „Willst du ins Badezimmer gehen und es herausfinden?"

„Junge, verführ' mich nicht. Du hast keine Ahnung, wie lange es her ist." Sie dreht sich wieder zu mir. „Ich denke, dass die richtige Frage ist, *ob* du Orgasmen mit", sie sieht zu Levi und dann erneut zu mir, *„du weißt schon* haben willst."

Levi verschränkt die Arme und starrt mich an. „Einen Orgasmus haben oder nicht? Das ist die Frage?"

Ich liebe es, wie sie das sagen, als könnte ich einfach mit *jedem* zum Höhepunkt kommen.

„Sie hasst den Gedanken nicht", sagt Levi zu Teagan. „Sieh dir ihre Wangen an."

„Wieso bist du hier?", frage ich ihn.

„Levi hat magische Kräfte und weiß immer, wenn Frauen über Sex reden", antwortet Teagan.

„Es ist wahr." Levi nickt. „Es ist meine Superkraft. Das, und ich springe heute für Jake ein. Etwas ist dazwischen gekommen, und er brauchte jemanden, der sich um die Bar kümmern kann.“

„Kannst du uns Drinks bringen?“, fragt Teagan. „Ich glaube, dass dieses Gespräch Tequila benötigt.“

Ich runzele die Nase und schüttele den Kopf. „Bier für mich. Haben wir dieses Vanille-Imperial-Stout immer noch?“

„Klar.“ Er dreht sich zu Teagan. „Und für dich?“

„Naja, wenn du es mit den Orgasmen nicht ernst gemeint hast, dann nehme ich dasselbe wie Ava.“

„Klasse. Kommt sofort.“ Er trifft meinen Blick, und all der Humor verlässt seinen Ausdruck. „Denk einfach darüber nach, bevor du in sein Bett springst“, sagt er sanft.

„Was?“, quietsche ich. War ich dumm genug, zu denken, dass er nicht wusste, über wen wir gesprochen haben?

Er zuckt mit den Schultern. „Eure Getränke kommen gleich.“

„Oops“, sagt Teagan, als Levi weggeht. „Tut mir leid. Ich dachte, ich war vorsichtig.“

Ich schüttele den Kopf. „Mach dir keine Sorgen. Es ist kein Geheimnis.“ Und wenn wir es tun, dann wird es das auch nicht sein.

Mein Handy vibriert in meiner Tasche, und als ich es herausziehe, sehe ich eine SMS.

Jake: *Viel Spaß mit den Mädels. Ich komme Freitag zu dir. Ich würde gerne über die Vorzüge der Alternativen reden, falls du Lust hast.*

Teagan tippt mein Handy in ihre Richtung, damit sie mitlesen kann, und ich lasse sie.

„Was soll ich antworten?", frage ich.

Sie grinst. „Wie buchstabiert man *bow-chicka-wow-wow*?"

KAPITEL DREIZEHN

JAKE

Seit ich Ava ein Kind angeboten habe, habe ich versucht, sie auf Abstand zu halten. Sie muss diese Entscheidung allein treffen und darüber nachdenken. Ich war bei Carter, bis ich sicher war, dass sie nicht mehr da sein würde, aber sobald ich die Bar betrete, weiß ich, dass sie hier ist. Ich kann es *spüren*.

Ich sehe mich sofort nach ihr um. Bevor ich sie finden kann, höre ich sie lachen. Ich könnte dieses Lachen überall erkennen – es ist klar und kompromisslos. Es ist das Gelächter einer selbstbewussten Frau, die weiß, wer sie ist und was ihr wichtig ist.

Das Geräusch macht etwas mit mir. Es wärmt mich auf und erdet mich zugleich.

Normalerweise werden Mädelsabende unter der Woche kurz gehalten, also bin ich überrascht, dass sie immer noch mit ihren Freundinnen da ist. Es sieht aus, als wären heute Abend alle anwesend, und Ava ist von ihren Lieblingsfreundinnen umgeben. Teagan, Nic, Veronica, Ellie und sogar Shay. Sie lachen alle über etwas, aber sobald Ava mich erblickt, verstummt sie und sieht mir hinterher, als ich von der Tür hinter die Bar schreite.

„Wie läuft's, Chef?", fragt Cindy, als ich mich zu ihr geselle. Sie zieht ein dampfendes Tablett voller Biergläser aus der Spülmaschine unter dem Tresen.

„Super", antworte ich, obwohl ich mich nicht so fühle. Ich fühle mich wie ein Kerl, der seine Freundschaft riskiert hat und darauf wartet, dass etwas passiert. „Wie sieht es heute Abend aus?"

„Es ist voll. Und hektisch. Levi hat echt geholfen, aber ich habe ihn vor dreißig Minuten nach Hause geschickt."

„Gut", sage ich, meine Augen auf Ava, die mich immer noch ansieht. Ich zwinkere ihr zu und beschäftige mich, als würde ihre Aufmerksamkeit mich nicht ablenken. Als würde ich sie nicht ins Lager ziehen wollen, um sie gegen die Wand zu drücken und mit meinem Mund zu überzeugen, dass es funktionieren kann. Dass sie nichts tun muss, außer *Ja* zu sagen.

Ich ziehe die Rechnungen aus der Kasse und nehme die Tasche mit dem Bargeld heraus, um sie morgen früh zur Bank zu bringen. *Nur ein weiterer Tag.*

Ich habe ihre Welt durcheinander gewirbelt, als ich ihr meine Hilfe angeboten habe, aber ein Teil in mir fragt sich, wieso es so überraschend war. Ich habe ihr gesagt, was ich für sie empfinde, bevor sie Harrison geheiratet hat. Denkt sie, dass diese Gefühle in den letzten fünf Jahren verschwunden sind? Allerdings haben wir auch beide so getan, als hätte das Gespräch nie stattgefunden, also hat sie es vielleicht deswegen gedacht.

Ava flüstert Teagan etwas zu, bevor diese sich mir zuwendet. Ihrem Grinsen nach zu urteilen, weiß sie, was ich Ava angeboten habe. Ich bete, dass sie hinter mir steht.

Teagan steht auf, damit Ava von der Sitzbank klettern kann. *Fick mich.* Sie hat rote High Heels an, Jeans, die ihre Beine umschmeicheln und ein ärmelloses, schwarzes Top, das über ihre Hüften gleitet, während sie auf mich zugeht. Ich sollte einen Oscar bekommen, weil ich mein Gesicht ausdruckslos halte, obwohl sie so heiß angezogen in meine Richtung geht.

Ich sehe sie vorsichtig an, als würde ich fast erwarten, dass sie stolpert oder zumindest in diesen hohen Absätzen schwankt. Ihre Schritte sind gleichmäßig und fest, und als sie ihre Ellbogen auf dem Tresen ablegt und mich ansieht, sind ihre Augen klar.

„Können wir heute Abend reden statt Freitag?", fragt sie.

Ich hebe eine Braue. *Nicht betrunken, aber sie will mit mir reden.* „Klar. Oben?"

Ihre Wangen werden rot. „Nur zum Reden."

Ich lehne mich vor und senke meinen Kopf, bis ich auf ihrer Augenhöhe bin. „Mach dir keine Sorgen", sage ich leise, damit nur sie mich hören kann. „Ich plane nicht, dich gleich zu ficken." Ich sehe auf meine Uhr. „Du musst in acht Stunden zur Arbeit, und wenn ich dich das erste Mal ausziehe, werde ich viel mehr Zeit brauchen."

Ihre roten Wangen strahlen fast mit Hitze. „Erstens: Sei leise, oder jemand wird dich hören. Zweitens: Du ...", sie stellt sich auf und verschränkt die Arme, ehe sie mich mustert und ihr Kinn hebt. „würdest nicht wissen, was du so lange mit mir tun solltest."

„Herausforderung angenommen." Ich sehe sie mir genau an. Diese sanften, braunen Augen, geröteten Wange, leicht geöffnete Lippen ... „Komm." Ich gehe zum Flur und die Treppe hinauf zu meiner Wohnung. Ich lasse mich nicht zurückblicken, aber ich kann sie hinter mir hören.

Oben angekommen, schließe ich die Tür zu meiner Wohnung auf. Ava geht an mir vorbei und schaltet die Lichter an, während ich die Tür hinter uns schließe, ehe ich mich gegen sie lehne und darauf warte, dass sie etwas sagt.

Ava geht durch mein Wohnzimmer, die Arme verschränkt, ihr Blick umherwandernd, als ob sie nach Antworten sucht. Ich warte, weil ich sie und das wohl wichtigste Gespräch unseres Lebens nicht eilen will. Ich erwarte, dass sie Vorbehalte hat. Scheiße, mir gefällt der Gedanke, dass wir ein Kind haben könnten, und selbst *ich* habe Bedenken. Die meisten gehören zu „Was, wenn sie niemals dasselbe empfindet wie ich?".

Plötzlich dreht sie sich zu mir. „Meintest du es ernst? Wenn das deine Idee eines Witzes ist, Jake ..." Da ist so viel Verletzlichkeit in ihren Augen, dass meine Brust schmerzt.

„Verdammt. Natürlich meine ich es ernst. Denkst du, ich würde über sowas spaßen?" Ich will sie umarmen, aber stattdessen presse ich meine Handflächen gegen die Tür und zwinge mich, stehen zu bleiben.

Sie schluckt schwer. „Ich weiß nicht. Ich verstehe es einfach nicht. Was hast du davon?"

Ich streiche mit einer Hand über mein Haar und verziehe das Gesicht. Es ist eine schwierige Frage, und sie ist nicht bereit für eine Antwort.

Ava verdreht die Augen. „Sex, ja. Das habe ich schon verstanden, aber den kannst du überall kriegen. Sex könnte alles verändern. Es erschreckt mich. Du bist mein ..." Sie kaut auf ihrer Unterlippe. „Du bist mein *Fels*."

„Es muss nichts verändern." Aber Gott, ich hoffe, dass es *alles* verändert, und zwar zum Besseren.

„Ich muss sichergehen, dass du meine Situation verstehst. Es ist nicht so, als würden wir uns betrinken, miteinander schlafen und das Kind in mich hineinkriegen. Ich meine, vielleicht? Aber ..." Ihr Blick fällt auf ihre Schuhe. „Harrisons und meine Ehe bestand daraus, zu versuchen, ein Kind zu haben. Wir hatten keinen Erfolg. *Offensichtlich*." Sie hebt ihre Augen und sieht mich an. „Es könnte uns genauso ergehen."

Ihr Ausdruck bewegt etwas in mir. Es ist, als würden wir zugeben, dass es ihr Schmerzen bereitet, dass ihr Körper vielleicht nicht mitmachen wird. Und der Gedanke, dass sie mich darauf vorbereiten muss? Als würden ihre Fruchtbarkeitsprobleme etwas an meinen Gefühlen verändern, oder mich davor bewahren, sie mehr als einmal berühren zu wollen? Es ist verrückt. „Ava ...“

Sie hält eine Hand hoch. „Harrison war frustriert mit mir. Es ist soweit gekommen, dass er keinen Sex haben wollte, außer wenn ich einen Eisprung hatte, was schwer war, herauszufinden, weil ich *kaputt* bin.“

„Du bist nicht kaputt.“

„Du weißt, was ich meine.“ Sie versucht, mich anzulächeln, aber ihre Bemühungen helfen kaum, die Sorge um ihre Augen herum zu vertreiben.

Ich gehe einen Schritt auf sie zu, aber sie ist immer noch nicht nah genug, und das wird sie nicht sein, bis sie in meinen Armen ist − und selbst dort sein will. Sie wird nicht nah genug sein, bis sie selbst zu mir kommt. „Lass mich das kurz verstehen“, sage ich sanft. „Ihr habt versucht, ein Baby zu haben, aber ihr hattet nicht viel Sex.“

Sie atmet ein und nickt langsam.

„Und er wollte keinen Sex mit dir haben, aber als du nicht schwanger geworden bist, hat er es auf dich geschoben.“

„So zu sagen.“

Gott. Natürlich hat dieser verfickte Harrison sie so fertiggemacht.

Mein Hass auf ihren Ex-Mann hat gerade ein neues Level erreicht, aber ich halte mein Gesicht ausdruckslos und nicke. „Du sagst also, dass wir regelmäßig Sex haben müssen, um erfolgreich zu sein.“

„Und sogar dann gibt es keine Garantie“, sagt sie.

„Genau. Also muss ich verstehen, dass wir vielleicht Sex haben müssen. Vielleicht Monate lang. *Monate lang.*"

Röte steigt über ihren Hals bis zu ihren Wangen auf. „Das ist es, was ich sage."

„Klingt schrecklich", sage ich, als ich den letzten Schritt auf sie zugehe und ihr so nahekomme wie möglich, ohne sie zu verschrecken. Sie schenkt mir ein echtes Lächeln und haut mir auf die Brust, aber ich greife ihre Hand und halte sie dort, der Körperkontakt besser, als ich mir vorgestellt habe. „Dein Ex ist ein Idiot und ich bin überhaupt nicht wie er."

„Okay." Sie schluckt und nickt, die Hand auf meiner Brust krallt sich in mein T-Shirt. Ihr Puls rast in ihrem Hals und zeigt, dass ihr Herz genauso schnell schlägt wie meins. „Wir tun es also wirklich?"

„Wirklich." Meine Stimme klingt belegt, und wenn sie unter die Oberfläche meiner Worte sehen könnte, würde sie wissen, dass ich mehr plane, als nur ein Baby zu machen.

Guter Gott, lass es funktionieren.

Sie räuspert sich. „Denkst du ... Ich meine, sollten wir uns testen lassen? Wegen Infektionen oder so?"

Ich trete einen Schritt zurück und zwinge mich, einzuatmen, damit ich mich daran erinnere, dass wir es nicht überstürzen werden. *Beruhig dich, Jackson. Es ist ein Marathon, kein Rennen.* „Wenn du dich dadurch besser fühlst, ja."

Sie nickt nachdrücklich. „Scheint verantwortungsbewusst zu sein, oder? Ich meine, ich habe seit Harrison mit niemandem geschlafen, also können sie da unten nichts außer Staub finden, aber–"

Ich huste, um mein Lachen zu verstecken – nicht wegen dem Staubwitz, sondern wegen meinem Schock, dass sie mit niemandem geschlafen hat seit Harrison. *Und sie plant, mit mir zu schlafen.* Ich werde mich nicht darüber nachdenken lassen, was das bedeutet. „Ich glaube nicht, dass vaginale Staubtermiten echt sind, also solltest du keine Probleme haben. Und ich ..." Ich streiche mit einer Hand über mein Gesicht. Der nächste Teil ist nicht sehr toll. „Eine Frau, mit der ich geschlafen habe, hat mich vor ein paar Monaten angerufen. Ich habe mich danach komplett testen lassen, und hatte seitdem ... keinen Sex."

Sie sieht weg. Es ist nicht das erste Mal, dass ich mich wie ein Arschloch fühle, weil ich von anderen Frauen spreche. Ava tut immer auf gekränkt, wenn sie erfährt, dass ich mit jemandem Zeit verbringe – ein anderer Grund, weswegen ich nicht aufgegeben habe, schätze ich.

„Noch eine Sache", sagt sie und sieht mir in die Augen. „Wenn einer von uns zu jedem beliebigen Zeitpunkt aufhören will ..." Sie sucht mein Gesicht ab. „Wenn es sich falsch anfühlt, oder du deine Meinung änderst, dann beenden wir es. Aber wir müssen einander versprechen, dass wir darüber reden werden, damit wir Freunde bleiben können."

„Versprochen, Ava. Aber das gilt für uns beide, richtig?"

Sie nickt sanft. „Bist du dir sicher, Jake?"

Ich hebe eine Augenbraue. „Hast du den Teil vergessen, wo wir monatelang heißen Sex haben werden?"

Sie lässt lachend mein T-Shirt los und macht einen Schritt nach hinten. „Wir wissen beide, dass du überall heißen Sex finden könntest."

„Du sagst das mit solch einer Überzeugung, und doch warst du noch nie in meinem Bett."

Sie verdreht die Augen. „Richtig. Sei ruhig charmant, vielleicht werde ich dir sogar glauben." Sie beäugt die Tür, bevor sie wieder zu mir sieht. „Ich wette, die Mädels denken allen möglichen Mist darüber, was wir hier oben treiben, also sollte ich wohl runtergehen. Bis morgen?"

Ich nicke. „Gute Nacht, Av."

Ich starre die Tür noch lange an, nachdem sie gegangen ist, und versuche, mein rasendes Herz zu beruhigen.

KAPITEL VIERZEHN

AVA

Ich parke in der kreisförmigen Einfahrt der McKinley McVilla und verziehe das Gesicht, bevor ich den Motor abschalte und mich zwinge, aus dem Auto auszusteigen. Es ist nur für ein paar Stunden. Ich kann es durchstehen.

„Ava!", begrüßt Jill mich von der Veranda aus, ihr blondes Haar schick gestylt. „Ich bin so froh, dass du es geschafft hast."

„Tue ich doch immer." Innerlich trete ich mich für diesen kleinen Stich gegen ihre Tochter. Ich habe das Familienessen ein einziges Mal verpasst, und Papa hat es mir monatelang vorgehalten. Colton kommt selten, aber er und unser Vater sind wie Öl und Essig. Meine Stiefschwester kommt damit durch, es zu verpassen, wann auch immer sie will Ihr wird alles vergeben. Zur Hölle,

Molly hat es nicht einmal zu meiner Hochzeit geschafft. Nicht, dass ich immer noch bitter bin.

Jill schlingt ihren Arm um meine Schulter und drückt einen Kuss auf meine Stirn. „Wie geht's?"

„Gut und dir?"

„Auch gut. Molly sollte jeden Moment ankommen."

„Wie aufregend!" Ich drücke Jills Arm. Ich freue mich vielleicht nicht über Mollys Besuch, aber ich freue mich für sie. Ich weiß, sie hofft, dass sie ihre Tochter mehr sehen könnte.

Ich folge Jill ins Haus, und in dem Moment, als meine Füße mich in die Marmoreingangshalle tragen, werde ich von Erinnerungen überflutet. Mein erstes Weihnachten hier nach der Scheidung – Colton und ich saßen in einer Ecke und haben uns gewünscht, dass wir bei Mama geblieben wären, wo wir in Pyjamas gekuschelt hätten. Mein dreizehnter Geburtstag, den ich nur hier gefeiert hatte, weil ich mir sicher gewesen war, dass es die coolen Mädchen beeindrucken würde, und ich mich danach wie eine Lügnerin gefühlt habe, weil es funktioniert hat und sie freundlicher waren. Die achtzehn Monate, in denen ich hier gelebt habe, bevor ich zur Uni gegangen bin, und ich mich die ganze Zeit wie ein ungewollter Gast gefühlt habe. Ich kann es ihnen nicht übelnehmen. Jill, Papa und Molly waren sieben Jahre lang eine dreiköpfige Familie, bevor ich gekommen bin und alles durcheinandergebracht habe.

„Zu schade, dass Colton nicht kommen konnte", sagt Jill über ihre Schulter, als sie mich ins Esszimmer führt.

„Dein Vater ist enttäuscht, aber wir verstehen, dass Coltons Training Priorität hat."

„Seine Priorität sollte es sein, einen echten Job zu finden", sagt Papa aus dem Flur.

Jill schenkt ihm ein zaghaftes Lächeln, als er ins Esszimmer kommt und eine Flasche Wein aus einem Eiseimer zieht, bevor er sich ein Glas einschenkt. „Motocross ist ein echter Job, Nelson. Colton ist wirklich gut darin, und er hat ein ganzes Team hinter sich." Sie nimmt ihm die Flasche ab und sieht mich an. „Wein, Ava?"

Ich nicke. Der Lautstärke meines Vaters nach zu urteilen, bin ich ein paar Drinks hinter ihm. „Klar. Danke."

Sie füllt das Glas bis ganz oben auf – Gott danke ihr – und zwinkert mir zu, als sie es mir gibt.

„Hattest du dein Vorstellungsgespräch für die Position in Florida?", fragt mein Vater.

Ich verziehe das Gesicht. Ich habe komplett vergessen, dass er sich für mich umgehört hat. „Ich habe noch nichts gehört, Papa. Tut mir leid."

Er wedelt mit dem Finger. „Sie werden anrufen. Sei einfach bereit."

Ich habe immer noch eine Anstellung. Aber ich muss ihn an diese Tatsache nicht erinnern. Ich würde dadurch nur undankbar erscheinen. „Werde ich, Papa."

„Hallo?", kommt eine sanfte Stimme aus dem Flur. „Mama?"

Jill strahlt, sobald die Stimme ihrer Tochter ertönt. „Molly, wir sind im Esszimmer!"

Ich nehme einen großen Schluck, als das Geräusch

von Absätzen näher kommt, und mache mich bereit, aber es gibt nicht genug Raum in diesem Glas, um das Gefühl von Mangelhaftigkeit zu ertränken, das ich empfinde, wenn ich in der Gegenwart meiner Stiefschwester bin. Und als Molly das Esszimmer betritt, fühle ich mich sofort wie ein vergessenes Teil der Kulisse.

„Wie war dein Flug?", fragt Jill, ihre Arme um ihre Tochter geschlungen.

„Erstick das Mädel doch nicht, Jill", sagt mein Vater. „Sie saß in einem Flugzeug fest und braucht Platz."

„Ist schon gut", sagt Molly ihm, bevor sie ihre Mutter umarmt. „Der Flug war gut." Als sie mir ihre Aufmerksamkeit zuwendet, ist ihr Lächeln schüchtern, und ich fühle etwas Reue. Molly ist in den letzten fünf Jahren kaum nach Hause gekommen, und ich habe mich nicht bemüht, in Kontakt zu bleiben. „Hallo, Ava. Wie geht es dir?"

„Gut." Ich hebe mein Weinglas in die Luft.

Molly schmunzelt. „Ich könnte auch eins gebrauchen."

„Jill, schenk ihr ein Glas ein", sagt Papa.

Jill gehorcht ihm, und Molly nimmt ihr das Glas mit einer Bewunderung an, die einem Heiligtum gebührt.

Molly ist alles, was ich nicht bin. Sie ist mutig und abenteuerlustig. Sie ist blond, während ich dunkles Haar habe, und gewagt, wo ich vorsichtig bin. Ich weiß, dass es kindisch klingt, zu sagen, dass mein Vater sie mehr liebt, aber manchmal sind selbst die hässlichsten Dinge, die wir glauben, wahr, und Papas Zuneigung Molly gegenüber war schon immer größer als die für mich.

„Setzt euch", sagt Jill. „Ich werde das Essen herbringen."

„Hol noch eine Flasche des Neunundsiebzigers aus dem Kühlschrank", ruft Papa ihr nach und setzt sich ans Kopfende des Tisches.

„Kann ich helfen, Jill?", frage ich.

Molly und ich stoßen fast zusammen, als wir Jill in die Küche folgen.

„Setzt euch, Mädels", sagt sie streng. „Ihr seid Gäste." Sie sieht zu meinem Vater, der auf seinem Stuhl sitzt und sich etwas auf seinem Smartphone ansieht. Zum ersten Mal, seit ich Jill kenne, sehe ich etwas wie Unmut über meinen Vater. *Gut für dich, Jill.*

„Setzt euch", sagt sie erneut, und Molly und ich gehorchen ihr, als wir uns gegenüber voneinander hinsetzen und unseren Wein in unangenehmer Stille trinken.

„Unterrichtest du immer noch?", fragt Molly.

Ich nicke. „Jap. Du lebst immer noch in New York?"

Sie nickt. „Jap."

Jill braucht zwei Runden, um alles herzubringen. Sie steckt zwei Flaschen Wein in den Eiseimer, bevor sie eine große Schale Salat und eine Platte mit stilvoll angerichtetem Hühnchen und gerösteten Kartoffeln bringt.

„Sieht köstlich aus", sage ich.

„Ich bin am Verhungern", kommt von Molly. „Danke, Mama."

Jill strahlt, und wir füllen unsere Teller auf.

„Molly, was wolltest du ankündigen?", fragt Papa, als alle Teller voll sind. „Wir können es kaum erwarten, deine guten Neuigkeiten zu hören." Er winkt zu mir. „Vielleicht wird es Ava inspirieren, etwas mit ihrem Leben zu tun."

„Ich habe ein tolles Leben, Papa", sage ich.

„Natürlich tust du das", sagt Jill lächelnd, bevor sie meinen ahnungslosen Vater mit einem finsteren Blick ansieht.

Molly sieht zu ihrer Mutter, bevor sie ihre Aufmerksamkeit auf Papa lenkt. „I-ich habe keine Ankündigung."

Jill runzelt die Stirn. „Aber du hast gesagt ..."

„Ich habe gesagt, dass ich mit euch *reden* muss. Es gibt keine Ankündigung."

Jill verzieht das Gesicht. „Tut mir leid", sagt sie sanft. „Ich habe dich falsch verstanden. Wir können natürlich später reden."

„Schwachsinn. Spann uns nicht auf die Folter", brummt Papa. „Worüber wolltest du reden?"

Molly legt ihre Gabel ab und atmet tief ein. „Ich muss mir Geld leihen. Ich habe meinen Job verloren und kann meine Miete kaum bezahlen."

Ich kann die Bremsen im Kopf meines Vaters fast quietschen hören, als seine Gabel auf den Teller fällt. Er starrt sein Lieblingskind an. „Was meinst du, du hast deine Stelle verloren?"

Ich halte inne. Papa hat sich immer gewünscht, ich wäre athletischer, und dann hat er eine Tochter bekommen, die es war. Er hat sich immer gewünscht, dass ich, seine durchschnittliche Tochter, eine Einserschülerin gewesen wäre, und dann hat er eine Tochter bekommen, die es war. Er hat mich gedrängt, etwas Praktischeres zu tun als Theater und Literatur, und als er Jill geheiratet hat, hatte er eine Tochter, die es tat.

Wenn ich darüber nachdenke, vergesse ich manchmal, dass Papa mit Molly genauso streng ist wie mit mir – vielleicht sogar mehr. Sie ist sein strahlendes Sternchen.

Ich sehe eine Verletzlichkeit in ihr, als sie seinem stählernen Blick ausweicht. Ich kann es ihr nicht übelnehmen. Es ist ganz schön intensiv. „Wir haben unsere Finanzmittel verloren. Es gibt keine Arbeit. Ich werde etwas anderes finden, aber es wird ein bisschen dauern."

„Aber du hast dich bereits beworben", sagt er. Sie sieht ihn ausdruckslos an. „Bewerbungen, Lebensläufe – es ist ein Kinderspiel. Du hast so viel tolle Erfahrungen, und die Welt wartet nur auf dich. Es sollte kein Problem sein."

„Ich arbeite daran." Sie senkt ihren Kopf und schiebt ihr Essen auf dem Teller herum.

Mein Vater atmet tief ein und langsam aus.

Ich hasse es. Während ich immer auf einen Beweis gewartet habe, dass Molly nicht perfekt ist, weiß ich, wie es ist, seine Missbilligung zu spüren. Es ist beschissen.

„Du hast Ersparnisse", sagt mein Vater. „Geld, das du benutzen kannst, während du nach einer neuen Stelle suchst? Du legst immer dreißig Prozent deines Einkommens zur Seite, wie ich es dir beigebracht habe."

„Papa", sagt sie, ihr Frust hörbar. „Es ist nicht einfach für eine alleinlebende Frau in der Stadt mit einem gemeinnützigen Management-Einkommen. Ich habe keine Ersparnisse, und wenn ich meine Wohnung nicht verlieren will, brauche ich etwas Hilfe, bis ich eine neue

Stelle finden kann." Sie sieht zu ihrer Mutter. „Ich hatte gehofft–"

Mein Vater schüttelt bereits den Kopf. „Nein. Wir haben es klar gemacht, dass wir euch Mädchen helfen würden, eure Karrieren zu starten, und dann seid ihr auf euch allein gestellt. Wir werden nicht die Art von Eltern sein, die ihre Kinder versagen und ohne Konsequenzen leben lassen. An einem bestimmten Punkt muss man das Küken fliegen lassen, und wenn sie fallen, dann fallen sie."

Jill keucht auf, ihre Wangen dunkelrot, als sie meinen Vater wütend anstarrt.

„Papa!", sage ich. „Das ist gemein."

Er lenkt seine Aufmerksamkeit auf mich. „Du hast schwere Zeiten durchgestanden. Hast *du* nach Geld gefragt, nachdem Harrison dich verlassen hat? Mit all den Schulden, die du hattest, wäre es leichter gewesen, uns zu fragen, dir auszuhelfen."

Meine Wangen werden rot, als er mich daran erinnert. Als ich mit Harrison verheiratet war, hat er mich dazu überredet, Wellnesstage zu haben und mit Freundinnen shoppen zu gehen. Er hat sich um unsere Finanzen gekümmert, und ich hatte keine Ahnung, dass die Kreditkartenrechnungen sich überschlagen hatten und nur das monatliche Minimum abgezahlt worden war. Es war ihm wichtig, dass wir *ausgesehen* haben, als ob wir viel Geld hatten, und er hat mich dasselbe glauben lassen. Er hat mich diese verrückten Schulden nach der Scheidung abzahlen lassen. Es hat sich nicht richtig angefühlt, ihn sie auf sich nehmen zu lassen, aber ich konnte nicht anders, als ihm die fehlende Offenheit über unsere finanzielle Situation zu verübeln. Meine ganze Ehe war eine Lektion über Lügen durch Auslassung.

„Wenn du es geschafft hast, kann Molly das auch", fährt er fort.

Meine Stiefschwester sieht komplett niedergeschlagen aus, und ich schenke ihr ein entschuldigendes Lächeln. „Ich bin mir sicher, dass Molly es schaffen könnte, aber das bedeutet nicht, dass sie keine helfende Hand verdient. Wir brauchen alle ab und zu etwas Hilfe."

Papa sieht mich wütend an. „Was ist heute Abend mit dir los, Ava? Meine Antwort ist endgültig."

Ich öffne meinen Mund, aber Jill greift über den Tisch und streicht mit den Fingerspitzen über meinen Arm. Ich sehe die Warnung in ihren Augen, die mir sagt, dass ich es erstmal ruhen lassen soll. Ich muss die Zähne zusammenbeißen, um mich davon abzuhalten, etwas zu sagen.

„Ava?", fragt Jill, als wir die Küche sauber machen. Papa hat sich in sein Büro zurückgezogen, um ein paar Arbeitstelefonate zu erledigen, und Molly ist in ihr altes Schlafzimmer gegangen, um sich zu duschen. „Kann ich dich um einen Gefallen bitten?"

Ich nicke. Mein Magen ist seit dem Abendessen flau, und ich mache mir Sorgen, dass ich Jill beleidigt haben könnte, weil ich ihr Gericht nicht essen konnte, aber es scheint, als hätte niemand großen Appetit gehabt außer meinem Vater. „Was denn?“

„Du kennst deinen Vater“, sagt sie. „Ich denke nicht, dass er nachgeben wird, aber ich werde ihn noch einmal fragen, nachdem er sich etwas entspannt hat.“

„Nachdem er sich entspannt hat.“ = „Nachdem er seinen Whiskey gehabt hat.“ Ich bin mir nicht sicher, ob Whiskey helfen wird, weil er bereits beim Abendessen beschwipst war. „Es ist nett, dass du es versuchen wirst“, sage ich, aber ich erwarte nicht, dass er seine Meinung ändert. Mein Vater *gibt* nicht nach. Das ist nicht sein Charakter. Er trifft eine Entscheidung und bleibt dabei. Das ist vielleicht ein guter Charakterzug in einem Geschäftsmann, aber für einen Vater ist es beschissen.

„Naja, wenn ich es nicht schaffe ...“ Sie sieht weg. „Ich habe kein Recht, dich zu fragen, aber könntest du Molly etwas Geld leihen? Ich habe ein bisschen, aber da dein Vater sich um unsere Finanzen kümmert, wird es schwer sein, da ranzukommen. Ich werde es dir zurückzahlen, sobald ich kann.“

Ich beiße mir auf die Zunge. Mein Vater „kümmert“ sich nicht um die Finanzen. Er *kontrolliert* sie. Der Unterschied ist erheblich – ich kenne ihn aus Erfahrung gut –, und Wut für meine Stiefmutter entflammt sich in meinem Bauch. Aber ich bin nicht nur wütend für sie. Ich bin wütend für Molly. Für *mich*.

Ich muss mich nicht fragen, wie Papa reagieren wird, wenn mein Plan klappt, und er herausfindet, dass ich *absichtlich* zu einer alleinerziehenden Mutter geworden bin. Ich weiß bereits, was er denken wird. Heute Abend war keine Enthüllung. Es war eine Erinnerung.

„Wie viel, glaubst du, braucht sie?“, frage ich.

„Ich werde es herausfinden, aber ich bin mir sicher, dass es nur temporär ist. Du kennst Molly. Sie schafft es immer irgendwie. Sie hat sich nie auf irgendjemanden verlassen.“ Sie schließt den Mund, als würde sie plötzlich realisieren, dass sie mich beleidigt hat. Ich habe mich einst auf jemanden verlassen, und es hat nicht gut geendet. Aber vielleicht denkt sie auch daran, wie sie sich auf meinen Vater verlässt.

„Ich kann ihr etwas Geld leihen, wenn du denkst, dass es helfen könnte“, sage ich sanft. Es wird aus meinem Notfallfonds kommen, aber bei Jill und Molly weiß ich, dass ich es zurückbekommen werde.

Sie atmet erleichtert aus. „Ich bin mir sicher, dass alles, was du geben kannst, helfen wird. Ich würde ihr gerne die Möglichkeit geben, sich aufzurappeln, ohne ihren Geist zu brechen. Dein Vater realisiert nicht, wie schwer sie gearbeitet hat, um sich die letzten fünf Jahre über Wasser zu halten. Er weiß nicht, was sie alles aufopfern musste, um ...“ Sie schüttelt den Kopf und drückt meine Hand. „Naja, es ist ja auch egal. Ich bin mir sicher, dass sie deine Hilfe genauso wertschätzen wird wie ich.“ Durch den Stress in Jills Augen fühle ich mich, als wäre ich von der Achterbahn ausgestiegen. Sie hat immer Ruhe in den Haushalt gebracht, aber irgendwas hat sich verändert. „Ich werde dich wissen lassen, was dein Vater sagt, aber ...“

„Ich weiß. So ist er einfach.“

Sie schluckt schwer und schenkt mir ein angespanntes Lächeln. „Er ist nicht immer leicht zu lieben, weißt du?"

Sind wir das nicht alle?, denke ich. „Er kann sich glücklich schätzen, dass er dich hat."

„Das musst du nicht sagen", entgegnet sie sanft, schüttelt den Kopf und seufzt, als sie meine Hand erneut drückt.

Und ich frage mich, ob sie die Wahrheit wirklich nicht sieht.

KAPITEL FÜNFZEHN

AVA

Ich betrete Jackson Brews durch die Hintertür und gehe direkt auf den begehbaren Kühlschrank zu, um nach Jakes berühmten „Ziegenbällen" zu suchen. Ich hatte keinen Appetit, als ich bei meinem Vater war, aber jetzt habe ich Hunger und bin gestresst und will einfach nur Seelenfutter. Ich finde die panierten Bissen voller Ziegenkäse auf einem Backblech ganz hinten, ziehe es heraus und gehe auf die Fritteuse zu.

Jake kommt gerade in die Küche, als ich die Bälle ins Öl gebe. Er sieht zum Blech, dann zu mir. „Schlimmer Abend?"

Ich schlinge die Arme um meine Mitte. „Nichts, was nicht von etwas frittiertem Käse und Honig wiedergutgemacht werden kann."

„Ich habe gegrillte Bacon-Donut-Burger auf dem Menü." Jake lehnt sich gegen die Küchenzeile. „Willst du einen?"

Ich öffne meinen Mund, um Nein zu sagen, aber dann zucke ich nur mit den Schultern. „Das klingt fantastisch."

Er wirft das Fleisch auf den Grill und studiert mich, während es brät. „Willst du darüber reden?"

„Darüber, wie mein Vater ein Idiot und höchstwahrscheinlich ein Alkoholiker ist, oder darüber, dass ich dreißig Jahre alt bin und immer noch nicht davon wegkomme, verzweifelt die Anerkennung eines selbstsüchtigen Arschlochs zu suchen?" Ich ziehe den Korb aus dem heißen Öl und schüttele es ab.

Jakes Gesicht wird sanfter. „Beides? Eins davon?"

„Nein, danke. Vielleicht ein anderes Mal. Heute Nacht will ich einfach nur meine Gefühle essen, wenn das in Ordnung ist."

Er zögert einen Moment, bevor er nickt. „Teller voller Gefühle kommt sofort."

Jake hat viele Spezialitäten, aber dieses Samstagsmenü-Gericht ist ein örtlicher Favorit – ein Bacon Cheeseburger mit gegrillten Zwiebeln und Barbecue-Sauce, serviert auf einem frisch glasierten Donut von *Ooh La La!*. Touristen sagen immer, dass es schrecklich klingt, aber sie bestellen ihn trotzdem, weil sie zu neugierig sind, um sich den Burger entgehen zu lassen. Und die Teller kommen immer leer zurück.

Ich lege die Ziegenbälle in das mit Wachspapier belegte Körbchen und tropfe etwas örtlichen Honig darauf – das einzige Produkt, das „gesund" am nächsten kommt. Neben mir legt Jake den Burger zusammen, und meine Panik schmilzt, als seine Ruhe mich überschwemmt. Er erdet mich. Das hat er schon immer. Sogar als er ein zehnjähriger Junge war, der sich über meine Zöpfe lustig gemacht hat, hat er immer gewusst, was er sagen – oder nicht sagen – sollte, wenn ich traurig war.

An dem Tag, als mein Vater ausgezogen ist, habe ich den ganzen Abend meinen Kopf hoch erhoben gehalten. Ich musste stark sein für meine Mutter, die am Boden zerstört war. Sie ist an jenem Abend früh zu Bett gegangen, emotional erschöpft. Nachdem sie eingeschlafen ist, habe ich mich rausgeschlichen und bin in das Baumhaus in Jakes Garten geklettert. Ich war am Weinen, als er mich dort gefunden hat, aber er hat nichts über meine Tränen gesagt. Er hat sich neben mich im Schneidersitz auf den Holzboden gesetzt und mir eine Schachtel mit diesen Dingern gegeben, die platzen, wenn man sie auf den Boden wirft. Wir haben kein Wort gesagt, als wir dort saßen und sie auf den Boden geschmissen haben.

Er wusste genau, was ich gebraucht habe, und das tut er nach so vielen Jahren immer noch.

„Cindy kümmert sich um die Bar", sagt er, als er meinen Burger serviert. „Willst du den hier in meinem Büro essen?"

Ich nicke, dankbar, dass er versteht, dass ich nicht mit den Gästen labern will. „Ich hole mir ein Wasser aus dem Kühler. Willst du auch eins?"

„Klar."

Ich schnappe mir die Flaschen, während Jake meinen Teller ins Büro bringt. Der Raum ist zweckmäßig eingerichtet – ein paar Schreibtische, ein Computer für die Buchhaltung und zwei Ablageschränke. Jake hält es organisiert, und die Oberflächen sind sauber und frei von jeglichem Schnickschnack, der mein Heimbüro schmückt.

Ich ziehe einen Stuhl vor, und er setzt sich ans andere Ende seines Schreibtisches, wo er sein Kinn auf eine Faust stützt und mich anstarrt.

„Willst du ihn dir teilen?", frage ich.

Er schüttelt den Kopf. „Ich habe bereits gegessen."

Ich sehe auf mein Essen, bevor ich meinen Blick zu seinem hebe. „Wieso starrst du mich an? Hast du das Essen vergiftet oder so?"

Er schüttelt den Kopf. „Nein, es ist nur, dass du mein Essen selten isst. Ich dachte, dass du vielleicht angefangen hast, es zu hassen."

Ich schnaube. „Ich wurde nicht mit einem schnellen Metabolismus beschenkt, also *kann* ich dein Essen nicht sehr oft genießen." Ich hebe den Burger an und beiße rein. Meine Augen schließen sich, als ich kaue und schlucke. Es ist die perfekte Kombination aus süß und salzig. „Guter Gott, Ellie hatte recht."

Jake runzelt die Stirn, als er die Flasche Wasser zu seinen Lippen führt. „Womit?"

Ich grinse. „Sie hat gesagt, dass dein Essen *orgasmisch* ist."

Er verschluckt sich, bevor er herauswürgt: „Ach wirklich?“

„Jap“, sage ich um einen Bissen herum. Es ist *so* gut. Schluckend nicke ich. „Ich glaube, dass sie recht hat. Um ehrlich zu sein, müssen wir uns nicht einmal mehr seltsam verhalten wegen unserem bevorstehenden Sex, weil du für mich gekocht hast. Es gibt keinen Sex auf der Welt, der besser ist, als dein kalorienreiches Baressen.“

„Das klingt nach einer Herausforderung.“

„Es ist keine Herausforderung. Es ist ein Fakt.“ Ich zucke mit den Schultern. „Tut mir leid, wenn es dein Ego verletzt, aber dein Essen ist einfach zu gut.“ Ich lehne mich vor und halte ihm den Burger entgegen. „Überzeug mich, dass du mir nicht glaubst.“

Er hält meinen Blick, als er reinbeißt und meine Finger leicht erwischt, bevor er sich zurücklehnt.

Eine Hitzewelle steigt in meinem Magen auf, und ich kann nicht wegsehen, während er kaut – die Art, wie sein Kiefer arbeitet und die Bewegung in seinem Hals, als er schluckt.

Ich lechze total nach meinem besten Freund.

Er hat letzte Nacht einen Schalter in mir umgelegt, und jetzt sehe ich ihn in einem anderen Licht. Es macht mich höllisch nervös. Ich will nicht, dass Jake realisiert, was für eine sexuelle Niete ich bin, aber wenn wir so weitermachen, wird er das. Es ist nicht so, dass ich nicht weiß, was ich tun muss. Ich weiß, wie es funktioniert, *danke der Nachfrage*. Ich habe einfach Probleme damit, mich nicht in meinen Gedanken zu verfangen. Ich kann mich dem Moment nicht komplett hingeben – was ich gestern Nacht bewiesen habe.

Ich halte den Burger immer noch zwischen uns in die Luft, als er erneut den Kopf senkt, aber statt abzubeißen, nimmt er ihn mir aus der Hand und legt ihn auf den Teller, bevor er meine Hand in seine nimmt und meinen Zeigefinger in seinen Mund saugt.

Ich keuche auf, als er mit der Zunge über meine Haut leckt und hart daran saugt. „Jake."

„Ja?" Er macht mit dem nächsten Finger weiter, und ich höre meine schwere Atmung, weil es höllisch heiß ist. Mein Inneres schmilzt, und all mein Blut rast zwischen meine Beine. Ich winde mich in meinem Stuhl und presse die Oberschenkel zusammen. „Du hast Glasur an deinen Fingern", sagt er, als würde das erklären, was er mit mir tut. Als wäre es völlig normal. Als ob er ständig Zucker von meinen Fingern leckt.

„Levi und Colton nehmen nächstes Wochenende an einem Rennen in Detroit teil", sagt er. „Willst du mit mir hingehen? Ihnen zusehen? Wir könnten danach irgendwo zu Abend essen und dann über Nacht in der Stadt bleiben."

„Klar." Ich nicke. Aber ich denke nicht an das Rennen. Ich denke daran, wie seine Zähne über meine Fingerspitzen gekratzt haben. Ich denke an ein Hotelzimmer mit Jake. Ich denke an die Worte, die er gestern Nacht in einem geflüsterten Schwur ausgesprochen hat, bevor er mein Haus verlassen hat.

„Wenn ich endlich in dich hineingleite, wird es sein, weil du

mich dort willst. Weil du mich anbettelst und mich in dir haben willst.“

Ich werde nie wieder einen Burger essen können, ohne an Sex zu denken. „Werden wir ... uns ein Zimmer teilen?“ Werden wir Sex haben? Wird meine Panik unsere Pläne ruinieren?

„Ist das in Ordnung?“ Er dreht meine Hand und knabbert an meinen Knöcheln, die Härte seiner Zähne gefolgt von der Sanftheit seiner heißen Zungenspitze.

„Ja, klar. Wieso nicht? Ich meine, es ist ja nicht schlimm. Und es wäre einfacher, im gleichen Zimmer zu schlafen, wenn wir ... Ich meine, falls wir ... Ich meine, es ist einfach, richtig? Ich muss nur planen, was ich packen will. Ich weiß nie, was ich tragen soll.“ *Lieber Gott, bitte lass mich die Klappe halten.*

Er mustert mich, ein Grinsen auf den Lippen, während er mich von oben bis unten anblickt, als hätte er einen Röntgenblick und könnte durch den Tisch und meine Kleidung sehen. „Wieso trägst du nicht einfach die Shorts, die du zum Gärtnern benutzt?“

„Die alten abgeschnittenen?“

Er hebt seine Augen zu meinen und nickt selbstbewusst. „Jap. Ich mag sie *wirklich*.“

Meine Wangen werden rot. Jake und ich sagen sowas nicht zueinander. Es gibt keine Momente in unserer Beziehung, in denen er mit mir flirtet oder so sexuell spricht. Das ist nicht, was wir miteinander haben. Aber dann hat er vor heute Nacht auch nie an meinen Fingern gesaugt, und ich beschwere mich ja nicht darüber, oder?

„Ich werde diese Shorts nicht in der Öffentlichkeit tragen."

Lächelnd öffnet er meine Hand und drückt einen Kuss auf die Mitte – zuerst Lippen, dann der kleinste Kontakt seiner Zunge. Mein Rücken drückt sich durch, als ich mich aus meinem Sitz und auf seinen Schoß schleudern möchte. Ich will all die versauten Versprechen in Anspruch nehmen, die er mir mit seinen Lippen und seiner Zunge macht.

„Also sind sie nur dafür gedacht, dass ich sie genieße, wenn wir allein sind?", fragt er.

Ich blinzele ihn an. Mich auf seinen Schoß zu setzen, wäre himmlisch. Ich will seine harte Länge gegen meine Beine pressen und seinen Mund ... *Was ist los mit mir?* „Was?"

„Die Shorts?" Er schüttelt den Kopf langsam. „Du bist so verdammt süß, wenn du rot wirst. Weißt du das?" Er legt meine Hand ab und steht auf. „Aber Cindy wird mich umbringen, wenn ich sie da draußen noch viel länger allein lasse." Er zwinkert mir zu, bevor er sich umdreht und die Tür öffnet.

Eine andere Frau hätte ihn gehen gelassen, um sich selbst zu berühren und dieses Pochen zwischen ihren Beinen durch Erleichterung zu beenden. Eine andere Frau hätte ihm gesagt, dass er bleiben soll, und ihn wie einen Baum bestiegen. Eine andere Frau, hätte diesen Moment nicht mit ihren Sorgen ruiniert.

Ich springe auf und renne ihm hinterher. „Du musst das nicht tun, weiß du?"

Er hält inne und dreht sich mitten in der Küche um. „Was?"

Ich beiße mir auf die Lippe und sehe weg. „Ich weiß nicht. Flirten, schätze ich? Mich verführen mit ..." Ich schlucke schwer. Ein köstlicher Schauder überfährt mich, als ich an seinen heißen Mund auf meiner Haut denke. Gehören Knöchel zu den erogenen Zonen? Weil ich mir ziemlich sicher bin, dass Jake sie zu einer gemacht hat. „Mit deinem Mund. Das musst du nicht tun. Du tust mir einen Gefallen. Es ist nicht, als würde ich erwarten ..."

„Weil du *Gleitgel* hast?"

Meine Kinnlade fällt runter, und ich werfe ihm einen Blick zu, um ihn finster anzusehen. „Oh mein Gott, wenn du das Wort noch einmal sagst, werde ich dich umbringen."

Er geht auf mich zu, etwas anderes in seinen Augen. Etwas Dunkleres und Absichtlicheres als der spielerische Jake, der an meinen Fingern saugt. Ich gehe rückwärts, bis meine Beine gegen das kalte Stahl des Kühlschranks drücken. Er stemmt seine Hände zu beiden Seiten meines Kopfes dagegen und lehnt sich vor, sein Körper gegen meinen gepresst. Unsere Blicke vermischen sich für einen langen, stillen Moment, bevor er endlich sagt: „Ich *muss* dich nicht verführen, oder du *willst* es nicht?"

Ich lecke mir über die Lippen. Mein Herz rast, während mein Körper um mehr bittet, als ich jemals von Jake wollen sollte. „Ich denke nicht, dass wir es zu kompliziert machen sollten."

Sein Blick fällt zu meinen Lippen. „Ist es dir unange- nehm, wenn ich dir so nahe bin?"

Ich schlucke. „Etwas.“

„Wieso, Ava?“ Er senkt seinen Kopf, und sein Mund ist fast auf meinem, was seine Worte und Bewegungen noch intimer scheinen lässt. „Ich weiß, dass du es spürst. Ich sehe es in deinen Augen.“ Er legt seinen Kopf zur Seite und streicht mit der Nase über die Basis meines Halses. „In der Art, wie du rot wirst“, flüstert er in mein Ohr. „Ich höre es, wenn dein Atem stockt. Und bevor du gestern Nacht die Bremse gezogen hast, konnte ich es *fühlen*, als du deinen Rücken durchgedrückt hast und wie du deine Hüften unter mir bewegt hast, um dich gegen mich zu reiben.“

Meine Augen schließen sich. Seine Stimme ist tief und rau, und ich will mehr von seinen Worten. „Wir sind Freunde, Jake.“

„Das waren wir schon immer. Und es wird sich nie ändern. Aber für die nächsten Monate werden wir mehr sein, also wird es Zeit, dass du dich an den Gedanken gewöhnst. Ich werde Dinge mit dir tun, die viel genussvoller sind als ein verdammter Burger. Kämpf nicht dagegen an.“ Er nippt an meinem Hals und saugt. Als mir ein sanfter Schrei entfährt, stöhnt er in mein Ohr. „*Gott*. Du wirst mich verderben, Ava.“

Ich bin mir nicht sicher, was er damit meint, und ich bin in keiner Position, ihn zu fragen. Wenn ich mich nicht gegen den Kühlschrank lehnen würde, bin ich mir sicher, dass ich zu einer Pfütze geschmolzen wäre.

Er lehnt sich zurück, und da ist so viel Hitze in seinem Blick, dass ich nicht weiß, ob ich es beenden sollte, bevor wir etwas tun, das wir bereuen können, oder ihn in sein Büro ziehen und die Tür abschließen soll. Es ist gefährlich, und ich habe große Angst. Ich mag festen Boden unter meinen Füßen, aber Jakes Angebot ist der Wind in meinem Haar. Der Reiz vor dem Fall.

Seine Zunge berührt seine Unterlippe, als er mich ein letztes Mal von oben bis unten mustert. Dann verschwindet er durch die Tür, während mein Herz rast und meine Haut kribbelt, und ich bin mir nicht einmal sicher, was zum Teufel gerade passiert ist.

JAKE

Ich zwinge mich aus der Küche und gehe direkt auf das Bier zu. Ich brauche einen Drink, und Wasser wird nicht helfen. *Gott*. Ich könnte allein durch die Geräusche kommen, die Ava gemacht hat, als ich an ihren Fingern gesaugt habe, und mein Schwanz pocht durch die Art, wie ihre Augen dunkel wurden und ihr Mund offen stand. Es hat mir nie an Fantasien gemangelt, wenn es um Ava ging, aber dieses kleine Vorspiel hat ein paar Dutzend Bilder zu meiner Liste hinzugefügt. Und dann hat sie es ruiniert, indem sie mir nachgelaufen ist und gesagt hat, dass ich sie nicht verführen muss. Als wäre ich ein Zuchthengst, der ein paar Mal die Woche auftauchen, in ihr abspritzen und dann gehen könnte.

Scheiß drauf.

Ich gieße mir ein Glas unseres Imperial Stouts ein und trinke die Hälfte, bevor ich mich zur Bar drehe, um nachzuholen. Meine Schritte stocken, als ich eine hübsche Blondine erspähe. Sie hüpft von ihrem Stuhl, als sie mich sieht. „Jake! Oh mein Gott! Es ist so toll, dich zu sehen!"

„Molly." Ich schlucke schwer, atme tief ein und zwinge mich zu einem Lächeln. Scheiße, mein Schwanz ist hart von den Spielchen mit Ava, und dann taucht ihre Stiefschwester auf, als würde das Schicksal versuchen, mich zu erinnern, dass ich es bereits einmal versaut habe und das Recht verloren habe, Ava zu meiner Frau zu machen. „Wie geht's?"

„Gut." Sie stoppt, kneift die Augen zu und schüttelt den Kopf. „Das ist Schwachsinn. Tut mir leid. Du verdienst Besseres. Es geht mir nicht gut. Mein Stiefvater ist ein Arschloch, meine Mutter ist ein Fußabtreter und mein Leben ist ein Durcheinander."

„Klingt, als hätte sich kaum etwas geändert, seit wir uns das letzte Mal gesehen haben." Ich verziehe das Gesicht, als die Worte meinen Mund verlassen. Ich will wirklich, wirklich nicht über das *letzte Mal* reden. Um ehrlich zu sein, würde ich lieber so tun, als würde es nicht existieren. „Wie lange ist es her?", frage ich sanft, aber ich kenne die Antwort. Das letzte Mal, als ich Molly McKinley gesehen habe, war die Nacht, in der ich herausgefunden habe, dass Ava verlobt war. In dieser Nacht habe ich den größten Fehler meines Lebens gemacht.

„Fast fünf Jahre."

„Das ist eine Weile. Ich muss dich verschreckt

haben." Ich versuche, sie anzulächeln, aber die Schuldgefühle lassen meinen Ausdruck wanken.

„Ich bin ein paar Mal hergekommen, aber nie lange geblieben." Sie greift ihr Bierglas von der Bar und hebt es in die Luft. „Aber da ich weiß, dass das Bier so gut ist, wie ich es in Erinnerung habe, werde ich mit Sicherheit herkommen, wenn ich das nächste Mal herkommen muss." Sie mustert mich langsam, und als sie ihren Blick hebt, um meinem zu begegnen, spreizen ihre pinken Lippen sich zu einem Lächeln. „Ich frage mich, ob alles andere immer noch genauso gut ist …"

KAPITEL SECHZEHN

AVA

Ich mache sauber, nachdem ich fertiggegessen habe, um mir eine Chance zu geben, meine Atmung zu regulieren. Ich bin noch nicht bereit, Jake zu sehen, also sitze ich in seinem Büro und scrolle durch mein Handy. Wenn ich jetzt rausgehen würde, bin ich mir ziemlich sicher, dass alle wissen würden, dass ich Sex im Kopf habe.

Sex mit Jake.

Scheiße. Ich sollte nicht so viel darüber nachdenken. Auch wenn ich es will. Auch wenn ich nicht aufhören kann ...

Ich scrolle durch Instagram – etwas Gedankenloses, das mich ablenkt –, als mein Handy klingelt. „Hallo?"

„Spreche ich mit Ava McKinley?"

„Ja." Mein ganzer Körper spannt sich an, als die

fremde Frau meinen vollen Namen benutzt. Weil Jackson Harbor eine so kleine Stadt ist, finden die Eltern meiner Schüler meine Nummer ab und zu heraus und rufen an, um sich schreiend über die Noten ihrer Kinder zu beschweren – als hätte das Kind keinen Anteil daran –, und nach dem Vorfall mit Billy Joel Christianson am Freitag sollte ich aufhören, Anrufe von unbekannten Nummern anzunehmen.

„Ava, ich bin so froh, dass ich Sie erreicht habe. Ich heiße Penelope Grimly. Ich arbeite mit den Seaside Community-Schulen an."

„Oh!" Nicht, was ich erwartet habe, aber trotzdem seltsam. „Hallo?"

„Haben Sie etwas Zeit?"

„Äh, ich schätze ja." Ich schüttele den Kopf. Ich habe nicht gedacht, dass mein Vater gelogen hat, aber ich war mir sicher, dass er zu selbstischer gewesen ist. „Ich bin gerade nicht sehr beschäftigt."

„Ich verspreche, dass ich es kurz halten werde!" Sie lacht. „Ich hoffe, Sie können mir verzeihen, dass ich Sie so spät und unangekündigt an einem Samstag Abend anrufe. Martha hat mir Ihre Informationen beim Abendessen gegeben, und ich habe mich sehr gefreut, mit Ihnen über diese Möglichkeit zu reden. Ich wollte Sie so schnell wie möglich anrufen." Sie macht ein quietschendes Geräusch, als würde sie sich abbremsen. „Martha hat gesagt, dass Sie nach einer neuen Anstellung suchen. Sie hat gesagt, dass sie mir nicht verzeihen würde, wenn Sie eine andere Position finden, bevor wir eine Chance hatten, Ihnen ein Angebot zu machen."

„Ein Angebot?" Ich bin nicht nur unvorbereitet für diesen Anruf, sondern mein Kopf ist nicht ganz dabei. Ich fühle mich warm und kribbelig von Jakes Worten und seinem Mund auf meiner Haut, und ich telefoniere mit Penelope wegen einer Möglichkeit an den Seaside Community-Schulen. *Gute, alte Ava, die ihren Vater immer stolz machen will.*

„Es ist noch nicht einhundert Prozent fest." Sie lacht quietschend. „Martha hat mir Ihren Lebenslauf gegeben und mir von Ihrem Hintergrund und Ihrer Erfahrung mit dem Kindertheater in Jackson Harbor erzählt. Sie haben ein wundervolles Programm aufgebaut, und ich bin so froh, dass Sie uns in Erwägung ziehen. Ich will ihre Bewerbung so schnell wie möglich vor mir liegen haben."

Ich denke darüber nach, sie zu vertrösten und ihr zu erklären, dass es ein Missverständnis ist, weil ich mir sicher bin, dass ich im Herbst immer noch eine Anstellung habe. Aber dann denke ich daran, dass dieses Telefonat an meinen Vater weitergeleitet wird, und entscheide, dass es am besten ist, mitzuspielen. „Danke, dass Sie angerufen haben, Penelope. Darf ich Sie beim Vornamen nennen?"

„Ja, bitte. Danke!" Ihr Stimmton ähnelt dem einer Teenagerin, die einen Freundschaftsring von ihrem Freund erhält. Entweder ist Penelope begeistert von dem, was sie von mir weiß, oder sie ist eine tolle Schauspielerin. Oder vielleicht ist es keins von beidem, und sie ist zur Hälfte ein quietschendes Kauspielzeug. „Martha hat mir erzählt, dass Ihre Mutter in unserer Nähe wohnt. Ist das wahr?"

„Sie ist eine Professorin an der Pensacola Staatsuniversität."

„Das ist überhaupt nicht weit von Seaside! Weniger als eine Stunde, wenn der Verkehr nicht zu schlimm ist. Gefällt es ihr hier?"

Ich lächele, als ich an meine Mutter in Florida denke – Sommersprossen bedecken ihre Wangenknochen, und der Strand zieht sie an wie ein Magnet. Sie hebt ihr Gesicht immer der Sonne entgegen. Mama war nie besonders unglücklich in Jackson Harbor, aber sie ist das Bild von Glück, jetzt, da sie in ihrem Haus in Florida lebt. „Sie lebt dort seit dreizehn Jahren, also denke ich, dass sie ein Fan ist. Es ist schwer, ins verschneite Michigan zu kommen, wenn man Sonnenschein gewohnt ist."

„Ja, das kann ich mir vorstellen. Die meisten Menschen, die herziehen, können es sich nicht vorstellen, jemals wegzuziehen, und Seaside ist mir besonders nah am Herzen. Ich hoffe, Sie kommen bald zu Besuch und haben eine Chance, sich in unsere Stadt zu verlieben."

Wow. Was zum Teufel schuldet Papas Kumpel ihm? „Ich ... Danke."

„Hören Sie, ich will Sie nicht lange aufhalten, also komme ich zum Punkt. Ich werde Ihnen die Details per E-Mail zuschicken, und Sie können sie sich durchlesen. Wir können einen Termin für ein weiteres Telefonat festmachen."

„Klingt super. Danke, Penelope." Ich gebe ihr meine E-Mail-Adresse – neugierig über die Position. Ich plane nicht, Jackson Harbor zu verlassen, wenn ich es verhindern kann, aber mein Vater hat recht. Es ist immer gut, einen Plan zu haben, und nach meinem Treffen mit Herrn Mooney gestern würde ich lügen, wenn ich sage, dass ich mir meiner Position heute genauso sicher bin wie bei unserer versehentlichen Verabredung.

Ich beende den Anruf mit Penelope und schicke Papa eine kurze Nachricht, um ihn wissen zu lassen, dass sie mich angerufen und sehr enthusiastisch geklungen hat. Ich fühle mich etwas beschämt, als ich die SMS abschicke – dreißig Jahre alt, und ich versuche immer noch, Papa stolz zu machen – und mein Handy zurück in die Tasche schiebe.

Meine Nerven liegen blank, mein Herz rast, und dabei habe ich kaum etwas gesagt. Gott bewahre mich, wenn ich tatsächlich auf den Arbeitsmarkt gehen und Vorstellungsgespräche führen muss.

Es ist bereits nach neun Uhr, und ich will früh nach Hause gehen, also gehe ich in die Bar, um mich von Jake zu verabschieden. Als ich aus der Küche komme, werde ich von Jake und Molly begrüßt, seine Augen weit aufgerissen, als sie über irgendetwas labert.

Jackson Brews gehört mir nicht. Es wird nie meins sein. Aber ich habe hier seit meiner Scheidung auf Teilzeit gearbeitet, und ich fühle mich etwas besitzergreifend. Also macht es mich verrückt, als ich meine perfekte Stiefschwester in *meiner Welt* sehe, wie sie mit *meinem Jake* redet.

Jake sieht auch aus, als wäre er umgehauen worden, aber auf eine andere Art und Weise. Eifersucht verdreht meinen Magen. Ich trage ein simples, schwarzes Kleid und die Ballerinas, die ich bei Papa an hatte, aber Molly sieht aus, als wäre sie einem Modemagazin entsprungen. Ihr pinkfarbenes Shirt passt perfekt zu ihrem blassen Teint, und der tiefe Ausschnitt zeigt ihr Schlüsselbein und ihr riesiges Décolleté – die einzige Stelle, die man sich ansehen muss, um sich zu überzeugen, dass Molly und ich keine gemeinsame DNA haben. Ihr Make-Up ist perfekt, ihr Haar ein seidener, blonder Schleier.

Jake springt fast auf, als er mich sieht, und ich frage mich mit einem starken Stich im Herzen, ob er die Dinge, die er mir in der Küche gesagt hat, bereut. In diesem Moment vergesse ich, was für ein Arschloch mein Vater zu ihr war. In diesem Moment, mit Jakes Aufmerksamkeit so leicht auf sie gelenkt – fast wie magnetisch –, hasse ich sie etwas.

Es ist nicht Mollys Schuld, dass sie perfekt ist, aber es ist ganz schön schwer, es ihr nicht übel zu nehmen. Kann sie nicht *entweder* hübsch oder schlau sein? Lebensfroh *oder* athletisch? Wieso muss sie alles sein? Und wieso muss ich so verdammt unzureichend sein?

Ich sollte nicht eifersüchtig sein. Es ist Jake. Es ist in Ordnung, wenn er sich zu ihr hingezogen fühlt. Was interessiert es mich?

Außer, dass er der Vater deines Kindes sein wird. Außer, dass er dir gerade versaute Versprechen zugeflüstert hat, und dein Bauch immer noch in Flammen steht.

„Molly", sage ich und versuche, die größere Person zu sein, die ich sein möchte. Ich lasse die Küchentür hinter mir zuschwingen und gehe auf sie zu, bis nur noch die hölzerne Bar zwischen uns ist. „Hey!" Das Wort ist dünn, aber das Lächeln, das sie mir schenkt, sagt, dass sie es nicht bemerkt hat.

„Ava, ich habe Jake gerade erzähl, wie schrecklich das Abendessen war. Nachdem du gegangen bist, hat Papa versucht, mir eine Lektion zu erteilen, und ich bin ausgerastet. Wir hatten einen schlimmen Streit, und dann haben er und Mama einander angeschrien." Sie erschaudert. „Ich brauche einen Drink." Sie schüttelt den Kopf. „Was für ein Tag ..."

„Tut mir leid." *Na bitte, Ava. Benutz die Empathie, die du vorhin gespürt hast.* „Seine Erwartungen können echt unmöglich sein."

„Es ist meine Schuld", sagt sie. „Ich habe diesem Besuch nur zugestimmt, weil ich gedacht habe, dass es besser wäre, ihn persönlich zu fragen, aber ich hätte Mama nicht sagen sollen, dass ich Neuigkeiten hatte. Ich hätte wissen müssen, dass sie erwartet hat, dass es gute sind."

Ich schlucke und zucke mit den Schultern. „Zu ihrer Verteidigung muss ich sagen, dass es das sonst ist."

Sie verdreht die Augen. „Ja, klar. Ich glaube, ich habe ihr mehr als nur ein paar graue Haare verpasst. Ich bin überrascht, dass Papa mir ihre Friseurrechnungen nicht schickt."

„Er wird nicht nachgeben, oder?", frage ich, obwohl ich die Antwort bereits kenne.

Sie schüttelt den Kopf. „Ich realisiere, wie schlecht es ist, das zu sagen, während ich hier Geld für Alkohol verschwende, und gleich noch mehr ausgeben werde, um mir ein Hotelzimmer zu buchen, da ich fast obdachlos bin.“

„Obdachlos?“ Jake steht neben uns, hat sich bisher aber rausgehalten. Jetzt sind seine Augenbrauen gehoben. „Scheiße. Was ist passiert?“

Molly winkt ihn ab. „Ich habe meinen Job verloren. Ich kann keinen neuen finden – zumindest keinen, der meine Miete in Brooklyn bezahlt. Ich habe fast keine Zeit.“

„Kannst du nicht erst einmal nach Hause ziehen?“, fragt Jake.

Ich verziehe das Gesicht, aber Molly starrt ihn erschrocken an. „Du willst, dass ich herziehe?“

Er zuckt mit den Schultern. „Du wärst wenigstens nicht obdachlos.“

Ich beiße mir auf die Unterlippe. „Er hat recht.“

„Nö“, sagt Molly. „Auf gar keinen Fall. Ich bin eine New Yorkerin. Man kann das Mädchen aus der Stadt nehmen, bla, bla, bla.“ Sie stöhnt. „Ich dachte, Eltern helfen einem, wenn man Probleme hat, aber ich hätte es besser wissen sollen.“

„Ich kann dir etwas Geld leihen“, sage ich. Ihre Augen weiten sich, und selbst Jake sieht schockiert aus, aber zur Hölle. Sie ist meine Rivalin, aber ich bin nicht hasserfüllt. „Jill hat gesagt, dass sie es mir irgendwie zurückzahlen wird, also ist es keine große Sache.“

Molly drückt ihre Finger zusammen und presst sie gegen ihren Mund. „Oh mein Gott! Du bist so toll! Ava! Was habe ich getan, um dich zu verdienen?“ Ihre Augen füllen sich mit Tränen, und meine Wangen werden heiß.

Ihre Worte fühlen sich gut an, auch wenn ich sie nicht verdiene. Ihr warmes Lächeln ist voller Dankbarkeit und erinnert mich – wie immer –, dass unsere Rivalität einseitig ist.

„Und du musst dir kein Hotelzimmer buchen. Du kannst bei mir übernachten, solange du hier bist." Ich werfe praktisch eine Hand über meinen Mund, weil ich nicht glauben kann, dass mir diese Worte über die Lippen gekommen sind. Vielleicht ist es eine Art Buße nach all den Jahren des unfairen Hasses.

„Was?" Mollys blauen Augen strahlen. Es ist mehr Dankbarkeit, als ich verdiene. „Ava, du bist ernsthaft die Beste."

Ich winke sie ab. „Es ist gar nichts. Ich habe genug Platz." Ich drehe mich zu Jake, endlich bereit, eine gute, große Schwester zu sein. „Du hast Kontakte in New York, oder? Könnt Brayden und du Molly helfen?"

Jake blinzelt mich an, bevor er langsam nickt. „Ich habe vielleicht etwas in der Stadt", sagt er und dreht sich zu Molly. „Ich kann dir die Details zuschicken."

„Natürlich!" Sie hebt ihre Faust in die Luft. „So kann man einen Tag retten, ihr zwei!"

Jakes Blick springt zwischen Molly und mir hin und her. „Ich glaube, das könnte wirklich funktionieren."

Ich zwinge mich zu einem Lächeln. „Molly, ich werde nach Hause gehen. Bist du bereit?"

Sie legt ihren Kopf zur Seite. „Ich will noch nicht gehen. Lass uns noch ein bisschen trinken und rumhängen."

Ich schüttele den Kopf. „Ich brauche etwas Ruhe. Die

Woche war verrückt, aber du kannst bleiben, und ich werde dich später abholen.“

„Nein, nein.“ Molly schüttelt entschieden den Kopf. „Ich werde dich nicht aus dem Bett ziehen, wenn du nach Hause willst. Gib mir deine Adresse, und ich werde mir ein Taxi rufen.“

„Mach dir keine Sorgen“, sagt Jake, als er sich zu mir dreht. „Ich kann sie nach Hause fahren.“

Molly strahlt. „Wir können labern! Toller Plan. *Liebe. Es.*“

„Ich ... Danke?“ Jake war nie gemein zu Molly, hat sie nie gehasst, aber er hat meine Wut verstanden. Wann sind sie zu Freunden geworden?

Meine eigene Eifersucht irritiert mich. Ich bin eine Idiotin.

„Bis morgen?“, fragt Jake sanft, und als ich ihn ausdruckslos ansehe, sagt er: „Für die Babyparty?“

„Oh, richtig! Das ist ja morgen.“ Ich nicke. Mutter Teresa in meinem Gästezimmer und Harrisons Babyparty an einem Tag. *Wow.* „Klar. Ja, bis morgen.“

„Ich werde dich um zwölf Uhr abholen.“

„Okay.“ Ich starre ihn einen Moment lang an und versuche, die besitzergreifenden Gefühle wegzuschieben, die ich gefühlt habe, seit ich ihn und meine Stiefschwester zusammen entdeckt habe. *Ich will nicht, dass du Molly nach Hause fährst. Ich will, dass du mich küsst wie gestern Nacht, aber ich will, dass du es genau hier vor allen anderen tust.*

Offenbar kann er meine telepathische Bitte nicht hören, denn er steht bereits neben Cindy und hilft ihr, ein Tablett mit einem halben Dutzend unseres bestverkauften Biers aufzufüllen.

„Nacht", sage ich sanft.

„Gute Nacht", ruft Molly, als ich gehe, und ich weiß zweifellos, dass sie noch nie einen perfekten Kuss ruiniert hat, indem sie von Gleitgel gesprochen hat.

JAKE

Als Molly nach ihrem dritten Bier fragt, entscheide ich, dass es Zeit ist, sie nach Hause zu bringen, bevor angeschwippst zu betrunken wird. Bevor ihre kleinen Berührungen – auf meinem Handgelenk, meinem Bizeps und meiner Schulter – zu ... mehr werden.

Ich wusste, dass Ava hier raus wollte, also habe ich Molly eine Mitfahrgelegenheit angeboten. Jetzt, wo wir allein in meinem Auto sind, bereue ich es irgendwie. Die Nacht ist dunkel – die Sterne und das Silber des Mondes durch eine dicke Decke aus Wolken versteckt –, und das Auto ist zu klein. Meine Fehler liegen mir schwer auf der Zunge und halten mich von dem Gespräch ab, das ich jetzt führen sollte.

„Du riechst immer noch genauso gut, weißt du das?", fragt Molly, als sie sich umdreht und mich anstarrt.

„Molly ...“

Sie seufzt. „Tut mir leid. Man kann ja noch hoffen, oder?“

Ich lasse eine Hand auf dem Lenkrad und drücke mit

der anderen meinen Nacken. „Hast du Verkaufserfahrung?“ *Tu einfach so, als wäre es nie geschehen, und alles wird klappen.*

„Mein Erfahrungsbereich liegt in gemeinnützigen Spendensammlungen, was der schwerste Verkaufsbereich ist.“

Ich nicke und schlucke. „Jackson Brews braucht einen regionalen Vertreter im Nordwesten. Ich denke, du könntest es schaffen, wenn du interessiert bist. Ich treffe mich nächsten Monat mit ein paar Leuten, aber wenn du die Stelle willst, solltet du und Brayden euch zusammensetzen, während du hier bist.“

„Wie ein Vorstellungsgespräch?“

Ich nicke, meine Augen auf der Straße und extra weit weg von ihr, obwohl ich ihre auf mir gespürt habe, seit wir ins Auto eingestiegen sind. „Jap.“

„Klar. Danke. Ich glaube ... Das wäre echt toll, Jake. Ich bin dankbar.“

„Kein Problem. Ich hoffe, es klappt.“ Ich lächle sie an.

Sie beißt sich auf die Lippe und fährt mit dem Finger über meinen Arm. „War da ein anderer Grund, wieso du mich nach Hause fahren wolltest?“

Scheiße. „Molly, es tut mir leid, wenn ich dir einen falschen–“

Sie lehnt sich zurück, atmet tief ein und sieht aus dem Fenster. „Bitte nicht. Ich brauche diese Ansprache nicht. Es ist ohnehin peinlich.“

Ich parke vor Avas Haus und schalte den Motor aus. Das Haus ist dunkel, abgesehen von dem Verandalicht.

„Bist du immer noch in sie verliebt?“, fragt sie sanft.

Es gibt eine große Liste mit Menschen, mit denen ich nicht darüber reden will, und Molly ist ganz oben.

„Ändert sich sowas normalerweise?" Meine Stimme bricht, als meine Unsicherheiten im Dunkeln zum Vorschein kommen.

„Sie hat dich zurückgewiesen und jemand anderes geheiratet. Für die meisten Kerle würde das etwas ändern. Vor allem nach fünf Jahren."

„Sie ist nicht mehr verheiratet."

Molly drück meine Schulter, und das Licht scheint ins Auto hinein, als sie ihre Tür öffnet. „Ja, und du bist nicht wie die meisten Männer. Gute Nacht, Jake."

KAPITEL SIEBZEHN

JAKE

Vor fünf Jahren ...

Sie heiratet Harrison. Sie heiratet Harrison, und sie will mich nicht.

Ich bin am Boden zerstört. Alles, was ich tun kann, ist, die hässliche Wahrheit immer und immer wieder zu wiederholen, bis ihre Zurückweisung schwer in meinem Magen liegt wie eine Bombe. Ich fühle es – eine Blockierung, die in mir tickt, seit Ava mich gebeten hat, zu gehen. Ich könnte jeden Moment explodieren und in Stücke gerissen werden.

Ich tue, was jeder erwachsene Mann tut, wenn er Herzschmerz und Zurückweisung begegnet. Ich gehe in die Bar und stelle mich darauf ein, mich so sehr zu betrinken, wie ich kann. Ich setze mich, winke Cindy zu und bestelle ein Bier und drei Whiskeys.

„Du hast eine Mission, hm?"

Ich war so in meinen eigenen Gedanken vertieft, dass ich nicht realisiert habe, dass sich jemand neben mich gesetzt hat. Es ist Avas Stiefschwester Molly. Ihr platinblondes Haar hängt über ihren Schultern, ihre großen, blauen Augen voller Humor.

„Hey, Molly", sage ich, als Cindy die Gläser vor mir hinstellt.

„Lass mich raten", beginnt Molly. „Du versuchst, eine Frau zu vergessen."

„Wow, du bist ein verdammter Gedankenleser", murmele ich, exe den ersten und zucke zusammen. Ich bin eher ein Bier-Kerl, und dieser Scheiß ist hart.

„Willst du darüber reden?", fragt sie.

„Ava ist verlobt."

„Ich weiß."

Ich versuche zu lachen, schaffe aber nicht mehr als ein paar lächerliche Grunzer. „Ich habe die Neuigkeiten nicht gut aufgenommen." Ich bin überrascht, dass ich es sage – oder überhaupt etwas. Ich bin nicht hergekommen, um mit jemandem über meine Probleme zu reden. Vor allem nicht Molly, die praktisch Avas Erzfeindin ist. Sie verstehen sich, aber sich einen Vater zu teilen – Stief- oder biologisch –, hat sie zu Rivalinnen gemacht. Es ist ein Wettstreit, von dem Ava denkt, dass sie ihn immer wieder verliert, auch wenn ich es nie so gesehen habe.

„Wirst du ihr je sagen, was du für sie empfindest?“, fragt Molly.

„Hab’ ich.“ Ich nehme den nächsten Whiskey, und diesmal fühlt sich das Brennen gut an. Wenn ich das Ticken der Bombe hören muss, dann kann ich es genauso gut in Alkohol ertränken. „Ich habe ihr gesagt, dass ich sie liebe.“ Die Worte sind eine dumpfe, gezackte Messerscheide, die sich durch mein Herz schneidet. „Sie hat es nicht gut aufgenommen.“

„Jake.“ Molly berührt meinen Arm und drückt zu. „Es tut mir leid. Ich kann sehen, was du für sie empfindest, aber vielleicht ist es besser so. Wer weiß, ob es jemals gut gegangen wäre? Wenigstens ist eure Freundschaft nicht ruiniert.“

„Ich glaube, dass das bereits geschehen ist.“ Ich atme tief ein. „Ich bin mir ziemlich sicher, dass ich unsere Freundschaft ruiniert habe, als ich entschieden habe, sie zu küssen.“

Sie atmet tief ein. „Du hast sie geküsst“, sagt sie sanft. „Wow.“

„Zu spät“, murmele ich.

„Sie wird darüber hinwegkommen.“

Ich zucke mit den Achseln, als würde es mich nicht interessieren, und dann exe ich das nächste Glas, weil ich es eindeutig tue.

„Willst du nicht fragen, welche Probleme ich ertränke?“ Ihre Lippen verziehen sich zu einem Grinsen.

„Hatte ich nicht vor.“ Ich benehme mich wie ein Arschloch, weil das meiner Laune entspricht.

Molly scheint sich nicht darum zu kümmern. „Okay.

Naja, ich werde dir trotzdem davon erzählen, weil ich sonst niemanden habe." Sie hält einen Moment inne, bevor sie mir in die Augen sieht. „Mein Vater – *Stiefvater* – ist ein Arschloch, das versucht, mein Leben zu kontrollieren, und meine Mutter lässt alles über sich ergehen. Ich habe Angst, in New York zu studieren. Alles fühlt sich irgendwie an, als würde es ... zusammenkrachen, und ich will einfach nur bei meiner Mama bleiben, aber das kann ich nicht, weil ich meinen Stiefvater nicht tolerieren kann."

„Er ist ein Wichser, aber Ava sagt, dass er dich liebt."

Sie verspannt sich und starrt ihr Glas an, ihre Zähne zusammengebissen. „Ich wünschte, er würde es nicht. Er ist der Grund, wieso ich mich fast umgebracht habe, um mein Grundstudium in drei statt vier Jahren zu absolvieren. Er drängt und drängt und drängt. Und wenn ich Nein sage ..." Sie dreht sich zu mir und schüttelt den Kopf. „Egal. Ist schon gut. Ich bin einfach nur ein Feigling."

„Bist du nicht." Ich seufze. „Und das, was du empfindest, ist normal. Jeder hat Heimweh. Du erweiterst dein Studium aus gutem Grund, oder?"

„Ja, um meinen Vater zu beeindrucken."

„Beende dein Studium. Du kannst jederzeit nach Hause kommen."

Sie legt den Kopf zur Seite und lächelt mich an. „Ich wünschte, ich wäre wie Ava und hätte keine Angst davor, ihm zu sagen, was ich will. Sie lässt sich nichts von ihm vorschreiben."

„Tut sie das nicht? Ist das nicht der Grund, weswegen

sie Harrison heiratet?“ Plötzlich wünsche ich mir, ich wäre ein Raucher. Rauszugehen und Gift in meine Lungen zu saugen, klingt gerade verdammt toll.

Sie zuckt mit den Schultern. „Ich glaube, sie liebt Harrison. Aber wenn sie sich um Papas Meinung kümmern würde, hätte sie nie Drama studiert und wäre nicht zurückgezogen. Er wollte, dass sie eine Ingenieurin wird.“ Sie lacht und schüttelt den Kopf. „Mann, all diese Streits während ihres letzten Schuljahrs ... Er hat geschrien, und sie hat ihn ignoriert. Ich war so eifersüchtig.“

„Wenn es dir hilft, solltest du wissen, dass sie auf dich eifersüchtig ist.“ Ich winke Cindy erneut zu. „Noch zwei Kurze“, sage ich, und als sie sie mir zuschiebt, biete ich Molly einen an. „Auf das Vergessen“, sage ich und tippe mein Glas gegen ihres.

„Bist du nett zu mir, um meiner Schwester weh zu tun?“

„Überhaupt nicht.“ Ich war nie gemein zu Molly, aber ich habe sie immer ignoriert, um Ava zu unterstützen. Aber wieso sollte ich weitermachen?

Sie will dich nicht.

„Okay“, sagt Molly, als sie auf ihrem Hocker schwankt. „Ich habe ein Geständnis abzulegen.“

„Was?“

„Ich war in der Schule in dich verliebt.“

Ich blinzele sie an. Molly war, wie man sagen würde, das „coole Mädchen“ in der Schule. Sie war eine Cheerleaderin und ein Teil des Debattierteams, hatte Einsen und war immer mit den beliebten Schülern unterwegs.

Sie war vier Jahrgänge hinter uns und die nervige kleine Schwester meiner besten Freundin.

„Warst du nicht", sage ich. „Du warst ein Baby, als ich in der Schule war."

Sie senkt ihren Kopf und sieht mich durch ihre Wimpern hindurch an, ein Lächeln auf ihren Lippen. „War ich wohl, Jake. Ich habe immer gedacht, dass du urwitzig und super süß warst. Und dann bist du zur Uni gegangen und ..." Sie mustert mich langsam, als sie den Kopf schüttelt. „Naja, du bist immer besser geworden."

„Ah, da ist die Wahrheit. Du hast dich verliebt, nachdem ich angefangen habe, Gewichte zu heben."

„Und davor", sagt sie.

Ich lache sanft. „Mein Ego hat das echt gebraucht, also danke ich dir."

„Ava ist verrückt, dich nicht zu wollen." Sie zieht ihre Unterlippe zwischen die Zähne. „Wenn ich sie wäre, würde ich es zumindest versuchen." Sie tippt mir auf die Schulter. „Eine. Wilde. Nacht."

Ich mustere ihr Gesicht – hübsche, blaue Augen, rosige Wangen, geöffnete, pinke Lippen. „Flirtest du mit mir, Molly?"

Ihre Wangen werden noch röter. „Soll ich?"

Ava nennt Molly „Mutter Teresa", aber als Molly an der Jackson Harbor High School war, hatten die Jungs einen anderen Namen für sie. Einen weniger Unschuldigen. Ich frage mich, ob Ava weiß, dass ihre Stiefschwester „Blow Job Molly" genannt wurde.

Sie schüttelt den Kopf und sieht weg. „Natürlich tust du das nicht."

Scheiße. „Wir sind am Trinken, und ich habe ein ernsthaft angeschlagenes Ego. Ich bin mir nicht sicher, ob ich meinem Einschätzungsvermögen vertrauen kann."

Sie schluckt schwer, bevor sie zu meinem Mund sieht. „Ich konnte dir nie sagen, was ich empfunden habe, weil du Ava gehörst, aber wenn sie weiß, was du für sie fühlst ... Wenn sie dich zurückgewiesen hat ..." Sie hebt ihren Blick zu meinem. „Ich bin nicht die böse Stiefschwester, weil ich es dir gesagt habe, oder?"

„Du ziehst morgen weg."

Sie nickt. „Ja. Vielleicht sollten wir das Beste aus dieser Nacht machen."

Ich starre sie wortlos an. Molly ist süß und intelligent. Trotz ihres Rufs in der Schule wollte jeder sie. Sie ist verdammt hübsch, und sie ... ist *nicht Ava*.

Stille erstreckt sich zwischen uns, als würde sie darauf warten, dass ich sie anbaggere oder etwas sage. Als ich nichts tue, atmet sie aus, gleitet von ihrem Hocker und macht sich auf den Weg ins Badezimmer.

„Molly", rufe ich ihr nach.

Sie hält eine Hand hoch, um mir zu signalisieren, dass ich sie allein lassen soll. Ich fühle mich wie ein richtiger Arsch. Ich weiß nur zu gut, wie es sich anfühlt, von jemandem zurückgewiesen zu werden, in den man seit Jahren verliebt ist. Ich würde es niemandem wünschen. Und Gott, ich weise Molly nur ab, weil ich Ava nicht verraten will. Wie dumm. Ich kann eine Frau nicht verraten, wenn sie mir nicht gehört und nicht meine sein will.

Molly verschwindet ins Badezimmer, und lange

Minuten vergehen, während ich die Tür anstarre und darauf warte, sie zu sehen.

„Scheiße", murmele ich. Sie kommt nicht wieder raus. Weil ich das Arschloch bin, wegen dem sie sich beschissen fühlt. Ich schreite durch den Raum und klopfe an der Tür der Damentoilette. „Molly?"

Keine Antwort.

Ich klopfe erneut. „Molly, es tut mir leid."

Als sie rauskommt, sind ihre Augen feucht und ihr Kinn hoch erhoben. „Weswegen? Du hast nichts falsch gemacht."

Ich weiß nicht, was mich dazu bewegt. Schuldgefühle? Verlangen? Einsamkeit? Ich lasse eine Hand in ihr seidenes, blondes Haar gleiten und senke meinen Mund zu ihrem.

Sie keucht gegen meine Lippen. „Jake ..."

Ich küsse sie. Ich küsse sie mit all den Emotionen, die sich den ganzen Tag in mir aufgestaut haben. Hoffnung. Angst. Enttäuschung. Herzschmerz. So verdammt viel Herzschmerz. Und, als sie mich zurück küsst, fühlt es sich *gut* an. Zum ersten Mal bin ich nicht allein. Zum ersten Mal werde ich nicht als Kumpel beiseite geschoben. Zum ersten Mal werde ich so verzweifelt gebraucht, wie ich Ava brauche.

Der Whiskey pocht heiß durch mein Blut, und ihre Hände wandern über meinen Körper, und als jemand sich räuspert, um an uns vorbeizukommen, drücke ich sie gegen die Wand und verdoppele meinen Fehler.

Mehr Küsse. Im Hinterflur. In der Gasse. Mehr

Alkohol und Gelächter. Und dann taumeln wir endlich in meine Wohnung über der Bar.

Das nächste, woran ich mich erinnere, ist die Sonne, die durch mein Schlafzimmerfenster scheint. Ich setze mich auf, als Entsetzen sich über mich schleicht wie tausend unsichtbare Käfer. Molly liegt neben mir. Sie ist nackt, schätze ich, als ich ihre bloßen Schultern sehe und wie die Decke um sie drapiert ist. Ein Arm liegt oben drauf und greift nach mir.

Ich habe Molly geküsst. Ich erinnere mich daran, wie ich sie geküsst habe. Und ich erinnere mich an mehr Alkohol. Wir haben geflirtet. Ich sehe uns vor der Bar. Ich drücke sie gegen die Steinwand. Ihre Hände wandern über meinen Körper. Und danach? Alles ist verschwommen. Ich sehe nackte Haut, wandernde Hände, Klamotten, die auf den Boden geschmissen werden ... *Verfickte Scheiße.*

Nach Jahren, in denen ich mich nach Ava gesehnt habe, sie mich aber nur als Kumpel mochte, hat es sich gut angefühlt Mollys Hände auf mir zu spüren. Ich kann Ava nicht haben, aber ihre Stiefschwester, die sie immer für besser gehalten hat, hat sich mir an den Hals geworfen. Ich wusste, dass es krank und beschissen war, aber irgendwo in meinen kleinlichen, selbstbemitleidenden Gedanken habe ich mich dadurch besser gefühlt. Ein „Fick dich" ans Universum. *An Ava.*

Wenigstens ist es das, was ich nach vier Kurzen und ein paar Bier gedacht habe. Aber an diesem Morgen ist nichts besser. Alles ist schlimmer. Mollys blondes Haar liegt auf ihrer Wange, und ihre schwarzen Wimpern lassen sie aussehen wie ein Model bei einem Shooting.

Ich will hier raus, bevor sie aufwacht. Ihr vielleicht eine Nachricht hinterlassen, die sagt, dass ich so tun will, als wäre es nie passiert. Aber ich will auch nicht das weltgrößte Arschloch sein. Ich kann nicht beides haben.

„Hey." Sie ist wach und blinzelt den Schlaf aus ihren Augen, als sie mich ansieht. „Du siehst aus, als hättest du einen Geist gesehen. Ist alles in Ordnung?"

Nein. Was zum Teufel habe ich getan, und wie oft? „Alles gut."

Sie kratzt mit den Fingernägeln über meine Brust und lächelt. „Letzte Nacht war ... wow."

Ich streiche mit einer Hand durch mein Haar. Es gibt keine Möglichkeit, wie ich aus dieser Situation rauskommen kann, ohne ein Arschloch zu sein. „Molly, du bist toll. Du bist hübsch und süß, aber letzte Nacht ... Es tut mir so leid."

„*Wow* ..." Sie setzt sich auf und hält die Decke an ihre Brust. „Hey, spar mir die Ansprache, okay?" Ihr Gesicht verdunkelt sich mit Ekel. „Ich ziehe heute weg. Du musst dir keine Sorgen darüber machen, dass ich dir nachlaufen könnte oder ..." Sie sieht runter, bevor sie mir erneut in die Augen schaut. „Ich werde Ava nichts erzählen."

Ihre Worte lassen mich erleichtert seufzen. Ich will nicht, dass es einen Unterschied macht. Ich will nicht, dass Ava oder ihre Meinung einen Unterschied macht, aber das ändert nicht die Tatsache, dass es das tut. Was gestern passiert ist, würde sie mich hassen lassen. Sie wäre wütend. Vielleicht würde sie nie wieder mit mir sprechen.

Gestern war ich mir so sicher, dass meine Beziehung mit Ava auf jeder Ebene vorbei ist. Als ich ihre Wohnung verlassen habe, war ich sicher, dass ich mich das letzte Mal von ihr verabschiedet habe. Ich war mir sicher, dass ich nicht mehr mit ihr befreundet sein könnte, weil ich so viel mehr wollte. Aber heute Morgen, im Licht dieses dummen Fehlers, realisiere ich, dass ich sie nicht verlieren will.

Terror ergreift meinen Magen. Ava zu lieben bedeutet nicht, dass es Alles oder Nichts ist. Es bedeutet, dass ich sie in meinem Leben will. Egal wie. Auch wenn es mich umbringt.

„Molly ...“

Sie legt eine Hand auf meine Brust und hält die Decke mit der anderen. „Gestern Nacht war wie ein Traum für mich. Ich bereue nur mein Timing. Wenn ich dir gesagt hätte, was ich empfinde, bevor sie dich zurückgewiesen hat, hätte es um uns gehen können statt um sie.“ Sie schüttelt den Kopf. „Aber dann wäre es wahrscheinlich gar nicht passiert, oder?“

Ich mustere ihr Gesicht und versuche, mir vorzustellen, wie ich reagiert hätte, wenn sie es mir vor Monaten gesagt hätte. Oder vor Jahren.

Sie hat wahrscheinlich recht. Ohne ein gebrochenes Herz hätte ich sie nie berührt.

„Ich ziehe weg.“ Sie sagt es diesmal mit mehr Überzeugung, und ich komme nicht darüber hinweg, wie hübsch sie ist. Welcher Kerl würde sich nicht glücklich schätzen, mit ihr im Bett aufzuwachen? Welcher Kerl, würde nicht versuchen, mit jemandem wie Molly zusammen zu sein?

Ein Kerl, der in jemand anderen verliebt ist.

„Kannst du bitte das Zimmer verlassen, damit ich mich anziehen kann?" Sie sieht weg. „Ich weiß, dass es dumm klingt, weil du mich letzte Nacht nackt gesehen hast, aber ich fühle mich ..."

„Nein, ich verstehe." Ich nicke, stehe auf und greife meine Jeans vom Boden.

Sie hält ihren Blick auf der Wand, während ich mich anziehe. Erst, als ich die Tür erreiche, stoppt sie mich.

„Jake?"

Ich drehe mich um, und sie studiert mich für einen Herzschlag.

„Meine Schwester ist eine Idiotin."

Ich zucke mit den Schultern. „Vielleicht bin ich der Trottel." Ein Trottel, weil ich jemanden will, den ich nicht haben kann. Ein Trottel, weil ich jegliche Chance auf eine Zukunft versaut habe.

KAPITEL ACHTZEHN

AVA

Gegenwart ...

„Wo zur Hölle ist Jackson?" Die Vordertür schlägt gegen die Wand, als Colton ins Haus stürmt.

Ich schiebe die Arbeiten, die ich gerade benote, beiseite und schüttele meinen Kopf. Sein Gesicht ist knallrot, seine Augen wütend, und seine Hände zu Fäusten geballt. Als er mich auf dem Sofa sieht, senken seine Schultern sich etwas von ihrer Position neben seinen Ohren.

„Wo ist er?" Er geht in mein Schlafzimmer und greift nach der Türklinke.

„Hast du in seiner Wohnung nachgesehen?", frage ich sarkastisch. In ihrem Stuhl am anderen Ende des Wohnzimmers faltet Molly ihre Beine unter sich, als würde sie es sich bequem machen. Ich will ernsthaft nicht, dass Colton Jake zusammenschlägt, aber er ist manchmal so. Er ist eine Drama Queen, die sich ständig über irgendwelche Sachen aufregt. Jake hat wahrscheinlich gesagt, dass Levi besser Motorrad fährt als Colt oder irgendwas genauso Unwichtiges.

Er dreht sich um und sieht in die Küche. „Versuch nicht, ihn zu beschützen. Wo ist dieser Hurensohn?"

Ich sehe auf meine Armbanduhr und zucke mit den Schultern. Er ist wahrscheinlich auf dem Weg zu Braydens Haus für Brunch, aber Coltons Laune nach zu urteilen, werde ich diese Information für mich behalten.

Molly räuspert sich. „Er hat mich gestern hergefahren und wir haben ihn seitdem nicht gesehen."

Colton erstarrt, als ihre Stimme ertönt. Er dreht sich langsam um und blinzelt sie an. „Molly."

Sie lächelt. „Hey, Colton. Wie geht's?"

Er atmet aus. „*Du* warst gestern Nacht mit Jake zusammen? Was denkt dieser Hurensohn, wer er ist, dass er sich an euch beiden vergreift?"

Molly lacht. „Der einzige Ort, an dem Jake Jackson sich gestern Nacht an mir *vergriffen* hat, war in meinen Träumen." Colton und ich starren sie beide an, während sie nur mit den Schultern zuckt. „Er ist so heiß und süß und hübsch und schlau und ..." Sie hebt die Hände in die Luft. „Ich kann nichts dafür, dass er mir im Traum erscheint."

Colton murmelt etwas, aber ich bin zu beschäftigt damit, meine unlogische Eifersucht zu verarbeiten. Er dreht sich zu mir. „Ich will ihn schlagen.“

„Das habe ich bemerkt.“ Ich trinke einen Schluck Kaffee. „Gibt es einen Grund, weswegen du bereit bist, meinen besten Freund umzubringen?“

Er sieht mich finster an. „Du weißt, wieso.“

Ich schüttele den Kopf. „Ne, wirklich nicht.“

„Jake hat dir eingeredet, mit ihm zu schlafen, statt eine Samenbank zu nutzen. Ich werde ihn umbringen.“

Oh, Scheiße. „Wer hat dir das erzählt?“

„Ich habe Levi und Ellie erwischt, als sie darüber geflüstert haben, und habe sie gezwungen, es mir zu sagen.“

Jeder, der meinen Bruder länger als dreißig Sekunden kennt, könnte erraten, dass er so reagieren würde, aber ich schätze, er hätte es irgendwann so oder so erfahren. Also verhalte ich mich ganz cool. „Ich dachte, du wärst auf meiner Seite.“

„Ich unterstütze dich, ein Kind zu haben, weil du es willst. Dieser Ficker nutzt dich aus, damit er dich ins Bett kriegen kann.“

„Es ist nicht so“, sage ich.

Molly sieht hin und her, ihre Augenbrauen immer höher.

„Das ist genau der Grund, wieso ich ausgeflippt bin, als er vor ein paar Tagen mit dir im Bett war“, knurrt Colton. „Ich weiß, dass du ein Baby willst, und er war *günstiger Weise* da.“

Ich verdrehe die Augen. Molly sieht halb entsetzt,

halb fasziniert aus. „Wir waren nicht zusammen *im Bett*“, erkläre ich. „Er saß auf der Bettkante.“

„Nicht die effektivste Art, eine Frau zu schwängern“, murmelt Molly.

„Ich habe es gespürt, als ich ihn da gesehen habe“, sagt Colton. „Ich wusste, er würde deinen Kinderwunsch ausnutzen, um dich ins Bett zu kriegen. Du weißt, dass er dich schon immer wollte, Ava.“

„Das ist nicht wahr.“ Ich schließe die Augen bei der Sehnsucht, die der Gedanke in mir zum Leben erweckt. Ich habe so schwer daran gearbeitet, meine Gefühle für Jake freundschaftlich zu halten. Es war jahrelang kein Problem, aber plötzlich kommen all diese Emotionen zurück, als wären sie nie weg gewesen. „Jake *will* mich nicht. Darum geht es nicht.“

Zum ersten Mal, seit Colton durch die Tür gekommen ist, wendet Molly sich ihrem Buch zu.

„Er hilft mir nur“, flüstere ich. Ich will dieses Gespräch nicht vor Molly führen. Gott, ich will überhaupt nicht darüber reden.

„*Er hilft* ...“, beginnt Colton. „Er hilft dir, indem er dich fickt und dann sein Ding durchzieht, während du allein ein Kind großziehst?“

„Wir haben noch nicht miteinander geschlafen, Colt“, kommt aus mir heraus, und ich ernte einen weiteren Blick von Molly. „Er ...“ Was? Lässt es langsam angehen? Was soll ich meinem Bruder sagen? *Mach dir keine Sorgen, kleiner Bruder. Jake stellt sicher, dass ich heiß auf ihn bin, bevor er mich fickt.* Ich bin mir ziemlich sicher, dass es Jake noch schlimmer erscheinen lassen würde.

„Aber Ellie hat gesagt–"

„Ja, Ellie sollte einfach die Klappe halten." Ich atme ein. „Colton, entspann dich. Ich bin kein kleines Kind. Jake hilft mir. Wir werden es versuchen, bevor ich meine Ersparnisse an Hormonbehandlungen verschwende."

„Wow, richtig selbstlos von ihm", murmelt er.

„Du bist der, der gesagt hat, dass ich mir nehmen soll, was ich will."

Er verschränkt die Arme. „Ich dachte, du würdest einen *klinischeren* Weg einschlagen. Es gefällt mir nicht. Es fühlt sich schleimig an."

Ich quietsche vor Ärger. „Wenn überhaupt, dann nutze *ich ihn* aus."

Er fasst sich an den Kopf. „Scheiße."

Als ich mir sicher bin, dass er Jake nicht mehr zusammenschlagen will, drehe ich mich zu meiner Stiefschwester. „Molly, bitte sag Jill und Papa nichts davon."

„Also seid du und Jake nicht ... zusammen?"

Ich schüttele den Kopf. „Nein, er ist nur ein guter Freund." *Ein Freund, der an meinen Fingern saugt und mir versaute Dinge zuflüstert. Ein Freund, der mir Ideen in den Kopf setzt, die so heiß sind, dass ich letzte Nacht nach ihm geschmachtet habe.*

„Er wird dich schwängern", sagt sie langsam. „Als Gefallen?"

„Es klingt dumm, aber es ist keine große Sache."

„Wenn er mit dir schläft, dann schon", sagt Colton.

„Wenn ihr ein gemeinsames *Kind* habt, ist es eine große Sache", sagt Molly, ihre Worte schärfer als zuvor.

„Ich will nicht darüber reden." Mein Handy klingelt

und vibriert auf meinem Beistelltisch, und ich bin so dankbar für die Unterbrechung, dass ich es mir sofort schnappe. Ich erinnere mich an die Florida-Vorwahl und nehme den Anruf an. „Hallo, Ava am Apparat."

„Ava! Ich bin's, Penelope. Tut mir leid, dass ich Sie erneut unangemeldet anrufe, aber ich wollte Ihnen Bescheid geben, dass ich Ihnen die Papiere mit der Stellenbeschreibung und ein paar Details über die Schule zugeschickt habe. Ich hoffe, Sie werden sie sich ansehen und mich wissen lassen, wann Sie für ein offizielles Vorstellungsgespräch herfliegen können."

Molly und Colton starren mich beide an, also stehe ich auf und gehe in die Küche, damit sie mein Gesicht nicht sehen können, während ich rede. Es ist nicht so, als würde meine Reaktion den Inhalt dieses Gesprächs verraten, aber ich weiß, dass Colton ausrasten würde, wenn er von dieser Stelle hört. „Danke, Penelope. Ich werde nachsehen."

„Super. Bis bald?"

Ich nicke, obwohl sie mich nicht sehen kann. „Bis bald." Ich lege auf, und als ich mich umdrehe, steht Colton in der Küche und mustert mich.

„Worum ging es?", fragt er.

„Nichts."

„Ava, seit wann haben wir Geheimnisse voreinander?"

Ich grunze. „Seit schon immer?" Ich liebe Colton, und ich erzähle ihm viel, aber ich vertraue Jake mehr an als ihm.

„War es die Stelle in Florida?"

Ich starre ihn mit offenem Mund an. „Woher weißt du davon?“

„Papa hat es mir erzählt. Er hat gedacht, dass ich die Gegend gut genug kenne, um dir zu helfen, dich einzuleben.“

Unser Vater scheint so darauf versessen, dass er weiß, was am besten ist für mich und meine Karriere, dass er mich im Kopf bereits nach Florida verfrachtet hat. „Naja, sei nicht voreilig. Ich versuche, mir meine Optionen frei zu halten, falls ich diesen Sommer entlassen werde, aber bisher habe ich keine Pläne, umzuziehen.“

Er verschränkt die Arme. „Du, Ava Drama-ist-Mein-Leben McKinley, willst nicht nach Florida ziehen, um nichts zu unterrichten außer Theaterstunden? An einer Privatschule?“

Nichts außer Theater? Keine Schreibstunden? Keine Grammatik? Ich sehe zu meinem Computer und frage mich, was ich in Penelopes E-Mail finden werde. „Mein Leben ist hier, Colton.“

Aber es ist nicht viel, oder? Es sind Tage an einer Privatschule, wo ich für einen Mann arbeite, der so wenig Respekt für mich hat, dass er versucht hat, mir unter den Rock zu greifen. Die Nächte verbringe ich damit, für Jake in der Bar zu arbeiten, und es macht Spaß, aber ich habe mir meine Dreißiger nicht so vorgestellt. Dann komme ich nach Hause. In mein leeres Haus. Das ist der schwerste Teil.

„So, wie du es beschreibst, klingt es zu gut, um wahr zu sein“, sage ich. „Ich glaube, Papa hat Mafia-Level Gefallen übrig gehabt, um eine Schule dazu zu bringen, mich zu umwerben, bevor ich ein Vorstellungsgespräch hatte.“

Er zuckt mit den Schultern. „Vielleicht hat er das. Du kennst ihn. Niemand will ihn enttäuschen.“

„Was ist mit dir?“

Er stößt einen Atem aus. „Scheiß drauf. Ich *lebe*, um ihn zu enttäuschen.“

Ich winke ihn ab. „Dieses Gespräch ist voreilig. Ich habe einen Job. Hier. Diese Frau will Papa nur einen Gefallen tun.“

„Du denkst, dass er etwas getan hat, wenn die Wahrheit ist, dass Jill deinen Lebenslauf hingeschickt hat. Sie wollen dich und was du geschafft hast. Nicht sein Lob.“

Mein Herz schwillt an. Mein kleiner Bruder kann ein egozentrischer Arsch sein, aber er bemerkt meine Leistungen. „Danke, Cold. Das bedeutet mir viel.“

Er senkt seine Stimme. „Und was, wenn du schwanger sein wirst? Wie, glaubst du, wird Papa reagieren? Willst du für den Streit wirklich hier sein?“

Er hat recht. Es wäre toll, mein neues Leben in einer Stadt zu beginnen, die weit von meinem Ex-Mann, seiner neuen, wunderschönen Frau und allen verurteilenden Leuten ist, die wissen, dass ich nicht gut genug war, um ihn zu halten. Aber, wenn ich ein Kind habe, kann ich mir nicht vorstellen, irgendwo anders zu leben als in Jackson Harbor. Klar, ich hätte meine Mutter in Florida, aber eine Frau ist nicht dasselbe wie die Unterstützung, die ich hier durch meine dreißig Jahre in Jackson Harbor habe.

„Ich weiß es nicht." Das ist die ehrlichste Antwort, die ich ihm geben kann.

Ich hasse den Begriff „gescheiterte Ehe'." Ich drehe mich weg vom Fenster und blinzele Jake an. Ich wollte es nicht laut sagen, aber die zwanzigminütige Fahrt zu der Babyparty meines Ex-Mannes hat mir den Kopf verdreht, während ich an unsere Vergangenheit denke.

Jake nimmt die Augen von der Straße ab und lächelt mich verständnisvoll an. „Ich habe nie daran gedacht, aber ich schätze, es ist beschissen."

Ich zucke mit den Schultern. „Es ist vielleicht fair – ich bin wirklich gescheitert –, aber ich hasse es trotzdem." Um ehrlich zu sein, fühlt sich meine Ehe an wie eine Reihe von Misserfolgen. Mein Misserfolg, mit meinem Mann zu kommunizieren. Mein Misserfolg, die Art von Frau zu sein, die er sich immer bei einem Geschäftsessen gewünscht hat. Mein Misserfolg, schwanger zu werden ...

Wenn man seine Hochzeit plant, überhäufen Freunde und Familie einen mit Geschenken, damit man auf sein neues, gemeinsames Leben vorbereitet ist. Champagnerflöten für Hochzeitstage. Ein Mixer für Weihnachtskekse. Bilderrahmen für Erinnerungen.

Niemand bereitet einen auf Misserfolge vor. *„Das ist es, was du tun solltest, wenn dein Mann nicht mehr mit dir* *schlafen will, und das ist es, wie du damit umgehst, wenn er dich ansieht, als wäre er enttäuscht und gefangen.“*

„Wieso sagst du, dass *du* gescheitert bist?“, fragt Jake und reißt mich aus meinen Gedanken. „Seid ihr nicht *beide* gescheitert? Trägt Harrison nicht die Hälfte der Verantwortung?“

„Naja, ja.“ Ich wedele mit der Hand herum. „Es braucht zwei Menschen, um zu heiraten, und zwei Menschen, um es zu versauen, oder?“

Jake reicht über die Konsole und legt eine Hand auf meinen Oberschenkel. Es ist keine sexuelle Berührung, aber ich wünsche mir plötzlich, dass es das wäre. Ich will den Jake von letzter Nacht, der mich gegen den Kühlschrank gepresst und mir gesagt hat, dass er wusste, dass ich ihn wollte. Ich will die Erinnerung, die Bestätigung, dass er es ernst gemeint hat, und dass es bald passieren wird. Ich will die Ablenkung.

Intellektuell weiß ich, dass es keine entweder/oder-Situation ist, und dass die Schwangerschaft von Harrisons Frau nicht bedeutet, dass *ich* kein Kind haben kann, aber auf einer egoistischen Ebene fühlt es sich so an. Ich bin wütend, dass er seinen Traum lebt, während ich immer noch damit ringe, dass Jake und ich Grenzen überschreiten werden, die aus gutem Grund gezogen worden sind. Ich brauche die Versicherung, dass dieser verrückte Plan mein Leben nicht durcheinander bringen wird.

Ich lege meine Hand auf seine und hoffe, dass er weiß, was ich brauche. Panik wächst in meiner Brust, und ich will, dass er am Straßenrand anhält und mich auf seinen Schoß zieht. Ich will ihn küssen, bis diese schwere Angst verblasst, bis mein Gehirn so benebelt ist mit Lust, dass ich das, was wir tun, nicht zu nahe betrachten kann. Ich will nicht zugeben, dass unser Plan leichtsinnig und wahrscheinlich eine schlechte Idee ist. Dass es einfacher wäre, zu akzeptieren, dass ich vielleicht keine Mutter sein werde.

Jake sieht erneut zu mir und runzelt die Stirn. Vielleicht funktionieren meine telepathischen Kräfte heute Morgen, weil das Auto langsam zum Stehen kommt, bevor er parkt. „Hey", sagt er sanft. Er nimmt mein Kinn in seine große Hand und dreht meinen Kopf zu sich. „*Atme*, Ava."

„Es geht mir gut."

Er schüttelt den Kopf langsam, während er mich mustert. „Hast du vergessen, dass ich dich kenne?", fragt er, und die Sanftheit in seinem Ausdruck droht, etwas in mir zu zerbrechen. „Es geht dir nicht gut, und du musst mit mir nicht so tun."

Er senkt seinen Kopf, aber ich bekomme nicht den leidenschaftlichen Kuss, den ich mir gewünscht habe. Stattdessen streifen Jakes Lippen sanft über meine Stirn.

Ich schließe meine Augen.

Und *atme*.

KAPITEL NEUNZEHN

AVA

Vor fünf Jahren ...

Jake Jackson hat mich gestern Nacht geküsst. Ich warte immer noch darauf, dass diese Worte mich erschüttern oder sich komisch anfühlen. Weil es sich seltsam anfühlen sollte, wenn man vom besten Freund geküsst wird.

Stattdessen kann ich nicht aufhören daran zu denken, wie seine Hand durch mein Haar geglitten oder wie sein Daumen über meinen Kiefer gestrichen ist. Die Hitze in seinen Augen, als er seinen Mund auf meinen gelegt hat. Ich kann nicht aufhören, daran zu denken, wie einfach es war, mich ihm zu öffnen, und wie, als seine Zunge meine berührt hat, mein Herz aus meiner Brust und in seine klettern wollte.

Ich bin in Harrison verliebt, und ich schätze mich unaussprechlich glücklich, jemanden gefunden zu haben, der so großartig zu mir passt. Ich hatte nie viele Liebhaber, und ich habe es nie leicht gefunden, eine Verbindung zu einem Kerl aufzubauen, der sich mit mir verabreden wollte. Aber Harrison und ich funktionieren. Ich freue mich auf das Leben, das wir miteinander haben werden, und als er mich gefragt hat, ob ich ihn heiraten will, habe ich keine Sekunde gezögert.

Dann ist Jake vor meiner Tür aufgetaucht und hat mich geküsst. Dieser Kuss hat Dinge freigesetzt, die ich vor Jahren weggeschoben habe, und jetzt fühlt sich der Ring an meinem Finger nach einer Lüge an.

Ich habe so von ihm geschwärmt, als wir in der Schule waren. Vielleicht sogar davor. Aber während unseres letzten Jahres war er der Anker, der mich geerdet hat, als ich bei meinem Vater gelebt und mich wie eine Außenseiterin gefühlt habe, bis ich weglaufen wollte.

In dem Jahr habe ich Stunden damit verbracht, mich zu fragen, wie ich ihm von meinen Gefühlen erzählen konnte, die zu mehr als Freundschaft geworden waren. Ich habe mich oft dabei ertappt, dass ich ihn angestarrt habe, während wir in seinem Haus waren. Wenn er und seine Brüder im Garten American Football gespielt haben, und ich zugesehen habe, wie sein Körper sich unter der Kleidung bewegt hat. Er war groß und schmächtig – nicht wie der Mann, zu dem er sich entwickelt hat –, aber in meinen Augen war er perfekt. Wenn er den Ball von seinem Bruder geklaut hat, hat er in meine Richtung gesehen und mir zugezwinkert, als hätte er es für mich getan, und mein Herz hat jedes Mal wild gepocht. Ich habe gedacht, dass Jake und ich irgendwann zusammen sein würden. Ich habe fest daran geglaubt, und statt den Mut aufzutreiben, es ihm zu sagen, habe ich auf den Tag gewartet, an dem er dasselbe empfinden würde.

Als wir an der Uni angefangen haben, habe ich immer noch gewartet, aber Jake schien unsere Beziehung nicht ändern zu wollen. Wir waren beide mit anderen Menschen zusammen, und manchmal habe ich mich selbst angelogen und so getan, als wäre ich nicht in meinen besten Freund verliebt. Manchmal habe ich diese Lüge sogar geglaubt.

Dann hatte er diese Freundin namens Erica, die es nicht gemocht hat, dass wir so viel Zeit miteinander verbracht haben. Sie war nicht die erste, die sich darüber beschwert hat, aber sie war das erste Mädchen, für das er versucht hat, etwas zu ändern. Eines Abends bin ich zu seiner Wohnung über der Bar gegangen, um mit ihm rumzuhängen, und habe sie gemeinsam gehört. Ich habe meinen Namen gehört. Ich habe ihn lachen gehört.

Erica hat gesagt, dass sie sich wie die andere Frau gefühlt hat, weil er so viel Zeit mit mir verbracht hat, und er hat gesagt, dass er es nicht so empfand. Er hat ihr gesagt, dass er nur so viel Zeit mit mir verbracht hat, weil er ein Familientyp und ich wie seine kleine Schwester war.

In diesem Moment habe ich realisiert, dass ich auf

einen Kerl gewartet habe, der mich nie wollen würde. Er wollte immer kurvige Frauen. Die Blondinen, die wie Pin-Up-Models aussahen, während ich kaum Kurven oder Brüste habe.

An diesem Abend stand ich vor seiner Wohnung und habe den Lärm der Bar kaum bemerkt, während Ericas Gelächter mein Herz zerschnitten hat wie ein Skalpell. Als ich dort stand, aufgeschnitten und blutend, habe ich ihn aufgegeben. Ich habe ihn losgelassen. Ich habe all meine mädchenhaften Fantasien von uns als Paar aufgegeben und sie tief in mir weggeschlossen, wo ich so tun konnte, als ob sie nie existiert hätten.

Und dann hat er mich gestern geküsst.

Er hat mich geküsst und mir gesagt, dass er in mich verliebt ist, und heute Morgen kann ich nicht aufhören, daran zu denken.

Ich muss Harrison davon erzählen. Ich kann das nicht für mich behalten. Jake hat mich *geküsst*, und seine Berührung war so intensiv, dass ich mir sicher bin, dass Harrison meine Gedanken lesen können wird. Harrison muss wissen, dass der Ring sich zu schwer anfühlt. Dass ich Zweifel habe. Vielleicht sollten wir es langsamer angehen lassen.

Eine Frau sollte ihre Hochzeit nicht planen, während sie an den Kuss eines anderen Mannes denkt.

AVA

Gegenwart ...

Die beste Art, zu beschreiben, wie sehr ich ein Kind will, ist, zu sagen, dass ich mich schon immer als Mutter gesehen habe. Viele Mädchen tun das, aber es war nicht nur, dass ich gedacht habe, dass ich irgendwann Kinder haben *sollte*, oder dass ich es mögen würde. Es war ein Teil meiner Identität, noch bevor ich alt genug war, um zu verstehen, wie es funktioniert. Wie jedes andere kleine Mädchen, das plant, Mutter zu werden, bin ich damit aufgewachsen, zu glauben, dass meine Fähigkeit, Kinder zu haben, selbstverständlich war. Ich war mir so sicher, dass ich sofort schwanger werden würde, sobald Harrison und ich unsere Pläne in die Tat umsetzten. Schließlich habe ich die Jahre davor damit verbracht alles zu tun, um *nicht* schwanger zu werden.

Schwanger zu werden sollte einfach sein, oder?

Die Realität war nicht so einfach. Und jeden Monat wieder war das Muttersein ein Traum, den ich nicht erreichen konnte. Als mein Körper nicht mitspielte, fühlte mein Herz sich durch das angestrengte Verlangen wund an. Jeder Versuch hat mich mit einem leeren Kinderzimmer und leeren Armen dastehen lassen, und der leere Platz in meinem Unterleib wurde unerträglich.

Es war, als würde der Traum sich immer weiter entfernen, je mehr ich es wollte, bis ich ein Kind betrauerte, das nie existiert hat. Das Ausmaß der Trauer hat zwischen Harrison und mir eine Mauer errichtet, bis er so einsam war, dass er sich nach der Nähe einer anderen Frau gesehnt hat.

Und schau, wie glücklich sie jetzt sind. Harrisons Brust ist vor Stolz geschwollen, und seine Frau *strahlt*. Sie ist das perfekte Exemplar einer erwartenden Mutter. Sie trägt ein hellrosa Chiffonkleid mit einer großen Schleife über ihrem Babybauch. Und ich hasse sie verzweifelt.

Die Party findet auf dem örtlichen Weingut statt, was etwas dumm erscheint, wenn man bedenkt, dass die werdende Mutter nicht teilnehmen kann, aber es passt zu Harrisons Charakter. Wenn eine Babyparty auf einem Weingut mehr über seinen sozialen Status aussagt als eine Party irgendwo anders, dann ist es das, was er will. Egal, was die Mutter seines Kindes braucht oder möchte.

Es ist ein frischer, früher Frühlingstag, und die Türen vom Esszimmer zur Terrasse sind geöffnet. Es sieht eindrucksvoll aus – Tische mit weißen Tischdecken und pinken, gefalteten Servietten dekoriert, die aussehen wie Kraniche. Die Gestecke sind aus hellrosa Pfingstrosen und weißen Rosen und sehen aus wie etwas, das man auf einer kostspieligen Hochzeit finden würde. Tatsächlich konkurriert diese Party mit den großartigen Hochzeiten, die ich besucht habe. Das Mittagessen bestand aus vier Gängen, jeder serviert mit seinem eigenen Wein, und der Kuchen war so groß wie Jakes Nichte.

Die Babyparty hätte mich krank gemacht, wenn Jake

nicht an meiner Seite gewesen wäre und mir nicht seine Meinung über das Essen, die Dekorationen und das Verhalten der werdenden Eltern zugeflüstert hätte.

Der Kuchen wurde gerade serviert – eine *Ooh La La!*-Kreation und der bisher beste Teil des Tages –, und wir trinken frisch aufgebrühten Kaffee, als Harrison sich auf den leeren Stuhl neben mir setzt. Er stemmt seine Ellbogen auf den Tisch, während er uns mustert.

„Ich bin so froh, dass du es geschafft hast, Ava", sagt er in seiner besten Verkäuferstimme.

Jake legt einen Arm über meinen Stuhlrücken und rückt näher an mich heran.

Ich lächele. „Ja, ich wollte euch persönlich gratulieren."

Jake drückt meine Schulter.

Harrison sieht zwischen uns hin und her, bevor sein Blick zu Jakes Hand auf meiner Schulter wandert. „Ich sehe, du schleppst den armen Jake immer noch mit dir herum." Er schüttelt den Kopf. „Ich muss es dir lassen, Jake. Du bist ein toller Kerl. Ich mag es nicht einmal, diese Partys mit meiner Frau zu besuchen, und vor allem nicht mit einer Freundin."

Jake lächelt neben mir, Harrisons Versuch, böswillig zu sein, ohne Effekt. „Ich würde mit Ava überall hingehen", sagt er. „Ich meine, wir können Farbe beim Trocknen zusehen und Spaß haben, also komme ich gerne mit, wenn sie zu einer Babyparty gehen will. Außerdem werde ich sie nächstes Wochenende ganz für mich allein haben, also bin ich nicht zu geizig."

„Ach wirklich?" Harrison schüttelt den Kopf. „Dann

viel Spaß euch beiden." Er schiebt sich weg von unserem Tisch und geht zum nächsten über.

Ich fühle mich so klein. Als wäre ich erwischt worden, wie ich ein Spiel spiele. Mein Ex weiß besser als alle anderen, dass da nichts zwischen Jake und mir ist. Harrison und ich waren jahrelang zusammen. Er hat gesehen, dass Jake und ich das perfekte Beispiel für eine platonische Freundschaft zwischen einem Mann und einer Frau sind.

Ich sehe runter auf die Serviette, die ich in meinem Schoß zerknüllt habe. Das fröhliche Pink erschüttert mich. *Sie werden eine Tochter haben.*

„Hey", sagt Jake. Er nimmt mein Kinn zwischen die Finger und hebt mein Gesicht zu seinem. „Lass dich von diesem Arschloch nicht runterkriegen."

Ich schlucke schwer. „Ich war dumm, zu denken, dass es ihn interessieren würde."

„Es interessiert ihn, Ava. Mich hier mit dir zu sehen, macht ihn verrückt. Ich wette, er sieht gerade zu uns, oder?"

Ich sehe lange genug weg, um Harrison an dem Tisch neben uns zu erblicken. Er nickt, als würde er zuhören, aber ich fange seinen Blick, bevor er sich schnell umdreht.

„Das einzige Dumme", sagt Jake und zieht meine Aufmerksamkeit wieder auf sich, „ist, dass du *willst*, dass er reagiert."

„Ich ..." Ich zucke zusammen und schüttele den Kopf. Ich wünschte, ich würde es nicht tun. Harrisons Meinung über mich und mein Leben sollten egal sein. „Es ist kindisch, aber ich will, dass er sich fühlt, als hätte er etwas Gutes verloren, als er mich verlassen hat."

„Er wird es vielleicht niemals sagen, aber er weiß es." Die Finger an meinem Kinn bewegen sich und gleiten zu der empfindlichen Haut unter meinem Ohr, bevor sie in mein Haar fahren. Ich weiß, was er tut, und wie es aus Harrisons Perspektive aussehen muss, und obwohl es wahrscheinlich beweist, dass ich kleinkariert bin, bin ich auch dankbar. „Du wolltest mehr, als du aus dieser Beziehung erhalten hast. Du hast mehr gegeben, als du erhalten hast." Er streicht mit dem Daumen über meinen Kiefer. „Aber ich verspreche dir, dass etwas Besseres auf dem Weg ist."

Zuneigung schwillt in meiner Brust an. Manchmal sagen Menschen nette Dinge, damit man sich besser fühlt, aber man weiß im Herzen, dass die Freundlichkeit unverdient ist. Aber wenn man jemanden sein ganzes Leben lang kennt, und die Person einem nur das Beste wünscht ... Wenn jemand all deine Fehler kennt, deine Mängel und Neurosen, und trotzdem an dich glaubt ... Es bedeutet so viel mehr. „Danke."

Er summt, seine Augen auf meinem Mund. „Ich werde dich jetzt küssen, Ava."

Ich höre, wie mein Atem stockt. „Jetzt?"

Sein Blick bleibt auf meinen Lippen, als würde er jeden Millimeter in seiner Erinnerung abspeichern, bevor er mich kostet. „Jap. Es ist nicht die Art von Kuss, die ich will, aber die Art muss warten, bis wir allein sind." Er senkt seinen Kopf und streicht über meine Lippen.

Ein Kribbeln durchfährt mich. Eine Spirale aus

Wärme entfaltet sich in meinem Bauch, und dann küsst er mich erneut und knabbert leicht an meiner Unterlippe, bevor er sich zurücklehnt. Ich kralle meine Hand in sein Oberteil in dem Versuch, den Körperkontakt aufrecht zu erhalten. Ich bin so erfüllt mit Gefühlen und Verlangen nach *mehr*, dass ich nicht atmen kann.

„Das sollte reichen", sagt er. Er legt seinen Mund gegen mein Ohr und flüstert: „Er hat dich nie verdient."

Und ich bin so in dem Gefühl von Jakes Lippen auf mir gefangen – und dem heißen Verlangen in meinem Bauch –, dass ich einen Moment brauche, bevor ich verstehe, was er meint.

KAPITEL ZWANZIG

JAKE

Ich schließe die Eingangstür vom Jackson Brews auf und lasse Molly rein. „Du bist früh dran."

Sie grinst, als sie hereinkommt. „Ich wollte mit dir reden, bevor Brayden kommt."

Ich verspanne mich, aber ich schätze, es ist unausweichlich. Wenn ich so ein Trottel gewesen bin und vor fünf Jahren betrunken mit ihr geschlafen habe, dann muss ich bereit sein, darüber zu reden. Und bereit sein, Ava von meinem Fehler zu erzählen. Es fühlt sich wichtiger an, als es sollte, aber gestern hat sie sich vor ihrem Ex-Mann und ein paar dutzend Leuten, die ein Teil ihres Eheleben waren, küssen lassen. Ich weiß nicht, ob es sich für sie wichtig angefühlt hat, aber ich habe mir die Bedeutung des Moments eingeprägt.

„Ja, ich muss auch mit dir reden." Ich deute zu einem der Tische, bevor ich mich umdrehe und die Tür wieder abschließe. Die Bar ist die nächsten zwei Stunden noch geschlossen, also werden Brayden und ich reichlich Zeit haben, um Molly über die Stelle des regionalen Vertreters zu erzählen.

Sie stellt ihre Tasche ab und zieht einen Stuhl heran. „Ich wollte mit dir über Ava reden", sagt sie.

„Wenn du mir die ‚Wenn du meine Schwester verletzt, werde ich dich umbringen'-Ansprache halten willst, solltest du wissen, dass Colton es bereits getan hat." Ich reibe mir über die Schulter, die noch etwas schmerzt, weil er mir auf dieselbe Stelle gehauen hat, als er mich gestern in der Bar gesehen hat. Das ganze Gespräch wäre besser gelaufen, wenn ich ihm die Wahrheit hätte sagen können, statt diese ganze „Ich will meiner besten Freundin helfen, ein Baby zu haben"-Sache zu bestätigen. Aber die Wahrheit? Dass ich will, dass Ava uns eine Chance gibt? Dass es mein letzter Versuch ist, mit ihr zu schlafen, damit sie sich in mich verliebt? Den Teil habe ich für mich behalten. Ich will nicht, dass Ava weiß, worum es mir hier geht. Noch nicht. Ich kann nicht riskieren, dass sie ausflippt.

„Was läuft zwischen euch?", fragt Molly.

„Es ist kompliziert."

„Kompliziert, weil du immer noch in sie verliebt bist und sie nicht dasselbe empfindet, oder kompliziert, weil sie dich benutzt, um ein Kind zu haben?"

Ihre Worte sind wie ein Hieb in die Magengrube, und

ich zucke schmerzerfüllt zusammen. „Gott, sag es nicht so. Es ist nicht so, dass ich nicht weiß, was ich hier tue."

Sie dreht sich um, um aus dem Fenster zu schauen. Die Straße ist ruhig, und nur ein paar Leute machen sich auf den Weg zu ihrer Arbeit oder ihrem Montagmorgen Yogakurs am Ende des Blocks. „Hat dir jemand gesagt, dass es eine beschissene Idee ist?"

Colton, Levi, Carter, Ellie – so ziemlich jeder, der weiß, was ich Ava angeboten habe, hat sich die Zeit genommen, um mich zu informieren, dass ich ein verdammter Idiot bin. „Es wurde ein oder zwei Mal erwähnt."

Sie hält ihren Blick auf dem Fenster, an dem eine Frau mit einer zusammengerollten Yogamatte vorbeigeht. „Gut."

Ich fühle mich wie ein Arschloch. In der Nacht, als wir miteinander geschlafen haben, hat Molly zugegeben, dass sie sehr lange Gefühle für mich hatte. Aber ich hätte nie gedacht, dass sie immer noch dasselbe empfindet. „Geht es um uns?", frage ich. „Molly, wir haben einander seit fast fünf Jahren nicht mehr gesehen."

Sie zieht an ihrem Haar. „Ich weiß."

„Es tut mir wirklich leid. Ich hätte nie–"

„Nein. Bitte. Ich will deine Reue nicht." Sie schüttelt den Kopf und senkt ihre Stimme. „Nicht, wenn ich es selbst nicht bereue."

Ich könnte ihr Entschuldigungen anbieten. Irgendeinen Scheiß. Aber es fühlt sich falsch und beleidigend an. „Dieses Ding mit Ava ... Du hast recht. Ich bin immer noch verliebt in sie. Vielleicht bin ich ein Idiot, aber ich will diese Chance ergreifen, um zu sehen, ob sie, falls sie es zulässt, etwas für mich empfinden könnte."

„Was wirst du tun, wenn es klappt?"

„Ich werde verdammt nochmal *feiern*."

Sie schüttelt den Kopf. „Ich meine nicht, wenn dein Plan funktioniert. Ich meine nicht, was passiert, wenn ihr zusammenkommt. Ich meine, was passiert, wenn es *nicht* funktioniert, ihr aber trotzdem ein Kind habt. Wirst du einfach mit deinem Leben weitermachen, obwohl du weißt, dass du ein Kind hast? So tun, als wärst du nicht der Vater?"

„Ich würde mein Kind nie im Stich lassen." Ich schlucke schwer. Ich habe Ava ein paar Mal geküsst, und ihr Versprechungen gemacht, aber sie hat mich noch nicht gedrängt. Ich kann mir vorstellen, dass sie nervös ist. Ich bin es auch. Nervös, dass sie vielleicht nur das Kind will, das ich ihr angeboten habe. Nervös, dass sie denken könnte, dass ich die Bedingungen geändert habe, wenn es herauskommt, dass ich etwas für sie empfinde. „Ich werde es langsam angehen lassen, und das ist für sie in Ordnung. Also hoffe ich, dass es etwas zwischen uns ändern wird, während wir voranschreiten, und sie ..."

Molly lächelt sanft. „Du hoffst, dass sie sich verliebt?"

„So in der Art."

Sie malt die Nummer acht auf den Tisch. „Ich schätze, es ist schlechtes Timing, dir zu sagen, dass ich dich nie vergessen habe. Ich weiß, dass dir das, was zwischen uns passiert ist, vielleicht nicht viel bedeutet. Jeder weiß, dass Molly McKinley mit jedem ins Bett—"

„Das habe ich *nie* gesagt."

Sie zuckt mit den Schultern. „Du vielleicht nicht, aber genug andere. Ich wollte nur, dass du weißt, dass du nicht nur ein warmer Körper in einer einsamen Nacht warst. Für mich warst du schon immer besonders."

„Es tut mir leid, Molly." Ich hasse es, dass sie etwas für mich empfindet, das ich nicht erwidern kann, aber noch mehr hasse ich, dass ich diese Gefühle ausgenutzt habe, auch wenn ich mir gesagt habe, dass es nur körperlich war. Nur für eine Nacht.

Sie schüttelt den Kopf, als ihre Finger immer und immer wieder über den Tisch gleiten. „Nicht so sehr wie mir."

„Was in dieser Nacht passiert ist ..." Ich fühle mich wie ein unsensibles Arschloch, aber ich habe keine Wahl. „Ich weiß, dass wir abgemacht haben, Ava nie davon zu erzählen, aber jetzt, da alles anders ist, muss ich es ihr sagen."

„Nein", sagt sie und schüttelt den Kopf, bevor sie mich flehend ansieht. „Jake, sag ihr bitte nichts. Es ist eine schlechte Idee."

„Wieso?"

„Es war *eine Nacht*. Du warst betrunken, und sie hatte sich gerade verlobt."

„Wenn es egal ist, wieso kann ich es ihr dann nicht sagen?"

„Du weißt, dass sie es nicht mögen wird."

„Das kann ich nicht bestreiten." Ich habe Angst, dass Ava sich wegen meines vergangenen Fehlers wieder darüber hineinsteigern wird, dass Molly alles ist, was sie nicht ist und hätte sein sollen. Ich werde ihr erklären, wie es passiert ist und wieso. Ich werde ihr sagen, dass es nichts bedeutet hat. Aber ich habe dieses beschissene Gefühl in meinem Magen, dass es Ava egal sein wird. *Was, wenn ich sie so verlieren werde?* „Ich will nicht, dass es über unseren Köpfen schwebt. Ich will keine Geheimnisse vor ihr haben." Ich zögere einen Moment. „Ich will nicht, dass *du* ein dreckiges Geheimnis bist. Das ist nicht fair."

Molly reibt den Anhänger ihrer Kette, bevor sie ihn in ihrer geballten Faust drückt, einatmet und nickt. „Lass mich einfach darüber nachdenken, okay? Lass mich an einen Weg denken, um ..."

Ich beende ihren Satz im Kopf. *Um es leichter zu machen? Um deine Beziehung zu Ava zu beschützen, wenn sie die Wahrheit erfährt?* „Du hast genauso sehr Angst davor, sie zu verlieren", sage ich.

Ihre Augen füllen sich mit Tränen. „Wir können ihr noch nichts sagen. Es ist so neu und fragil zwischen euch beiden."

„Und euch?", frage ich.

Sie nickt. „Bitte, Jake. Ich flehe dich an, ihr noch nichts zu sagen."

Ich höre ein Klopfen auf Glas und drehe mich um, um Brayden vor der Tür zu sehen, während er nach seinen Schlüsseln greift.

„Ich mag dieses Geheimnis nicht", sage ich schnell, weil seine Schlüssel im Schloss stecken.

„Und *ich* mag es nicht, dass du sie gewählt hast statt mir, obwohl sie nicht einmal an diesem Wettbewerb teil-genommen hat." Sie zuckt mit den Schultern, als Brayden reinkommt. „Manchmal müssen wir Dinge tun, die wir nicht mögen."

AVA

Molly sitzt mit Papieren vor ihr am Tisch, Tränen in den Augen. Ich denke sofort an die Wochen, nachdem mein Mann mich verlassen hat, als ich damit konfrontiert wurde, dass ich nicht nur den schlimmsten Herzschmerz meines Lebens, sondern auch die Schulden verarbeiten musste, die er mir hinterlassen hat. Ich habe mich dumm gefühlt für die Annahmen, die ich gemacht habe, und schuldig, weil ich einen sinnlos luxuriösen Lebensstil gelebt hatte.

„Molly, ist alles in Ordnung?"

Sie zuckt zusammen und schiebt alles in einen Stapel. „Du bist früh zu Hause."

„Ja, tut mir leid." Ich drehe mich um und verstehe, dass sie nicht will, dass ich sehe, was sie studiert hat.

„Es ist dein Haus. Du kannst hier sein, wann auch immer du willst. Ich habe nur gedacht, dass heute das Vorsingen stattgefunden hat?"

Ich schüttele den Kopf, und als ich mich wieder umdrehe, schiebt sie die gefalteten Papiere in ihre Tasche. „Ich treffe mich mit Jakes Nichte, um ihr zu helfen, aber ich habe noch ein paar Stunden, bevor ich hin muss. Ist alles in Ordnung?"

Sie schenkt mir ein zittriges Lächeln. „Jap! Super! Ich

habe mich mit Jake und Brayden getroffen, und sie werden mich als ihre neue regionale Vertreterin für den Nordwesten einstellen. Es ist total anders als alles, was ich bisher getan habe, aber ich bin richtig aufgeregt." Sie atmet aus. „Ich werde einfach nur eine kleine Mitleidsparty halten, weil mein Leben nicht so ist, wie ich es gewollt habe. Ich habe gedacht, dass ich soziale Verpflichtungen statt finanziellen balancieren würde."

„Das ist der Grund, wieso ,adulting' im Englischen mittlerweile ein Verb ist."

Sie lacht. „Oh mein Gott, du bist eine Englischlehrerin. Du solltest es hassen!"

„Überhaupt nicht. Um ehrlich zu sein, weiß ich nicht, wieso es nicht vor Jahrzehnten zum Verb gemacht worden ist. Unsere Eltern mussten doch auch mit diesem ganzen Scheiß zurechtkommen, oder nicht?"

„Ja, aber sie würden sagen, dass sie nie so sehr verwöhnt wurden wie wir, und dass das der Grund ist, wieso das Erwachsenwerden für sie nicht so brutal war."

„Egal", murmele ich. „Sie hatten keine Studentendarlehen, bevor sie angefangen haben."

„Genau!"

Wir lachen, und etwas zieht in meiner Brust – Kummer über eine verpasste Möglichkeit. Molly und ich hätten Freunde sein können, aber ich habe meine eigenen Unsicherheiten eine Mauer errichten lassen. Ich wünschte, ich könnte sagen, dass es das einzige Mal in meinem Leben war, dass ich das getan habe, aber ich habe jahrelang dasselbe mit Jake gemacht. Vielleicht habe ich ihn nicht aus meinem Leben geschoben, aber ich habe immer limitiert, was ich bei unserer Beziehung für möglich gehalten habe.

Ihr Handy vibriert auf dem Küchentisch, und sie greift es sich und wischt über den Bildschirm. „Hallo?"

Vielleicht sollte ich gehen, aber Sorge zeichnet ihren Ausdruck, also bleibe ich.

„Wie hoch ist es?" Sie drückt den Anhänger an ihrer Kette und sieht zur Decke. „Verdammt. Nein, entschuldige dich nicht. Ich verstehe." Sie sieht zu mir und dann zu der Uhr am Herd. „Ich wollte morgen früh nach Hause fliegen, aber ich werde sehen, ob ich einen Nachtflug bekomme." Sie schüttelt den Kopf. „Nein, Du weißt, dass ich nicht kommen wollte. Je schneller ich gehe, desto besser." Sie schenkt mir ein entschuldigendes Lächeln, bevor sie ihre Stimme senkt. „Äh ... Nicht jetzt? Ja, ich werde zurückrufen, sobald ich mehr weiß. Ja. Ich dich auch. Danke." Sie nimmt den Hörer von ihrem Ohr und legt auf.

„Ist alles in Ordnung?"

Sie tippt auf ihr Handy und nickt, als sie den Bildschirm anstarrt. „Der Sohn meiner Freundin ist krank, und sie muss arbeiten. Der Kindergarten will ihn nicht mit Fieber kommen lassen." Sie tippt erneut auf den Bildschirm und hebt das Handy an ihr Ohr. „Ich muss zurückfliegen."

Ich runzele die Stirn. Sie wird früher nach Hause fliegen, um auf den Sohn ihrer Freundin aufzupassen? „Ihr müsst euch wirklich nahestehen."

Sie nickt, bevor sie sich wegdreht, als der Anruf

durchkommt. „Hallo, ich muss mit jemandem darüber reden, meinen Flug umzubuchen?“

Mein eigenes Handy vibriert in meiner Tasche, und ich ziehe es heraus.

Nic: *Lilly und ich sind im Geschäft. Sie will wissen, ob du deine heiße Schokolade mit Regenbogen-Marshmallows oder riesigen Marshmallows magst.*

Ich grinse. Nic ist mit Lillys Vater zusammen, und es ist das Beste, was dem Kind und ihrem Vater passiert ist. Ich liebe es auch, sie in meinem Leben zu haben.

Ava: *Regenbogen natürlich.*

Nic: *Natürlich. Wir sehen dich in ein paar Stunden!*

Als ich mein Handy wieder in meine Tasche schiebe, beendet Molly ihr Telefonat, und ein Teil der Sorge weicht aus ihren Augen.

„Ich werde heute Nacht nach Hause fliegen“, sagt sie. „Ich kann dir nicht genug danken, dass du mich hier übernachten lassen hast. Einer der Gründe, wieso ich es hasse, nach Hause zu kommen, ist, dass Papa mich so aufregt. Es war eine Erleichterung, hier zu sein, ohne für alles verurteilt zu werden.“

Ich verziehe das Gesicht. „Ich habe immer gedacht, dass ihr so eine tolle Beziehung habt. Um ehrlich zu sein, war ich … Ich war irgendwie immer eifersüchtig darauf, weil es mir vorkam, als würde er dich mehr lieben als mich.“

Sie reißt ihre Augen auf. „Machst du Witze? Ich konnte nie an seine süße Ava herankommen. Du warst immer verantwortungsbewusst und bedacht. Und am wichtigsten: Du hast deine Beine nicht für jeden Kerl gespreizt, der dich angeguckt hat."

„Er hat das gesagt?"

„Fast wortwörtlich." Sie atmet ein und langsam wieder aus. „Naja, es war gut, mich nicht mit ihm herumzuschlagen, und wenn ich Glück habe, wird Mama aufwachen und diesen betrunkenen Arsch verlassen, bevor ich wiederkomme."

Vielleicht bin ich eine treulose Tochter, aber ich hoffe, dass sie recht hat. Jill verdient jemanden Besseres. „Nächstes Mal ... in fünf Jahren?"

Lachend zuckt sie mit den Schultern. „Vielleicht. Was gibt es hier für mich?" Sie geht durch die Küche und umarmt mich. „Danke nochmals. Viel Glück mit dieser ganzen Schwangerschaftssache."

Ich drücke sie schnell, bevor ich zurücktrete. „Sei ehrlich. Denkst du, dass ich verrückt bin?"

„Dafür, dass du deinen besten Freund benutzt, um ein Baby zu haben, dass du allein großziehen willst? Jap. Ich denke, dass du nicht alle Tassen im Schrank hast." Ihr Gesicht wird sanft. „Aber du bist die verantwortungsvolle Ava. Ich bin mir sicher, dass du darüber nachgedacht hast."

„Das habe ich. Wirklich."

Sie hebt ihre Tasche über die Schulter. „Siehst du? Es ist egal, was ich denke."

Ich schlucke schwer. Sie hat recht. Es ist egal. Aber es würde sich gut anfühlen, ein paar mehr Leute auf meiner Seite zu haben. „Soll ich dich zum Flughafen fahren?"

„Nein, ich werde Mama anrufen. Sie will mich sowieso noch sehen.“

„Viel Glück mit deinem neuen Job und allem. Kann ich dich anrufen, wenn Jake und ich diesen Sommer in der Stadt sind?“

Sie strahlt. „Auf jeden Fall.“

Sie verschwindet ins Gästezimmer, um zu packen, und ich fühle mich, als hätte ich einen neuen Weg eingeschlagen, um eine bessere Beziehung zu meiner Schwester aufzubauen.

KAPITEL EINUNDZWANZIG

AVA

Ich war noch nie ein großer Fan von Motocross, außer, dass ich mich gefreut habe, wenn Colton seine Rennen unbeschadet überstanden hat, aber wenn ich zuschaue, habe ich immer Spaß. Heute war es nicht anders. Ellie, Jake und ich standen an der Seite der Sandbahn, tranken Bier und jubelten laut. Die Nervosität, die ich gefühlt habe, als ich heute Morgen meine Taschen gepackt habe, waren in dem Moment vergangen, als das Rennen begann, und jetzt ist mir warm von der Sonne, und das Bier hat mich faul gemacht.

Als Jake und ich unser Zimmer betreten, falle ich aufs Bett – total erschöpft, aber glücklich. Es gibt nichts besseres, als den Tag mit deinem besten Freund zu verbringen, um deine Seele aufzuladen.

„Hattest du Spaß?", fragt Jake.

„Ja." Ich strecke die Arme über den Kopf und drücke meinen Rücken durch. Die letzten Wochen des Schuljahrs sind immer hektisch, aber diesmal macht der extra Stress an der Windsor Prep es noch schlimmer, während alle darauf warten, herauszufinden, wer seine Stelle verlieren wird. Ich muss mich entspannen. „Fühlt es sich immer so gut an, sich frei zu nehmen? Ich glaube, ich habe etwas verpasst."

Er lacht. „Ich habe versucht, es dir zu sagen." Er lehnt sich gegen die Wand und sieht mir zu, als würde er darauf warten, ob ich etwas sage oder tue. Ich fühle, wie dieses vertraute, seltsame Gefühl bezüglich unserer Sexualität in mich einsickert. *Ich teile mir ein Zimmer mit Jake, und wir sollen ein Baby machen.*

Es war vorher nie seltsam zwischen uns, aber jetzt haben wir alles verwirrt. *Verdammt.* Ich habe gedacht, wir würden Sex haben und es aus unserer Freundschaft halten. Er ist der, der die Grenze überschritten hat, und meine vergangenen Gefühle sind wieder aufgetaucht.

Vielleicht hätte ich damit rechnen sollen, aber das habe ich nicht, und es erschreckt mich mehr als nur ein bisschen.

Ich habe mich die ganze Woche beschäftigt, damit ich keine Chance hatte, darüber nachzudenken, dass ich Samstag Nacht mit Jake in einem Hotelzimmer verbringen würde. Montag habe ich mich mit Lilly getroffen, um an dem Stück zu arbeiten, das sie glänzend hinbekommen hat, und dann hatte ich am Dienstag ein Treffen mit dem Kindertheater-Vorstand. Ich habe am

Mittwoch Arbeiten benotet und Donnerstag und Freitag im Jackson Brews gearbeitet.

Ich hatte gehofft, dass meine Schichten eine Wiederholung unseres Kusses bieten würden, vielleicht sogar etwas des Vorspiels oder einen Ausblick darauf, was mich dieses Wochenende erwartet. Aber ich habe kaum mit ihm gesprochen, außer die Pläne zu bestätigen. Und jetzt sind wir hier, und ich bin nervös und gierig darauf, was als nächstes passiert – aus Gründen, die nichts mit einem Baby zu tun haben.

„Willst du eine Pizza bestellen oder ausgehen?", frage ich, eher um etwas zu sagen als aus Hunger. Wir wollten uns um zehn Uhr mit Ellie, Colton, Levi und irgendeinem Weib treffen, das Levi im Club gegenüber vom Hotel kennengelernt hat. In diesen fünf Stunden könnten viele Dinge passieren. Viele Möglichkeiten.

„Lass uns ausgehen", sagt er. „Ich kann etwas buchen."

„Was ist mit dem Tapas-Restaurant etwas weiter die Straße entlang?"

Er hat sein Handy bereits in der Hand und tippt darauf. „Alles klar." Er schiebt es zurück in die Tasche. „Ich habe einen Tisch für sechs Uhr gebucht. Willst du duschen oder so?"

„Das ist wahrscheinlich eine gute Idee. Ich muss echt stinken." Ich setze mich auf, aber vom Bett zu steigen, fühlt sich viel anstrengender an, als es sollte. Ich werde entweder eine Tasse Kaffee oder ein Nickerchen brauchen, falls wir lange unterwegs sein werden. Ich bin ausgelaugt.

Ich schnappe mir meine Reisetasche und gehe ins Badezimmer, wo ich die Dusche anstelle, um das Wasser aufzuwärmen. Aber als ich die Tür schließen will, steht Jake im Türrahmen und sieht mich an.

Ich runzele die Stirn und deute zur Dusche. „Wolltest du zuerst duschen?"

Er schüttelt den Kopf. „Ne."

„Okay ..." Ich sehe ihn an, dann die Tür. „Willst du rausgehen, damit ich duschen kann?"

„Ne."

„Jacob Jackson, du planst *nicht*, hier zu stehen, während ich mich ausziehe."

Er grinst. „Ach nein? Bist du dir sicher?" Sein Blick wandert über mich, und Hitze rast durch meine Venen, bevor die Aufregung übernimmt. Er verschränkt die Arme. „Du willst nicht, dass ich dich nackt sehe. Ist das das Problem?"

„Ich weiß nicht, wieso du es willst", kommt aus mir heraus, bevor ich realisiere, dass es klingt, als würde ich um Komplimente bitten. Ich zucke zusammen und wünsche mir, dass ich die Worte zurücknehmen könnte. Es ist nicht so, dass ich mich für meinen Körper schäme. Es ist einfach nur nicht viel. Meine Brüste sind kaum existent, und mein Arsch ist der Ansatz einer Kurve. Es gibt nichts Aufregendes.

Er schmunzelt. „Heilige Scheiße, Ava. Ich bin ein Kerl. Ein heterosexueller Kerl. Dich nackt zu sehen, ist ..." Sein Mund spreizt sich zu einem Grinsen. „Lass mich einfach sagen, dass ich *viel* daran denke. *Täglich*."

Ich starre ihn mit offenem Mund an. *Täglich?* Seit wir diesen Plan geschmiedet haben?

„Aber wenn du willst, dass ich gehe, kann ich das tun. Ich werde dich heute Nacht einfach betrunken machen und es noch einmal versuchen."

„Versuchen, mich nackt zu sehen, oder versuchen, Sex zu haben?" Meine Stimme quiekt. Wir werden es tun. Ich bin mir sicher, aber ich muss mich vorbereiten. Mental. „Wenn es nur darum geht, mich nackt zu sehen, will ich nicht ..." *Ich will dich nicht enttäuschen.* „Es gibt nur ... nicht viel zu sehen."

„Ich *werde* dich nackt sehen, bevor ich in dich hineingleite. Es ist eine dieser dummen Voraussetzungen." Er kommt auf mich zu, und da ist eine Art Herausforderung in seinen Augen, durch die ich mich mutiger fühle, als ich es sollte.

„Also werden wir", ich schlucke schwer, „heute Nacht anfangen?"

Mein Herz rast, als er seinen Kopf senkt und die Stirn gegen meine lehnt. „Hast du eine Ahnung, wie hübsch du bist? Wie wunderschön du im Sonnenschein ausgesehen hast mit diesem Grinsen auf dem Gesicht?" Er umrahmt mein Kinn mit der Hand und stöhnt. „Ich konnte nicht aufhören, an heute Nacht zu denken. Daran, mit dir ein Bett zu teilen."

„Wirklich?"

„Oh, ja." Er streicht mit einer Hand durch mein Haar, bevor er es in seiner Faust festhält. Er zieht sanft daran, und Wollust durchfährt mich. „Wirst du dich von mir berühren lassen?" Die Worte sind heißes Geflüster an meinem Ohr, und alles in mir ist angespannt und flehend.

„Ja." Ich keuche das Wort praktisch.

Er saugt mein Ohrläppchen zwischen die Zähne, und seine Hand fährt über mein Schlüsselbein und runter, um meine Brust zu umfassen. „Und mich dich ansehen lassen?" Sein Daumen streicht über meinen Nippel, und zur Hölle, ich will *jetzt* nackt sein. Sogar die dünnen Schichten meines T-Shirts und BHs sind zu viel Stoff zwischen uns. „Mich dich erkunden lassen?"

Ich nicke, und ich glaube, dass ich wimmere. Erwartet er wirklich, dass ich ein Wort zustande bringe?

„Denk darüber nach." Seine Hand schlüpft unter mein Oberteil, und ich will mehr. Verdammt nochmal mehr. Seine Handfläche fährt über meinen Bauch. Seine Fingerspitzen tauchen unter den Bund meiner Jeans. „Denk darüber nach, während du duschst. Während wir zu Abend essen. Während du heute Nach tanzt." Er legt seine Nase in den Raum zwischen meiner Schulter und meinem Hals und atmet tief ein.

Dann geht er einen Schritt zurück und verlässt das Badezimmer, bevor er die Tür hinter sich zuzieht.

Sein Wunsch ist mir Befehl. Ich denke an ihn, als ich meine Augen unter dem Wasser schließe. Mein Körper pulsiert, und meine Gedanken kreieren Fantasien über ihn, wie er mich gegen die Duschwand presst, die Hitze seiner nackten Brust gegen mich gedrückt, während seine Hände mich erkunden.

Ich wasche mein Haar und rasiere mich – ein extra Schritt, den Frauen tun, wenn sie sich für einen Liebhaber vorbereiten. Ich denke an ihn, als ich aus der Dusche steige und mein Haar trockne. Ich denke an ihn, als ich das kurze, schwarze Kleid und die dünnste, hautengste Unterwäsche auswähle.

Als ich aus dem Badezimmer komme, hat er eine frische Jeans und ein gebügeltes, schwarzes Hemd angezogen, das am Kragen aufgeknöpft ist und an den Ärmeln hochgerollt, um seine Unterarme zu zeigen. *Diese Unterarme …*

Ein Geräusch entkommt meiner Kehle, und es ähnelt einem Schnurren.

Jake mustert mich. Sein langsamer, untersuchender Blick gleitet von meinen Füßen über meinen Körper – eine eigene Art von Verführung. „Bereit?"

Ich schlucke. „Ich bin *wirklich* bereit."

JAKE

Normalerweise interessiert mich die laute Musik und die Masse an Körpern in einem Club nicht, aber es ist gut, zu sehen, dass Ava sich entspannt. Sie und Ellie haben angefangen, zu tanzen, sobald wir angekommen sind, und Ava hat sich mit jedem Lied mehr reingesteigert. Ihre Arme sind in der Luft, und ihre Hüften bewegen sich, als würde die Musik in ihr vibrieren.

„Danke, dass du gekommen bist", sagt Levi neben mir. Wir lehnen uns gegen das Geländer, das die Tanzfläche umgibt, und seine Verabredung ist … irgendwo.

Ich weiß es nicht. Ich habe dem kichernden Rotschopf keine Aufmerksamkeit geschenkt.

Ich nicke, ohne ihn anzusehen, weil ich nicht aufhören kann, Ava anzustarren.

„Es ist immer schön, ein paar extra Leute dabei zu haben, damit ich nicht das fünfte Rad sein muss", sagt Levi.

Diesmal sehe ich zu ihm. „Du kannst nicht das fünfte Rad sein, wenn du eine Frau hast, die an deinem Arm hängt, Levi."

Er zuckt mit den Schultern – ein unausgesprochenes „Du weißt, was ich meine". Und das tue ich. Frauen betreten und verlassen Levis Welt, aber Ellie ist genauso prominent in seinem Leben wie sein Freund Colton. Seit sie mit ihm zusammengekommen ist, war sie immer da.

Ich weiß, dass er sie beide liebt. Aber ich realisiere auch, dass seine Gefühle für Ellie tiefer gehen, als wir alle gedacht haben. Einseitige Liebe ist beschissen. Hoffentlich wird er besser damit umgehen als ich.

„Wie läuft der große Plan?", fragt Levi.

Auf der Tanzfläche umarmt Ellie Ava, die den Kopf zurückwirft und lacht, als Ellie gegen sie tanzt. „Es war nicht der einfachste Anfang, aber es wird schon."

„Wird schon in ihrer Hose oder ihrem Herzen?", fragt er, bevor er beide Hände in die Luft hebt, weil ich ihn finster anblicke. „Der Unterschied ist wichtig."

„Ich weiß." Ich trinke mein Bier aus, bevor ich die leere Flasche zurück auf den Tisch stelle. Ich will heute Nacht nicht darüber reden. „Ich werde mit meinem Mädchen tanzen."

Levi hebt eine Braue. „Du tanzt?"

„Heute Nacht schon." Ich geselle mich zu ihr, ehe ich Ava von Ellie wegziehe und in meine Arme schließe, als würde ich es jeden Tag tun. Ava keucht, ihre Augen weit aufgerissen, als ich eine Handfläche auf ihren Rücken lege und ihren Körper gegen meinen halte. Weil ich es kann. Weil sie mir die Erlaubnis gegeben hat, sie heute Nacht zu berühren. Weil ich jahrelang gewartet habe, und weil ich weiß, dass es das Schwerste in meinem Leben sein wird, meine Gefühle im Zaum zu halten.

Sie lacht und schüttelt den Kopf. „Was ist los? Du tanzt nie."

Ich nehme ihr Kinn in meine Hand und drehe ihr Gesicht zu mir. Ihr Gelächter verstummt, und ihre Augen suchen mein Gesicht nach Emotionen ab. Ich senke meinen Kopf und reibe meine Nase gegen ihre. „Tanz einfach."

Sie kann mich wahrscheinlich nicht hören, weil die Musik so laut ist und die Meute mit jedem Lied voller wird, aber Tanzen liegt ihr im Blut. Sie hakt eine Hand hinter meinen Nacken und bewegt ihre Hüften. Wir stehen so nahe zusammen, dass ihr Körper mit jeder Bewegung gegen meinen streicht.

Ich kann nicht daran denken, dass es nicht funktioniert. Ich kann nicht daran denken, dass sie mich niemals als mehr ansehen wird als ihren besten Freund. Oder daran, dass sie mit jemand anderem eine Familie gründen könnte. Also denke ich einfach an eine Sache.

Ava tanzt in meinen Armen. Ihr Körper ist warm. Wir berühren einander. *Sanft.*

Ich lege eine Hand flach auf ihren Bauch und senke meinen Kopf in die kleine Beuge zwischen ihrem Hals und ihrer Schulter, um sie zu riechen. Um mich an ihrer Hitze zu ergötzen. Ich benutze meine freie Hand, um über ihre Taille zu streichen – eine Bewegung, die nur als Hinweis für den Rest der Nacht gilt.

Und als der Augenkontakt mir einen Stich ins Herz versetzt, drehe ich sie um und ziehe ihren Rücken gegen meine Vorderseite. Sie greift nach hinten und legt ihre Hand erneut auf meinen Nacken, um sich an mir festzuhalten, während wir tanzen. Sie schmachtet nach dem Kontakt genauso wie ich.

Ich muss glauben, dass es etwas bedeutet.

KAPITEL ZWEIUNDZWANZIG

AVA

Jake tanzt mit mir. Vielleicht ist es der Alkohol, aber ich könnte schwören, dass es sich wie Sex anfühlt. Die Art, wie seine Hände über meinen Körper wandern und meine Hüften greifen, seine Knöchel auf meinem Bauch, sein Atem auf meinem Nacken und wie er mein Haar leicht in seiner Faust nach hinten zieht ...

Ich habe nie mit Jake geschlafen, aber ich kann mir vorstellen, dass es sich so anfühlen würde, falls wir jemals dazu kommen – ein erbarmungsloses Verlangen nach mehr, mehr, mehr, *mehr*. Jede Berührung lässt meinen Körper nach mehr betteln, jede Bewegung lässt meine Haut summen. Der Gedanke allein bringt mich dazu, es über die Bühne bringen zu wollen und es gleichzeitig langsam angehen lassen zu wollen.

Das Abendessen war toll. Wir haben nicht über die Dinge gesprochen, die er im Badezimmer gesagt hat, und ich habe nicht gefragt, ob wir heute Nacht miteinander schlafen werden – eine Frage, die er, wie ich gerade realisiere, nie beantwortet hat.

Wir haben über typische Jake- und Ava-Dinge gesprochen: Die Bar, Schule, die Behandlung seiner Mutter, wie perfekt seine Nichte auf der Bühne sein wird. Ich habe verstanden, dass er mich warten lassen wollte. Es hat mir gefallen. Aber jetzt, da seine Hände auf mir sind und sein Körper sich gegen meinen presst, will ich nicht länger warten. Ich drehe mich in seinen Armen, damit ich sein Gesicht sehen kann. Nach den paar Drinks fühle ich mich *gut* und entspannter als in den letzten Monaten. Vielleicht sogar Jahren.

Jake mustert mein Gesicht, bevor er mir in die Augen sieht. „Du bist betrunken", sagt er, seine Stimme rau.

„Ich bin ... *entspannt*."

„Entspannt, aber nicht betrunken?", fragt er. „Heute Nacht macht es einen Unterschied."

„*Angetrunken*", verspreche ich, stelle mich auf Zehenspitzen und flüstere ihm ins Ohr: „Bring mich ins Bett."

Er fährt mit dem Daumen über meine Unterlippe und nickt. „Ja."

Ich winke Ellie, Colton, Levi und seiner Verabredung zu, während Jake meine freie Hand in seiner hält, bis wir die Tür erreichen. Seine Schritte sind weit ausholend, und ich laufe ihm praktisch hinterher. Ich bin bereit, ihm bis zum Hotel hinterherzurennen, aber seine Schritte werden langsamer, als wir den Gehweg erreichen, als würde die kühle Luft ihn ernüchtern und weniger wild machen.

Ich drücke seine Hand. Ich *will* ihn wild. Es hat mir gefallen, wie er aus dem Club gerast ist. Ich habe mir vorgestellt, dass er es kaum erwarten konnte, mich für sich allein zu haben, und dass es wirklich so ist. Aber jetzt bin ich mir nicht sicher.

Wir halten an der Kreuzung an, und er ist so leise, dass es mich fast umbringt. Sein ganzer Körper ist verspannt. Bereut er es? Wünscht er sich, dass er mir seine Versprechen nie ins Ohr geflüstert hätte?

„Jake?" Ich drücke seine Hand erneut. Das ist der Punkt, an dem ich ihm einen letzten Ausweg anbieten sollte. *Du musst es nicht tun. Es ist in Ordnung, wenn du deine Meinung geändert hast.*

Bevor ich die Worte über die Lippen bringen kann, treffen seine harten Augen auf meine. Er schüttelt den Kopf und presst seinen Finger auf meinen Mund. „Nein."

Was meint er damit?

Ich habe kaum genug Zeit, um sein Wort zu analysieren, als er mich über die Straße ins Hotel zieht. In dem Moment, als die Aufzugstüren sich hinter uns schließen, werde ich gegen die Wand gepresst, sein Mund auf meinem. Seine Hände sind gierig und scheinen mich überall auf einmal zu berühren. Eine ist in meinem Haar, die andere auf der Hüfte. Er zieht an meinem Kleid, bis seine Finger über meinen nackten Oberschenkel gleiten. Er zeichnet die Linie meines Tangas von meinem Rücken bis zu meinem Unterleib, ehe er über meine Mitte streicht, von der ich weiß, dass sie feucht ist. Fühlt er es durch die Spitze? Versteht er, dass ich eine Niete bin? Dass mein Körper manchmal von Verlangen zu Panik übergeht? Dass mein überaktives Gehirn eine vernichtende Spiral beginnt und dann alles ruiniert?

Meine Sorgen verschwinden, als ich seine Knöchel auf dem Stoff zwischen meinen Beinen fühle. „Willst du, dass ich dich dort berühre?" Die Frage kommt in Form eines rauen Flüsterns. „Willst du meinen Mund?"

Ich habe nie gedacht, dass Worte mir so gefallen könnten, aber Jakes sind die beste Art von Vorspiel, und ich will mehr. „Ja. Bitte. Ich will dich. *Alles*."

„Ich werde dich heute Nacht nicht ficken, Ava."

Ich sauge seine Unterlippe in meinen Mund und stöhne, als ich sie loslasse. „Bitte." Ich weiß, dass ich ohne den Alkohol niemals den Mut gehabt hätte, so zu reden. Ich bin dankbar, dass die Drinks mir helfen. Ich *brauche* diesen Mut. „Ich flehe dich an. Du hast gesagt, dass du mich flehen hören wolltest."

Seine Hand steigt unter meinem Kleid auf und legt sich flach über meinen Bauch, ehe seine Finger in mein Höschen gleiten. „Ich liebe es. Ich liebe es, zu wissen, dass du mich willst."

Der Aufzug klingelt, und die Tür gleitet auf, aber wir bewegen uns nicht.

„Heute Nacht geht es nur um uns beide. Verstehst du, was ich sage? Ich berühre dich heute Nacht nur, weil ich dich berühren *will*. Ich werde dich zum Höhepunkt bringen, weil es sich gut anfühlt, und weil ich zu oft davon fantasiert habe, meinen Kopf zwischen deinen Beinen zu haben, um jetzt aufzuhören.“

Ich erschaudere in seinen Armen. Mir ist gerade so bewusst, dass die Türen sich hinter uns schließen. „Du musst nicht–“

„Ich *muss* verdammt nochmal doch. Heute Nacht geht es darum, was wir wollen. Hörst du mich?“ Er schüttelt langsam den Kopf und studiert mich. „Alles, was du willst. Aber kein Sex. Das ist etwas, worauf wir beide warten müssen.“

Ich nicke, und ein Teil von mir ist dankbar. Ich will, dass Jake mich berührt. Ich will, dass es um uns geht und nicht um meine großen Pläne – und er gibt mir genau das, was ich brauche, ohne dass ich darum bitten muss. Er weiß, was ich brauche, weil er mich *kennt*.

Er drückt einen Knopf an der Wand, und die Türen gleiten erneut auf.

Meine Beine ähneln mittlerweile Pudding, als er mich aus dem Aufzug führt, aber ich schaffe es irgendwie in unser Zimmer. Er öffnet die Tür für mich, und bevor sie die Chance hat, zuzuschwingen, greife ich ihn beim Kragen. „Ich will, dass es für dich genauso gut ist.“

„Gut.“ Er reißt mein Kleid über meinen Kopf. Ich habe keine Zeit, nervös zu sein, weil er in der einen Sekunde mein Kleid auf den Boden wirft und mich in der nächsten gegen die Wand drückt. Seine Hand gleitet zwischen meine Beine und reibt den Stoff über meiner Klitoris.

„Du bist feucht“, murmelt er gegen meinen Mund. „So verdammt feucht.“ Er küsst seinen Weg an meinem

Nacken entlang und über mein Schlüsselbein – eine Symphonie aus Lippen und Zähnen und Zunge, die mehr Begierde als Verführung signalisiert, und durch die ich mich begehrt fühle wie noch nie zuvor.

Er senkt seinen Kopf zu meiner Brust und saugt durch den dünnen BH. Als ich aufstöhne, zieht er seinen Kopf weg und zwickt meinen Nippel. „Ich werde so viel Spaß haben, herauszufinden, wie ich dich zum Höhepunkt bringen kann", murmelt er. Sein Mund wandert tiefer über meinen Bauch, und seine Zunge streicht über meinen Nabel, bis er vor mir kniet, die Hände auf meinem Arsch, seine Stirn auf meinem Hüftknochen.

Ich lege eine Hand auf sein Haar. „Jake, du ..."

Seine Augen sind heiß, als er seinen Kopf hebt, die Intensität genug, um mich fast zu ersticken. Er schüttelt den Kopf. „Wag es ja nicht, mir deine ‚Du musst nicht'-Ansprache zu halten. Ich habe dir bereits gesagt, dass es heute Nacht um uns geht. Ich will dich fühlen. Ich *will* dich schmecken. Sag mir nicht, dass ich aufhören soll, wenn du es nicht willst."

„Ich will, dass du ..." Meine Stimme zittert. „Ich will deinen Mund auf mir." Ich bin so nervös, die Worte auszusprechen, dass sie zu sanft rauskommen. Er hält meinen Blick für fünf wilde Herzschläge, und ich denke fast, dass er mich nicht gehört hat. Aber dann sehe ich, dass er es hat. Ich sehe es in seinen Augen und höre es in dem primitiven Knurren, das er von sich gibt. Er hat *jedes* Wort gehört.

„Scheiße, ja." Er senkt seinen Kopf, um sich zwischen meine Beine zu schmiegen. Er stöhnt, und ich spüre die

Vibration des Geräuschs genau dort, wo ich heiß und feucht bin. Wo ich mich nach ihm sehne. Finger krümmen sich unter dem Stoff meines Strings, und meine Beine zittern, als ich darauf warte, dass er ihn runterzieht.

Stattdessen steht er auf, seine Augen auf mir. „Willst du dein Höschen tragen, während du meinen Mund auf dir spürst?"

Ich schüttele den Kopf.

Er macht einen Schritt nach hinten. „Dann zieh ihn aus, Baby." Seine Augen mustern mich – die Kurven meiner Brüste, meinen flachen Bauch, meine Oberschenkel. „Lass mich dich sehen."

Ich ziehe den BH mit zitternden Händen aus. Ich trage bereits so wenig, dass es nicht mehr viele Überraschungen gibt, aber ich bin so nervös wie eine jungfräuliche Braut. Ich will alles sein. Für Jake. Ich will seine Fantasie sein. Als ich die Träger über meine Arme ziehe, fallen die Spitzenkörbchen zu Boden, und seine Nasenflügel weiten sich.

„Scheiße, ja", wiederholt er, seine Augen auf mir. „So verdammt perfekt."

Ich fange seinen Blick auf, als ich meine Finger unter den Bund meiner Unterwäsche schiebe und sie über meine Hüften ziehe, bis das letzte bisschen Stoff zu Boden fällt, bevor ich aus meinen Schuhen trete.

„Es passiert." Er schüttelt den Kopf langsam und mustert jeden Zentimeter meines Gesichts. Versucht, sich alles einzuprägen oder mich zu lesen. Oder beides?

Ich schlucke schwer, weil ich es auch nicht glauben

kann, und ich Angst habe, mir selbst einzugestehen, wie lange ich darauf gewartet habe. „Ich liebe es, wie du mich ansiehst."

„Wie sehe ich dich an?"

Ich zucke mit den Schultern und verschlucke die Worte. Jetzt ist kein guter Zeitpunkt, um über Unsicherheiten zu reden. Dies ist ein Moment für Leidenschaft und wilde Berührungen, aber Jake will es wissen. Und es fühlt sich wichtig an. „Ich wollte immer *mehr* sein." Ich mache einen Schritt auf ihn zu und winke mit einer Hand über meinen Körper. „Mehr Hüften. Mehr Brüste. Mehr Arsch."

„Ne", sagt er sanft. „Du brauchst nichts." Er hebt eine Hand, um meine Brust zu umfassen, und sein Daumen streicht über meine Brustwarze. Seine gierigen Augen prägen sich alles ein. „Das bist du, Ava. Weißt du, wie oft ich mir einen runtergeholt habe, während ich mir deinen Körper vorgestellt habe? Dass ich dich berühren darf?"

„Wirklich?" Meine Stimme bricht an diesem einzigen Wort – wie ein Gehäuse, das zerspringt und all meine Ängste zu Boden wirft.

„Ich habe dich mir so oft vorgestellt, dass man meinen würde, dass ich deinen Körper gut eingeschätzt habe." Seine Kehle bewegt sich, als er schluckt. „Und doch bist du noch schöner, als ich es mir vorgestellt habe."

All meine Unsicherheiten schmelzen weg und werden aufgrund des ehrfürchtigen Blicks durch Freimütigkeit ersetzt. „Ich habe dich mir auch vorgestellt."

Er hebt seinen Kopf und sieht mir in die Augen. „Wirklich“

Ich nicke. „Ich habe mich jeden Abend diese Woche berührt und daran gedacht, was du mir gesagt hast.“ Ich lecke mir über die Lippen. Die Wahrheit enthüllt mich, aber ich mag das Gefühl. So ist es, mich vor Jake auszuziehen. Ihm zu zeigen, wo ich am verletzlichsten bin. „Ich mache sowas normalerweise nicht oft, aber du hast mich ... Jake, du hast mir diese Gedanken in den Kopf gesetzt. Mich mehr wollen lassen.“

„Diese Woche?“

Ich nicke. „Und in der Dusche ...“

Seine Brust bauscht sich auf, als er tief einatmet. „Und was ist mit davor?“ Er berührt mein Schlüsselbein mit seinem Zeigefinger, bevor er über meine Brüste, meinen Bauchnabel und zwischen meine Beine fährt, wo ich heiß auf ihn warte. „Hast du dich vor dieser Woche jemals berührt und an mich gedacht?“

Verlangen durchfährt unsere Verbindung und leckt an der Luft wie Elektrizität. „Ja.“

„Ein, zwei Mal?“ Er umfasst mein Kinn mit der Hand und reibt mit dem Daumen über meine Unterlippe.

„Zu oft, um es aufzuzählen.“ Ich schenke ihm ein zittriges Lächeln. „Du warst jahrelang in meinen Fantasien. Auch dann, als ich es mir nicht eingestehen wollte. Du warst immer da.“

Er stöhnt und nickt. „Ich wäre wirklich da gewesen. Du hättest nur fragen müssen.“

Ich öffne meinen Mund, um ihn zu hinterfragen –

oder zu widersprechen –, aber er führt mich zum Bett, und alles andere ist jetzt egal. „Leg dich hin, Baby.“

Ich tue, was er sagt, aber er knöpft sein Hemd auf, also stütze ich mich auf den Ellbogen ab, um seine breiten Schultern und Tattoos zu sehen. Er lässt das Hemd zu Boden fallen, bevor er sein Unterhemd über den Kopf zerrt und zur Seite wirft. Sein Anblick lässt das Pochen zwischen meinen Beinen stärker werden. Nackter Oberkörper. Tattoos. Harte Muskeln unter sanfter Haut.

„Ich liebe es.“ Er nickt mir zu. „Ich will dich auf deinen Ellbogen, wenn mein Mund auf dir ist.“ Er schlüpft aus seiner Jeans, und mir stockt der Atem, als ich seine starken Beine und das bisschen Haar unter seinem Nabel erblicke, das nach unten zu seinen Boxershorts führt. Die große Erektion.

Er ist umwerfend. Und er gehört mir.

„Komm her.“ Ich reiche mit der Hand nach ihm, und als er sie nimmt, höre ich das dumpfe Klingeln seines Handys in der Jeans. „Ignorier es.“

Er grinst. „Ich habe nichts Gutes zu sagen zu der Person, die mich unterbrechen würde.“ Er klettert über mich, und ich lege mich hin, um sein Gewicht auf mir aufzunehmen. Seinen Schwanz, der versucht, seinen Boxershorts zu entkommen.

Er küsst mich erneut, und ich hebe meine Hüften an und stöhne, als er gegen meine Klitoris drückt. Wie kann ich bereits so kurz vor einem Orgasmus stehen? Er hat mich kaum berührt, aber ich fühle, wie mein Körper fast bereit ist, loszulassen. Ich drücke meine Hüften gegen die Matratze, um dem Instinkt zu entkommen, mich ihm entgegen zu wölben."

Er murmelt einen Fluch gegen mein Ohr. „Hör nicht auf."

Ich greife seine Schultern und presse meine Fingernägel in seine Haut. „Ich glaube, ich ..." Meine Hüften bewegen sich unkontrolliert, als Hitze über meine Wirbelsäule leckt. „Jake ..."

„Lass es zu." Er kreist mit den Hüften, reibt sich gegen mich, und bei Gott, es ist so gut. Die Hitze und der Druck und das Glücksgefühl, und ich will mehr und gleichzeitig weniger. Er saugt an der empfindlichen Haut meines Halses, bevor sein Mund zu meinem Ohr zurückkehrt. „Hast du irgendeine Ahnung, wie heiß es ist, dich so erregt zu sehen? Dich nackt unter mir zu haben und zu wissen, dass du gleich gegen meinen Schwanz kommen wirst?" Er saugt mein Ohr zwischen die Zähne, und ich höre meinen eigenen scharfen Schrei. *Gott, dieser Mund ...* „Ich kann es kaum erwarten, in dich hineinzugleiten."

Seine Worte sind mein Verderben. Sie schneiden durch die letzten Fäden meiner Zurückhaltung und schubsen mich über die Grenze zwischen Genuss und Freigabe. Ich presse mich gegen ihn – wild und schamlos, mein Körper eine Kollektion aus kleinen Explosionen.

Er küsst meinen Hals. Mein Ohr. Mein Kinn. Die Spitze meiner Nase. „Du bist so verdammt schön."

Ich ziehe einen Atemzug nach dem nächsten ein. Ich kann nicht glauben, dass ich das gerade getan habe. Ich kann mich selbst kaum zum Kommen bringen – und das an einem guten Tag –, und einen Orgasmus mit einem Partner zu haben, war sowieso selten. Aber ich bin durch Petting mit Jake gekommen und habe Sterne gesehen. „Wow." Ich entspanne meine Finger auf seinen Schultern und zucke zusammen. Er wird die Kratzer morgen spüren. „Tut mir leid."

Ein Handy klingelt, aber diesmal ist es meins. Wir ignorieren es beide.

Er drückt sich auf einen Arm hoch, damit er auf mich runterschauen kann. „Wofür entschuldigst du dich?"

Ich zucke mit den Schultern. „Dafür, dass ich meine Nägel in deinen Schultern vergraben habe? Oder weil ich fertig bin, bevor wir wirklich angefangen haben?"

Er grinst. „Ich kann ein paar Kriegsnarben ab, wenn es bedeutet, dass ich dich so stöhnen hören darf." Seine Augen mustern mein Gesicht. „Und ich habe nie gesagt, dass du fertig bist."

Ein lautes Klopfen hallt durch das Zimmer. „Jake! Beweg deinen Arsch nach draußen!"

KAPITEL DREIUNDZWANZIG

AVA

Jake spannt sich an, und ich runzele die Stirn, bevor ich frage: „Ist das Levi?"

„Ich glaube schon." Er streicht einen Kuss über meine Lippen. „Bin gleich wieder da."

Ich nicke, während er mein Gesicht ein letztes Mal mustert. Als Levi erneut an der Tür hämmert, steigt Jake vom Bett und zieht sich seine Jeans über, macht aber keine Anstalten, sie zuzumachen. Er schnappt sich einen Hotelbademantel aus dem Schrank und wirft ihn mir mit einem Zwinkern zu, bevor er um die Ecke zur Tür geht.

Ich springe aus dem Bett und ziehe den Bademantel an, während ich versuche, zu lauschen. Aber ich kann ihr Gemurmel nicht ausmachen, bis Jake sagt: „Okay, wir treffen uns in der Lobby."

Lustig. Vor zwei Minuten war ich nackt und willig

unter Jake, aber als er um die Ecke kommt und sein Top vom Boden aufsammelt, fühle ich mich seltsam und unsicher. Seine Schultern sind angespannt, sein Gesicht von Stress gezeichnet.

„Mama ist im Krankenhaus." Er zieht das Unterhemd über den Kopf.

Ich blinzele, als die Sorge übernimmt und meine Gedanken über Jake und mich verdrängt. „Was ist passiert?"

„Sie ist gefallen. Hat ihren Knöchel gebrochen und sich den Kopf angeschlagen. Shay hat sie bewusstlos auf dem Badezimmerboden gefunden. Sie sind immer noch in der Notaufnahme, aber sie werden Mama ein Zimmer geben." Er zieht sein Hemd über, ohne mich anzusehen. Er ist bereits auf dem Weg nach Hause.

Mein Herz schwillt an und schmerzt gleichzeitig. Manche Männer würden anrufen und dann wieder ins Bett kriechen, aber so ist Jake. Unerschütterlich, treu und zuverlässig. Er ist da für seine Familie, wann auch immer sie ihn brauchen – oder auch nicht brauchen –, und wenn er etwas tun kann, um zu helfen, dann tut er es.

Und er benimmt sich mir gegenüber genauso.

Ich ziehe den Mantel fester um mich herum.

„Ellie und Colton werden dich nach Hause bringen, damit du das Rennen deines Bruders nicht verpassen musst."

„Klar."

Jake wirft seine Zahnbürste und Klamotten in die Tasche und zieht sie zu, bevor er sich zu mir dreht. Seit

Levi gegangen ist, ist alles geschäftlich, aber sein Ausdruck wird sanfter, als seine Augen auf meine treffen. „Hey." Er lässt die Tasche zu Boden fallen und kommt ums Bett herum, ehe er mein Kinn in der Hand umschließt und mich mustert. „Ist alles okay?"

Ich erzittere erneut. „Super."

Seine Lippen zucken, aber seine Augen bleiben humorlos. „Das sagst du nur, wenn das Gegenteil wahr ist." Er streicht über meinen Nacken. „Tut mir leid, dass ich gehen muss. Ich werde es wieder gut machen. Versprochen."

„Ich weiß, dass du das wirst." *Weil du diese Art von Person bist.* Meine Augen brennen mit Tränen, und ich will einfach nur noch, dass er geht, bevor ich anfange, zu weinen. „Ich hoffe, es geht Mama gut", flüstere ich.

Er schließt seine Augen und lehnt die Stirn gegen meine. „Ich auch."

Dann treffen unsere Münder sich, zuerst sanft, bevor der Kuss tiefer und intensiver wird, und als er sich zurücklehnt, sind wir beide atemlos, als wir einander anstarren. Bin ich die Einzige, die nachdenken muss, oder hat ihn heute Nacht auch erschüttert?

„Ich werde dir 'ne SMS schicken, sobald wir in Jackson Harbor sind", sagt er sanft. „Versuch, morgen etwas Spaß zu haben."

Ich vertraue mir nicht, etwas zu sagen, also nicke ich einfach. Er küsst mich ein letztes Mal, bevor er sich die Tasche über die Schulter wirft und aus der Tür schreitet.

Ich höre dem schweren Klicken der Tür zu, als sie

sich schließt und klettere ins Bett, wo ich meine Knie an die Brust ziehe und meine Augen zupresse.

Jake hat mir ein Kind angeboten, weil es das ist, was ich will. Und ich wollte es durchziehen, weil mein Wunsch, eine Mutter zu sein, mich meinen eigenen Egoismus nicht sehen lassen hat. Vielleicht sogar mehr als das. Vielleicht wusste ich *unbewusst*, dass ich diese Nächte mit ihm genauso sehr wollte. Aber plötzlich will ich mehr.

AVA

Vor fünf Jahren ...

Meinem Verlobten in die Augen zu sehen, ist nicht einfach. Ich habe ihm gesagt, dass Jake mich geküsst und gesagt hat, dass er in mich verliebt ist. Dieses Geständnis allein wäre nicht so schlimm gewesen, aber ich gebe entweder alles zu oder nichts. Als ich es ihm erzählt habe, musste ich zugeben, dass ich ihn zurückgeküsst und etwas gefühlt habe, das ich nicht sollte.

Harrison sieht mich jetzt anders an, und heute Nacht sind die Fragen in seinen Augen wie ein Spiegel. Ich lege die Steaks auf unsere Teller und werfe geschnittene Tomaten, Paprika und Oliven in den Salat.

Harrison ist sehr traditionell und will das Abendessen auf dem Tisch, sobald er nach Hause kommt. Er sagt, dass er so aufgezogen wurde, und dass er immer gedacht hat, es wäre besonders, wie seine Mutter sich um seinen Vater gekümmert hat. Er glaubt, dass es das Geheimnis einer langen Ehe ist. Als ich seine Mutter in voller Aktion gesehen habe, habe ich entschieden, Harrison genauso zu behandeln, aber heute Abend fühle ich mich weniger wie die liebende Frau und mehr wie eine gezüchtigte Dienerin, während ich die Teller und Schalen auf den Tisch stelle.

Das sind nur deine eigenen Schuldgefühle, Ava.

Als alles auf dem Tisch steht und ich mich endlich hinsetze, gießt er mir ein Glas Wein ein.

„Hast du noch einmal über ein Datum für die Hochzeit nachgedacht?", fragt er.

„Vielleicht sollten wir es noch nicht festlegen." Meine Stimme verfängt sich in Emotionen und Tränen steigen mir in die Augen. Ich liebe Harrison, aber ich bin gerade so wütend auf Jake, weil er eine Zeit ruiniert hat, die nichts als freudenerfüllt sein sollte. Ich bin auch wütend auf mich. Wenn diese alten Gefühle nicht zurückgeeilt wären, hätte ich den Kuss einfach beiseiteschieben können. Ich würde jetzt meine Hochzeit planen, statt den Mann zu verletzen, den ich liebe.

„Wegen Jake?", fragt Harrison.

Ich zucke mit den Schultern. Wir kennen beide die Antwort auf diese Frage.

„Ava, ich liebe dich", sagt er, „und ich habe gedacht, dass du mich auch liebst."

„Das tue ich!" Mein Herz zieht sich zusammen. „Natürlich tue ich das. Aber wenn ich Gefühle habe, sollte ich ... Es ist nicht fair für dich."

„Er manipuliert dich, um dich zu kontrollieren."

Ich blinzele Harrison an. Das klingt gar nicht nach Jake.

Er reibt mit der Hand über seinen Nacken und lehnt sich zurück. „Ich wollte dich nicht bestürzen, aber vielleicht solltest du es wissen. Nachdem wir geredet haben, habe ich Jake konfrontiert."

„Was?"

Er sieht mir in die Augen und nickt langsam. „Er hat meine Frau geküsst. Ich konnte nicht einfach nichts tun."

„Harrison, was hast du getan?"

Er atmet langsam ein. „Ich habe ihn nicht verletzt. Mach dir keine Sorgen." Er schüttelt den Kopf und sieht weg. „Ich bin in die Bar gegangen. Ich war bereit, zu kämpfen. Ich war *so* wütend. Ich habe ihn konfrontiert. Darüber, was er gesagt hat. Weißt du, was dann kam?"

Mein Herz hängt in meinem Hals. Ich habe seit drei Tagen nicht mehr mit ihm gesprochen. Seit ich ihn weggeschickt habe. „Was hat er gesagt?"

„Er hat gesagt, dass du seine beste Freundin bist, aber dass seine Gefühle dort enden. Er hat gesagt, dass du wie eine kleine Schwester bist, und dass er alles gesagt hätte, um dich davon abzuhalten, mich zu heiraten." Er hält eine Hand hoch. „Ich bezweifle deine Gefühle nicht, aber ich glaube *du* musst es verstehen."

Kleine Schwester. Mein Magen verspannt sich bei diesen Worten, und der Schmerz lässt meinen Atem erschaudern.

„Ich sage nicht, dass er nichts für dich fühlt, aber ich glaube nicht, dass es die Art von Gefühlen ist, die du von ihm willst", sagt Harrison. „Bevor du mein Herz brichst und unser gemeinsames Leben zerstörst, will ich, dass du darüber nachdenkst, dass dieser Kerl dich nie zwei Mal angeschaut hat, bevor ich dir den Ring an den Finger gesteckt habe. Ich will, dass du über seine Worte nachdenkst. Er hat zugegeben, dass er *alles* gesagt hätte, um dich davon abzuhalten, mich zu heiraten. Was für ein Freund tut sowas, Ava? Sind das die Worte eines Mannes, der eine Frau liebt, oder der traurig ist, dass ihm seine Spielgefährtin weggenommen wird?"

Das Messer sticht immer tiefer, bis nichts von meinem Magen übrig bleibt. Ich fühle mich leer, als ich meinen Teller wegschiebe, mein Appetit lange vergangen. „Wie kannst du mich nach all dem immer noch heiraten wollen?", frage ich. „Ich liebe dich, Harrison, aber ich will meine Gefühle nicht verdrehen."

„Du bist *verwirrt*", besteht er.

Ich nicke, während heiße Tränen über meine Wangen kullern. *Ich bin so verwirrt.*

Sein Stuhl quietscht gegen den gefliesten Boden, als er ihn zurückschiebt und auf mich zugeht. Er dreht meinen Stuhl, damit ich in seine Richtung sehe, stoppt mich aber, als ich aufstehen will. Er lässt sich vor mir auf die Knie sinken, nimmt mein Gesicht in seine Hände und sieht mir in die Augen. „Wir lieben einander", sagt er. „Ich werde nicht so tun, als ob mich das alles nicht verletzt hätte, aber ich will dich nicht verlieren.“

Ich nicke. „Ich will dich auch nicht verlieren.“

Er streicht mit seinen großen Daumen über meine Wangen. „Dann heirate mich, Ava. Lass uns ein Datum auswählen. Mach mich zum glücklichsten Mann auf der Welt.“

KAPITEL VIERUNDZWANZIG

JAKE

Gegenwart ...

va: *Danke für dieses Wochenende. Ich habe mich die ganze Woche lang darauf gefreut, aber es war sogar besser, als ich es mir vorgestellt habe. Du weißt, wie man eine Frau verwöhnt. Lass mich wissen, wie es Mama geht.*

Die SMS kam irgendwann heute Morgen, während ich auf dem Stuhl in Mamas Krankenhauszimmer geschlafen habe. Levi und ich sind gegen drei Uhr morgens angekommen. Ich habe Ethan gezwungen, nach Hause zu gehen, um mit Nicole zu sein, und Shay überzeugt, dass sie Schlaf braucht, wenn sie ihr heute helfen will. Carter musste zurück zur Station, um seine Schicht zu beenden, und war weg, bevor wir angekommen sind, aber Levi, Brayden und ich waren die ganze Nacht im Krankenhaus, um Mama nicht allein zu lassen, obwohl die Krankenschwestern zuversichtlich waren.

Jetzt sind nur noch Mama und ich hier, da Levi und Brayden runtergegangen sind, um Frühstück zu besorgen, aber ich erwarte meine Geschwister jeden Moment zurück. Ich nutze diese letzten Minuten der Stille und lese die Nachricht immer wieder.

„Du siehst aus, als würdest du versuchen, das weltschwerste Problem zu lösen", sagt Mama.

Ich sehe von meinem Handy auf und blinzele sie an. Sie war Gottseidank wach, als Levi und ich letzte Nacht hergekommen sind. Ich glaube nicht, dass ich auch nur einen Moment geschlafen hätte, ohne ihre Stimme gehört und ihr Lächeln gesehen zu haben. Als wir angekommen sind, hat sie über ihren Sturz gelacht. Sie wollte die Glühbirne wechseln, ist vom Hocker gehüpft und falsch gelandet.

„Ich habe vergessen, dass ich nicht mehr sechzehn bin", hatte sie lachend zugegeben.

Die Ärzte haben gedacht, dass sie eine milde Gehirnerschütterung erlitten hat, als sie sich den Kopf angeschlagen hatte, und wollten sie über Nacht hier behalten. Heute Morgen wird sie operiert, um ihren Knöchel zu richten und mit Schrauben zu versehen, damit alles richtig heilt.

Ich lächele sie an. Mama ist vielleicht in einem Krankenhausbett und hat ein farbenfrohes Bandana auf ihrem Kopf, aber sie sieht gesünder aus als während der letzten vier Wochen ihrer Behandlung. Sie hat mehr Farbe in den Wangen und weniger Leid in den Augen. Sie hat mehr Energie. Wenn wir jetzt nur noch ihren Appetit anregen könnten, um mehr Fleisch auf ihre Knochen zu bekommen, würde ich den Optimismus spüren, nachdem ich greife. „Guten Morgen, Mama."

„Guten Morgen, Jakey", sagt sie, mein alter Kindheitsspitzname auf den Lippen. Mama und Shay sind die Einzigen, die mich so nennen dürfen. Ich würde allen anderen eine verpassen. „Wieso ist mein Junge so besorgt?"

Ich öffne meinen Mund, um zu lügen und ihr zu sagen, dass ich mir keine Sorgen mache, entscheide mich dann aber dagegen. „Ava", gebe ich zu.

„Oh." Sie mustert mich einen Moment. Ich frage mich, ob sie wusste, dass ich in Ava verliebt war, bevor ich es erahnen konnte. Wahrscheinlich. Sie kennt all ihre Kinder besser, als wir uns selbst kennen.

Ich winke sie ab. „Ist schon gut. Ich glaube, wir müssen miteinander reden, wenn sie wiederkommt. Das ist alles."

„Jemand hat mir erzählt, dass sie versucht, schwanger zu werden, und dass du ihr hilfst."

Mit einem Seufzer lasse ich den Kopf schüttelnd in die Hände fallen und knurre. „Wer?"

„Ich höre überall ein bisschen. Ich habe alles zusammengelegt und dann deine Geschwister gezwungen, mir den Rest zu erzählen."

Ich habe nicht die Energie, um wütend zu sein, also lasse ich es durchgehen. Zu versuchen, meiner Mutter zu erklären, dass ich den Babywunsch meiner besten Freundin benutze, um sie zu verführen, damit sie sich in mich verliebt, hört sich schmierig an. „Mach dir keine Sorgen. Ich bin vorsichtig.“

„Denkst du wirklich, dass es deine einzige Chance ist, mit ihr zusammenzukommen?“

„Was mit wem?“, fragt Shay, als sie mit einer stählernen Kaffeekanne hereinkommt.

Ich verziehe das Gesicht, als ich von dem Stuhl aufstehe, in dem ich die letzten vier Stunden verbracht habe, um mich zu strecken. „Ich will nicht darüber reden.“

„Jake versucht, Ava zu schwängern, damit sie ihm eine Chance gibt“, erzählt Mama ihr.

„Ich versuche nicht–“ Ich seufze, während ich meine Handflächen in die Augen drücke. „Ich will nicht darüber reden.“

„Du weißt, dass wir es nicht ruhen lassen werden.“ Shay zieht Einwegbecher aus ihrer Tasche und gibt mir einen. „Los.“

Ich nehme den Becher an und gieße mir einen Kaffee ein. Ich kann anhand des Geruchs erkennen, dass Shay den Kaffee zubereitet hat – reich, stark und genug Koffein, um einen toten Mann zum Leben zu erwecken. „Sie sieht mich zum ersten Mal seit ... Sie sieht mich als mehr als ihren besten Freund.“ Ich zucke mit den Schultern und sehe meine Schwester hilflos an. „Zum ersten Mal überhaupt.“

„Riskant“, sagt Shay, und als ich sie warnend ansehe, hält sie beide Hände in die Luft. „Ich werde mich nicht einmischen, und ich habe nicht gesagt, dass es das nicht wert ist. Ich denke nur, dass es riskant ist." Sie schenkt sich einen Kaffee ein und zuckt mit den Schultern. „Ich verstehe, wieso es die Risiken wert ist. Es ist Ava."

„Genau", sagt Mama. „Es ist Ava."

Ich fühle mich wie ein Käfer unter einem Mikroskop und will mich winden, aber stattdessen trinke ich meinen Kaffee und grübele. Ich muss warten, bis Ava nach Hause kommt, und dann können wir reden. Vielleicht wird sie sich wieder von mir küssen lassen. Vielleicht können wir dort weitermachen, wo wir im Hotelzimmer aufgehört haben. Weil es funktioniert. Was zwischen uns passiert ist nicht nur wegen des Babys. Sie wusste, dass wir nicht miteinander schlafen würden und wollte mich trotzdem. Wenn ich ihr einen kleinen Schubs geben kann, könnte ich vielleicht endlich die Chance bekommen, auf die ich gewartet habe.

„Erinnerst du dich daran, als du sechzehn warst und mit Emily ... zusammen warst" Mama schnipst mit den Fingern und verzieht ihr Gesicht in Konzentration. „Wie war ihr Nachname? Die blonde Cheerleaderin? Sie war älter als du."

„Emily Higgins", helfe ich ihr aus.

„Oh, ich erinnere mich an sie", sagt Shay. „Hübsch, aber keinen Sinn für Humor."

Mama glättet die Decke über ihrem Bauch und lächelt sanft, als wäre sie in Erinnerungen versunken. Ich habe keine Ahnung, was sie denkt. „Du und Emily konntet nicht voneinander ablassen." Sie grinst mich an. „Ich habe dir gedroht, dich zu zwingen, meine Ofenhandschuhe zu tragen, wenn sie zu Besuch war. Erinnerst du dich?"

Ich lache. Bei einem Besuch hat sie mir nicht nur damit gedroht. Sie hat mir die Handschuhe an die Hände geklebt und mir gesagt, dass meine Freundin nur in den Keller kommen durfte, wenn ich sie anhatte. Sie hat Emily jedoch unterschätzt, weil die Nacht *problemlos* abgelaufen war. Ich konnte danach monatelang keinen Topf aus dem Ofen ziehen, ohne einen Steifen zu haben.

Shay lacht. „Sowas hat die Mädchen nie von deinen Söhnen abgeschreckt, Mama."

Sie zwinkert ihr zu, bevor sie sich zu mir dreht. „Einen Abend wart ihr da unten habt Gott weiß was gemacht. Ava ist rübergekommen, nach unten gegangen und sofort wieder nach oben gerast."

„Ich erinnere mich", sagt Shay. „Carter hat sie im Baumhaus gefunden. Er hat sie reingebracht und in mein Zimmer getragen. Ihre Augen waren rot und ihr Gesicht mit Tränen verschmiert. Gott, sie war so fertig. Sie hat geschworen, dass die Tränen nichts mit Jake zu tun hatten, aber wir haben es ihr nicht abgekauft."

„Ich habe ihr diese Kekse gemacht, die sie immer mochte", sagt Mama, „und Carter hat diesen Film mit Jim Carrey angemacht, in dem er zu Gott wird und allen alles gibt, wofür sie beten."

„*Bruce Allmächtig*", füge ich hinzu. Kein Schauspieler kann Ava so zum Lachen bringen wie Jim Carrey, und ich liebe dieses Lachen. Bevor ich sie kommen gehört habe, war es das beste Geräusch der Welt.

Mama nickt. „Ja, und als du und Emily hochgekommen seid, war sie wieder glücklich, aber wir wussten alle, wie sehr es Ava verletzt hat, dich mit jemand anderem zu sehen."

Ich schlucke schwer. Ich habe diese Geschichte noch nie gehört, aber als ich sechzehn war, war Ava *nur* meine beste Freundin. Oder zumindest habe ich das damals gedacht.

„Ihr zwei wart schon immer unzertrennlich", sagt Mama. „Sogar, bevor ihr zu Freunden wurdet. Ihr konntet nie lange voneinander weg sein."

Shay grunzt. „Ich konnte nicht glauben, dass sie überhaupt etwas mit dir zu tun haben wollte. Du hast ihr immer Streiche gespielt."

Ich starre in meinen Kaffee, dankbar für das vertraute Gefühl. Wir sind vielleicht in einem Krankenhaus, aber Shays Kaffee fühlt sich nach Zuhause an. „Naja, es hat immer Spaß gemacht, sie aufzuziehen."

„Natürlich – weil ich eine alte Frau bin – wollte ich immer, dass ihr die Augen aufmacht und einander sagt, was ihr für den anderen empfindet."

Ich sehe zu Shay, dann zu unserer Mutter. „Ich habe es bereits versucht, Mama."

Sie hebt eine Braue. „Hast du das? Direkt?"

Ich nicke und ziehe mein Handy aus der Tasche, um mir Avas SMS erneut durchzulesen. Mein Daumen fährt über das Bild, das neben ihren Worten erscheint. „Ich habe ihr alles an demselben Tag gesagt, als ich herausgefunden habe, dass Harrison ihr einen Antrag gemacht hat. Ich bin zu ihr gefahren und habe sie geküsst. Ich habe ihr gesagt, dass ich in sie verliebt bin."

Mama ist leise, und ich weiß nicht, ob sie schockiert oder traurig ist, aber ich nehme Shays Stille als Mitgefühl. Sie ist die Einzige von uns, der ich von dem Tag erzählt habe. Die Einzige, der ich genug vertraut habe, die Geschichte zu hören, und es Ava nicht vorzuhalten.

Als ich aufsehe, drückt Mama eine Hand gegen ihre Brust, ihre Augen traurig. „Oh, Jakey."

„Mein Timing war schlecht", sage ich. „Ich weiß. Aber manchmal … Ich weiß nicht, Mama. Manchmal denke ich, dass ich dumm bin. An ihr festzuhalten. Aber ich kann mich nicht dazu bringen, aufzuhören, sie zu liebe."

Und dann war da letzte Nacht. Als sie zugegeben hat, dass sie sich befriedigt und an mich gedacht hat. Zu oft, um es aufzuzählen.

„*Willst* du sie gehen lassen?", fragt Mama. „Würde es dich glücklicher machen?"

„Nein." Ich schüttele den Kopf. „Überhaupt nicht." Aber ich will sie nicht verschrecken, und ich weiß nicht, ob sie bereit ist, zu erfahren, dass meine Gefühle für sie sich nie verändert haben. Und ich weiß nicht, ob sie mir die Nacht mit Molly jemals vergeben könnte.

Shay drückt meine Schulter, bevor sie meinen Becher nachfüllt. „Du schaffst es schon, Brüderchen."

Ich sehe ihr in die Augen. „Danke."

AVA

„Wieso bist du heute Morgen so schlecht drauf?", fragt Ellie.

Wir sitzen beim Frühstücksbuffet in der Hotellobby. Wir wollten uns mit Levis Verabredung treffen, aber sie hat entschieden, sich mit ein paar Freunden zu treffen, die in Liviona – außerhalb von Detroit – leben. Mein Bruder ist bereits auf der Bahn, um sich vorzubereiten, und wir werden ihn dort später sehen. Also sind Ellie, ich und meine texasgroße schlechte Laune allein.

Sie greift sich die Kaffeekanne und füllt ihre Tasse auf. „Die Wände sind nicht sehr dick, weißt du? Ich weiß, wieso du *fantastische* Laune haben solltest."

Ich versuche, zu lachen, aber es misslingt. „Ich dachte, ihr wart immer noch im Club, als Jake und ich zurückgegangen sind."

„Wir waren nicht weit hinter euch." Sie drückt mein Handgelenk und schenkt mir ein kleines Lächeln. „Tut mir leid, dass er gehen musste. Das ist echt beschissen."

Ich schüttele den Kopf. „Darum geht es nicht. Ich hatte nur einen schlechten Traum."

Sie hält ihre Tasse in beiden Händen und gegen ihre Brust, als würde sie sich nach mehr Wärme sehnen. „Albträume?"

Ich zucke mit den Schultern. „Ich weiß nicht, ob es Albträume sind, aber irgendwie schon. Ich hatte diese Träume, dass ich schwanger war und das Babyzimmer fertiggemacht habe, aber ich war immer noch bei Jill und Papa. Sie haben mir all diese Regeln vorgeschrieben, wie ich mein Kind aufziehen sollte, und wie das Baby leise sein musste, wenn Gäste da waren. Ich wusste die ganze Zeit, dass ich nicht da sein wollte, aber es war, als konnte ich sonst nirgendwo hingehen."

„Was?", fragt sie.

Ellie ist erst vor ein paar Jahren nach Jackson Harbor gezogen, und obwohl sie viel über mein Leben und meine Familie weiß, kennt sie nicht alle Details. „Erinnerst du dich, wie ich dir erzählt habe, dass ich bei meinem Vater eingezogen bin, als ich im letzten Schuljahr war?"

„Ja, und du musstest mit Mutter Teresa leben."

„Ich habe mich die ganze Zeit wie eine Last gefühlt. Es war, als hätte er eine Ausnahme gemacht, weil er mich in dem Haus leben lassen hat. Er hat mir einen Gefallen getan, da ich bei ihm und seiner echten Familie leben konnte. Seiner besseren Familie. In meinem Traum war ich erneut ein ungebetener Gast. Eine Bürde. Aber diesmal hatte ich ein Baby."

„Oh, Scheiße. Dein Unterbewusstsein hat das Feingefühl eines Tankers, Süße."

„Ich weiß." Ich schüttele den Kopf.

„Jake ist überhaupt nicht wie dein Vater", sagt Ellie sanft.

„Ich weiß. Das tue ich wirklich." Auf jeder Ebene, die zählt, kann ich sagen, dass Jake komplett anders ist. Außer, dass ich mich erneut wie siebzehn fühle. Ich weiß, dass mein ganzes Leben kurz davor ist, sich zu verändern, und dass der einfachste Weg wäre, mich von jemandem aufnehmen zu lassen, der mich nicht wirklich will. Gestern Nacht hat Jake mir klargemacht, dass er sich von mir angezogen fühlt, aber ist das genug? Zuzugeben, dass er mich sich nackt vorgestellt hat, ist sehr weit von einer gemeinsamen Zukunft entfernt.

„Warum die Unsicherheit?“ Ellie lehnt sich vor und mustert mein Gesicht. „Ich weiß, dass ich nicht der größte Fan deiner Mission war, aber ich habe wirklich nicht realisiert, wie ernst du es gemeint hast. Ich glaube, dass du und Jake tolle Eltern abgeben werdet.“

Eltern. Das klingt, als würden wir es zusammen tun. Seite an Seite. „Jake macht nicht mit, um ein Vater zu werden“, sage ich, und meine Stimme bricht. Hörbarer Herzbruch. „Das ist nicht Teil unseres Deals.“

„Aber du glaubst schon, dass er involviert sein will, oder?“

Ich nicke und fühle die unwillkommenen Tränen in meinen Augen. „Ich weiß, dass er es will. Jake nimmt Familie nicht auf die leichte Schulter. Als er aus der Tür geeilt ist, um mit seiner Mutter zu sein, habe ich realisiert, dass ich es hätte wissen sollen. Er wird mir garantiert kein Kind geben und sich dann nicht für den Rest seines Lebens um uns kümmern.“

„Er wäre dein Fels“, sagt sie. „Vielleicht sogar mehr. Ihr seid so gut zusammen. Es hat gestern auf der Tanzfläche zwischen euch geknistert ...“ Sie schüttelt ihre Hand, als hätte sie sich verbrannt. „Heiß.“

„Ich will keine Verpflichtung sein, die er nicht ignorieren kann. Ich will den Rest meines Lebens nicht auf diese Weise verbringen. Ich will mehr für mein Kind und mich.“

„Was bedeutet das?“

Ich atme tief ein. „Ich glaube, es bedeutet, dass ich meine Schwangerschaftsmission vertagen muss." Ich blinzele die Tränen weg. „Ich kann nicht glauben, dass ich so dumm war. Ich wollte es einfach nur so sehr, dass ich nicht nachgedacht habe. Ich *wollte* nicht nachdenken." Ich schüttele den Kopf. „Wie konnte ich es *wagen*, ihn nach einem Kind zu fragen?"

„Du hast nicht gefragt. Zumindest nicht nüchtern." Sie drückt meinen Arm erneut. „Jake hat es dir angeboten., Und ich verspreche dir, dass *er* es durchdacht hat. Er wusste, was er getan hat, als er es vorgeschlagen hat."

Ich sehe weg. Ich weiß genau, was Jake getan hat. Er hat versucht, mir das zu geben, was ich so verzweifelt will. Er hat sich um seine Familie gekümmert.

Wenn ich alleine ein Kind habe mit der Hilfe der Fruchtbarkeitsklinik, wäre es dasselbe. Er würde jeden Schritt an meiner Seite sein. So ist er nun einmal. Aber zumindest kann er auf diese Weise gehen, wenn er jemanden kennenlernt. Er müsste nicht *für immer* da sein wie mit seinem eigenen Kind. „Ich will nicht, dass er sich verpflichtet fühlt wie mein Vater, als Mama weggezogen ist. Ich will mich nicht genauso fühlen, wie ich es mit siebzehn getan habe. Ich will mich nie wieder so fühlen."

Sie schüttelt den Kopf. „Jake würde sowas nie tun. Er will dich, Ava. Er war schon immer dein bester Freund, und er hat seinen Grund."

Mein bester Freund. Aber letzte Nacht haben wir Pandoras Schachtel aufgeschlossen, und jetzt weiß ich nicht, ob ich damit umgehen kann, wieder zurückzugehen. „Mein Vater hat mir ein mögliches Stellenangebot verschafft", sage ich, weil ich nicht mehr über Jake reden kann. „Er ist sich sicher, dass ich gefeuert werde."

„Arschloch", murmelt sie.

Ich seufze. „Jap, aber so ist er halt."

„Was für eine Stelle ist das?"

„Ich würde Theater und Drama unterrichten und ein neues Kindertheater starten." Ich lache sanft. „Ich kann mir nicht einmal ein Leben ohne Englischunterricht vorstellen, aber es würde nur ums Theater und Kinder gehen, die es lieben." Ich setze mich auf. „Ihr Budget für Stücke und Musicals ist unglaublich, und auch wenn sie mich nur wegen Papas Verbindungen angerufen haben, verhalten sie sich so, als wären sie wirklich beeindruckt von mir und meiner Erfahrung. Sie wollen ein Vorstellungsgespräch."

„Das ist wundervoll! Wieso bist du nicht begeistert?"

„Die Stelle ist in Florida."

„Oh", sagt Ellie. „Wow."

„Ach was." Ich seufze erneut. „Meine Mutter wohnt in der Nähe, was super ist, aber ich habe immer angenommen, ich würde den Rest meines Lebens in Jackson Harbor verbringen. Weißt du, was ich meine?"

Sie nickt. „Ich bin nicht hier aufgewachsen wie du, aber es fühlt sich wie Zuhause an."

„Jap, aber was hält mich hier? Jedes Mal, wenn ich Harrison und sein Kind sehen werde, wird es mich umbringen." *Und wenn ich in Jackson Harbor bleibe und eine alleinerziehende Mutter werde, wird Jake sein eigenes Leben aufopfern, um sich um uns zu kümmern.*

„Du ziehst es ernsthaft in Erwägung."

„Ich weiß nicht. Vielleicht?“

Sie drückt meine Hand, und ich kann die Traurigkeit in ihren Augen sehen. Ich weiß, dass sie mehr sagen will. Sie will mir erzählen, dass Jake und ich es schon schaffen werden, aber sie bleibt Gottseidank einfach nur stumm. Stattdessen winkt sie die Kellnerin herüber und fragt nach zwei Mimosas.

KAPITEL FÜNFUNDZWANZIG

AVA

„Sydney, ich habe deine Bewerbung bekommen. Und du kannst mitmachen." Ich mustere meine Liste und stelle sicher, dass ich mit allen Schülern gesprochen habe, die am Kindertheater teilnehmen wollen. „Lance, ich brauche die Unterschrift deiner Eltern, aber ansonsten ist alles bereit."

„Alles klar", antwortet er.

„Kann ich morgen mit dem Vorsingen helfen?", fragt Sydney, als sie ihre Sachen zusammenpackt.

„Oh, das wäre toll." Ich grinse sie an. „Bist du bereit, mit einem Haufen hyperaktiver, nervöser Kinder fertigzuwerden?"

Sie zuckt mit den Schultern. „Ich wünschte, jemand hätte mich auf die Bühne gelassen, als ich klein war. Ich glaube, es ist cool, dass sie so jung mitmachen wollen."

Lance und Sydney bleiben noch einen Moment, während die anderen Schüler verschwinden. „Ich kann auch kommen", bietet er an, bevor er sich daran erinnert, dass er uninteressiert scheinen sollte, und mit den Schultern zuckt. „Ich meine, wenn Sie meine Hilfe brauchen. Ich hätte Zeit."

Ich grinse. Die Drama-AG trifft sich heute nach der Schule, aber da wir die Frühlingsvorstellung bereits fertig haben, nutzen wir das wöchentliche Treffen während der letzten Schulwochen zum Planen. „Ich kann immer extra Hilfe gebrauchen."

„Frau McKinley?" Ich sehe auf, als Herr Mooney seinen Kopf durch die Tür streckt. „Kann ich Sie in meinem Büro sehen, bevor Sie nach Hause gehen?"

Mir wird ganz flau im Magen. Ins Büro des Direktors gerufen zu werden, ist kein bisschen weniger erschreckend, wenn man erwachsen ist. „Natürlich. Ich kann in fünfzehn Minuten da sein."

Herr Mooney bemüht sich nicht einmal um ein versicherndes Lächeln. Stattdessen nickt er steif und geht.

„Haben Sie Probleme?", fragt Lance.

„Geht es um die Kündigungen?", fragt Sydney.

Ich winke sie ab. „Ihr macht euch viel zu viele Sorgen. Geht ruhig. Ich werde euch morgen im Theater sehen."

Sie sehen skeptisch aus, sammeln aber ihre Sachen zusammen und verschwinden. Ich bin froh, dass sie weg sind, weil ich mich nicht mehr verstellen muss.

Es war ein langer Tag und eine noch längere Woche. Ein Meeting mit Herr Mooney war nicht geplant, aber ich kann mir nicht vorstellen, dass es meine stressige Woche besser machen wird.

Mein Handy vibriert mit einer SMS, die den Knoten in meinem Magen weiter verstärkt.

Jake: *Ich habe dich diese Woche vermisst.*

Ich habe Jake gemieden, was ziemlich einfach war. Das Kindertheater übernimmt jeden Sommer mein Leben, und die Noten für das Schuljahresende warten. Aber jetzt ist es sechs Tage her, seit er aus unserem Hotelzimmer verschwunden ist. Ich werde ihn spätestens bei unserem Mädelsabend sehen, und vielleicht erneut, wenn Lilly morgen für ihr Vorsingen kommt. Wir haben ein paar Mal gesimst, aber er war auch beschäftigt. Kathleen hatte am Sonntag ihre OP und wurde bereits aus dem Krankenhaus entlassen, aber sie braucht etwas extra Hilfe.

Ava: *Ich war so beschäftig. Wenn ich dich heute Abend nicht in der Bar finde, werde ich versuchen, dich morgen früh zu sehen!*

Ich beiße mir auf die Lippe und zwinge mich, die Nachricht abzuschicken. Ich muss Jake sehen. Ich muss ihm sagen, dass Operation Schwangerschaft erst einmal pausiert wird. Ich bin mir nicht sicher, wie das Gespräch ablaufen wird. Was wird es bedeuten? Wird es wie vorher sein? Ist es möglich, dass ich alles ruiniert habe?

Jake: *Oh, du wirst mich heute Nacht sehen. Ich könnte dich vielleicht von deinem Mädelsabend wegziehen. Fünfzehn Minuten in meinem Büro. Ich verspreche, dass du es nicht bereuen wirst.*

In Schauder fährt über meine Wirbelsäule, und meine Oberschenkel pressen sich zusammen, als ich die Worte lese, bevor ich meine Augen für einen Moment schließen muss. Ein Teil von mir – ein sehr egoistischer, sexsüchtiger Teil, der seit mehr Jahren nach meinem besten Freund gelüstet hat, als ich zugeben will –, will ihm noch nichts erzählen. Ich weiß, dass ein Kind mit Jake eine SI ist – Schlechte Idee mit Großbuchstaben –, aber mit ihm zu flirten und ihn zu berühren ist besser als in meiner Fantasie. Ich will nicht, dass es endet. Ich weiß, dass ich ihn heiß mache, und er hat zugegeben, dass er sich schon lange zu mir hingezogen fühlt. Aber ist das genug? Sind wir bereit, Ava-und-Jake auszuprobieren, ohne ein Kind als Grund zu verwenden?

Ich tippe drei verschiedene Antworten, bevor ich mich für ein kryptisches „*Wir werden sehen*" entscheide und mein Handy in meine Tasche stecke.

Ich nehme mir Zeit, meine Sachen einzupacken, weil ich ein paar extra Minuten brauche, bevor ich mich Herrn Mooney stelle. Letzte Woche habe ich den Schummler eine zweite Arbeit einreichen lassen, und auch wenn ich mir sicher bin, dass er jemanden bezahlt hat, sie für ihn zu schreiben, konnte ich es nicht beweisen, also musste ich sie benoten. Jeder außer mir schien glücklich mit dem Resultat. Heute muss es ein anderer unglücklicher Schüler sein. Oder schlimmer: Unglückliche Eltern.

Ein weiterer Tag im Leben einer Privatschullehrerin.
Ich rolle meine Schultern zurück und mache mich auf

den Weg in Mooneys Büro, ehe ich zweimal am Türrahmen klopfe und reinblicke. „Her Mooney?“

Er schenkt mir ein verkrampftes Lächeln und winkt mich herein. „Setzen Sie sich bitte, Frau McKinley.“

„Danke“, sage ich sanft. Ich bin alarmiert, aber ich muss mit dem Besten rechnen, auch wenn es nicht einfach ist.

„Wie Sie wissen“, beginnt er, „mussten wir mit schwierigen Entscheidungen ringen.“

Ich warte darauf, dass er mehr sagt, aber er sieht mich nur an, und als die Sekunden verrinnen, realisiere ich, was er *nicht* sagt, und erstarre. Ich wusste, dass die Kündigungen bald rausgehen würden, aber naiver Weise habe ich geglaubt, was er mir im Howell’s gesagt hat. Ich war mir sicher, dass ich nicht gefeuert werden würde. Aber er starrt mich an, als würde er darauf warten, dass ich etwas verstehe. Er will, dass ich es errate, bevor er es aussprechen muss.

Ich werde ihm diesen Gefallen nicht tun. „Okay?“

Er seufzt schwermütig, sein Unmut so schwer in der Luft wie sein billiges Parfüm. „Ich habe Ihre Arbeitsethik und ihren Umgang mit den Schülern immer wertgeschätzt. Aber wie Sie wissen, müssen wir auch außerhalb des Klassenraums gucken. Frau Quincy hat unsere Cheerleader zwei Jahre hintereinander zu den Meisterschaften geführt. Es ist nicht nur eine wertvolle Erfahrung für die Schüler und ein Weg, Stipendien zu erhalten, sondern es ist auch gut für die Schule. Mädchen wollen hier lernen, weil sie ein Teil des Teams sein wollen.“

Mein Magen verkrampft sich. „Aber ich habe Seniorität.“

„Wir sind eine Privatschule, Frau McKinley. Wir haben Dienstjahre nie als Maßstab benutzt.“

„Aber was ist mit dem Theaterprogramm? Die Kinder—“

„Glauben Sie wirklich, dass die Theater-AG Schüler herlockt?“

Ich lehne mich verzweifelt vor. „Wenn Sie mir mehr Geld geben könnten, würde sie es. Die Cheerleader haben alles bekommen, was sie wollten, während die Theaterkinder große Produktionen hinlegen sollen und nur ein kleines Budget von Spenden erhalten!“

Er hält eine Hand hoch. „Ich hätte bis Ende des Jahres warten können, um Ihnen die Neuigkeiten zu erzählen, aber ich tue Ihnen hier einen Gefallen. Ich weiß, dass Sie sich vorbereiten wollen.“

Ich schüttele den Kopf. Es geht nicht nur um mich und meine Stelle. Jedes Jahr finden Kinder sich selbst durch das Theater. Sie schließen neue Freundschaften und bauen Selbstvertrauen auf. Sie kreieren etwas, worauf sie stolz sein können. „Wir haben bereits begonnen, das nächste Jahr zu planen. Die Kinder zählen auf mich.“

„Herr Wick wird die AG übernehmen.“

Ich starre ihn mit offenem Mund an. Herr Wick ist der Orchester-AG-Leiter, der noch nie eine Theater-AG geleitet hat. „Herr Wick hasst Theater. Er macht sich über die Kinder lustig, die es tun wollen und hasst es, sein Orchester für unsere Aufführungen hergeben zu müssen.“

„Genug, Ava. Ich habe Ihnen einen Gefallen getan, und um ehrlich zu sein, bereue ich es bereits.“

Argumente steigen in mir auf, aber ich schlucke sie hinunter und konzentriere mich stattdessen darauf, die Tränen zurückzuhalten. „Das ist einfach nur ein riesiger Schock.“

„Ich will, dass Sie genug Zeit haben, eine neue Stelle zu finden. Diese Entscheidungen waren nicht einfach, und ich mag es kein bisschen. Ich will nicht, dass Sie die letzten zwei Wochen unterbrechen, weil Sie über dieses Entscheidung *schmollen*.“

Ich *schmolle*? Das ist mein Job. Mein *Leben*. Ich habe dieser Schule acht Jahre lang alles gegeben, und jetzt ... *schmolle* ich?

„Ich hoffe, ich kann Ihnen vertrauen, es richtig zu behandeln. Das Letzte, was wir brauchen, ist, dass Sie uns zum Bösewicht machen.“

„Ich werde tun, was von mir erwartet wird. Wie immer.“ Ich schiebe meinen Stuhl zurück und stehe auf. „Ist das alles?“

„Ja.“ Er verschränkt die Arme und lehnt sich zurück. „Tut mir leid, dass sich keine besseren Neuigkeiten habe, Ava, aber wir wissen beide, dass Sie bereits mit einem Fuß aus der Tür sind.“

„Was soll das heißen? Ich habe mich der Windsor Prep seit meinem Uniabschluss hingegeben.“

Er hebt eine Braue. „Wieso sollte ich jemanden an meiner Schule behalten, der eine Stelle in Florida annehmen könnte, wenn ich Lehrer habe, die hierbleiben *wollen?"*

„*K*lopf, klopf!", ruft Ellie aus dem Flur, bevor ich ihre Absätze über den Boden klicken höre.

Scheiße, ich habe total vergessen, dass heute unser Mädelsabend ist. Ich habe eine Jogginghose und ein altes T-Shirt an und fühle mich so vorbereitet auf eine Nacht im Jackson Brews mit den Mädels wie auf einen Schönheitswettbewerb.

„Was ist los?", fragt Ellie, als sie mich sieht. „Ava, was ist passiert?"

Ich wische mir über die Wangen. „Ich habe meinen Job verloren."

„Nein!" Ihr Gesicht verzieht sich. „Ernsthaft?"

Ich nicke. „Ich wusste, dass Kündigungen ausgehändigt werden. Es sollte nicht so überraschend sein."

„Ja, aber sie feuern die Lehrerin, die am längsten da ist und alles gibt?"

Ich zucke mit den Schultern. „Es stand zwischen Frau Quincy und mir. Sie hat das Cheerleader-Team, und sie bringen das meiste Geld ein."

„Aber du hast die Theaterkinder!"

Ich sehe zu Ellie. „Die kein Geld einbringen."

„Weil sie dir nichts geben! Cheerleading bekommt all die finanzielle Unterstützung!"

„Ich hab' dich lieb", flüstere ich. Ich weiß, dass sie

wiederholt, worüber ich mich etliche Male beschwert habe, aber es ist egal. Gerade jetzt fühlt es sich gut an, sie auf meiner Seite zu haben.

„Das Arschloch", sagt sie. „Er hat es auf dich abgesehen, seit er dich befummelt hat und du Nein gesagt hast. Das ist es, worum es geht. Es ist persönlich."

„Er hat von dem Angebot in Florida erfahren", flüstere ich und wische all den Ärger, die Frustration und Erniedrigung von meinen Wangen. Ich wollte nicht einmal nach einer neuen Stelle suchen, aber mein Vater war sich sicher, dass ich gefeuert werden würde. Und das hat mir jetzt kräftig in den Arsch gebissen.

„Scheiße." Sie setzt sich neben mich, und ich lehne meinen Kopf an ihre Schulter. „Was wirst du tun?"

Ich schlucke schwer und atme tief ein. „Ich werde heute Abend in Mitleid schwelgen, meinen Nachmittag morgen im Jackson Harbor Kindertheater verbringen und Sonntag versuchen, herauszufinden, welche Optionen ich habe."

„Optionen wie Floria?"

Ich zucke mit den Schultern. „Es ist eine Möglichkeit, schätze ich. Ich weiß nicht. Ich habe es in Erwägung gezogen, aber ich hasse das Gefühl, dass ich so eine große Entscheidung aus Zwang treffen muss."

„Zieh dich an. Lass uns ausgehen und trinken."

Ich schüttele den Kopf. „Ich kann heute nicht, Ell. Ich liebe euch, aber ich gebe mir nur eine Nacht, um mich selbst zu bemitleiden."

Sie küsst meinen Kopf auf eine uncharakteristisch

mütterliche Weise. „Okay, aber du kannst dem nächsten Mädelsabend nicht entfliehen."

„Verstanden."

Sie drückt meine Hand erneut. „Soll ich später vorbeikommen? Ich kann Eis mitbringen, und wir können eine Mooney-Voodoo-Puppe machen."

„Danke, aber ich glaube, ich werde bald schlafen gehen."

„Okay. Hab' dich lieb, Avie."

„Ich dich auch, Ell."

Kurz, nachdem sie aus der Tür verschwindet, vibriert mein Handy. Ich erwarte fast, dass Ellie mir schreibt, aber es ist Jake: *Die Mädels fangen ohne dich an. Ist alles in Ordnung?*

Ava: *Ich habe mich entschieden, zu Hause zu bleiben.*

Jake: *Schade. Ich habe mich wirklich auf meine fünfzehn Minuten gefreut.*

Ava: *Ein anderes Mal?*

Meine Daumen schweben über den Buchstaben, als ich zögere. Ich weiß nicht, ob ich ihm von der Kündigung erzählen soll. Normalerweise ist Jake der Erste, dem ich alles erzähle, aber diesmal will ich es nicht tun. Er würde sofort eine Lösung finden und all seine Verbindungen nutzen, um mir eine neue Stelle zu verschaffen. Er würde mein Haus abbezahlen, wenn ich nicht hinsehe, und ich würde Monate später schon wieder realisieren, dass unsere Freundschaft für mich mehr Vorzüge hat. Und dann würde ich mich beschissen fühlen.

Ich will es ihm sagen. Ich muss es ihm sagen. Aber zuerst muss ich entscheiden, was als nächstes kommt, und ich muss diese Entscheidung allein treffen. Jake würde nicht wollen, dass ich aus Jackson Harbor wegziehe.

Ich frage mich, ob es Teil des Grundes ist, wieso ich es sollte.

KAPITEL SECHSUNDZWANZIG

JAKE

Jake: *Die Wahrheit? Ich habe die ganze Woche versucht, nicht an dich zu denken, aber ich habe es nicht länger als fünf Minuten ausgehalten, dich* mir nicht stöhnend und nackt unter mir vorzustellen. Das Einzige, das mich davon abhält, mitten in der Nacht in deinem Zimmer aufzutauchen, ist, dass ich kein Widerling bin – oder zumindest die Illusion.

Ava: *Ich habe auch viel an dich gedacht. Ich habe diese Woche über vieles nachgedacht.*

Mein Schwanz versteift sich bei den Worten, und ich verziehe das Gesicht, als ich die Meute mustere. Ava hat den ganzen Tag im Theater verbracht, also will sie heute wahrscheinlich keine Gesellschaft. Aber verdammt, ich will zu ihr gehen und die sehr speziellen Details ihrer Gedanken hören.

Jake: *Hast du Zeit für einen Anruf? Ich kann mich kurz im Büro verstecken. Wir können simsen, aber ich würde lieber deine Stimme hören, wenn du mir erzählst, woran du denkst.*

Ava: *Ich kann nicht anrufen. Ich treffe jemanden, aber ich muss dir etwas beichten.*

Jake: *Schieß los ...*

Ava: *Operation Schwangerschaft legt eine Pause ein.*

Ich blinzele mein Handy an, als ich ihre Nachricht drei Mal lese, bevor die nächste kommt.

Ava: *Wir können morgen reden, aber ich wollte es dich wissen lassen.*

Ich bin mir nicht sicher, ob es sich nach einem Sieg oder einer Niederlage anfühlen sollte. Auf der einen Seite will ich kein Hengst sein, der hereingerufen wird, um seinen Samen zu spenden. So gesehen, bin ich froh, dass sie ihre Pläne einstellt.

Aber auf der anderen Seite weiß ich nicht, ob diese Pause das Ende meiner Verführung bedeutet.

Vielleicht ist es meine Möglichkeit, zuzugeben, dass es nie der Grund war.

Meine Finger schweben über dem Bildschirm, als ich gedanklich ein Dutzend Nachrichten verfasse und verwerfe. Ich habe gleichermaßen Angst und bin erleichtert. Ich habe keinen Zweifel, dass Ava immer noch ein Kind will. Sie hat nur entschieden, dass es besser ist, es nicht zu erzwingen. Oder hat sie sich entschieden, dass es besser ist, es nicht mit *mir* zu versuchen?

Jake: *Komm vorbei und trink ein Bier mit mir.*

Ich bereue die Antwort, sobald ich sie abschicke. *Viel zu locker.* Ich will nicht, dass sie denkt, dass mir ihre

Entscheidung nichts bedeutet. Also sende ich noch eine SMS.

Jake: *Oder vielleicht kann ich zu dir kommen. Was auch immer du willst. Wir sollten reden.*

Ava: *Vielleicht komme ich nach meinem Date ins Jackson Brews.*

Jake: *Was????*

Ich verziehe das Gesicht, als ich die vier Fragezeichen sehe, die ich abgeschickt habe. Wenn ich auf cool tun will, hätte ich ein paar weglassen sollen.

Ava: *Ich habe vergessen, dass ich zwei mit SUC gebucht habe. Ich habe eine Erinnerung bekommen und wollte niemanden sitzen lassen.*

Ich hasse Nachrichten. Ist es wirklich so, dass sie nicht absagen will, oder bedeutet ihre Entscheidung, ihren Plan auf Eis zu legen, dass sie zu haben ist?

Ich habe diese Woche versucht, ihr Zeit zu geben. Letzter Samstag war intensiv für sie. Und für mich auch – intensiv und verdammt wundervoll. Wir haben uns beide verwundbar gemacht. Zugegeben, dass diese Anziehung nicht neu ist. Es war alles.

Jake: *Viel Spaß. Ruf an, falls du mich brauchst.*

Ich muss glauben, dass ihre Entscheidung, die Schwangerschaft zu vertagen, etwas Gutes bedeutet für uns, aber bis wir *persönlich* miteinander reden, kann ich nichts annehmen.

AVA

Wenn ich meine zwei Blinddates nicht zur selben Zeit gebucht hätte, und wenn ich mich nicht ernsthaft schuldig fühlen würde, jemandem so kurzfristig abzusagen, würde ich meinen Samstag Abend zu Hause verbringen statt im Howell's, wo ich mir einen weiteren Tequila reinziehe und jeden Gott, von dem ich je gehört habe, anbete, mir jemand Besseres zu schicken.

Ich würde gerne dem Tequila die Schuld geben für die Hitze in meinem Bauch, aber ich weiß, dass Jakes Nachrichten verantwortlich sind. Mir *gefällt* der Gedanke, dass er an mich denkt. Ich *liebe* die Idee, dass er mitten in der Nacht in meinem Bett auftauchen könnte. Mein einziges Problem ist, dass ich nicht weiß, ob die Anziehungskraft, die er mir letzte Woche gezeigt hat, mehr ist als nur sexuell. Will er wirklich eine Beziehung mit mir? Und will ich mit ihm zusammen sein, wenn ich nicht einmal weiß, wo ich im Herbst leben werde?

Operation Schwangerschaft per SMS zu beenden, war feige, aber ich hatte Angst, dass ich es sonst nicht tun würde. Und wenn die sexy Nachrichten jetzt aufhören? Dann weiß ich alles darüber, wo Jake steht.

Ich mustere meinen Drink und warte auf ein Date, an dem ich überhaupt nicht interessiert bin. Das ist die letzte Verabredung. Gottseidank hat Ellie es verstanden, als ich ihr gesagt habe, dass ich Teagan den Rest geben will.

Ich kann genauso gut das Beste aus diesem Abend machen, also werde ich mir ein gutes Ende vorstellen.

Ein gutaussehender Kerl, der mich mit funkelnden Augen ansieht. Jemand mit einer festen Anstellung, der Familie wertschätzt und weiß, wie man mich zum Lachen bringt.

Jemand wie Jake.

Der Gedanke verursacht einen Stich in meinem Herzen, und ich nehme einen langen Schluck von meinem Bier. Jake ist nicht nur das beste Beispiel eines Kerls, den jede Frau verdient. Er ist mein Fels.

Seit Samstagnacht, als ich realisiert habe, wie sehr ich ihn ausnutze, habe ich versucht, mich auf ein Leben vorzubereiten, in dem ich etwas mehr auf mich alleingestellt bin und mich weniger auf Jake verlasse. Es wird nicht einfach sein.

Als Carter Jackson durch die Tür kommt und die *Straight Up Casual*-Karte auf meinem Tisch entdeckt, will ich mich komplett verkriechen. Falls er von Jakes und meinem Plan weiß, dann würde es mich wie ein komplettes Arschloch dastehen lassen, wenn er mich mit einem anderen Kerl sieht.

Ich bin ein *Arsch*.

Das ist so dumm. Ich hätte einfach anrufen und absagen sollen. Ich habe meinen Job verloren, ziehe vielleicht nach Florida und ich habe Gefühle für meinen lebenslangen besten Freund, mit denen ich nichts anzufangen weiß. Ich sollte nicht hier sein.

Carter schnappt sich einen Kurzen von der Bar, ext ihn und kommt auf mich zu. Er tippt mit den Knöcheln auf den Tisch. „Straight Up Casual?", fragt er mit gehobener Augenbraue.

„Wenn du dich über mich lustig machst", beginne ich, „werde ich jeder einzelnen Frau in dieser Stadt erzählen, dass du einen kleinen Penis hast."

Er hält eine Hand in die Luft und räuspert sich. „Erstens wissen sie es alle besser, und zweitens mache ich mich nicht lustig." Er sieht sich um. „Ich bin mir ziemlich sicher, dass du meine Verabredung bist, Ava."

Ich sehe ihn finster an. „Machst du Witze? Vor vier Wochen haben sie versucht, mich mit meinem Chef zu verkuppeln, und jetzt mit dem Bruder meines besten Freundes?"

Er zuckt zusammen. „Sie wollten dich mit Mooney verkuppeln?"

„Jap. Nicht die beste Nacht meines Lebens."

„Scheiße." Er verzieht das Gesicht und kratzt sich am Kopf. Wie der Rest der Jackson-Jungs ist Carter unglaublich heiß. Er hat dunkles Haar und genauso dunkle Augen, volle Lippen, einen Dreitagebart. Sein breiter, muskulöser Körper weist auf seine Stunden im Fitnessstudio und sein Feuerwehrtraining hin. „Man, das ist seltsam."

„Ein bisschen", stimme ich zu.

„Ich dachte ..." Er räuspert sich wieder und sieht sich um. „Ich dachte, du und Jake wärt ... Ich habe etwas von einem Baby gehört?" Seine Stimme bricht, und meine Wangen röten sich vor Scham.

„Wir machen eine Pause." Ich seufze. „Die ganze Idee war verrückt, aber ich bin endlich zu Verstand gekommen."

„Richtig. Es war ... naja, ungewöhnlich, schätze ich."

Als er mich wieder ansieht, wird sein Ausdruck sanft. „Du kannst nicht meine Verabredung sein, Ava", flüstert er. „Ich will dich nicht beleidigen, aber ich kann es einfach nicht."

Gottseidank. „Weil ich wie eine Schwester bin, oder weil ich dir dein ganzes Geld abgezogen habe, als wir das letzte Mal gepokert haben?"

Als er grinst, umschmeicheln feine Linien seine Augen. „Ich habe das komplett vergessen. Scheiße, ich bin mir immer noch sicher, dass du geschummelt hast."

„Ich muss nicht schummeln. Ich bin einfach nur gut." Ich winke der Kellnerin grinsend zu. „Aber wie wäre es, wenn ich dir zur Entschuldigung etwas ausgebe?"

KAPITEL SIEBENUNDZWANZIG

JAKE

Der Sonntagsbrunch mit meiner Familie ist der Teil der Woche, auf den ich mich am meisten freue. Zumindest sollte es so sein. Aber manchmal – wie heute Morgen – bin ich schlecht drauf und würde lieber zu Hause sitzen und mich in Videospielen verlieren, statt meinen Geschwistern in die Augen zu sehen und mich mit ihren gutgemeinten Verurteilungen auseinanderzusetzen.

Dieser Morgen ist wie jeder andere. Braydens Küche ist voller Menschen, und zu jeder Zeit scheinen acht Gespräche stattzufinden. Obwohl ich Ethans Freundin Nic mag, will ich irgendwas schlagen, wenn ich die beiden zusammen sehe. Weil es das ist, was ich will. Es ist das, was meine Eltern hatten. Ich bin aufgewachsen mit dem Gedanken, dass ich dasselbe leicht finden würde, und dann habe ich mich in eine Frau verliebt, die mich nicht will.

Ich hatte viele Freundinnen und habe etliche Male versucht, über sie hinwegzukommen, aber ich habe nichts aufzuweisen als eine beste Freundin, die gestern Nacht zu einem alkoholreichen Blinddate gegangen ist, nachdem ich sie vor einer verfickten *Woche* nackt unter mir hatte.

Ich habe Avas neugierige Nachbarin im Café getroffen, und sie hat mich informiert, dass Ava erst um zwei Uhr morgens nach Hause gekommen ist. *„Ich war wach, weil meine Arthritis mich nicht mehr als ein paar Stunden schlafen lässt, und habe sie reinkommen gesehen. Sie war so glücklich und aufgeregt! Ich glaube, sie muss jemand Besonderen getroffen haben. Sie hat nichts gesagt, aber ich habe den Blick in ihren Augen erkannt. Ich war einst auch jung, weißt du?“*

Ich habe mich gerade so davon abhalten können, nicht aus dem Café zu stürmen und Ava daran zu erinnern, wie sie auf meine Hände und meinen Mund reagiert.

„Na, guten Morgen, Jake“, singt Shay, als sie mich finster zur Kaffeekanne blicken sieht. „Du bist aber ein Sonnenschein!“

„Ich arbeite einen neuen Bartender ein“, grunze ich. Das ist der Grund, wieso ich gestern länger gearbeitet habe, als geplant, aber es hat wenig damit zu tun, wieso ich mich über den nächsten Sandsack hermachen will. „Er ist ein Trottel der den Unterschied zwischen Imperial Stout und Malzbier nicht kennt. Wieso zum Teufel will jemand in einer Brauerei arbeiten, wenn man den Unterschied zwischen diesen zwei Bieren nicht kennt?"

„Hey!", ruft Mama. Sie steht am Tresen und macht die Sandwiches fertig, ein Fuß eingegipst und eine Krücke unter ihrem Arm.

„Tut mir leid, Mama", murmele ich.

„Schon gut. Der Junge sollte Biere kennen, wenn er für die Jacksons arbeiten will."

„Klar, schieb es auf die Bar", sagt Shay, als sie mir eine dampfende Tasse reicht. „Kein Problem."

Ich runzele die Stirn, aber sie hilft Lilly bereits mit ihrem Teller. Ich rolle meine Schultern zurück und schnappe mir einen eigenen Teller. Ich werde einfach essen und dann so schnell verschwinden, wie ich kann.

Ich hätte sie diese Woche nicht meiden sollen. Ihr Zeit und Raum zu geben, war ein Fehler. Sie ist eine Denkerin, und sie hat wahrscheinlich nachgedacht, bis sie Knoten im Magen hatte.

„Onkel Jake, ich habe eine Rolle in ‚Schweinchen Wilbur und seine Freunde' bekommen!", sagt Lilly und hüpft auf und ab.

„Das habe ich auch gehört!", kommt von Shay. „Herzlichen Glückwunsch, Lill! Oder soll ich dich Fern nennen?"

„Super!" Ich schenke meiner Nichte mein erstes aufrichtiges Lächeln. „Gut gemacht."

„Ich habe Ava gesagt, dass sie sie nicht vorziehen soll", sagt Ethan sanft neben mir.

Ich schüttele den Kopf. „Das hat sie nicht. Lilly ist wie für die Bühne geschaffen."

„Mama, lass mich", sagt Carter, als er sich vorbeugt und Mamas Teller nimmt.

Sie seufzt, lässt ihn aber machen. „Gerade, als ich angefangen habe, mich selbstständig zu fühlen, musste ich mir natürlich den Knöcheln brechen."

„Ganz schön clever, deine Kinder so als Diener zu benutzen", sagt Brayden und zwinkert ihr zu.

Ein Teil meiner Anspannung schmilzt weg, als wir uns alle ins Esszimmer begeben und uns setzen. *Familie. Das ist es, was zählt.*

Aber auf den Fersen dieses Gedankens ist, dass Ava hier sein sollte. Sie ist bereits ein Teil dieser Familie – seit über zwanzig Jahren –, aber sie hat aufgehört, zum Brunch zu kommen, als sie Harrison geheiratet hat. Ich hätte sie wieder reinziehen müssen, als er sie verlassen hat.

„Carter hatte gestern Nacht ein Date", sagt Levi.

Mama strahlt. „Eine Verabredung!", sagt sie, und ich kann fast sehen, wie ihr zukünftige Enkelkinder im Kopf rumtanzen.

Ich bin nicht der Einzige, der gedacht hat, dass wir das finden würden, was sie und Papa hatten. Manchmal frage ich mich, ob sie sich Sorgen macht, dass sie etwas falsch gemacht hat. Von all ihren sechs erwachsenen Kindern ist nur einer in einer festen Beziehung.

„Ich wusste nicht, dass du eine Freundin hast", sage ich zu Carter.

Er sieht Levi finster an, dieser lacht aber nur.

„Carter hat *Straight Up Casual* angeheuert", sagt Levi.

Mama schüttelt den Kopf. „Ich will nicht hören, wie ihr Jungs ungezwungenen Sex habt.“

„Das ist es nicht, Mama“, sagt Carter und sieht mich kurz an, bevor er sich erneut zu ihr dreht. „Es ist eine Agentur, die Leute basierend auf ihren Profilen verkuppelt und sie dann auf Blinddates schickt.“

Er lässt den Teil mit dem Alkohol aus, aber ich schätze, dass sie das nicht wissen muss, also sage ich nichts.

„Machst du das oft?“, fragt sie ihn.

„Letzte Nacht war mein erstes Mal“, erklärt er widerwillig.

„War es wenigstens eine nette Frau?“

Levi kann nicht mehr und spuckt aus: „Es war Ava!“

„Wie bitte?“, hakt unsere Mutter nach.

„Ava und Carter wurden miteinander verkuppelt“, erklärt Levi, ehe er sich zu mir dreht. „Ich schätze, du gibst ihr ein Kind, und Carter gibt ihr Dates? Funktioniert das so?“

Alle sehen zu mir außer Carter. Dieser kleine Feigling hält den Blick auf seinem Teller.

Was zum Teufel haben Carter und Ava bis zwei Uhr morgens getrieben?

„Ich habe gehört, dass sie echt Spaß hatten“, sagt Levi und streckt die Worte in die Länge. „Sie haben zusammen im Howell’s gelacht, bis sei rausgeschmissen worden sind. Sehr süß an ihrem Tisch.“

Ich warte darauf, dass Carter verleugnet oder etwas sagt, das mich glauben lassen würde, dass ich nicht sauer sein sollte, aber er bleibt still, also schiebe ich mich vom Tisch weg und verlasse das Esszimmer.

„Jacob?“, ruft Mama mir nach.

„Lass ihn“, sagt Brayden.

„Er schmollt wie eine Teenagerin“, lacht Levi. „Ich habe ihm von Anfang an gesagt, dass es ein Fehler ist.“

„Du bist ein Trottel“, sagt Shay.

„*Jemand* sollte ihm in den Arsch treten“, sagt Levi.

Ich höre nichts mehr, weil ich nach draußen in den Garten gehe und gerade so dem Instinkt widerstehe, die Tür zuzuhauen. Ich fühle mich wie in „Unwahrscheinliche Geschichten“. Meine beste Freundin war letzte Woche nackt in meinen Armen, und gestern Nacht hatte sie ein Date mit meinem Bruder und war bis spät unterwegs. Was zum *verfickten Teufel* soll ich damit anfangen?

Als ich die Tür hinter mir höre, habe ich meine Hände zu Fäusten geballt und mein Gesicht zum wolkenbedeckten Morgenhimmel gerichtet.

„Tust du das ernsthaft?“

Ich kann Carter gerade nicht ansehen, also bleibe ich stehen und sehe zu Boden. „Was?“

„Du tust so, als würde ich dir deine Frau klauen.“

„Sie ist nicht meine Frau.“ Meine Stimme ist rau, als würde jedes Wort durch eine Käseraspel gezogen werden, die mein Herz seit Avas Geburtstag bedroht. Wieso ist es so verdammt kompliziert? Wieso kann sie mich nicht einfach auch lieben?

„Okay“, sagt Carter. „Alles klar. Ich meine, ich mag sie. Habe ich schon immer. Vielleicht werde *ich* ihr ein gottverdammtes Kind geben.“

Ich drehe mich zu ihm. „Glaubst du, dass du witzig bist?" Ein Schritt nach vorne. Dann noch einer. Carter wirft seine Hände hoch und mustert mich, als ich realisiere, dass ich in Kampfstellung vor ihm stehe, die Brust rausgedrückt, Schultern nach hinten gezogen und Fäuste fest an meinen Seiten.

„Nein, ich glaube nicht, dass ich witzig bin", sagt er. „Ich *glaube*, dass du in Ava verliebt bist, und dass es Zeit ist, etwas zu tun."

„Oh, ach was? Wieso habe ich nicht daran gedacht?"

Carter trifft meinen Blick und hält ihn. „Bist du es nicht leid? Fühlst du dich nicht wie in einem Kreisel?"

„Ich mag mein Leben. Es macht mir nichts aus."

„Naja, während du glücklich bist, stillzustehen, ist Ava es nicht." Er sieht weg. „Sie zieht weg."

Ich runzele die Stirn. „Was? Wieso sollte sie wegziehen? Sie liebt ihr dummes, kleines Haus."

„Nicht in ein neues *Haus*, Jake. In eine andere Stadt. In einen anderen Staat. Wo auch immer sie eine Stelle finden kann."

„Was? Das ist verrückt. Wieso sollte sie ..."

Die Kündigungen, realisiere ich, als Carter sagt: „Ihr wurde gekündigt."

Herauszufinden, dass Carter mit Ava ausgegangen ist, war wie ein Schlag in die Magengrube, aber das hier ist das Gegenteil. Von der Verabredung zu erfahren, hat wehgetan, aber das hier macht mich taub. Als gäbe es keinen Boden unter meinen Füßen. Keine Welt um mich herum. *Keine Luft in meinen Lungen.* Ich fühle nichts außer diesem vagen Gefühl, dass ich jeden Moment zusammenbrechen und in diesem Moment alles spüren werde.

Wieso hat sie mir nichts gesagt?

Er reibt sich über den Nacken. „Levi ist Levi und zettelt gerne Scheiße an. Ava und ich haben lange geredet. *Nur* geredet. Ich weiß, dass sie dir gehört, und ich bin kein Arschloch.“

„Sie hat ihre Stelle verloren?“ Meine Stimme bricht. Ich wurde verwöhnt. Ich hatte Ava immer bei mir. Auch als sie Harrison geheiratet hat. Ich musste sie nie wirklich loslassen.

„Sie will nicht, dass du das Problem auf deine Schultern nimmst, aber ich glaube, wir wissen beide, wieso sie dir nicht sagen wollte, dass sie wegziehen könnte.“

Ich verenge die Augen. „Tun wir das?“

„Es dir zu sagen, würde es real machen. Sie will dich nicht verlassen, Jake. Ob sie dasselbe für dich empfindet oder nicht, weiß ich nicht, aber du bist ihr definitiv wichtig. Egal auf welche Art. Du musst etwas tun, bevor sie wegzieht.“

AVA

Ich habe mir nicht vorgestellt, dass ich meinen Samstagabend damit verbringen würde, mit Carter Jackson bis zwei Uhr morgens zu reden. Aber die Jacksons waren schon immer wie ein Teil meiner Familie, und sobald Carter und ich die Peinlichkeit unseres Blinddates überwunden haben, konnten wir uns entspannen und Spaß haben.

Ich wusste nicht, wie sehr ich mit jemandem reden musste, bis Carter und ich angefangen haben, zu labern. Dann ist alles aus mir rausgeplatzt. Er ist ein guter Zuhörer. War er schon immer. Er ist der leiseste der Jackson Brüder – neben Brayden, der das Vorzeigebild für groß, dunkelhaarig und gutaussehend ist. Ich habe geredet, Carter hat zugehört, und bevor wir es wussten, waren wir die letzten Kunden in der Bar.

Es war nicht die Art von Date, auf die Ellie gehofft hat, aber es war eine gute Nacht. Ich bin froh, dass wir dort waren, auch wenn ich nur mit einem alten Kumpel gequatscht habe.

Aber trotzdem bin ich um zwölf Uhr Mittag immer noch müde. Ich trinke eine weitere Tasse Kaffee und fantasiere über ein Nickerchen, als ich einen Schlüssel im Schloss höre, bevor die Tür sich öffnet und jemand auf meine Küche zugeht.

Jake erscheint vor mir, zieht einen Stuhl raus, dreht ihn um und setzt sich hin. „Heißes Date, letzte Nacht, hm?"

Natürlich. Es ist Sonntag. Jackson-Familienbrunch. Ich wette, meine Verabredung mit Carter hat für reichlich Gelächter gesorgt. „Total heiß", sage ich. „Er ist wahrscheinlich mein Seelenverwandter."

Jake grunzt und sieht zu den Papieren vor mir, bevor er mich mustert. „Wieso hast du mir nichts gesagt?"

Ich runzele die Stirn. „Dass ich mit Carter verkuppelt wurde? Ich habe dich seitdem nicht gesehen."

Er schüttelt den Kopf, und ich realisiere, was er meint. *Mein Job. Mein Umzug.* Ich fühle mich etwas verraten. Während ich Carter nie gesagt habe, dass er nicht mit Jake darüber reden soll, dachte ich, dass Diskretion selbstverständlich war.

„Carter hat es dir erzählt?"

Er beißt die Zähne zusammen und nickt. „Du hast deinen Job verloren und mir kein Wort gesagt."

„Du hättest versucht, es zu richten, Jake. Sieh dich an. Du sitzt hier, und ich kann die Zahnräder in deinem Kopf sehen. Ich muss selbst eine Lösung finden." Ich schlucke schwer und lasse meinen Blick auf den Tisch sinken. „Und ich muss dieses Babyding allein tun. Ich kann dich nicht alles lösen lassen, das in meinem Leben schief geht."

„Du willst immer noch ein Kind. Aber nicht mit mir?"

Mein Herz schreit. „Alles ist gerade so verwirrend. Ich glaube, dass du ein toller Mann bist, und ich weiß, dass du ein wundervoller Vater wärst. Aber die Wahrheit ist, dass ich nicht über die Konsequenzen unseres Plans nachgedacht habe."

„Konsequenzen?"

„Wenn wir ein Baby zeugen, wird es für dieses Kind Konsequenzen geben. Für *dich*. Wenn du jemanden findest, und es wegen mir nicht funktioniert, weil du mir einen *Gefallen* getan hast, könnte ich nicht damit leben. Es tut mir leid, dass ich es nicht durchdacht habe."

„Du machst dir Sorgen um *mich*?"

Sein Schock lässt mich beschämt zusammenzucken.

Natürlich hat er nur an mich gedacht. Weil er Jake ist. Ich schlucke die Emotionen zurück, die versuchen, sich in meine Stimme zu mischen. „Du gibst mir mehr, als ich verdiene, und ich ... ich werde versuchen, besser zu sein. Weniger zu nehmen."

„Ich habe dich nie gebeten, weniger zu nehmen", murmelt er. „Niemals."

„Ich weiß. Das würdest du nicht. Das ist der Grund, wieso ich besser sein muss und dich nicht so viel geben lassen kann." Meine Gefühle drohen, mich zu ersticken. Ich fühle mich, als würde ich mit ihm Schluss machen, was Schwachsinn ist, weil wir nie zusammen waren. Nicht wirklich. „Eines Tages wirst du jemanden finden, und sie wird genauso toll sein wie du. Jemanden, mit dem du dein Leben verbringen wollen wirst."

Er lässt ein sardonisches Lachen hören und schüttelt den Kopf. „Du denkst nicht, dass ich sie bereits gefunden habe?"

Ich starre ihn an, als Hoffnung in mir aufkeimt, die ich sofort versuche, wieder zu unterdrücken.

„Gott." Jake schiebt seinen Stuhl zurück, steht auf und zieht mich aus meinem heraus. „Komm her."

Er zieht mich an seine Brust, und im nächsten Moment sind seine Hände in meinem Haar und sein Mund auf meinem. Ich wollte das seit dem Moment, in dem er aus dem Hotelzimmer verschwunden ist, und seine Lippen auf meinen zu spüren, ist genug, um all meine Sorgen verschwinden zu lassen.

Als er sich zurücklehnt, hält er mein Gesicht in seinen Händen und begegnet meinem Blick. „Ich will *dich*. Ich habe die letzten Wochen damit verbracht, zu versuchen, dass du mich zum ersten Mal, seit wir uns kennen, als mehr als nur deinen besten Freund siehst.“

„Aber du ... Ich dachte ...“ Ich kann die Worte nicht zusammensetzen, oder die Gedanken. „ich weiß, dass wir uns zueinander hingezogen fühlen, aber was ist mit unserer Freundschaft?“

„Gott, Ava, *ich bin in dich verliebt*! Ich bin so verliebt, dass ich an deiner Seite stand, als du einen anderen Mann geheiratet hast. So verliebt, dass ich nicht darüber hinwegkommen kann, bis ich zweifellos weiß, dass du nicht dasselbe fühlen kannst. Ich bin mir ziemlich sicher, dass ich mit dieser Liebe für dich geboren wurde, und in jedem Moment, den wir miteinander verbringen, wird dieses Ding, das ich fühle, ein größerer Teil von mir.“ Er schüttelt den Kopf langsam und mustert mein Gesicht. „Ich will dich nicht verschrecken, aber ich kann nicht mehr so tun. Ich will dich, und wenn du denkst, dass es eine Chance gibt ...“

„Ich will dich auch.“ Ich nicke wild. „Ich liebe dich, und ich will ...“ Ein Schauder durchfährt mich. „Ich habe Angst, Jake. Du bist das Beste, was ich habe, aber ich will mehr.“

Er zieht mich an seine Brust und küsst meine Stirn. „Wir werden es langsam angehen lassen, okay? So langsam, wie du willst.“

KAPITEL ACHTUNDZWANZIG

„**W**as für gesundes Essen hast du heute auf dem Menü, Jake?", fragt Teagan mit einem trockenen Grinsen.

„Ich wollte einen tollen Kohlsalat servieren mit Hühnchenbrust, aber dann habe ich mich erinnert, dass ich kein Essen koche, das wie Bestrafung und Selbsthass schmeckt."

„Ha. Ha. Ha", sagt sie.

Heute Nachmittag war Veronikas Babyparty. Nic hat eine süße, kleine Party in Ethans Haus organisiert, wo wir unsere kugelrunde Freundin mit all den Sachen verwöhnt haben, die sie die nächsten Monate brauchen wird. Es war das erste Mal seit Jahren, dass ich zu einer Babyparty gegangen bin, ohne ein schmerzvolles Verlangen in meiner Brust zu spüren. Ich glaube endlich, dass alles funktionieren wird. Die Zeit wird mich leiten. Mit Jake.

Die werdende Mutter war müde, aber der Rest von uns wollte noch etwas unternehmen, also sind wir ins Jackson Brews gegangen und haben uns unseren Lieblingstisch geschnappt.

„Für dich", sagt Jake zu Teagan, „kann ich frittierte Oreos mit Eis und heißer Schokolade anbieten. Und wenn du richtig nett fragst, kann ich noch einen Twinkie finden."

„Macht er Witze?", fragt Teagan und sieht sich um. „Ich weiß nicht, ob er Witze macht!"

Shay verdreht die Augen. „Halb-halb." Sie dreht sich zu ihrem Bruder. „Was steht auf der Karte, Jake? Wir haben Hunger."

„Wir haben Street-Tacos", sagt er und zieht ein paar gefaltete Menüs aus seiner Hosentasche.

Brayden hat Jake mehrere Male erklärt, wie der Gewinn steigen würde, wenn er ein festgelegtes Menü hätte, aber Jake hat seine eigenen Vorstellungen. Brayden sagt, dass er es tut, weil er Geld hasst, aber die Wahrheit ist, dass Jake stolz ist auf sein rotierendes Menü und sich langweilen würde, normales Barfutter anzubieten.

„Oh, die klingen *so gut*", sagt Shay.

„Jap", kommt von Teagan, bevor sie den Kopf schüttelt. Sie deutet zu einer Beschreibung und sieht Jake finster an. „Avocados sind perfekt, wie sie sind. Man muss sie nicht frittieren."

Ich habe den Taco mit frittierter Avocado und Koriander-Ranch-Sauce probiert, und so sündhaft, wie es klingt, kann man es Jake nicht übelnehmen, sobald man es probiert. *Himmlisch.* „Ich möchte zwei Avocado Ranchers, bitte", sage ich ihm grinsend.

„Oh ja, das tust du." Er zwinkert mir zu.

Die anderen Mädels bestellen, und Jake notiert sich alles, bevor er seinen kleinen Notizblock wieder in die Hosentasche steckt. „Sonst noch etwas?"

„Privatsphäre?", fragt Ellie. „Du hast den Tisch nicht verlassen, seit deine Frau hergekommen ist."

Meine Wangen werden rot, aber Jake zuckt nur mit den Schultern. „Wenn ich sie nur fünf Minuten nach hinten–"

„Nein", rufen sie alle gleichzeitig.

Jake schmunzelt, bevor er seinen Kopf senkt und mir einen Kuss auf die Lippen drückt. Der Kuss ist unschuldig – Lippen die aufeinandertreffen, keine Zunge, kein Grabschen –, aber die Art, wie sein Mund auf meinem bleibt, lässt meinen Blutdruck ansteigen. „Du siehst verdammt *wundervoll* aus", flüstert er mir ins Ohr. „Ich fühle mich richtig beschissen, dass ich versprochen habe, es langsam anzugehen, weil ich am liebsten alles ausziehen würde außer deinen High Heels und–"

„Oh mein Gott! Verschwinde schon!", schreit Shay, und ich sehe über den Tisch, wo sie angewidert erschaudert. „Ich kann nicht hören, was du sagst, aber ich fühle mich trotzdem, als bräuchte ich eine Dusche!"

Jake zwinkert mir zu, bevor er in die Küche verschwindet, um unser Essen vorzubereiten.

„So ist es also?", fragt Teagan.

Ich sehe Shay kurz an. Sie ist die einzige Person an

diesem Tisch, mit der ich nicht über Sonntag Nachmittag gesprochen habe, als Jake und ich einander vor sechs kurzen Tagen unsere Liebe gestanden haben. Sie verschränkt die Arme und sieht mich an. „Ich bin neugierig. Er scheint glücklicher."

„Natürlich ist er das", sagt Nic. „Er hat endlich seine Traumfrau."

„Und du bist glücklicher", sagt Teagan. „Sie hat ihren Job verloren, kann aber nicht mit dem Grinsen aufhören. *Jemand* wird flachgelegt."

Ellie schnaubt, und Shay verzieht das Gesicht. „Erinnere mich daran, Freunde zu finden, die nicht mit meinen Brüdern schlafen. Es gibt ein paar Dinge, die ich nicht über meine Familie wissen will."

„Also tut ihr es", sagt Nic, grinsend, während sie die Hände zusammenpresst. „Es passiert wirklich!"

„Sie tun *es* nicht", antwortet Ellie. „Ich habe mich so gefreut, eine Tante zu sein, aber so, wie sie es angehen, werden wir das nächste Jahrzehnt erleben, bevor die beiden es miteinander treiben." Sie stemmt ihre Ellbogen auf den Tisch und lehnt ich vor. „Ich glaube, sie haben den Tag im Biologieunterricht verpasst, als sie uns beigebracht haben, dass der Penis *in* die Vagina gehört, um Babys zu machen."

Shay zieht eine Hand übers Gesicht. „Vielleicht sollte ich gehen, und ihr könnt mir schreiben, sobald ihr fertig seid, über den Penis meines Bruders zu sprechen?"

Ich senke meinen Blick und konzentriere mich auf mein Bier statt auf all die neugierigen Blicke, die auf mich gerichtet sind. „Wir lassen es langsam angehen." Ich beiße mir auf die Unterlippe und lächele. „Es ist wirklich nett, um ehrlich zu sein. Ich war so in Eile, ein Kind zu haben, und ich will es immer noch, aber ... es gibt andere Sachen, die die Priorität übernommen haben.“

„Das bedeutet nicht, dass ihr keinen Sex haben könnt“, sagt Ellie. „Habt ihr von Kondomen gehört?“

Nic haut ihr auf den Arm. „Hör auf! Ich finde es süß.“

Es stellt sich heraus, dass Jake es ernst gemeint hat, als er gesagt hat, dass wir es langsam angehen würden. Er hat seit dem Nachmittag in der Küche nicht mehr getan, als mich zu küssen. Das und heißes Petting gegen die Bar, nachdem wir letzte Nacht geschlossen haben. Er hat meinen Hals geküsst und mir versaute Dinge ins Ohr geflüstert, bevor er mich durch meine Jeans gerieben hat, bis ich gekommen bin. Ich wollte so sehr mit ihm ins Bett steigen, dass ich fast geschrien habe, als er mir einen Gute-Nacht-Kuss gegeben und mich nach Hause geschickt hat.

„Wir hatten beide viel zu tun“, sage ich. „Es langsam anzugehen, macht Sinn.“ Auch wenn es mich verrückt macht.

„Du kommst nächstes Wochenende mit zur Hütte, oder?“, fragt Nic.

Ich beiße mir auf die Unterlippe und nicke. Ich war schon oft im Jackson-Chalet – mein Zuhause weg von daheim, als ich eine Teenagerin war. Aber es ist das erste Mal, dass ich als Jakes Freundin da sein werde. Und das erste Mal, dass wir die Nacht miteinander verbringen werden, seit wir einander unsere Liebe gestanden haben. „Ist es dumm, dass ich nervös bin?“

Shay lacht. „Ja. Total dumm. Ihr wart zwei Jahrzehnte lang zusammen, ohne es zu realisieren. Nichts muss sich ändern.“

„Colton und ich können nicht kommen“, sagt Ellie. „Sein Team braucht ihn hier, um das neue Motorrad zu testen, an dem sie arbeiten. Wenn Jake dein Kätzchen abnutzt und du ein Time-Out brauchst, werde ich nicht da sein, um dich zu beschützen.“

Teagan stöhnt auf. „Bitte nenn eine Vagina nie wieder ‚Kätzchen‘.“

„Nur weil deine Vagina traurig ist, bedeutet es nicht, dass ich meiner keinen fröhlichen Spitznamen geben kann.“

AVA

„Alles gut?“, fragt Jake mich am Freitag Abend. Wir haben uns nach dem Abendessen nach draußen geschlichen und stehen hier mit den Rücken gegen das Haus, unsere Gesichter zum Himmel gerichtet. Die Nacht ist warm, und die Sterne über der Hütte sind die perfekte Erinnerung daran, wieso ich diesen Teil von Michigan so sehr liebe.

Ich nicke. „Ich fühle mich, als wäre es meine erste Chance, diese Woche durchzuatmen.“

Wir sind in der Hütte mit seiner Familie, und ich wäre nirgendwo lieber.

Diese Woche ist unglaublich und emotional ermüdend gewesen. Dienstag hatte ich ein Vorstellungsgespräch über Skype für die Stelle in Florida. Colton hatte recht, und es war nicht nur Papas Einfluss, wegen dem sie mich so umwerben. Seaside Community Schools sucht nach einem Kandidaten, der ein Theaterprogramm für den Sommer aufbauen kann, was genau das ist, was ich in Jackson Harbor getan habe, nur, dass die Theaterdirektoren-Stelle in Seaside bezahlt wäre, während meine langen Stunden hier freiwillig sind.

Und heute war mein letzter Tag an der Windsor Prep. Meine Theaterkinder und ich haben geweint, aber ich habe sie daran erinnert, dass wir einander den ganzen Sommer im Kindertheater sehen würden.

Colton hatte auch recht über meine Angst vor Veränderungen. Ich war schon immer so, und es hat sich nicht geändert. Jake hat mich ermutigt, mit Seaside zu sprechen, auch wenn wir nicht wissen, was ein möglicher Umzug für uns bedeuten könnte. Er will, dass ich eine informierte Entscheidung treffe, und ich will einfach nur eine Ausrede, um alles auszuschließen, das mich von Jake entfernen könnte.

Seine Hand findet meine, und ich halte den Atem an, als er unsere Finger langsam miteinander verschränkt und meinen Handrücken mit seinem Daumen streichelt.

Ich fühle mich, als hätte ich schon *immer* darauf gewartet, ihn zu lieben, was verrückt ist, weil ich vor ein paar Wochen noch gelogen hätte, dass ich nicht daran interessiert bin, mit Jake zu schlafen. Jetzt ist alles, was er tun muss, ins Zimmer zu kommen, und ich fühle die Wärme von meinen Wangen bis zu meinen Zehen. Ich bin mir meines Körpers bewusst wie noch nie. Ich habe nicht realisiert, dass ich aufgehört hatte, mich als sexuelles Wesen zu sehen, aber das habe ich, und jetzt bin ich etwas besessen. Ich denke die ganze Zeit daran – seine Hände, sein Mund, wie er sich zum ersten Mal in mir anfühlen wird.

„Was geht in deinem Kopf vor sich?", fragt er.

„Ich frage mich, ob du jemals mehr tun wirst, als mich zu küssen", sage ich und nutze jedes bisschen meines Mutes. „Ob du jemals planst, das zu beenden, was wir im Hotel begonnen haben."

Er lässt meine Hand los und dreht sich um, um mich mit beiden Beinen zu umzingeln. Er lehnt sich über mich, seine Hände gegen die Wand gestemmt. „Ich verspreche, dass ich noch nicht fertig bin." Er mustert mich, bevor er seinen Mund langsam senkt. Ich atme tief ein, als seine Lippen über meine streichen. *Gott, es ist so gut.*

Jede Zelle in meinem Körper scheint sich bei seiner Berührung zu erweitern. Es ist wie eine Blume, die aufblüht, oder die Sonne, wenn sie aufsteigt, oder ein Schmetterling, der sich aus seinem Kokon befreit – Jake macht das alles mit mir.

Eine Hand gleitet unter mein Oberteil und über meine Taille. „Aber wenn du dich fragst, ob ich es hier tun werde", sagt er, sein Daumen auf der Unterseite meiner Brust, „muss ich sagen, dass es ein Nein ist. Ich kann nicht. Es gibt zu viele Ohren, und das erste Mal, wenn ich in dir bin, wirst du so hart kommen, dass du nicht anders kannst, als zu schreien."

Mir stockt der Atem und mein Rücken wölbt sich, mein Körper verzweifelt nach seiner Berührung. „Was, wenn ich keine Schreierin bin?"

Seine Lippen zucken. „Wir werden sehen ..."

„Was, wenn ich dich enttäusche?" Ich wollte es wie einen Scherz klingen lassen, weil ich noch nie beim Sex geschrien habe, aber stattdessen klingt es zittrig. Zu verletzlich. Zu unsicher. Ich habe Angst, dass ich ihn enttäusche, und ich glaube, wir wissen es beide.

„Das kannst du nicht."

„Diese Nacht war eine Ausnahme. Normalerweise ..." Ich schlucke schwer. „Normalerweise ist es nicht so einfach."

„Es war ganz schön einfach, als ich dich durch deine Jeans gerieben habe." Seine Lippen zucken belustigt. „Nicht, dass ich mich beschwere. Es war verdammt heiß."

Bei der Erinnerung werden meine Wangen rot. „Aber manchmal kann ich einfach nicht", flüstere ich.

„Überlass es mir, okay?" Er schüttelt den Kopf langsam. „Alles, was zählt, ist, dass du Spaß hast – Orgasmus oder nicht. Du kannst mich nicht enttäuschen." Er umfasst meine Brust und streicht mit dem Daumen über meine Brustwarze. Ich muss mir auf die Unterlippe beißen, um nicht laut zu stöhnen, wodurch er lächelt. „Ich habe noch nicht einmal entschieden, was ich tun will."

„Was meinst du?"

„Wenn ich in Betracht ziehe, wie lange ich schon in dir sein wollte ..." Er lässt seinen Blick zu meinem Mund sinken. „Wie oft ich darüber fantasiert habe, dich in meinem Bett zu haben … Ich will sichergehen, dass unser erstes Mal für uns beide wundervoll ist. Ich kann nicht entscheiden, ob ich dich unter mir will – deine Knie über meine Hüften geschlungen, damit du mich tief in dir spüren kannst –, oder ob ich will, dass du mich reitest." Er zwickt meine Brustwarze. „Dann könnte ich an diesen perfekten Titten saugen, während du dich auf meinem Schwanz befriedigst."

Mir stockt der Atem, und ich drücke mich in seine Hände. „Ich liebe deinen Mund auf meinen Brüsten."

„Das habe ich bemerkt. Aber dann habe ich auch darüber nachgedacht, dich von hinten zu nehmen – Gott weiß, es wird sowieso passieren –, dein Arsch in meinen Händen, während ich mich immer und immer wieder in dich hineinstoße und du deine Klitoris streichelst. Es wird verdammt heiß sein, dich so zu nehmen."

Seine Worte brennen über meine Haut und feuern jedes Nervende an. *Ja, bitte.* Ich will das alles.

„Aber nicht fürs erste Mal. Bei unserem ersten Mal will ich dein Gesicht sehen. Ich will zusehen, wie all die Lust sich auf deinem Gesicht zeigt und wie du aussiehst, wenn du endlich kommst."

Ich lehne mich vor und presse mein Gesicht in seine Brust, als ich stöhne.

„Ich habe versucht, es langsam anzugehen", flüstert er, „aber es ist das Schwerste, das ich je getan habe. Ich will dich so sehr."

„Dann nimm mich." Klinge ich genauso verzweifelt, wie ich mich fühle? Seine Worte tun etwas tief in mir.

Jeder Muskel von meinen Schultern bis zu zwischen meinen Beinen sehnt sich nach ihm.

„Das werde ich. Versprochen." Er nimmt meine Hand und führt mich vom Haus weg. „Willst du spazieren gehen?"

Ich nicke und verschränke meine Finger mit seinen, als wir durch die Dunkelheit wandern.

Das Chalet ist circa fünfundvierzig Minuten von Jackson Harbor entfernt, weg von dem Lake Michigan-Strand und den Lichtern der Stadt, die die Touristen anziehen. Die Hütte ist abseits der Straßen und auf einem Grundstück im Wald mit einem kleinen See. Wir haben hier so viele Sommertage damit verbracht, zu schwimmen und zu angeln, und Wintertage damit, neben der Scheune Schlitten zu fahren. Die weitläufige Seite des Grundstücks hat eine Rennstrecke, wo Levi und Colton mit ihren Motocross-Teams trainieren.

Jake führt mich auf einen Weg, der zur kleinen Strandseite des Sees führt. Als ich es sehe, presse ich eine Hand über mein Herz. „Jake."

Ich kann sein Grinsen kaum im Mondlicht ausmachen, aber mein Herz ist voller Liebe. Laternen umgeben den Weg zum Strand, wo eine Decke vor einem kleinen Feuer ausgebreitet ist.

„Komm", sagt er. „Ich glaube, da ist eine Flasche Wein für uns."

Wortlos folge ich ihm über den Sand und setze mich vor das Feuer, bevor er mir ein frisches Glas Wein reicht.

„Gefällt es dir?", fragt er, ehe er sich neben mich setzt.

„Ich liebe es. Wie wusstest du ... Wann?", frage ich über den Kloß in meinem Hals. Er ist nicht von meiner Seite gewichen, seit wir hergekommen sind.

„Ich habe Carter gezwungen, mir zu helfen. Er hat mir etwas geschuldet, nachdem er mit meiner Freundin ausgegangen ist."

Ich schüttele lachend den Kopf. „Es ist einfach nur wundervoll. Danke."

„*Du* bist wundervoll", sagt er sanft. „Das ist das erste Wochenende, das wir als Paar verbringen, und du hast nicht einmal gezögert, als ich dich gebeten habe, zu meiner Familie mitzukommen."

„Natürlich nicht, Jake. Sie sind ..." Ich drehe mich um und sehe zum Haus. „Sie sind meine Familie."

Er mustert seinen Wein, bevor er einen langen Schluck nimmt und mir wieder in die Augen sieht. „Ich will nicht, dass du nach Florida ziehst. Du gehörst hier hin. Zu uns. Aber wenn du dich entscheidest, hinzuziehen, dann werden wir es schon hinkriegen, ja?"

Ich nicke, als Emotionen mich überschwemmen. „Ich weiß nicht, was ich will." Ich will nicht wegziehen, aber ich will nicht die Art von Frau sein, die wegen eines Kerls eine tolle Gelegenheit verpasst. Das habe ich mit Harrison bereits getan. Wenn unsere Beziehung funktionieren soll, dann muss sie anders sein als meine Ehe.

„Hey." Jake zieht das Glas aus meiner Hand und stellt es neben seins in den Sand. „Du musst noch nichts entscheiden. Wir werden es schon schaffen."

Es gibt so viele Ungewissheiten in meinem Leben,

aber in diesem Moment ist sein Versprechen genug, um die Sorgen in mir verstummen zu lassen.

Seine Lippen streichen über meine, als er mich langsam auf meinen Rücken legt, bevor seine Hände über meinen Körper gleiten. Als er meinen Rock über meine Oberschenkel schiebt, kichere ich. „Ich beginne, zu denken, dass du das geplant hast."

„Meinst du?" Jake grinst gegen meinen Mund, während seine Hand zur Innenseite meines Oberschenkels wandert. Als seine Finger über das Satin zwischen meinen Beinen gleiten, hebe ich meine Hüften an, und er nutzt es aus, um mein Höschen runterzuziehen.

Ich keuche und sehe zum Haus.

„Mach dir keine Sorgen. Sie wissen, dass wir hier sind. Niemand wird uns hier stören."

Ich mustere sein Gesicht und schüttele verwundert den Kopf. Ich bin wirklich hier mit Jake. „Erinnerst du dich daran, als wir nach den Abschlussprüfungen hergekommen sind?"

Seine Finger fahren über meine Hüften. „Die Nacht, in der du dich betrunken hast und genau hier geschlafen hast? Ja, ich erinnere mich. Ich habe die ganze Nacht hier verbracht, um sicherzugehen, dass es dir gut geht."

„Ich wollte dir in derselben Nacht von meinen Gefühlen erzählen." Das Feuer flackert und knistert hinter mir und wirft Schatten über sein Gesicht, als ihm das Grinsen vergeht. „Ich hatte so lange Gefühle für dich, und dann hatte ich endlich den Mut, um es dir zu sagen."

„Und dann hast du mich hier mit einem Mädchen angetroffen“, sagt er flach. „*Verdammt.*“

Ich schüttele den Kopf. „Ihr Name war *Sadie*, und ich habe sie gehasst. Sie war so hübsch.“

Er schüttelt den Kopf, und ich sehe die Reue in den feinen Linien um seine Augen herum. „Ich hätte Sadie in einem Taxi nach Hause geschickt, wenn ich es gewusst hätte. Sie hat nach diesem Wochenende sowieso Schluss gemacht, weil sie es nicht so toll fand, dass ich die Nacht mit meiner betrunkenen, besten Freundin verbracht habe statt mit ihr.“

„Wieso hat es so lange gedauert, hier anzukommen?“, frage ich, als ich mich an diese Nacht erinnere. Ich war betrunken und eifersüchtig, aber empfand auch einen gewissen Triumph darüber, dass er die Nacht mit *mir* verbracht hatte.

Er senkt seinen Kopf und haucht einen Kuss auf meine Lippen. „Ich weiß es nicht.“ Er küsst mich erneut, diesmal langsamer und tiefer, während seine Hand zwischen meine Beine rutscht und über die empfindliche Haut gleitet. „Was zählt, ist, dass wir hier sind.“

Sein Daumen findet meine Klitoris, und ich schließe meine Augen. Ich bin feucht und sehne mich nach ihm. „Ja“, flüstere ich.

„Du fühlst dich so verdammt gut an“, sagt er gegen mein Ohr. Seine Finger gleiten immer und immer wieder über mich, necken meine Klitoris und umkreisen meine Mitte. Als ein Finger in mich hineingleitet, wölbe ich meinen Rücken und keuche auf. Er beißt mein Ohrläppchen, bevor er sagt: „So wundervoll.“

„Ich wollte in der Nacht dasselbe", gebe ich zitternd zu. „Ich bin in deinem Schoß eingeschlafen und habe mir vorgestellt, dass du mich so berühren würdest."

„Ich habe auch darüber nachgedacht. Ich habe dir beim Schlafen zugesehen und mich gefragt, wie es sich wohl anfühlen würde, dich zu küssen. Ob du betrunken genug warst, um mich dich küssen zu lassen, und ob ich Arschloch genug war, um es zu versuchen. Damals habe ich dich bereits eine Million Mal in meinen Gedanken berührt." Er fügt einen zweiten Finger hinzu, und ich muss mir auf die Lippe beißen, um nicht laut loszuschreien. „Press dich in mich hinein", sagt er. „Fick meine Hand, wie du dich im Hotel gegen mich bewegt hast."

Ich tue, was er sagt, und bewege meine Hüften langsam. Sein zustimmendes Stöhnen spornt mich an, und ich bin wie verloren. Er streichelt mich immer wieder, spielt mit meiner Klitoris und murmelt Ermutigungen in mein Ohr, während ich mich um seine Finger herum verenge.

Nachdem ich komme, küsst er mich mit einer solchen Zärtlichkeit, dass ich schmelzen würde, wenn es noch einen einzigen festen Teil in mir gäbe.

„Ich liebe dich." Ich lasse eine Hand in sein Haar gleiten und liebe das Gefühl seines heißen Atems auf meinem Hals, während seine Hand flach und besitzergreifend auf meinem Bauch liegt.

„Ich liebe dich auch, Ava."

Das Feuer knistert neben uns, und der Mond wird vom See reflektiert. Ich weiß nicht, was als nächstes kommt, aber ich weiß, dass heute Nacht perfekt ist.

KAPITEL NEUNUNDZWANZIG

JAKE

Neben Ava zu schlafen, bringt mich um.

Ich meinte jedes einzelne Wort, das ich letzte Nacht gesagt habe. Ich werde hier nicht mit ihr schlafen. Ich will nicht, dass sie sich auch nur ein bisschen eingeschränkt fühlt, wenn ich endlich in sie hineingleite. Aber in demselben Bett zu schlafen, mit ihrem Körper neben meinem aufzuwachen, ihr Arsch, der an meiner Morgenlatte reibt, und die Erinnerung an ihren Orgasmus ... Ich bin kurz davor, meinen verdammten Verstand zu verlieren.

Ich streiche ihr Haar zur Seite und senke meinen Mund zu ihrem Hals. Ich will sie nicht wecken, aber ich kann nicht aufstehen, ohne sie zu küssen. Ich presse einen Kuss auf die zarte Haut hinter ihrem Ohr und zwinge mich, aus dem Bett zu steigen, bevor meine

Hände etwas beginnen, das ich nicht beenden kann – zumindest nicht mit Mama und Shay auf der anderen Seite der Wand.

Ich steige in die Dusche und schalte das Wasser heiß, als könnte ich die Lust wegwaschen. Ich kann nicht aufhören, daran zu denken, wie sie mich gestern Nacht angesehen hat, als wir neben dem Haus standen und ich alles beschrieben habe, das ich mit ihr tun will. Scheiße, ich *will* nicht aufhören, daran zu denken. Ihre Augen waren dunkel mit Begierde, und ihre Lippen waren leicht geöffnet, während sie jedem einzelnen Wort gelauscht hat. Ihr Körper kam mit jedem geflüsterten Versprechen näher auf mich zu.

Sie zum See zu bringen und dort zu berühren, war seit langem eine meiner Fantasien. Als sie später in mein Bett gekrochen ist, und ich sie einfach in meinen Armen gehalten habe, hat mich das an meine Grenzen gebracht. Ich konnte mich gerade noch davon abhalten, mich auf sie zu rollen und ihre Hände über den Kopf zu heben, um mich an ihrem Körper entlang zu küssen. Ich will sie kosten. Ich will wissen, wie sie sich anfühlt, wenn sie die Kontrolle verliert, während mein Gesicht zwischen ihren Beinen ist, und sie nicht stillhalten kann.

Ich habe letzte Nacht gegen die Fantasien ange-kämpft, entschlossen, mein Versprechen einzuhalten, aber jetzt lege ich meine Hand um meinen Schwanz. Ich stelle mir ihre Brustwarzen in meinem Mund vor, bis sie stöhnt und nach mehr fleht, ihre Beine spreizt, die feuchte Hitze, die mich empfängt, als ich in sie hinein gleite. Ich umfasse mich fester, als ich mich daran erinnere, wie sie sich um meine Finger verengt hat, die Wölbung ihres Rückens und wie sie ihre Hüften gehoben hat, um sich fester gegen mich zu drücken.

Ich lasse das Wasser über mich fließen und reibe über meine Erektion. In der Fantasie schlingt sie ihre Oberschenkel um meine Hüften, und ich gleite in sie. Ihre Hüften heben sich vom Bett, als sie mich tiefer und tiefer in ihren Körper zieht.

Wenn man an Fantasien denkt, ist diese ganz schön zahm – ihr Körper unter meinem, unsere Augen aufeinander konzentriert –, aber ich bin so verdammt angetörnt, weil ich so nah dran bin, es zu meiner Realität zu machen. Sie hat Angst, dass sie mich enttäuschen könnte, aber alles, was sie tun muss, ist, mich zu wollen, und ich weiß, dass das allein genug wäre. Ava mit mir und heiß *ist* meine größte Fantasie.

Ich umfasse meinen Schwanz noch fester und pumpe schneller, während ich mein Gesicht zum Wasserstrahl hebe.

Ich weiß nicht, was mich dazu bringt, meine Augen zu öffnen, aber als ich es tue, steht Ava auf der anderen Seite der Glastür und sieht mir zu. Sie hat meinen dunkelblauen Bademantel an, und ihr Haar ist in einen unordentlichen Dutt gezogen. Ich kann nicht glauben, dass ich noch mehr angetörnt bin, als ich es vor zwei Sekunden war, während ich sie mir vorgestellt habe, aber ich bin es in dem Moment, als ich die Hitze in ihren Augen sehe.

Ich lasse mich los und öffne die Tür. „Hey, Liebling."

Ihre Zunge wischt über ihre Unterlippe. „Willst du dich zu mir gesellen?"

Sie sieht langsam an meinem Körper entlang und hört erst auf, als sie an meiner hervorragenden Erektion ankommt. Ohne etwas zu sagen, öffnet sie den Bademantel, lässt ihn von ihren Schultern fallen und zieht ihr Top und ihr Höschen aus. Dann steht sie mit mir in der Dusche, und bevor ich sie gegen die Wand pressen und so hart küssen kann, wie ich will, lässt sie sich auf die Knie sinken, öffnet ihre Lippen und sieht mich von unten an.

Und verdammt, ich komme fast augenblicklich, ihr Atem auf meinem Schwanz, ihre Augen heiß und verzweifelt. Ihre Zunge fährt erneut über ihre Lippen, bevor sie mich überhaupt berührt, und Vorfreude schickt einen Schauer über meine Wirbelsäule und schießt heiß durch mein Blut.

Sie legt ihre Hände auf meine Hüften, lässt sie über meinen Arsch gleiten und bis zu meinen Oberschenkeln, bevor sie wieder hinauf wandern. Ihre Nägel streifen über meine Bauchmuskeln, bevor sie meine Hände in ihre schließt und sie zu ihrem mittlerweile nassen Haar zieht.

Sie wickelt ihren Mund um mich herum, und meine Hüften zucken nach vorne. Ich muss mich konzentrieren, um mich nicht in ihren Mund zu schieben, weil ... *heilige Scheiße*, die Hitze ihres feuchten Mundes und ihr Anblick – Ava auf den Knien vor mir – alles ist.

„Verdammt, Ava."

Sie stöhnt, und die Vibration wirft einen weiteren

Feuerball durch mein Blut. Sie wickelt ihre Zunge um das Ende meines Schwanzes und saugt, während ich meine Finger durch ihre Haar schiebe und sie sanft leite, weil ich weiß, dass sie diese Verbindung möchte – die Versicherung, dass sie mir das gibt, was ich brauche. Scheiße, wie kann sie es bezweifeln? Es ist so gut. Ich habe Angst, dass ich die Kontrolle verliere und mich tiefer in sie stoße, als sie verträgt. Sie hat kaum angefangen, und ich bin schon bereit, in ihrem Mund zu kommen.

„Es ist so gut", murmele ich, und sie saugt mich tiefer in sich hinein und presst ihre Nägel in meine Hüften. Ich will meine Augen nicht schließen, weil ich es liebe, sie so zu sehen. Meine Fantasie ist zur Realität geworden. Aber die Lust baut sich in meiner Wirbelsäule auf, und hindert mich daran, etwas anderes zu tun, als mich zu ergeben. „Ava." Ich ziehe leicht an ihrem Haar, um sie aufmerksam zu machen, aber sie bleibt unten, und ich fluche, als ich komme.

Als ich sie endlich hochziehe, grinst sie. „Was macht dich so glücklich?"

„Du. Das hier." Ihr Blick trifft unter dem Wasserstrahl auf meinen. „*Wir.*"

AVA

„Hattest du Spaß in der Dusche?", fragt Shay, als ich in die Küche komme.

Meine Wangen werden sofort rot. Die Küche ist voll

mit Jacksons – Brayden, Levi und Carter sitzen am Tisch mit Lilly –, und Ethan und Nic sind im Wohnzimmer.

Lilly sieht auf und lächelt mich an. „Ich habe gestern Abend gebadet."

Jake schlingt einen Arm um meine Hüfte und zieht mich an seine Seite, ehe er mir einen Kuss auf den Kopf gibt. „Shay ist nur eifersüchtig, weil sie schon lange keinen Spaß in der Dusche hatte."

„Viel zu lange", murmelt sie.

Jake greift um mich herum und schnappt sich zwei Tassen aus dem Schrank. „Brayden, es ist Samstagmorgen. Leg die Arbeit weg."

Brayden seufzt und schüttelt den Kopf, als er auf seinen Laptop sieht. „Ich arbeite daran, Mollys Krankenversicherung zu starten. Wir müssen jemanden für die Personalverwaltung einstellen, wenn wir mehr Leute einstellen wollen."

„Wow", sagt Carter flach. „Tolle Idee. Schade, dass es niemand vorher vorgeschlagen hat."

Jake schmunzelt. „Gute Idee, Brayden. Freut mich, dass du daran gedacht hast."

Brayden verdreht die Augen. „Wenn ihr wollt, dass ich sage, dass ihr recht hattet, braucht ihr den Atem nicht anzuhalten. Es wäre zu früh gewesen, es vorher zu tun. Jetzt, da wir regionale Vertreter haben, *könnte* es das wert sein. Vielleicht."

„Ich habe vergessen, dass Molly für euch arbeitet", sage ich. Ich nehme mir den Kaffee, den Jake mir anbietet und wickele meine Hände um die Tasse. „Wie läuft's?"

Levi lacht. „Brayden hat sich letzte Woche mit ihr in New York getroffen, und ich glaube, dass er zustimmen würde, dass es *sehr gut* läuft.“

„Halt deine verdammte Klappe“, sagt Brayden und haut seinem Bruder auf den Arm.

„Hey, passt auf, was ihr sagt!“, sagt Lilly mit ernster Miene, wodurch alle lachen.

Ich lächele, während ich Sahne zu meinem Kaffee hinzufüge. Ich mag Brayden und Molly zusammen. Ich frage mich, ob Levi recht hat.

Brayden drückt seinen Nacken, die Sorge sichtbar. „Es war nichts.“ Er schüttelt den Kopf. „Ich wundere mich, wieso sie nichts von ihrem Kind gesagt hat. Wieso ist er ein Geheimnis, Ava?“

Meine Tasse schlägt dumpf auf, als ich sie auf den Tresen fallen lasse. „Wer?“

Er tippt auf den Bildschirm. „Noah? Ihr kleiner Junge? Sie hat ihn die ganze Zeit nicht erwähnt, als ich dort war. Es war, als würde er nicht existieren.“

„Molly hat einen Sohn?“, frage ich. Jake sieht zu Brayden, dann zu mir, und ich schüttele den Kopf. „Ich glaube, da liegt ein Missverständnis vor. Ihre Freundin hat ein Kind. Versucht sie, ihn auf ihre Krankenversicherung zu bringen?“

Brayden runzelt die Stirn. „Es steht hier in den Formularen, die sie für die Versicherung ausgefüllt hat. Noah McKinley, Sohn, vier Jahre alt.“

Jake stellt seine Tasse neben meine, geht um den Tresen herum und sieht über Braydens Schulter.

Carter steht auf, aber er geht auf mich zu. „Vielleicht

ist es ein Fehler", sagt er. „Vielleicht hat sie etwas falsch verstanden."

Noah McKinley, Sohn.

Es fühlt sich nicht wie etwas an, das man falsch verstehen könnte.

„Wenn du es seltsam findest, kann ich sie einfach anrufen", sagt Jake und drückt Braydens Schulter. „Ich werde sicherstellen, dass alles stimmt."

Ich ziehe mein Handy aus der Tasche, und halte meinen Finger über dem Bildschirm, bevor ich es wieder zurückschiebe. Ich dachte, Molly und ich hätten zueinander gefunden, als sie zu Besuch war. Der Gedanke, dass sie mir etwas so Wichtiges wie ein Kind verheimlicht, tut weh. Wissen Jill und Papa Bescheid? Haben sie es mir auch verschwiegen? Und wieso? Um Molly vor meinem schlechten Einfluss zu beschützen? Das macht nicht einmal Sinn. Nichts davon macht Sinn.

Ich habe nicht einmal realisiert, dass Jake wiedergekommen ist, bis er mein Gesicht in den Händen hält. „Ist alles in Ordnung?", fragt er.

Ich nicke, bevor ich den Kopf schüttele. „Ich weiß es nicht."

Er zieht mich zu sich und schlingt die Arme um meine Mitte. „Versuch, nicht zu sehr darüber nachzugrübeln, bis wir mehr wissen."

Mit Jakes Wärme auf meiner Wange und seinen Armen um meine Taille scheint Mollys Geheimnis weniger wichtig.

JAKE

„Hallo, hier ist Molly. Ich kann zurzeit nicht ans Telefon kommen. Bitte hinterlassen Sie eine Nachricht.“

Ich schreite durch das Schlafzimmer und sehe auf, um sicherzugehen, dass die Tür immer noch geschlossen ist. „Hey, Molly. Ich bin's, Jake. Ruf mich bitte zurück, okay?“ Da sie meine drei vorherigen Anrufe von heute Morgen ignoriert hat, füge ich hinzu: „Es geht um Arbeitskram.“

Zieh keine voreiligen Schlussfolgerungen. Aber es ist nicht voreilig, und es wäre wirklich verdammt einfach, es zu tun. Wenn die Informationen auf ihrem Formular stimmen, hat Molly einen Sohn, der circa neun Monate, nachdem wir uns betrunken und miteinander geschlafen haben, geboren wurde. Ich will nicht überreagieren, aber dem Timing nach zu urteilen, sollten wir wenigstens darüber reden.

„Jake?“ Ava steckt ihren Kopf durch die Tür. Ihr Lächeln verschwindet, als sie das Handy in meiner Hand sieht. „Hast du Molly erreicht?“

Ich schüttele den Kopf. Mein Gewissen sollte sich verdammt nochmal beruhigen. „Tut mir leid. Sie ist nicht rangegangen.“

Sie kommt rein, eine Hand auf ihrem Pferdeschwanz, und für einen Moment vergesse ich, worüber ich mir Sorgen mache. Ava trägt einen Bikini.

Das ist nichts Neues. Ich habe sie vorher schon in einem Bikini gesehen. Hunderte Male. Aber dies ist das erste Mal, dass ich sie berühren kann, während sie einen trägt, und dieser hier – ein schwarzer Riemchenbikini mit einem Top, das vorne überkreuzt ist und einem Höschen, das ihre Hüften zeigt – lässt meine Hände zucken.

Ich werfe mein Handy aufs Bett und durchschreite den Raum, um meine Hände auf ihre Taille zu legen und sie gegen mich zu ziehen. „Du siehst so heiß aus."

Sie schlingt die Arme um meinen Nacken. „Freut mich, dass der Bikini dir gefällt."

Ich senke meinen Kopf zu ihrem Hals. Seit Brayden uns von Mollys möglichem Kind erzählt hat, konnte ich ihr nicht nahe genug kommen. Ich berühre sie ständig. Ziehe sie an mich heran. Nutze jede Gelegenheit, um sie zu küssen. Ich muss mich daran erinnern, dass sie echt ist. Hier und Meine. Der Rest ist ungewiss. Ich küsse über ihren Hals und schiebe meine Hände unter ihr Höschen, um ihren Hintern zu umfassen.

Sie drückt mich weg und legt die Hände auf meine Brust. „Nein. Fang es nicht an. Ich werde mich nicht von deiner Schwester hänseln lassen, weil wir zu lange oben waren."

Ich grunze, als sie aus meiner Reichweite tritt, lasse sie aber gehen. Ava zwinkert mir zu, als sie aus dem Zimmer geht und die Tür hinter sich schließt, wahrscheinlich, damit ich mich auch umziehen kann. Mein Handy klingelt auf meinem Bett, und ich schnappe es mir schnell, obwohl es nur eine SMS-Benachrichtigung ist.

Molly: *Verrückter Tag! Tut mir leid, dass ich nicht rangehen konnte. Wir campen dieses Wochenende. Können wir Dienstag reden?*

Ich will heute reden. Jetzt. Verdammt, *vor fünf Jahren*!

Aber vielleicht ist Dienstag besser. Es könnte eine gute Idee sein, dieses Gespräch ohne ein halbes Dutzend lauschender Menschen zu führen.

Jake: *Klar. Welche Uhrzeit passt dir?*

Molly: *Ruf mich morgens an. Ich werde Zeit haben.*

Jake: *Super. Bis dann.*

Ich zwinge mich, die Probleme bis Dienstag zu vertagen, und ziehe mich um.

Als ich in die Küche gehe, ist die Hütte von Chaos erfüllt, während alle sich auf den Tag am See vorbereiten. Levi packt den Kühler voll, Shay sammelt Strandtücher ein und Lilly hüpft durchs Haus. Sie freut sich riesig, schwimmen zu gehen. Es ist dreißig Grad Celsius – tolles Wetter für ein Memorial Day-Wochenende in Michigan –, aber das Wasser ist noch zu kalt. Die meisten der Erwachsenen werden den Tag damit verbringen, am Strand zu sitzen oder im Familienboot auf dem See herumzufahren.

Tage wie dieser gehören zu meinen Favoriten, aber im Moment interessieren mich der Sonnenschein und das Wasser kaum. Ava reibt sich neben mir mit Sonnencreme ein, und ihre Bewegungen helfen mir überhaupt nicht, die Dusche von heute Morgen zu vergessen. Sie erreicht die Mitte ihres Rückens, als ich sage: „Hier, ich mache das." Ich nehme ihr die Flasche ab, drücke etwas Creme heraus und reibe sie zwischen ihre Schulterblätter. Sie erschaudert, ob es wegen meiner Berührung oder der kalten Lotion ist, weiß ich aber nicht.

„Seid ihr bereit?", fragt Shay.

„Gleich", antwortet Ava.

Ich schüttele den Kopf. „Nein, ich habe etwas vergessen." Ich deute zum Schlafzimmer. „Ich muss noch einen Anruf tätigen, bevor wir gehen können. Wieso geht ihr nicht schon einmal los, und wir treffen euch da unten?"

Nic und Mama strahlen uns an, während Shay schmunzelt. Meine Brüder halten zum ersten Mal die Klappen.

Als sie alle gegangen sind und das Haus still ist, dreht Ava sich zu mir. „Was für einen Anruf hast du noch zu machen?"

„Einen wichtigen." Ich nehme ihre Handgelenke in meine Hände und ziehe sie zu mir. „Einen wirklich, wirklich wichtigen."

Sie runzelt die Stirn. „Dann beeil dich, damit wir zum See gehen können."

Ich umrahme ihr Gesicht mit den Händen und küsse sie fest. Dieser Morgen in der Dusche war zu verdammt gut, und die Art, wie sie mich ansieht, ist *alles*. Aber vor allem kann ich diesem mulmigen, schlimmen Gefühl nicht entkommen, das ich empfinde, seit Brayden gesagt hat, dass Molly einen Sohn hat. *Noah McKinley, Sohn, vier Jahre alt.*

Ich muss Ava berühren. ich fühle mich, als würde sie verschwinden, bevor ich Mollys Geheimnis entziffern kann, wenn ich nicht *etwas* tue und sie festhalte. Und ich weigere mich, das geschehen zu lassen.

Ich senke meinen Mund auf ihren und gleite mit der Zunge über ihre Lippen.

„Jake", flüstert sie.

Ich lasse meine Fingerspitzen unter ihr Bikinihöschen wandern. „Ja?"

Sie keucht. „Was machst du da?"

„Bist du immer noch feucht von der Dusche?" Ich schiebe meine Finger weiter hinein zu ihrer feuchten Mitte. Ich stöhne auf, als ihre Finger sich in meine Schultern krümmen.

„Was machst du?"

„Ich verliere den Vorstand. Ich kann dich nicht in diesem Bikini sehen und dich nicht berühren."

Sie lächelt. „Du kannst mich berühren. Ich bin deine *Freundin*."

„Ja, aber meine Nichte ist zu jung, um zu sehen, wie ich dich berühren will, also muss dein Tag in der Sonne etwas warten."

Ihre Lippen zucken zu einem Lächeln. „Ich schätze, das ist in Ordnung."

Ich nehme ihre Hand in meine und führe sie in den Keller. „Erinnerst du dich, als wir an der Uni waren und ich versucht habe, dir beizubringen, wie man Billard spielt?"

„Ja."

Ich schließe die Tür hinter uns ab, und Ava sieht kurz hin, bevor sie eine Augenbraue hebt, mir dann einfach lachend zum Billardtisch folgt, wo ich die Kugeln aufreihe und ihr einen Queue gebe.

Sie sieht mich skeptisch an. „Du hast mich hergebracht, um Billard zu spielen?"

Ich stelle mich hinter sie und lege meine Hände auf ihre Hüften. „Ich habe mich damals hinter dich gestellt, dir geholfen, den Queue in Position zu bringen, und ich war so verdammt steif", sage ich gegen ihr Ohr. „Dein Körper hat sich so gut angefühlt, aber ich konnte dir nicht sagen, was ich wollte."

Sie schließt die Augen und bewegt den Kopf zur Seite, um mir Zugang zu ihrem Hals zu geben. „Was wolltest du?"

Ich streife mit den Lippen über ihre perfekte, sanfte Haut. „Gott, alles."

Sie schüttelt den Kopf. „Nein, im Detail."

„Wie wäre es, wenn ich es dir zeige?" Meine Hände wandern zu ihrem Höschen. „Ich konnte deine pinke Unterwäsche sehen und wollte meine Hand in deine Jeans stecken und dich reiben, bis du sie durchnässt hättest." Ihr stockt der Atem, und ich küsse mir meinen Weg über ihren Hals, bevor ich zwei Finger benutze, um mit ihrer Klitoris zu spielen. Ich liebe es, wie sie sich gegen meinen Schwanz drückt, wenn ich sie berühre. Ich *muss* sie berühren, um meine Panik beiseite zu schieben.

Sie lehnt ihren Kopf an meine Schulter, während ich an der sanften Haut unter ihrem Ohr sauge. Sie verschiebt die Hüften und führt mich genau dorthin, wo sie mich braucht.

„Kann ich dir sagen, wie oft ich davon fantasiert habe, deinen Mund in der Dusche auf mir zu spüren? Die Realität war viel besser als jegliche Fantasie."

Sie atmet tief aus, als sie ihre Augen schließt, hinter meinen Nacken greift und ihre Finger in mein Haar gleiten lässt. „Es hat dir gefallen?"

„Scheiße, ja, Ava." Ich streichele ihre Klitoris. „Dir

hat meine Hand in deinem Haar gefallen, oder? Du mochtest es, etwas Kontrolle aufzugeben.“

„Ja“, sagt sie.

„Hat es dich feucht gemacht, mir einen zu blasen? Wolltest du deine Hand zwischen deinen Beinen nutzen?“

„Ja.“ Sie wölbt sich in meine Hand, und ich erkenne an ihren verspannten Muskeln, dass ich sie so zum Höhepunkt bringen kann.

„Ich habe so oft darüber nachgedacht.“ Mit einer schnellen Bewegung ziehe ich meine Hand aus ihrem Höschen und drehe sie in meinen Armen. Ich öffne ihr Bikinitop und lasse es zu Boden fallen, bevor ich sie auf den Billardtisch hebe.

„Wir können das hier nicht tun.“

„Was tun?“ Ich ziehe das Unterteil über ihre Hüften und lasse es über ihre Beine fallen, bevor ich ihre Oberschenkel spreize und mich zu Boden senke, damit ich sie sehen kann. *Feucht, geschwollen und freigelegt für mich.* „Ich wollte das hier tun, seitdem ich dir beigebracht habe, wie man Billard spielt.“ Ich versuche nicht einmal, es langsam anzugehen. Ava keucht auf, als ich sie lecke. Nächstes Mal werde ich langsam machen. Sie mit Küssen und neckenden Berührungen foltern. Aber heute muss ich sie kosten. Ich bin so verzweifelt wie noch nie zuvor.

Ich gleite mit der Zunge über ihre Klitoris und in sie hinein. Als meine Hände unter ihren Arsch gleiten, hebe ich ihre Hüften vom Tisch und vergrabe mein Gesicht zwischen ihren Beinen. Sie wimmert, bevor sie mir das gibt, was ich will, und sich gegen mein Gesicht drückt, jegliche Kontrolle vergessen, weil ihr Körper mir gehört.

„Jake."

Genauso wie mit der Dusche ist das hier so viel besser als in meiner Fantasie. Sie ist so angetörnt, und *das* ist die Fantasie – Ava heiß durch meine Worten, meinen Körper, meinen Mund, meine Lippen und meine Zunge. Ich küsse sie immer wieder, lasse nicht von ihr ab, und die Zeit bleibt stehen. Nichts ist so wichtig wie ihr Geschmack auf meiner Zunge und die Geräusche, die sie macht, als ich sie näher an ihren Höhepunkt bringe. Ich gebe mich ihr und ihrem Vergnügen hin, bis sie ihre Hüften vom Tisch wölbt und meinen Namen schreit.

Als sie langsam zerfällt, lässt sie mein Haar los, und ich stehe auf, mein Bedürfnis, ihr Gesicht zu sehen und sie in meinen Armen zu haben zu groß.

Sie steigt vom Billardtisch, aber ich kann sie nicht in meine Arme schließen, weil sie sich vor mir nach vorn beugt, ihren Mund auf meinem Bauch bewegt und ihre Hände langsam meine Schwimmshorts runterziehen. „Komm her", sagt sie sanft, als sie wieder steht.

Ich lasse mich von ihr zum Sofa führen, und setze mich, als sie mich anstupst. Die setzt sich quer auf meinen Schoß, und das Gefühl ihrer feuchten Hitze auf meinem Schwanz ist so verdammt süß, dass ich all meine Energie darauf konzentrieren muss, nicht in sie hineinzugleiten.

Ich nehme ihr Gesicht in meine Hände, küsse sie, und lasse sie ihren eigenen Nektar schmecken.

Sie trifft meinen Blick, als sie ihre Hüften bewegt und mich vor ihrem Eingang positioniert. „Jake?"

Ich wollte es nie soweit kommen lassen, aber ihre Augen sind verschwommen vor Lust, und als sie sich über mir bewegt, hebe ich meine Hüften. Im nächsten Moment gleitet mein Schwanz in sie hinein – kein Kondom, kein Zögern –, und ich liebe es. Ich liebe es, zu wissen, dass nichts zwischen uns ist, und das Gefühl, dass nichts unsere Verbindung unterbrechen kann, erdet mich.

Ihr stockt der Atem, als ich sie fülle. „Oh Gott." Sie greift meinen Nacken. „Jake, es ist so gut. Besser, als ich ... *Gott*."

Emotionen steigen in mir auf, als ich sie jetzt so sehe, wie sie sich über mir bewegt. Ihre Augen sind entspannt, ihre Lippen geöffnet. Ich kämpfe gegen den Instinkt an, sie zu fest zu halten, und lockere meinen Griff auf ihren Hüften.

Sie schüttelt ihren Kopf und bewegt ihre Hände über meine. „Halt mich." Sie lehnt sich vor und schiebt ihr Gesicht in meinen Hals. „Sei nicht sanft."

Ihre geflüsterte Bitte bricht einen Damm in mir, und in einer schnellen Bewegung schlinge ich meine Arme um sie und ziehe sie zu Boden. Ava hebt die Knie an, öffnet ihren Körper für mich und stöhnt, als ich tiefer in sie hineinstoße.

„Du fühlst dich so verdammt gut an", flüstere ich ihr ins Ohr. Ich berühre ihre Brust und drücke sanft. Die Art, wie sie ihren Hals bewegt und ihre Wangen erröten, ist das Beste, was ich jemals gesehen habe. „So gut."

Als ihr Körper sich um meinen herum verengt und ihr sanftes Stöhnen zu verzweifelten Atemzügen wird, lege ich meinen Mund auf ihren und küsse sie mit allem, was ich fühle. Es ist zu viel, um es in mir drin zu behalten, und ich fokussiere mich auf diesen Moment: Ava nackt in meinen Armen, während sie kommt, ihre Verletzlichkeit eine Reflexion meiner eigenen Emotionen. ich liebe sie, und sie zu verlieren, würde mich zerstören. Ich kann es nicht. Ich werde es nicht tun.

„Du gehörst mir", sage ich, und meine Dringlichkeit lässt meine Worte schärfer klingen. *Mein.*

Sie sieht mich sanft an. „Ja. Nur *dein.*"

Ich nehme ihre Worte als das Versprechen, das ich brauche, und lasse mich gehen. Meine Augen sind geschlossen, als ich in dem Gefühl ihrer Haut auf meiner schwelge und endlich in ihr komme.

KAPITEL DREISSIG

Der Schlafzimmerventilator klickt über uns und verteilt kalte Luft auf unsere verschwitzten Körper. Wir haben aufgegeben, uns zu meiner Familie zu gesellen und verbringen stattdessen einen faulen Samstag in meinem Schlafzimmer. Ich habe Shay eine SMS geschickt und gesagt, dass wir uns entschieden haben, den Tag allein zu verbringen. *Erinnert euch daran, hydriert zu bleiben*, kam von ihr.

Ava zeichnet mit den Fingern über das Tattoo auf meinem linken Brustmuskel, ein entspanntes, zufriedenes Seufzen auf ihren Lippen. Wir haben kein Interesse daran, einander gehenzulassen, also genießen wir das stille Chalet in Zweisamkeit, solange wir können.

„Ich liebe dich", flüstert sie.

Ich presse einen Kuss auf ihren Kopf. „Ich liebe dich auch.“

„Ich kann immer noch nicht glauben, dass es wahr ist.“ Sie stützt sich auf einen Ellbogen und sieht auf mich herab, ihr dunkles Haar wie ein Vorhang.

„Wieso hast du so getan, als würdest du es nicht wissen?“, frage ich. Meine Stimme ist rau, mein Magen in Knoten bei der Erinnerung, wie ich mich ihr gegenüber offenbart habe und weggedrückt wurde. Ich wollte sie mehrere Male fragen, aber die Wahrheit ist, dass sie unsere Freundschaft gerettet hat, indem sie so tat, als wäre der Nachmittag unseres ersten Kusses nie passiert.

Ich war immer zu dankbar, dass ich sie nicht verloren habe, um es zu erwähnen.

„Was meinst du?“ Sie senkt ihren Kopf wieder aufs Kissen, und ich drehe mich, damit wir Gesicht zu Gesicht liegen, unsere Körper nur Zentimeter voneinander entfernt, unsere Finger ineinander verschränkt zwischen unseren Herzen.

„Du tust so, als hätte ich dir nie gesagt, was ich empfinde.“ Ich mustere sie. „Ich habe dir vor fünf Jahren gesagt, dass ich in dich verliebt war, und du ...“ Ich schlucke schwer, weil ich die Ablehnung nicht benennen will.

Ihre Augen füllen sich mit Tränen, aber sie blinzelt sie weg. „Du hast nur versucht, mich vor einer schlechten Entscheidung zu bewahren. Du hättest es nicht tun sollen, aber ich habe es verstanden. Ich wollte unsere Freundschaft nicht wegen einem Streit ruinieren.“

Ich runzele die Stirn. „Was meinst du?“

„Ich war wütend, weil du mich angelogen hast. Ich habe mehrere Tage darüber nachgedacht, die Hochzeit wegen dir abzusagen. Dann hat Harrison mir erzählt, dass er dich konfrontiert hat. Er hat gesagt, dass du ihm gesagt hast, dass du mich davon abbringen wolltest, ihn zu heiraten. Dass ich wie eine Schwester war."

Die Erinnerung fällt wie ein Stein in meinen Magen. Harrison war so angepisst, als er herausgefunden hat, dass ich Ava geküsst habe. Er wollte mich nicht in ihrem Leben. Und um ehrlich zu sein, dachte ich nicht, dass ich es selbst wollte. Als ich aus ihrer Wohnung verschwunden bin, nachdem ich ihr gesagt habe, dass ich in sie verliebt war, dachte ich, dass ich sie nicht in meinem Leben wollte, wenn sie nicht meine Freundin sein konnte. Es hat zu sehr wehgetan. Aber als Harrison in meiner Bar aufgetaucht ist, angepisst, weil ich seine Verlobte geküsst hatte, entschied ich, alles zu tun, was ich konnte, um meine beste Freundin zu behalten. Auch wenn ich ihn über meine Gefühle für Ava anlügen musste und so tat, als wäre meine Nacht mit Molly nie geschehen.

„Ich habe ihn angelogen, Ava." Ich schüttele den Kopf. „Ich habe ihm gesagt, was er hören wollte, damit wir Freunde bleiben konnten. An dem Tag, als ich dich geküsst habe, habe ich jedes Wort ernst gemeint." Ich halte einen Moment inne und schließe die Augen, als der Rest ihrer Worte einsickert. *Sie hat die Hochzeit fast abgesagt? Für mich?*

„Es hätte so anders sein können." Eine Träne entkommt ihr und rollt über ihre Nase.

Ich lasse ihre Hand los, um sie wegzuwischen, bevor ich sage: „Vielleicht. Oder vielleicht hättest du ihn trotzdem geheiratet."

„Ich habe ihn geliebt. Ich wollte keinen von euch verlieren. Ich habe wirklich nicht gedacht, dass du mich so gesehen hast."

„Obwohl ich dich geküsst habe?", frage ich, meine Stimme rau.

„Nachdem ich jahrelang Gefühle für dich hatte, war es einfach, zu glauben, was du Harrison gesagt hast."

„Ich weiß nicht, wie lange ich schon in dich verliebt bin", sage ich. „Ich weiß nicht, ob ich es jemals *nicht* war. Aber ich habe nicht verstanden, was ich gefühlt habe, bis du mit Harrison zusammengekommen bist. Und als ich dann realisiert habe, was ich für dich empfand, hatte ich Angst. Ich habe so viel Zeit damit verschwendet, zu versuchen, über dich hinwegzukommen, dass es zu spät war, als ich dir meine Gefühle gestanden habe."

„Dann habe ich ihn geheiratet", sagt sie. „Du bist zu meiner Hochzeit gekommen, hast auf meiner Hochzeit *getanzt* und mir gesagt, dass du dich für mich gefreut hast. Wir haben zusammen nach Häusern gesucht, wo ich mit einem anderen Mann alt werden wollte."

„Ich war bereit, alles zu tun, um unsere Freundschaft zu behalten, aber ich wollte immer mehr, Ava. *Immer*." Ich rolle mich auf sie und halte ihre Hände über ihren Kopf.

„Du hast mich jetzt", schwört sie. „Solange du mich willst."

Ich küsse sie, bevor sie mehr sagen kann. Ich küsse

sie innig, bevor ich mich an die Worte erinnere, die ihren Schwur brechen könnten.

Noah McKinley, Sohn, vier Jahre alt.

AVA

„Du strahlst." Ellie grinst, als sie sich an unseren Tisch im *Ooh La La!* setzt. Sie verengt die Augen und schüttelt langsam den Kopf. „Und es ist nicht nur ein ‚Ich habe das Wochenende in der Sonne verbracht'-Strahlen. Es ist ein ‚Ich hatte so viele Orgasmen, dass meine Muskeln nicht mehr funktionieren'-Strahlen."

Ich sehe runter zu meinem Kaffee und versuche, mir das Grinsen zu verkneifen. Aber ich scheitere kläglich. Ein Wochenende mit wundervollem Sex und unendliche Liebesgeständnisse bringen die glückliche Ava zum Vorschein. „Das ist ein ganz schön spezifisches Strahlen."

„Liege ich falsch?"

„Überhaupt nicht." Ich presse meine Hände auf meine heißen Wangen. Es ist Dienstagmorgen, und auch wenn ich dutzende Dinge habe, über die ich mir Sorgen machen sollte – meine fehlende Arbeitsstelle ganz oben auf der Liste, und mein potenzieller Neffe nicht weit darunter –, bin ich glücklich. Alles wird gut gehen. Ich glaube daran. „Ich bin so verliebt, Ellie."

Sie quietscht und klatscht die Hände zusammen. „Ich liebe es! Ihr seid so verdammt gut zusammen!" Ihr Handy klingelt, und sie zieht es aus ihrer Tasche, ehe sie den Bildschirm mit gerunzelter Stirn anblickt. „Scheiße, ich muss da rangehen. Bin gleich wieder da."

Ich winke sie ab. „Kein Problem. Ich habe sonst nichts vor."

Sie lächelt dankbar und geht nach draußen, um an ihr Handy zu gehen. Ich bleibe mit meinen Gedanken an Jake und unser perfektes Wochenende sitzen.

„Ava, wie geht es dir?"

Ich drehe mich zu Harrison, der auf meinen Tisch zugeht. Er sieht in seinem grauen Anzug und der Nadelstreifenkrawatte gut und professionell aus, aber zum ersten Mal fühle ich mich nur vage nostalgisch, als ich ihn sehe, statt um seine Liebe zu trauern. „Guten Morgen, Harrison."

„Guten Morgen." Er mustert mich und schüttelt den Kopf. „Du siehst gut aus. Hast du etwas geändert?"

„Ich habe meinen Job verloren und mich verliebt. Die Änderung ist wahrscheinlich der Stressverlust."

Er hebt eine Braue. „Die meisten Menschen würden gestresst sein, *weil* sie ihre Stelle verloren haben."

Ich zucke mit den Schultern. „Es wird schon gut gehen."

„Du und Jake, hm?" Er trinkt einen Schluck von seinem Becher. „Verdammt. Ich schätze, ich hätte es wissen müssen."

Ich kann nicht anders, als zu lächeln. „Es hat endlich gepasst."

Er grunzt und sieht nach draußen, wo Ellie immer noch telefoniert und jetzt den Gehweg auf- und abläuft.

„Ich schätze, ich hatte wohl doch einen Grund, eifersüchtig zu sein.“

Schuldgefühle überschwemmen mich, als ich Schmerz in seinem Gesicht sehen. Ich will mich nicht schuldig fühlen, und er verdient diese Gefühle nicht, aber es ändert nicht, dass ich etwas für Jake empfand, als ich mit ihm zusammen war. „Harrison?“ Ich warte, bis er mir in die Augen sieht, bevor ich weiterspreche: „Es war bis vor kurzem nichts zwischen uns. Ich kann nicht verleugnen, dass ich Gefühle für Jake hatte, aber bis vor kurzem waren wir nie auf romantische Weise miteinander involviert. Ich war immer ehrlich.“

„Naja, ist ja eine alte Geschichte. Ich schätze, ich bin nur überrascht. Wenn *ich* mit Molly geschlafen hätte, hättest du nie wieder mit mir gesprochen.“

Ich runzele die Stirn. „Du hast mit Molly geschlafen?“ Ich schüttele den Kopf. Das ist nicht das, was er gesagt hat. Überhaupt nicht. „Was willst du damit sagen?“

Er schmunzelt, und etwas, das zu sehr nach Freude aussieht, erfüllt sein Gesicht. „Ah, der gute, alte Jake hat dir nicht gesagt, dass er mit deiner Stiefschwester geschlafen hat?“

Mir wird ganz flau im Magen, und ich falle fast um. „Das ist eine ekelhafte Lüge.“

Harrison schüttelt nur den Kopf. „Wenn es das ist, was du dir sagen musst.“

„Jake würde nie mit Molly schlafen.“ Meine Stimme ist so laut, dass ich zusammenzucke. „Wieso sagst du sowas überhaupt?“

Er zuckt mit den Schultern. „Vielleicht war es nur das

eine Mal. Ich erinnere mich daran, gesehen zu haben, wie sie hinten im Jackson Brews miteinander rumgemacht haben. Das war das einzige Mal, dass ich Jake in der Öffentlichkeit mit einer Frau gesehen habe, aber man, er hatte seine Hände überall."

Wieso tut er das? Wieso hasst er es, dass ich glücklich bin?

Aber statt darauf zu bestehen, dass er lügt, oder das Gespräch zu beenden, höre ich mich selbst fragen: „Wann?"

„Gott, Ava. Es ist eine Ewigkeit her. Ich sage nicht, dass er dich betrügt."

„Ich will wissen, *wann*."

Er wirft seine freie Hand in die Luft und seufzt genervt, bevor er plötzlich mit den Fingern schnipst. „Es war an dem Wochenende, als wir uns verlobt hatten. Um ehrlich zu sein, war es einer der Gründe, wieso ich darüber hinweggekommen bin, dass er dich geküsst hat. Ich dachte, er könnte es nicht zu ernst gemeint haben, wenn er sich umgedreht und mit Molly rumgemacht hat. Entweder das, oder er ist ein größeres Arschloch, als ich gedacht habe."

Das Wochenende, als wir uns verlobt haben. Mein Magen zieht sich zusammen. Immer und immer wieder.

„Ich hätte dir vorher davon erzählen sollen, aber Molly hat mich gebeten, nichts zu sagen."

Ich verenge meine Augen. „Wieso?"

Er verzieht das Gesicht. „Sie hat mir gedroht, dir zu erzählen, dass ich mich zuerst an sie rangemacht habe." Er winkt mich ab. „Das war bevor wir zusammengekommen sind, aber ich wusste, dass es dir wehtun würde, also habe ich ihr Geheimnis für sie bewahrt."

Damals hätte es mich zerstört. Harrison war der einzige Beweis, dass Molly nicht *immer* besser war als ich, und es hätte mich umgebracht, zu wissen, dass seine Geschichte darüber, wie er mich bevorzugt hatte, eine Lüge war. Heute interessiert es mich nicht. Aber ... *Jake.* Das kann nicht wahr sein, oder?

„Ich schätze, du hättest es sowieso erfahren." Er mustert mein Gesicht. „Ava, ist alles in Ordnung?"

„Bist du dir sicher?" Ich halte die Kaffeetasse so fest, dass sie zur Seite kippt und ich heißen Kaffee über meine Hand schütte. *„Scheiße."*

Harrison greift nach ein paar Servierten und hilft mir.

„Es hätten Levi oder Carter sein können", sage ich, während ich die nassen Servietten in einen Haufen schmeiße, ehe ich Harrison in die Augen sehe. „Oder verdammt, es klingt, als hätten sie und Brayden miteinander geschlafen, als er letzte Woche in New York war. Vielleicht hast du ihn mit ihr gesehen."

„Es war definitiv Jake. Ich kann den besten Freund meiner Frau und seine Brüder voneinander unterscheiden."

„Es war vor fast fünf Jahren." *Und Molly hat ein Kind, das vier Jahre alt ist. Ein Kind, das sie vor allen in Jackson Harbor geheim gehalten hat.* Meine Kehle schnürt sich zu, und Tränen steigen mir in die Augen. „Wieso sagst du das? Willst du, dass ich unglücklich bin?"

„Ich dachte nicht, dass es wichtig ist. Ich wollte

keinen Ärger hervorrufen." Harrisons Ausdruck wird mitfühlend, und ich hasse es.

„Du weißt, dass es einen Unterschied macht, Harrison." Es macht mehr als nur einen Unterschied. Es hätte sogar einen Unterschied gemacht, wenn sie einen One Night Stand ohne Konsequenzen gehabt hätten. Aber wenn man dazu rechnet, dass Jake mir nie davon erzählt hat, und dann auch noch, dass Molly ein geheimes Kind hat?

Ist Noah Jakes Kind?

Harrison senkt seine Stimme, als er hinzufügt: „Ich lüge nicht, und es tut mir leid, dass er nicht ehrlich war. Ich dachte, ihr erzählt einander alles."

Ich kann kaum atmen, als ein schrecklich schweres Gewicht sich auf meine Brust setzt, aber ich hebe mein Kinn und erzwinge mir ein Schulterzucken, als würde ich die Sache einfach wegwinken können. „Wir werden damit fertig."

„Ich fühle mich beschissen. Gibt es etwas, das ich tun kann?"

Ich schüttele den Kopf. „Geh zur Arbeit. Hab einen guten Tag. Alles ist gut."

Harrison runzelt die Stirn, nickt aber. „Dann hab einen guten Tag." Er hält Ellie die Tür auf, bevor er verschwindet.

Sie lächelt, als sie sich setzt. „Zurück zum Thema. Ich weiß, dass du es kaum erwarten kannst, eine Familie zu gründen, aber genießt einander erst einmal. Seid zusammen. Flirtet. Vögelt an öffentlichen Plätzen. Familie kommt später."

Das Gewicht von Harrisons Worten ist zu schwer, und ich beginne, mich taub zu fühlen, aber ich blinzele sie an, als ich sage: „Wir haben keine Kondome benutzt." *Und ich bin so eine Idiotin.*

Ellie reißt die Augen auf. „Wieso nicht?"

Jake ist vielleicht der Vater von Mollys Kind, und ich hatte das ganze Wochenende über ungeschützten Sex mit ihm.

„Ava, ist alles in Ordnung?"

„Ich habe seit vor meiner Hochzeit keine Verhütung benutzt." Aber das ändert nichts daran, dass es eine bewusste Entscheidung war. Jake und ich hatten Sex ohne Kondome, weil wir einander lieben und eine Schwangerschaft in dem Moment wie eine tolle Möglichkeit erschien und nicht wie ein Risiko. Ich stehe auf. „Ich muss gehen, Ellie."

„Ich wollte dich nicht verärgern."

„Hast du nicht." Ich presse eine Hand über meinen Bauch. „Ich muss mit Jake sprechen."

KAPITEL EINUNDDREISSIG

JAKE

„Jake! Es tut mir leid, dass ich dieses Wochenende keine Zeit hatte. Wie geht's?"

Ich fahre mit einer Hand über mein Haar und gehe auf und ab in meiner Wohnung, unsicher, ob ich diese Antwort ehrlich beantworten kann. Auf der einen Seite habe ich das Wochenende mit Ava verbracht und mich nie besser gefühlt. Auf der anderen Seite telefoniere ich mit Avas Stiefschwester, damit ich sie fragen kann, ob sie mein Kind vor vier Jahren geboren hat. Der Gedanke ist so verrückt, dass ich lache. „Gut, glaube ich."

„*Glaubst* du? Du hilfst der Liebe deines Lebens, schwanger zu werden. Es sollte dir *wundervoll* gehen." Molly grunzt, anscheinend amüsiert. „Also, was ist los?"

„Hör mal ..." Ich räuspere mich, unsicher, womit ich

beginnen soll. „Wir wollten die Formulare für deine Krankenversicherung einreichen und haben gesehen, dass jemand von dir abhängig ist."

„Was?" Ich höre den Schock in ihrer Stimme und weiß sofort, dass sie den Grund für meinen Anruf versteht. „Ich habe die Formulare über die Webseite der Firma ausgefüllt. Ich dachte, es wäre vertraulich."

„Nein, so funktioniert das nicht." *Scheiße.* Ich gehe durch mein Wohnzimmer und lasse die Stille zwischen uns wachsen, während ich auf eine Erklärung warte. „Molly?"

„Gibt es ein Problem damit, dass ich ein Kind habe? Bedeutet das, dass ich nicht für Jackson Brews arbeiten kann?"

Ich schließe meine Augen und setze mich. „Du weißt, dass das nicht der Grund ist, aus dem ich anrufe." Ein weiterer Moment der Stille vergeht. „Ava war da, als Brayden mich über dein Kind gefragt hat. Nicht einmal deine Stiefschwester wusste von ihm. Was zur Hölle ist los?"

„Du hast *Ava* von ihm erzählt? Gott, ist es unangemessen, dass ich erwartet habe, dass meine vertraulichen Formulare vertraulich bleiben?" Sie atmet aus. „Was für ein Desaster."

„Du hättest mir sagen können, dass du schwanger warst. Du musstest es nicht geheim–"

„Es geht dich nichts an. Es ist *privat.*"

„Ist es das? Wir waren im August zusammen." Ich schüttele den Kopf und ziehe an meinem Haar. Ich habe mir das ganze Wochenende lang gesagt, dass es verrückt ist, anzunehmen, dass die Frau, mit der ich vor fünf Jahren einmal geschlafen habe, mein Kind hatte. Aber es war einfach, das zu sagen, weil ich mir so sicher war, dass sie mir sofort den Namen des Vaters nennen würde. „Er wurde am zweiten Mai geboren." Sie ist zu leise. „Was soll ich mit dieser Information anstellen?" Ich klinge so verzweifelt und panisch, wie ich mich fühle.

„Es ignorieren? Vergessen? Nie wieder darüber reden?"

„Ist er mein Sohn?"

Sie seufzt. „Er ist mein Sohn, Jake. Nicht deiner. Nur meiner."

„Wie kann ich glauben, dass er nicht mein Sohn ist?" *Bitte gib mir einen verdammten Grund, weswegen ich dir glauben sollte.*

„Noah ist *mein* Sohn. Ich bin seine Mutter, also stell bitte keine Fragen und rede *bitte* nicht darüber." Sie verstummt und seufzt, als wäre der Kampfgeist in ihr erloschen. Als sie wieder redet, ist ihr Ton sanfter. „Kannst du Ava sagen, dass es ein Fehler war? Dass ich einen Fehler gemacht habe oder so?"

„Ich kann sie darüber nicht anlügen." *Das werde ich nicht.* Ich habe bereits genug versaut.

„Wieso nicht? Du hast Jahre damit verbracht, ihr nicht von deinen Gefühlen zu erzählen, und dann Jahre, ohne unseren betrunkenen Fehler zu erwähnen."

„Es ist anders. Ava und ich—"

„Ich will es nicht hören, Jake. Bitte. Du hast dein Leben. Genieß es, aber zwing mich nicht, die Details zu hören, weil euer gemeinsames Leben so besonders ist.

Nein." Ihre Stimme bricht, und ich fühle es in meiner Brust. Ich kenne den Schmerz, den sie verspürt, und ich wünschte, ich hätte nie etwas getan, um es schlimmer zu machen.

„Du kannst dein Kind nicht für immer verheimlichen. Sein Vater hat ein Recht, ihn zu kennen."

„Das sind alles nur Vermutungen, und ich bin fertig mit diesem Gespräch. Ich frage dich so freundlich, wie ich kann, dass du es vergisst. Wenn ich eine andere Stelle finden muss, kann ich das tun."

Und sie allein und arbeitslos mein Kind erziehen lassen? „Das habe ich nicht gesagt. Du musst zugeben, dass ich ein Recht habe, Fragen zu stellen, wenn man das Timing bedenkt."

Ich höre das Schloss, bevor die Tür aufschwingt und Ava reinkommt, ihr Gesicht finster. Sie war so glücklich, als sie diesen Morgen gegangen ist. *Ich auch.*

Sie sieht zu mir, dann zum Handy in meiner Hand.

Molly atmet aus. „Ich muss gehen. Ich werde nicht mehr darüber reden."

Ich öffne meinen Mund, um zu widersprechen, aber sie legt auf, bevor ich auch nur ein Wort sagen kann. Ich nehme das Telefon von meinem Ohr und starre auf den Bildschirm.

„Wer war das?", fragt Ava.

Die Wut in ihren Augen fühlt sich an wie ein Hieb in die Magengrube. „Molly."

Sie nickt und dreht sich weg, ihre Wangen eingesogen, als würde sie sie von innen beißen. „Hast du die ganze Zeit von ihrem Kind gewusst, oder war es eine Überraschung?"

Ich werfe mein Handy auf den Kaffeetisch. Der Anruf hätte meine Fragen beantworten und mich erleichtern sollen. Aber er hat nichts von beidem getan. „Wir haben gleichzeitig davon erfahren."

Sie reibt ihre Arme. „Ich hätte realisieren sollen, dass etwas los war, als ich gesehen habe, wie sehr diese Neuigkeiten dich mitgenommen haben." Sie lacht. „Ich habe gedacht, dass du Mitgefühl für mich hattest. Die arme Ava hat so eine beschissene Beziehung zu ihrer Schwester, dass sie nicht einmal wusste, dass sie einen Neffen hat." Sie wirft ihre Tasche aufs Sofa und geht ziellos umher. „Aber ich bin der Witz, denn du hast meine Schwester neun Monate vor der Geburt ihres geheimen Sohnes gefickt."

Alles in mir zieht sich bei ihren Worten zusammen. „Wer hat dir davon erzählt?"

„Harrison." Sie bleibt mit dem Rücken zu mir stehen und gibt ein zynisches Lachen von sich. „Gott, man würde denken, dass ich sowas von jemandem erfahren würde, der *nicht* mein Ex-Mann ist, aber nein ... Das würde ja keinen Spaß machen, oder?" Sie dreht sich langsam um und sieht mir in die Augen. „Und du kannst es nicht leugnen."

Ich schlucke schwer, aber der Kloß in meinem Hals bewegt sich nicht. Ich gehe auf Ava zu und nehme ihre Hände in meine. „Ich war bestürzt, weil du mich abgewiesen hast. Ich habe zu viel getrunken, und sie war da und ... Es war *eine* Nacht."

Ava zieht ihre Hände weg. „Eine Nacht ist genug. Eine Nacht war genug, um Harrisons und meine Ehe zu ruinieren, und eine Nacht war genug, um Molly ein Kind zu geben.“

„Vergleich mich nicht mit ihm. Ich war mit Molly, *nachdem* du mich abgelehnt und weggeschickt hast. Ich würde dich *niemals* betrügen. Ich würde dich nicht so verraten.“

„Und doch hattest du fünf Jahre, um mir zu sagen, dass du mit meiner Stiefschwester geschlafen hast, und hast nie ein Wort gesagt.“

„Es tut mir leid. Ich schwöre, ich wusste nicht von Noah. Molly hat mir nie erzählt, dass sie schwanger war, oder dass sie ein Kind hatte.“ Ich hebe die Hände in die Luft. „Ich weiß immer noch nichts, um ehrlich zu sein. Sie wollte nicht darüber reden. Sie hat gesagt, er ist nicht mein Sohn, aber ...“ *Sie war nicht sehr überzeugend.* „Ava, wir werden es gemeinsam durchstehen. Ich verspreche es dir.“

Sie schlingt die Arme um ihre Mitte. „Weißt du, wieso ich realisiert habe, dass du mir nicht ein Kind geben kannst?“

Ich beiße die Zähne zusammen. „Weil du mich geliebt hast und mehr wolltest als mein Sperma.“

Sie schüttelt den Kopf. „Nein, das ist es nicht.“

„Wieso dann?“ Die Worte sind verletzlich, genauso wie jeder Zentimeter meines Herzens.

„Du *weißt*, wieso, Jake. Ich wusste, dass du das Richtige tun würdest. Wenn ich schwanger geworden wäre, wärst du an meiner Seite geblieben, um zu helfen und ein

Vater zu sein, ob du es wolltest oder nicht. Ich weiß, dass du dasselbe für Molly und Noah tun wirst."

„Sie hat gesagt, dass er nicht mein Sohn ist." Ich bin verzweifelt. Panik und Verwirrung verknoten meine Organe, bis sie vor einer Explosion stehen.

„Glaubst du ihr? Sie hat fünf Jahre lang allen ein Kind verheimlicht, und du glaubst, dass er nicht dein Sohn ist, weil sie es am Telefon gesagt hat?" Sie mustert mich, und ihr Ausdruck schwankt. „Du glaubst es nicht. Ich sehe es in deinen Augen. Du denkst, dass sie dich angelogen hat."

Ich schließe die Augen. Vor ein paar Tagen war das einzige Kind in meinem Leben das, das ich mit Ava zeugen könnte, und jetzt denke ich darüber nach, Molly um einen Vaterschaftstest zu bitten. „Ich weiß nicht, was ich denken soll."

„Ich kann nicht mehr mit dir zusammen sein."

Zuerst glaube ich, dass ich sie nicht richtig gehört habe, aber ich registriere ihre Worte erst jetzt, und sie fühlen sich an wie ein Schlaghammer auf die Brust. Es ist ein Wunder, dass ich überhaupt noch aufrecht stehe. „Sag das nicht."

„Ich kann nicht mehr in der Bar arbeiten. Ich kann nichts tun. Du musst deine Scheiße klären, und ich muss dasselbe tun."

„Wir können es zusammen tun."

„Wir sind nicht gut füreinander." Die Worte kommen aus ihr wie Steine, die auf ein Fenster zufliegen. Ich fühle die Splitter.

„Du bist wütend und verwirrt, aber wir werden es zusammen schaffen."

Sie nickt, ihr Gesicht blass. „Ich weiß, dass *du* es wirst. Aber nicht mit mir. Es tut mir leid."

Ich greife nach ihr, aber sie tritt zurück und geht meiner Berührung aus dem Weg. Ich bin nicht sehr temperamentvoll, aber das bisschen, das ich habe, braut sich zu einem dunklen Sturm in meiner Brust zusammen.

Ich kann dich nicht verlieren.

Als sie aufsieht, rollen ihr Tränen über die Wangen. „Ich denke, du bist wundervoll."

Scheiße. Ich schüttele den Kopf, meine Verzweiflung und Panik verwandeln sich in Wut. „Ist das das ‚Es liegt nicht an dir, sondern an mir'-Gespräch? Ich habe echt keinen Bock auf diese Scheiße."

Sie hält eine Hand in die Luft, sagt: „Lass mich zu Ende reden", und ich zwinge mich, tief einzuatmen. „Daran zu denken, wie du sie berührt hast, lässt mich aus meiner Haut fahren." Sie schüttelt den Kopf und kneift die Augen zu. „Vielleicht kann ich irgendwann darüber hinwegkommen. Ich weiß es nicht. Aber ich weiß, dass ich nicht deine zweite Familie sein kann. Ich habe es dir bereits gesagt. Ich kann einfach nicht, Jake."

Ich bin mir nicht einmal sicher, was ich sagen soll. Sie hat gerade meine Eingeweide herausgeschnitten. Soll ich etwa mitfühlend sein? Ich verstehe, wie schwer ihre Teenagerjahre für sie waren. Sie musste mit ihrem Arschloch-Vater in einem Haus leben, in dem sie sich wie ein Gast gefühlt hat. Zu nicken, während sie mich in dieselbe Kategorie einordnet wie der Mann, der sie betrogen und alle ihre Unsicherheiten bestätigt hat? „Vergleich mich nicht mit den zwei schlimmsten Männern in deinem Leben." Meine Worte sind scharf vor Wut und Verzweiflung. „Du warst nie meine zweite Wahl, und das wirst du niemals sein."

Sie schüttelt den Kopf und presst eine Hand über ihren Bauch. „Ich kann nicht die zweite sein, und ich kann nicht der Grund sein, wieso du nicht tust, was richtig ist." Sie tritt um mich herum, nimmt sich ihre Tasche und geht auf die Tür zu.

„Ich würde dich niemals so verletzen, wie sie es getan haben."

„Das hast du bereits."

Die Worte treffen mich mitten in der Brust und rauben mir jegliches Argument. *Das habe ich bereits.* „Geh nicht. Bitte geh nicht."

Sie hält mit der Hand auf dem Türknauf inne und sieht über ihre Schulter zu mir. „Ich muss gehen."

Die Tür schließt sich leise, und ich fühle mich, als hätte sie mich gerade lebendig begraben. Was soll ich mit all dieser Wut und Frustration und Hilflosigkeit tun, die in meiner Brust wüten?

Ich gehe zum Fenster und sehe auf den Gehweg herab, bis Ava auftaucht und weggeht. Ich stemme meine Hände gegen meinen Kopf, als würde es meinen Lungen den Raum geben, den sie brauchen, weil sie von dieser ganzen *Scheiße* runtergedrückt werden.

Es funktioniert nicht. Ich will ihr hinterherrennen und fordern, dass sie es zurücknimmt. Ich will auf die Knie fallen und sie anflehen, bei mir zu bleiben.

Aber ich kann nichts davon tun, bis ich mit Molly spreche, und ich weiß jetzt, dass das Gespräch nicht über das Telefon geführt werden kann.

Ich muss nach New York fahren und herausfinden, ob ich einen Sohn habe.

AVA

„Mehr Eis?" Ellie bietet mir den Becher mit Chunky Monkey Erdnussbuttereis an. „Oder mehr Wodka?"

Ich schiebe den Becher weg und stöhne, während ich meinen Magen reibe. „Gott, ich kann nicht mehr. Ich habe keinen Platz mehr."

Ich habe sie angerufen, nachdem ich Jakes Wohnung verlassen habe, und sie hat mich vor meinem Haus angetroffen. Nachdem ich voller Tränen zugegeben habe, was zum Schluss unserer Beziehung geführt hat, haben wir den ganzen Tag damit verbracht, uns *Grey's Anatomy* reinzuziehen und Seelenfutter zu essen.

Ihr Blick fällt zu meiner Hand, ehe sie die Stirn runzelt. „Was passiert, wenn du schwanger bist?"

Diese Worte entfachen eine Flut von Wehmut in

meiner Brust, aber ich schüttele den Kopf. „Das werde ich nicht sein. Harrison und ich haben zwei Jahre lang versucht, schwanger zu werden, aber es hat nie geklappt. Es ist ziemlich unwahrscheinlich, dass ich es nach einem Wochenende mit Jake bin.“

„Aber was, wenn?“, fragt Ellie sanft. Sie war heute sehr gut darin, einfach nur zuzuhören und ihre Meinung nicht zu teilen, also bin ich entsprechend irritiert, dass sie darauf besteht.

„Dann bin ich schwanger und muss nicht mehr zur Klinik gehen.“ Ich ziehe meine Füße auf die Couch und schlinge meine Arme um die Beine. „Ich würde ein Kind niemals als Fehler ansehen, Ell. Egal, was kommt.“

Sie sieht mich mit sanftem Blick an. „Natürlich würdest du das nicht. Ich meinte nur, dass Jake im Leben dieses Kindes sein wollen würde, oder?“

Ich schlucke schwer und sehe weg. Wann ist mein Leben so dramatisch geworden? Molly hat ein Baby und hat niemandem etwas darüber gesagt, dass es Jakes sein könnte, und ich hatte ungeschützten Sex mit Jake und bin eventuell schwanger. „Ich schätze, ich werde mich damit beschäftigen, wenn es so weit ist.“

Ellie legt ihren Kopf auf meiner Schulter ab. „Lass dir etwas Zeit, um verletzt oder wütend zu sein, aber dann solltest du mit ihm reden. Du kannst Jake nicht einfach aus deinem Leben streichen. Du liebst ihn.“

„Er hat mein Herz gebrochen“, flüstere ich. „Während er mit ihr geschlafen hat, habe ich versucht, zu entscheiden, ob ich Harrison seinen Ring zurückgeben sollte, um mit Jake zu sein. Ich war bereit, mein Leben auf den Kopf zu stellen, und er ist mit *Molly* ins Bett gesprungen. Das macht mich zu einer Idiotin."

„Aber er ist zuerst zu dir gekommen, oder? Er war betrunken und aufgebracht, und das ist der einzige Grund, wieso er mit ihr zusammen war."

Ich schubse ihre Schulter und sehe sie finster an. „Ich bin noch nicht bereit, dass du ihn verteidigst."

Sie nickt. „Richtig. Er ist ein Arschloch, das eine schlimme Sache getan hat. Es ist wahr. Wir können die Nuancen seiner Entscheidungen in ein paar Tagen besprechen."

Ich greife nach meinem Wasser und trinke einen Schluck. „Danke."

„Hast du Molly angerufen?", fragt Ellie. „Vielleicht würdest du dich besser fühlen, wenn sie dir von dem Kind erzählt."

Ich schüttele den Kopf. „Ich bin richtig wütend auf sie."

„Weil sie mit Jake geschlafen oder dir ihr Kind verheimlicht hat?"

„Beides", flüstere ich. Ich dachte ich würde nicht mehr weinen, aber heiße Tränen stechen in meinen Augen. „Aber am meisten bin ich wütend, weil es wehtut, zu wissen, dass sie etwas hat, das ich vielleicht niemals haben werde. Und es bedeutet, dass sie Jake bekommen könnte."

JAKE

Als ich Brayden geschrieben habe, um zu sehen, ob wir reden können, hat er gesagt, dass er und Mama bei Ethan Kaffee trinken. Ich finde sie am Küchentisch vor und küsse Mama auf die Stirn, bevor ich einen Stuhl vorziehe und mich zu ihnen geselle.

„Wo ist Ava heute Morgen?“, fragt Mama. Sie sieht gut aus – Farbe auf den Wangen und ein Licht in den Augen, das vor ein paar Monaten fast erloschen wäre.

„Sie ist zu Hause.“ Es ist nur eine halbe Lüge. Ava ist wahrscheinlich zu Hause, aber ich weiß es nicht, da sie immer noch nicht mit mir redet. Ich will nicht, dass Mama sich über unsere Beziehung sorgt. Nicht, wenn ich immer noch an der Chance festhalte, dass ich diese Scheiße beheben könnte.

Mama nickt. „Es war toll, dass sie fürs Wochenende mitgekommen ist. Es war wie früher.“ Sie schiebt ihren Stuhl zurück und greift nach ihren Krücken, während Brayden und ich gleichzeitig aufstehen um zu helfen. „Ich werde etwas lesen und euch Jungs übers Geschäft reden lassen. Ihr macht die Träume eures Vaters zur Realität“, sagt sie, als sie uns weg winkt.

Wir setzen uns erst wieder, als sie in die Wohnung hinter Ethans Garage verschwunden ist.

„Könnt ihr euch ein paar Tage um die Bar kümmern?“, frage ich, als wir allein sind. „Ich muss etwas erledigen.“

„Kein Problem. Ist alles in Ordnung?“

Ich schüttele den Kopf. Meine Welt steht auf dem

Kopf, und er fragt mich, ob alles *in Ordnung* ist. „Das wird es sein." Ich klinge viel selbstbewusster, als ich mich fühle.

Brayden geht zur Kaffeekanne und füllt seine Tasse nach. „Hast du mit Molly geredet?"

Ich atme tief ein. „Ja. Ich habe sie heute Morgen erreicht." Als er mich wartend ansieht, schüttele ich den Kopf. „Hatte Levi recht? Ist etwas zwischen euch passiert, als du in New York warst?"

Brayden trinkt einen Schluck und überlegt. „Ich bin normalerweise professioneller, aber wir hatten einen langen Tag und ein paar Drinks mit unserem Abendessen. Eins ist zum anderen gekommen. Sie ist hübsch, weißt du? Nicht nur hübsch, sondern ..." Er schüttelt den Kopf. „Ich kann nicht glauben, dass sie mir nicht von ihrem Kind erzählt hat. Ist es wahr?"

Schuldgefühle machen mir das Atmen schwer. Ich hasse es. Es interessiert mich nicht, dass Brayden mit einer Frau geschlafen hat, mit der ich einmal betrunken Sex hatte, aber ich glaube nicht, dass er dasselbe fühlen würde. „Ich habe sie heute Morgen angerufen, und Noah ist ihr Sohn. Ich weiß nicht, wer der Vater ist, und sie will es mir nicht sagen. Ich werde hinfliegen und sehen, ob ich es herausfinden kann."

Er verzieht das Gesicht. „Wieso willst du wissen, wer der Vater ist?"

„Ich muss es wissen."

„Aber wieso–" Ich erkenne den Moment, als er es realisiert. „Verdammte Scheiße, Jake. Du hast mit ihr geschlafen?"

„Es war nur eine Nacht." Ich warte einen Moment und zwinge mich, den Rest zu sagen. „Eine Nacht im August vor fünf Jahren." Ich kann fast sehen, wie er im Kopf nachrechnet. Er schließt die Augen und knallt seine Tasse auf den Tresen.

„Es tut mir leid. Dass sie ein Kind hat, war ein Schock und–"

„Hör auf, zu reden."

„Ich weiß nicht einmal, ob er mein–"

Seine Faust trifft auf meinen Kiefer, und die rechte Seite meines Gesicht explodiert vor Schmerz.

„Geh, sei ein verdammter Mann und kümmere dich um dein Kind." Er stürmt aus dem Haus, und ich lasse ihn. Es gibt nichts anderes zu sagen.

Als er weg ist, schnappe ich mir gefrorene Erbsen aus Ethans Kühltruhe, presse die Tüte gegen mein Gesicht und ziehe mein Handy aus der Tasche, um einen Flug zu buchen.

Die Sonne geht unter, als ich an Mollys Tür klopfe. Ich schließe meine Augen. Jeder Schritt, der mich hergebracht hat, war auf Autopilot, und mein Gehirn hat nicht aufgehört, zu arbeiten. Als Molly mich gebeten hat, Ava nicht von unserer Nacht zu erzählen, hatte ich gedacht, dass sie ihre Beziehung zu ihrer Stiefschwester nicht ruinieren wollte. Aber jetzt sehe ich ihre Bitte in neuem Licht. Wieso hat sie mir nicht erzählt, dass sie schwanger war? Sogar, wenn sie noch mit jemand anderem zu dieser Zeit geschlafen hat, gibt es eine Chance, dass dieses Kind meins sein könnte. Wieso hat sie mir nicht gesagt, dass sie vielleicht mein verdammtes Baby hatte?

Die Gründe sind egal. Ava hat Recht. Am Ende des Tages werde ich ein Teil im Leben meines Kindes sein. Also bin ich hier. Weil ich vielleicht ein Kind habe. Weil es das Richtige ist.

Molly öffnet die Tür und runzelt verwirrt die Stirn, als sie mich sieht. „Was tust du hier?"

„Wir müssen reden."

Sie hebt sich auf ihre Zehenspitzen und sieht über meine Schulter. „Wo ist Ava?"

„Sie ist zu Hause. Sie hat Schluss gemacht und geht nicht ans Telefon, also wäre es schwierig gewesen, sie herzubringen." Ich klinge wütend, als wäre es Mollys Schuld, aber das ist es nicht. Ein Teil davon, ja, aber wenn Noah mein Sohn ist, dann muss ich zugeben, dass ich genauso Schuld trage. *Was für ein Fiasko.*

„Sie hat Schluss gemacht? Heißt das, dass ihr endlich zusammengekommen seid?"

„Ja. Kurz. Bis sie von unserer Nacht und deinem Sohn innerhalb von ein paar Tagen erfahren hat."

„Mama?"

Meine Brust zieht sich so schwer zusammen, als ich die Stimme eines kleinen Jungen höre. Ich stütze mich am Türrahmen ab. Ich bin mir nicht einmal sicher, ob ich geglaubt habe, dass er existiert. *Denk nicht zu viel nach. Tu einfach das Richtige.*

Molly sieht über ihre Schulter und ruft in die

Wohnung: „Noah, Liebling, Mama kommt in 1 Minute. Ich muss mit jemanden im Flur sprechen. Du kannst Cartoons gucken.“

„Sogar *Pider-Man?*“, fragt er.

„Sogar *Spiderman*“, ruft sie zurück.

Ich fühle mich, als wäre der Boden unter meinen Füßen verschwunden.

Molly kommt aus der Wohnung, und ich bewege mich zur Seite, damit sie die Tür schließen kann. Sie liegt ihren Kopf zur Seite und mustert mein Gesicht. „Du musstest nicht herkommen. Es tut mir leid wegen dir und Ava, aber ich habe dir bereits am Telefon gesagt, dass es nichts mit dir zu tun hat.“

Ich starre die Tür an und denke an die kleine Stimme, die ich gehört habe. „Du hast mir nicht viel Grund gegeben, dir zu glauben.“

Als ich wieder zu ihr sehe, sind ihre Augen weit aufgerissen. „*Grund?* Du brauchst einen *Grund?* Er ist nicht dein Kind. Sei froh. Du bist vom Haken. Du und Ava könnte euer Happy End haben.“

„Wessen Sohn ist er dann?“

„Er ist *meiner*.“ Es ist circa dreißig Grad im Flur, aber ihre Worte sind so kalt wie der Winterwind.

„Wer ist *der Vater*, Molly?“

Sie trifft meinen Blick mit feurigen Augen. „Ich schulde dir das nicht. Ich schulde dir *nichts*.“

„Dann mach einen DNA-Test. Beweis mir, dass er nicht mein Sohn ist. Ich kann es nicht ruhen lassen, bis ich es sicher weiß.“

Sie wirft die Arme in die Luft. „Du willst dein Geld

verschwenden? Alles klar. Muss toll sein, Geld zu haben, das man wegpissen kann." Sie wartet einen Moment, bevor sie sagt: „Du erinnerst dich ernsthaft nicht?"

„Woran?"

„Jake, wir haben nicht miteinander geschlafen. Wir waren beide betrunken, aber du warst komplett weg. Als wir in deine Wohnung gegangen sind, dachte ich wir würden ins Bett springen, aber stattdessen ..." Ihre Schultern senken sich, als sie ausatmet. „Wir haben ein bisschen rumgemacht, aber dann hast du uns gestoppt. Du hast gesagt, Ava würde es dir niemals verzeihen." Sie hält meinen Blick. „Noah kann nicht dein Sohn sein, weil wir nie miteinander geschlafen haben."

Gibt einen speziellen Platz in der Hölle für Arschlöcher wie mich, weil alles, was ich fühle, Erleichterung ist. *Ich habe kein Kind mit Molly. Ihr kleiner Junge ist nicht mein Sohn.*

Bitte lass es wahr sein.

Ihre Augen sind flehend. „Würdest du jetzt bitte vergessen, dass du etwas darüber weißt?"

„Ich verstehe nicht. Wenn du dein Kind nicht verheimlicht hast, um mich zu beschützen, dann ..."

Sie lacht, aber ihre Augen sind voller Tränen. „Du denkst wirklich, dass ich mich in New York versteckt hätte, wenn ich das Kind eines *Jacksons* gehabt hätte?" Die greift sich an den Bauch, und ich kann nicht entscheiden, ob sie versucht, sich ihr Lachen wegzudrücken, oder ob sie denkt, dass sie sich übergeben wird. Tränen rollen über ihre Wangen, bevor sie sie wegwischt. „Kannst du bitte gehen?"

„Wer ist der Vater? Ich werde nicht gehen, bis ich es weiß.“ *Ava wird mir nicht glauben, bis ich eine Antwort auf diese Frage habe.*

„Ich kann nicht.“ Ihre Stimme ist hart und ausgefranst, ihre Worte zittrig. „Es ist egal.“

Die Tür schwingt auf, und ein kleiner Junge kommt in den Flur. Mein Atem verlässt mich in einem Rausch, als ich sein wildes, dunkles Haar und seine lächelnden, braunen Augen sehe. Er sieht überhaupt nicht aus wie seine blonde, blauäugige Mutter.

„Hallo“, sagt Noah und winkt mir zu.

„Noah“, sagt Molly und deutet zur Wohnung. „Du solltest drinnen bleiben.“

„Es ist ein *Mädchen*-Cartoon.“ Er schmollt. „Ich wollte *Pider-Man*. Ich mag *My Wittle Ponies* nicht.“

„Dann spiel mit deinen Zügen, bis ich reinkomme.“ Ihre Stimme ist streng, und sie sieht mich mit Panik in den Augen an, bevor sie wieder zur Wohnung deutet. „Bitte, Noah. Ich brauche nur noch eine Minute.“

„Tschüss“, sagt er, bevor er wieder in die Wohnung eilt und die Tür hinter sich schließt.

„Er ist ein McKinley.“ Kein Wunder, dass sie nicht wollte, dass ich ihn sehe. *Heilige Scheiße.* Es ist so offensichtlich.

„Natürlich ist er das. Er ist mein Sohn.“

Ich schüttele den Kopf. Das habe ich nicht gemeint, und das weiß sie. Molly ist nur eine McKinley, weil Avas Vater sie adoptiert hat. Noah ist ein geborener McKinley. Es steht ihm ins Gesicht geschrieben.

„Es geht dich nichts an, Jake. Bitte halt dich raus.

Geh nach Hause zu Ava. Sag ihr, dass du sie liebst und macht hübsche Babys. Mach dir keine Sorgen um Noah und mich.“

„Du bist dir sicher, dass du nicht willst, dass sein Vater von ihm weiß?“

„Noah *hat keinen* Vater“, sagt sie fest. „Nur eine Mami, und es geht ihm und seiner Mami gut.“ Sie nimmt meine Hand in ihre, und ich sehe zum ersten Mal Verletzlichkeit, als sie sagt: „Bitte tu nichts, das es ändern könnte.“

Es ist die Verzweiflung in ihren Augen, die mich ihr Geheimnis verstehen lässt. *Heilige Scheiße.* „Das Geheimnis ist deins“, verspreche ich. „Du musst dir keine Sorgen um mich machen, aber bald werden alle wissen, dass du ein Kind hast.“

„Lass sie.“ Sie zuckt mit den Schultern, aber ich sehe die Sorge in ihrem Gesicht. „Tu es nicht. Sieh mich nicht an, als würde ich dir leid tun. Ich will dein Mitgefühl nicht.“

Sie hat es, ob sie es will oder nicht. „Lass mich helfen.“

„Du hast bereits geholfen, indem du mich angestellt hast.“

„Aber du brauchst doch sicherlich mehr. Lass mich mit der Miete helfen oder—“

Sie schüttelt den Kopf, als sie lacht. „Ava hat recht. Du bist ein Held.“

„Ich biete nichts an, womit sie nicht helfen würde.“

Sie seufzt schwer. „Nicht jedes Problem ist deins, Jake. Dieses ist meins und nur meins. Ich habe meine Entscheidungen getroffen, und ich werde damit leben.“

AVA

„Florida ist nett", sagt Colton. „Ellie und ich denken darüber nach, herzuziehen."

„Wirklich? Wann?"

„Nachdem Papa gesagt hat, dass du vielleicht herziehst. Ell hasst die Winter hier, und es wäre toll, in Mamas Nähe zu wohnen."

„Das wäre es." Vor zwei Tagen habe ich Jakes Wohnung verlassen, und gestern habe ich ein Vorstellungsgespräch mit Seaside Community Schools vereinbart. Auch wenn ich mir sage, dass es die richtige Entscheidung ist, ist es schwer, daran zu denken, Jackson Harbor zu verlassen. Es ist mein Zuhause, und ich habe jegliche Chance, wegzuziehen, abgewiesen, weil ... *weil ich Harrison geheiratet habe, und weil wir unsere Familie hier aufziehen wollten.*

Was würde ich verlieren, wenn ich jetzt wegziehe?

Jake.

Ich umfasse meinen Bauch, der schon den ganzen Tag wehgetan hat. Ich habe Jake bereits verloren. Ich habe ihn verloren, als er Molly berührt hat, und ich glaube, dass er es weiß. Das ist der Grund, wieso er mir nie davon erzählt hat.

Als mein Bruder heute Nachmittag hergekommen ist, habe ich entschieden, dass ich ihm nicht mehr darüber sagen wollte, was zwischen Jake und mir los ist, als Ellie ihm bereits erzählt hat. Sie hat Colton gesagt, dass Jake und ich uns entschieden haben, eine Pause zu machen. Colton fand es super. Ich glaube, der Rest kann warten – um Jakes Sicherheit willen, weil Colton ihn wahrscheinlich mit Fäusten begrüßen würde, und für Colton, weil er keinen weiteren Eintrag in seinem Strafregister braucht.

Vielleicht hat Molly Jack die Wahrheit gesagt, und das Kind ist nicht seins. Während ich nicht die Frau sein will, die nicht über ihre Eifersucht hinwegkommt, weiß ich, dass Molly und Jakes Nacht niemals einfacher werden wird. Aber schlimmer ist, dass ich realisiert habe, dass ich mich für ein Leben ohne Theaterunterricht, und ohne Kindern zu helfen, entschieden habe. Ich habe unterbewusst begonnen, mehr Schichten im Jackson Brews zu übernehmen, damit ich Jake nicht verlassen muss.

Als ich das realisiert habe, habe ich Penelope angerufen und ihr gesagt das ich für ein Vorstellungsgespräch nach Florida kommen würde, um über meinen Traumjob zu reden. Sie hat sich gefreut, aber bevor wir aufgelegt haben, kam aus mir herausgeplatzt: „Ich könnte schwanger sein.“

Sobald ich die Worte ausgesprochen hatte, konnte ich sie nicht mehr zurücknehmen. Eine lange Stille legte sich über unser Telefonat, und mein Magen steckte mir fast in der Kehle, während ich auf eine Antwort gewartet habe. Wollte ich, dass sie ihr Angebot zurücknimmt? Oder wollte ich ihre Erlaubnis, endlich alles zu haben?

„Na, herzlichen Glückwunsch“, sagte Penelope endlich. Sie hat nicht mehr gefragt, als sie fortfuhr: „Wir haben fantastische Vorzüge für unsere Lehrer, und Sie hätten zwölf Wochen Mutterschaftsurlaub. Normalerweise müssten Sie ein Jahr bei uns arbeiten, damit sie diesen Vorzug erhalten, aber vielleicht ist es etwas, dass wir ihrem Vertrag hinzufügen können.“

„Es würde mich nicht daran hindern, das Sommertheaterprogramm für die nächste Saison vorzubereiten“, sage ich, als ich die Frage in ihrer Stimme höre.

„Das freut mich. Wir können mehr darüber reden, wenn Sie herkommen, aber bitte denken Sie nicht, dass wir Mütter weniger wertschätzen als unsere anderen Angestellten.“

Und damit waren all mein Gründe, diese Pläne zu vertagen, verflogen.

„Lass mich wissen, wofür du dich entscheidest“, sagt Colton, als ich wieder im Hier und Jetzt ankomme. „Wenn du runterziehst, werden Ellie und ich es vielleicht zur selben Zeit tun, damit es einfacher ist.“

„Colton, das ist verrückt. Du kannst nicht einfach so

umziehen und dein Team im Stich lassen, damit ich nicht allein umziehen muss."

Er schmunzelt, als er seinen Kaffee nachfüllt. „Es ist süß, dass du denkst, dass ich es für dich tun würde. Der einzige Grund, wieso ich überhaupt wieder hergezogen bin, war, weil Papa nur für meine Uni bezahlt hat, weil er mich hier im Griff hatte. Dann, als ich angefangen habe, mit Levi zu trainieren, hat es keinen Sinn gemacht, wegzuziehen." Er zuckt mit den Schultern. „Ich bin bereit, wieder nach Florida zu ziehen. Es ist verdammt kalt hier im Winter, und ich habe keinen Bock darauf."

„Ich ziehe vielleicht nicht nach Florida", gebe ich zu. „Ich habe mich überall beworben. Alles, was mit Drama und Theater zu tun hat."

„Gut für dich, Schwesterherz." Er nickt. „Ich bin wirklich stolz auf dich."

„Danke." Ich sehe runter auf die Liste von Zubehör, die ich für das Sommertheater vorbereite, und schüttele den Kopf. Alles scheint so schwer, aber ich erinnere mich daran, wie entkräftet ich war, nachdem Harrison mich verlassen hat. Wenn ich nur einen Tag nach dem anderen nehme, werde ich es schaffen.

Ellies Absätze klicken im Flur. „Jemand zu Hause?"

„Wir sind in der Küche", rufe ich.

Sie kommt um die Ecke herum und grinst, als sie Colt sieht. „Na, du."

Er mustert sie von Kopf bis Fuß – von ihrem dunklen Haar bis zu ihren acht Zentimeter hohen Absätzen – und grinst. „Wow, Mädel."

Sie strahlt fast unter seinem Lob, winkt ihn aber ab, als sie sich zu mir dreht. „Hast du von Jake gehört?"

Ich nicke. „Er hat ein paar Mal angerufen und geschrieben." Ich greife mir mein Handy vom Tresen und gebe es ihr, damit sie die Nachrichten selbst lesen kann. Nicht, dass es viel zu lesen gibt. Ich könnte ihr unser Gespräch wahrscheinlich Wort für Wort aufsagen, wenn ich müsste.

Jake: *Bist du zu Hause?*

Ava: *Nein.*

Jake: *Wann können wir reden?*

Ava: *Gib mir etwas Zeit.*

„Ist er sich sicher?", fragt Ellie, die Augenbrauen gehoben. „Ich meine, wirklich sicher?"

Ich runzele die Stirn. „Worüber?"

Sie dreht das Handy, damit ich die SMS lesen kann, und ich sehe, dass ich die neuste Nachricht verpasst habe.

Jake: *Noah ist nicht mein Sohn. Ich bin nach New York geflogen und habe es selbst herausgefunden. Ruf mich bitte an.*

„Wer ist Noah?", fragt Colton.

„Lies die privaten Nachrichten von anderen Menschen nicht", sagt Ellie.

Meine Brust zieht sich mit einer Mischung aus Erleichterung und Herzschmerz zusammen.

Er ist nicht sein Sohn.

Er ist nach New York geflogen.

Was hat er getan, als er dort war? Hat er mit Molly rumgehangen? Haben sie zueinander gefunden? Hat sie erklärt, wieso sie Noah geheimgehalten hat? Interessiert es sie, dass sie diesen Riss zwischen uns größer gemacht hat? Hat er etwas für sie empfunden, als er dort war?

Er ist nicht sein Sohn.

„Wer ist Noah?", zischt Colton.

Ellie sieht mich entschuldigend an. „Noah ist Mollys Sohn. Niemand wusste von ihm."

Er starrt Ellie an, als wären ihr ein paar extra Köpfe gewachsen. „Molly?"

„Molly *McKinley*? Deine Stiefschwester?

Colton verzieht das Gesicht. „Molly hat keinen Sohn."

Ellie verdreht die Augen. „Hast du den Teil verpasst, als ich gesagt habe, dass niemand von ihm wusste? Das Kind ist vier Jahre alt, und Jake dachte, dass er der Vater sein könnte."

„Was zum Teufel?" Colton beißt die Zähne zusammen, seine Augen voller Feuer. „Jackson hat sich gerade ein blutiges Gesicht eingehandelt."

„Nein", sage ich. „Es ist Jahre her."

„Und er ist nicht der Vater", kommt von Ellie, während sie auf den Bildschirm deutet. Sie sieht mich besorgt an. „Macht es alles besser?"

Ich schüttele den Kopf. „Ich glaube nicht." Es ist nicht so einfach. „Auch wenn Noah nicht sein Sohn ist – und vergebt mir, dass ich skeptisch bin –, hat er mir immer noch wehgetan."

Colton schüttelt den Kopf. „Natürlich hat Molly ihr Kind vor der Welt versteckt."

Ellie dreht sich zu mir. „Okay. Jetzt wissen wir, dass

sie bei ihrer Geschichte bleibt. Was kommt als nächstes?"

Ich zucke mit den Schultern. „Als nächstes muss ich einen Job finden, falls ich nicht nach Florida ziehe."

Sie nickt und geht zu meinem Laptop, der auf dem Tisch steht. „Dann lass uns damit anfangen."

JAKE

Ich habe einen Schlüssel zu Avas Haus, also breche ich technisch gesehen nicht ein, als ich am Freitag ihr Haus betrete, aber ethisch gesehen, ist es definitiv nicht ganz korrekt. Sie geht nicht ans Handy, und ihre Nachrichten sind eher einsilbig. Dann ist Lilly heute Abend nach der Probe nach Hause gekommen und hat darüber geredet, dass Ava das Wochenende in Florida verbringt. *„Ist das nicht wundervoll?"*

Florida. Seaside Community Schools und die Stelle, die ich aus meinen Gedanken verbannt habe. Plötzlich ist diese Sorge ganz oben auf meiner Liste.

Ava sitzt auf ihrem Sofa, ihr Laptop auf ihrem Schoß und ihre Kopfhörer über den Ohren. Sie springt auf, als ich ins Wohnzimmer reinkomme. Ihre Augen sind weit aufgerissen, und sie reißt die Kopfhörer runter. „Was machst du hier?"

„Ich zwinge dich, mit mir zu reden."

Sie zuckt mit den Schultern, legt ihren Computer auf den Tisch und sagt: „Okay, dann rede."

Hoffnung steigt ihr mir auf, und jetzt, da sie vor mir sitzt, fühlt sich alles so verletzlich an. Jetzt, da ich hier bin, habe ich Angst, dass meine Worte mit der Wut empfangen werden, die ich in ihren Augen sehen kann.

Ich bin mir nicht sicher, womit ich beginnen soll. „Noah ist nicht mein Sohn.“

„Das hast du in deiner SMS bereits gesagt.“

„Molly hat gesagt, dass wir nie miteinander geschlafen haben.“

Etwas blitzt in ihrem Blick hervor – Hoffnung? Verständnis? – und erhellt ihren Ausdruck, aber ich sehe den Moment, indem sie es auslöscht. „Sie hat es *gesagt*, oder ihr habt es nicht?“

Ich zucke. „Ich erinnere mich nicht, aber ich glaube ihr.“ Ich lasse mich vor ihr auf die Knie fallen und nehme ihre Hände in meine. „Ich war so fertig, Ava. Ich habe endlich den Mut gehabt, dir zu sagen, was ich für dich empfand, und du hast mich abserviert. Du hast mir gesagt, dass ich meine eigenen Gefühle nicht kannte, und dann hast du mich gebeten, zu gehen.“

Sie sieht auf unsere Hände, als würde sie versuchen, zu verstehen, was sie sieht. „Ich kann es dir nicht übelnehmen.“

„Wieso nicht? Ich tue es. Es war dumm und rücksichtslos.“

Sie nickt und zieht ihre Hände aus meinem Griff. „Ich weiß, dass du mich nicht betrogen hast, als du sie mit nach Hause genommen hast.“ Sie presst die Hand über ihr Herz. „Aber dieses Gefühl in meiner Brust ist nicht rational. Es ist das Gegenteil, und wenn es darum geht, was ich für dich – *für uns* – empfinde, ist es genauso wichtig."

Ich ziehe ihre Hand runter und presse sie gegen meine Brust. „Was ist mit meinen Gefühlen? Was ist mit diesem Herzen, das für dich schlägt?" Sie sieht zur Seite, zieht ihre Hand erneut weg, und diesmal lasse ich sie. „Wir werden es schaffen."

„Ich kann nicht ... Ich bin nicht bereit."

„Wann wirst du bereit sein?"

Sie zuckt mit den Schultern. „Ich weiß nicht, ob ich das jemals sein werde, aber ich brauche Zeit und Platz, um mein Leben auf die Reihe zu kriegen."

„Dein Leben in *Florida*? Ich soll einfach rumsitzen und zugucken, was du aus deinem Leben machst, während du anderthalb tausend Kilometer weg bist?" Ich schüttele den Kopf. „Nein. Es tut mir leid, aber das kann ich nicht. Ich habe drei Nächte lang ohne dich in meinen Armen geschlafen. Das sind drei Nächte mehr, als ich brauche, um zu wissen, dass du hierhin gehörst. Ich liebe dich." Ich lege meine Hände auf ihre Knie und drücke sanft. „Sieh mich an. Sag mir, was ich tun muss, um dich zurückzubekommen."

„Ich liebe dich auch." Es sollte sich gut anfühlen, die Worte zu hören, aber das tut es nicht. Nicht in diesem Kontext, wenn sie eher ein widerwilliges Eingeständnis sind als ein Geschenk. Als wäre ihre Liebe ein schwieriger Fakt, mit dem sie zurechtkommen muss, statt etwas, das sie ermächtigt. „Und ich habe Harrison geliebt."

Ich verziehe das Gesicht bei der Erwähnung seines

Namens. Es bringt mich um, dass ich etwas getan habe, das mich in dieselbe Kategorie zwingt wie ihn. „Ich bin nicht Harrison."

„Ich weiß. Er hat jemanden Hübscheres und Jüngeres gefunden. Eine Frau, die ihm Kinder geben kann. Ich kenne dich gut genug, dass du mich niemals verlassen würdest, wie er es getan hat. Du würdest mich nie für eine andere Frau beiseiteschieben."

„Natürlich würde ich das nicht."

Ava schließt die Augen. „Aber vielleicht ist das der Grund, wieso ich wegziehen sollte, Jake. Was gibt es hier für mich? Alles, was ich in Jackson Harbor habe, ist ein Vater, der mich missbilligt, und einen Ex-Mann, dessen neue Frau das Baby in sich trägt, dass ich einst so sehr gewollt habe."

„Die *Jacksons* sind hier." Ich stehe auf. Ich bin zu frustriert, um still da zu sitzen, während sie mir diesen Mist verkauft. „Wag es nicht, so zu tun, als hättest du keine echte Familie. Wir sind dein ganzes Leben lang deine Familie gewesen. Meine Mutter liebt dich wie eine Tochter, und meine Brüder und Shay lieben dich wie eine Schwester." Ich schlage mit der Faust auf meine Brust. „Und ich kann dich nicht gehen lassen."

„Ich bitte dich", flüstert sie, als sie sich vom Sofa hochdrückt und mich zum ersten Mal, seit ich reingekommen bin, berührt. Es ist eine kurze Berührung, ihre Finger auf meinem Dreitagebart, der eher eine Woche alt ist, aber ich spüre sie in jeder Zelle meines Körpers. „Ich glaube dir, wenn du sagst, dass du alles für mich tun würdest. Du hast es immer wieder bewiesen. Das ist der Grund, wieso es besser wäre, wenn ich wegziehe.“

„Zieh weg, wenn du es tun musst. Geh, wenn es dich glücklich macht. Aber wag es nicht, dir zu sagen, dass es *für mich* am besten ist.“

„Was, wenn es wahr ist?“, flüstert sie, dreht sich um und geht auf die Vordertür zu. Sie öffnet sie und dreht sich zu mir. „Ich kann gerade nicht mit dir zusammen sein.“

KAPITEL VIERUNDDREISSIG

„Soll ich mit hochkommen?", fragt Ellie, als ich Mollys Wohngebäude in Brooklyn anstarre. „Nein, ich muss es allein tun."

Vor zwei Wochen war ich in Florida für ein Vorstellungsgespräch für eine Stelle, die oberflächlich gesehen mein Traumjob hätte sein sollen. Ich war noch nicht einmal 12 Stunden dort, bevor ich wusste, dass ich die Stelle nicht annehmen konnte. Seaside ist toll, aber es ist nicht mein Zuhause. Ich will Jackson Harbor nicht für eine Position verlassen, weil keine Stelle perfekt ist, wenn sie mich von der Stadt wegzieht, die ich liebe. Ich war beim Vorstellungsgespräch und habe Zeit mit meiner Mutter verbracht, und als ich gegangen bin, wusste ich, dass ich es in Erwägung gezogen hatte, aber dass der Umzug nicht richtig war für mich.

Heute bin ich in New York, weil Jake darauf bestanden hat, dass ich immer noch hinfliege, um mir *Hamilton* anzusehen. Auch wenn ich es ohne ihn getan habe. Als ich die Flugtickets und Hotelreservierung in meinen E-Mails gefunden habe, habe ich ihn so sehr vermisst, dass ich kaum atmen konnte. Als ich mir gestern Nacht die Show angesehen habe, konnte ich kaum durch die Tränen hindurchsehen. Wir hätten zusammen sein sollen. Er hätte an meiner Seite sein sollen, als ich diesen wundervollen Teil meiner Wunschliste, *Hamilton* am Broadway zu sehen, abgehakt habe.

Er hat mir Raum gegeben, wie ich gebeten habe, und ich hasse es. Ich vermisse meine Nächte im Jackson Brews und die Überraschungsbesuche von Jake, während wir die Theaterproben halten. Ich vermisse unser gemeinsames Gelächter und die Hitze seiner Augen. Wenn ich die Zeit zurückdrehen könnte, um das Wochenende zu wiederholen, das wir miteinander verbracht haben, bevor ich von Noah und Molly wusste, würde ich es immer wieder durchleben.

Meine Hand wandert zu meinem Bauch, und ich schlucke schwer, als ich mich zum hundertsten Mal frage, ob ich schwanger sein könnte.

Ellie drückt meine Hand. „Ich habe ein Café um die Ecke gesehen. Ich werde dort auf dich warten."

Ich nicke und lasse sie gehen, während ich tief einatme, bevor ich das Gebäude betrete und die Treppe erklimme. Ich zögere einen Moment vor ihrer Tür, als ich den Mut zusammenbringe, um zu klopfen.

Der kleine Junge, der die Tür öffnet, nimmt mir den Atem. „Hallo?"

„Noah!" Molly rennt hinter ihm her. „Baby, du weißt, dass du die Tür nicht ohne mich öffnen darfst."

Sie registriert erst einmal nicht, dass ich es bin, und die Sekunden erstrecken sich zwischen uns. Wir sind still, weil ich Noah immer noch anstarre. *Mein Neffe.* Er ist bezaubernd, und mein Herz fühlt sich zu groß an für meine Brust, während ich versuche, ihn in mir aufzunehmen und mir sein Gesicht einzuprägen.

Er ist kein Jackson. Ich habe nicht gewusst, dass ich immer noch daran gezweifelt hatte.

Ich lasse mich auf die Knie fallen und halte ihm meine Hand hin. „Hallo, ich bin Ava."

„Ich Noah", sagt er grinsend.

„Ich *bin* Noah", korrigiert Molly ihn.

Noah kichert. „Nein, du Mami."

Sie schüttelt den Kopf, seufzt und hält die Tür weiter auf. „Du kannst genauso gut reinkommen, Ava."

„Danke." Ich folge ihr in ihre kleine Wohnung. Sie ist klein, aber gemütlich – sauber, aufgeräumt, mit einem modernen Flair, Backstein und sichtbaren Rohren. Noah kommt im Wohnzimmer zum Stehen, ein Raum mit einem Sofa, einem Stuhl und einer hölzernen Zugstrecke in der Mitte.

Molly führt mich zu einem runden Tisch mit vier Stühlen in der Küche. „Kaffee?"

Ich nicke, bevor ich mich anders entscheide. Ich habe Koffein aufgegeben, falls ... *falls.* „Koffeinfreien?"

Sie verzieht das Gesicht. „Das geht gegen meine Religion. Wasser?"

Ich lache. „Ja, Wasser ist gut."

Sie füllt ein Glas für mich und eine Tasse Kaffee für sich, bevor sie wieder zum Tisch kommt. „Jetzt kennst du mein Geheimnis."

„Du hast nur eins?" Ich trinke einen Schluck und tue mein Bestes, als wäre es keine große Sache, dass ich Noah getroffen habe, auch wenn es in Wirklichkeit alles ist.

„Nur eins, das wichtig ist", sagt sie.

„Molly, wieso hast du nichts gesagt?" Ich sehe über meine Schulter zu Noah, der seine Züge vorsichtig über die Bahn zieht. Ich fühle mich, als würde ich die Antwort bereits kennen, aber ich will ihr eine Chance geben, es zu erklären.

Sie reibt sich über die Schläfen. „Ich hatte dieses Gespräch bereits mit Jake, wie du sicherlich weißt. Ich habe kein Interesse, mich zu wiederholen. Noah ist mein Sohn, und sein Vater ist nicht im Bild. Das ist hier keine große Sache. In Jackson Harbor wäre es das gewesen."

Ich öffne meinen Mund, um ihr zu widersprechen, bevor ich ihn wieder schließe. Dass Molly eine alleinerziehende Mutter ist, wäre nicht das Problem gewesen. „Okay", sage ich. „Ich bin nicht hier, um mich zu streiten."

Sie starrt auf ihren Kaffee herab. „Ich weiß, dass es verrückt klingt, aber ich habe das Richtige getan. Und dann sind ein paar Jahre vergangen, und ich hatte dieses riesige Geheimnis." Sie zuckt mit den Schultern, ohne aufzusehen.

„Weiß Jill von ihm?"

Ihre Augen füllen sich mit Tränen, und sie nickt. „Ja. Aber Papa weiß nichts. Sie konnte nicht wirklich verstehen, wieso ich es ihm nicht sagen wollte ..." Sie zuckt zusammen und reibt ihre Finger zusammen. „Uni."

„Wow." Ich kann mir nicht vorstellen, dass Jill dieses Geheimnis für sich behalten hat, aber ich habe keinen Zweifel, dass Papa nicht für Mollys Uni bezahlt hätte, wenn er von der Schwangerschaft gewusst hätte.

Molly dreht sich zum Wohnzimmer, und ihr Ausdruck ist so sanft, dass er an meinem Herzen zieht. „Ich habe darüber nachgedacht, ihn adoptieren zu lassen, aber als ich seinen Herzschlag zum ersten Mal gehört habe, wusste ich, dass ich es nicht konnte."

„Er ist wundervoll." Ich schüttele den Kopf. Ich könnte Noah den ganzen Tag anstarren.

Sie seufzt schwer. „Er wurde nicht lange nach deiner Hochzeit geboren, was der wahre Grund war, wieso ich nicht kommen konnte. Es tut mir leid. Ich wollte nicht, dass alle von der Schwangerschaft erfahren. Es hätte alles geändert."

Ich staune über meine eigene Dummheit. Ich dachte, ich kannte Molly – dachte, dass ich wusste, wer sie war und was sie wollte. Aber „Mutter Teresa" hätte ihre Schwangerschaft nie vor Papa verheimlicht. Sie wäre nie schwanger geworden, hätte ihr Kind geheimgehalten und sich geweigert, über den Vater zu sprechen. Ich bin platt von der Komplexität dieser Frau und dass ich es vorher nicht sehen konnte. Ich habe immer gedacht, dass sie so ein einfaches Leben hatte, weil sie es so aussehen lassen hat, aber es ist fast, als würde man denken, dass ein Ei unzerstörbar ist, weil es eine Schale hat.

Sie schluckt schwer. „Ich bereue meine Entscheidung nicht. Obwohl es nach außen hin so scheint, als würde ich mich für ihn schämen, wenn die Wahrheit ist, dass er das Schönste ist, das ich jemals getan habe."

„Und sein Vater?"

Sie mustert mich lachend, als würde sie nach Hinweisen suchen, dass ich sie verstehe. Aber ich sehe sie mit blanken Augen an, bis sie ihren Kopf schüttelt. „Ich hatte gerade herausgefunden, dass ich schwanger war, als ich mit Jake zusammen war."

Ich blinzele sie an. „Was? Ich dachte, ihr wart betrunken."

Sie zuckt zusammen. „Nicht mein bester Moment, Ava. Ich wusste nicht, was ich tun sollte, und ich dachte ..." Sie schüttelt den Kopf, als könne sie sich nicht einmal erlauben, darüber zu reden, was sie in Erwägung gezogen hatte, als sie von ihrer Schwangerschaft erfahren hat. „Der Alkohol, den ich in dieser Nacht hatte, war der einzige, den ich während der ganzen neun Monate getrunken habe."

„Du wusstest, dass du schwanger warst, und hast dich an Jake gemacht? Ganz schön mutig."

„Irgendwo in meiner Panik dachte ich, dass es funktionieren würde. Ich wusste, was er getan hätte, wenn er von meiner Schwangerschaft erfahren hätte. Wenn ich nur so getan hätte, als hätte Jake Jackson mich geschwängert, hätte ich mir keine Sorgen machen brauchen."

„Molly, man kann über sowas nicht lügen!" Der Gedanke allein lässt meinen Magen flau werden. Wenn sie es getan hätte, wären wir nie zusammengekommen.

„Und das habe ich nicht." Sie schüttelt den Kopf. „Ich war in Panik geraten, aber ich wusste, dass ich es nicht durchziehen konnte. Er hat dich so sehr geliebt. Wenn ich ihn glauben lassen hätte, dass es sein Kind war, hätte er das Richtige getan und wäre bei mir geblieben, aber er wäre nie über dich hinweggekommen. Er war so traurig, als du dich verlobt hast."

„Was?"

Sie lacht. „Oh Mann, Ava. Das ist der einzige Grund, wieso er sich so betrunken hat. Er war *zerstört*. Ich habe das total ausgenutzt."

„Er war ein Erwachsener, der seine eigenen Entscheidungen getroffen hat."

Ihre Augenwinkel ziehen sich hoch, als sie mich mustert. „Ja, aber er hat all seinen Mut zusammengenommen und ist auf die Fresse geflogen. Wenn man einem Kerl verzeihen könnte, eine schlechte Entscheidung getroffen zu haben, dann glaube ich, sollte es dann sein."

Mein Handy vibriert in meiner Tasche, und ich ziehe es heraus, um sicherzustellen, dass Ellie sich zurechtfindet. Als ich Jakes Namen auf dem Bildschirm sehe, setzt mein Herz einen Schlag aus.

Jake: *Ich hoffe, du hast Spaß, und dass das Musical wundervoll war. Ich wollte dich nur wissen lassen, dass wir heute gute*

Neuigkeiten erhalten haben. Veronica hat einen Sohn geboren. Er heißt Jackson, wiegt dreieinhalb Kilo und ist unglaublich süß. Und Mamas Krebs ist in Remission. Die Jacksons haben heute viel zu feiern. Ich dachte, du würdest es wissen wollen.

Ich lese die SMS mehrere Male und atme erleichtert auf.

„Was ist los?", fragt Molly.

„Frau Jackson ist krebsfrei."

Sie wirft eine Hand über ihren Mund. „Das ist wundervoll. Als Brayden hier war, hat er mir erzählt, wie hoffnungsvoll sie alle sind."

Ich nicke, aber meine Freude wird von diesem komischen Gefühl zunichte gemacht. Ich sollte dort sein und mit ihm feiern. Mit der ganzen Familie.

„Also, du und Brayden ...?"

Molly verdreht die Augen. „Meine Superkraft ist es, mich zu betrinken und zu glauben, dass ich gut genug bin, um mir einen Jackson-Bruder zu schnappen." Sie schüttelt den Kopf. „Brayden ist mein Chef. Das ist alles."

„Aber ihr hattet etwas, als er hier war?"

Sie schmunzelt. „Ich bin leicht zu haben, erinnerst du dich nicht? Es ist keine große Sache."

„Ich glaube keins dieser Dinge", sage ich sanft, aber ich werde es erst einmal lassen. Vorerst. Ich schiebe mein Handy wieder in die Tasche und zeichne die Blumen auf der Tischdecke mit den Fingern nach. „Ich vermisse Jake."

„Ihr gehört zusammen", sagt sie, und als ich ihr in die Augen gucke, fügt sie hinzu: „Ich meine es ernst. Ich bestreite nicht, dass ich Jake gerne für mich hätte, aber die Tatsache ist, dass er *dich* will. Hat er schon immer."

„Es ist nur, dass ich ..." Ich kann meine Finger nicht stillhalten. „Jake war immer für mich da. Jedes Mal, wenn ich jemanden gebraucht habe, war er da. Als Papa meine Mutter verlassen hat, als mein erster Freund Schluss gemacht hat, als Harrison mich verlassen hat."

Sie lacht. „Gott, Ava. Für eine Frau, die so schlau ist wie du, bin ich verwundert, dass du stur genug bist, um es nicht zu sehen."

Ich blicke in ihre blauen Augen und kann nicht anders, als zu lachen. „Manchmal scheint es, als wäre meine Beziehung mit Jake einseitig. Er gibt und gibt, und ich habe keine Ahnung, wie ich es ausgleichen soll."

„Ich schätze, es ist nicht der beste Moment, um dir sexuelle Gefallen zu raten."

Ich verdrehe die Augen und lache. „Das ist nicht die Art von Ausgleich, an die ich gedacht habe."

„Ich wette, dir wird etwas einfallen." Sie legt den Kopf zur Seite und mustert mich. „Weißt du, was er mir damals gesagt hat? Nachdem er mich in seine Wohnung gebracht hat?"

Mir dreht sich der Magen. „Ich bin mir nicht sicher, ob ich es wissen will."

„Ja, wir haben rumgemacht, aber wir hatten nie Sex. Ich wollte es, aber er hat mich weggedrückt. Als ich ihn erinnert habe, dass du Harrison heiraten würdest, hat er mir in die Augen gesehen und gesagt: ‚Ich würde für immer auf Ava warten.', und ich wusste, dass er es ernst gemeint hat." Sie zuckt mit den Schultern. „Ich weiß, dass du die ältere und weisere Schwester sein solltest, aber ich muss dir sagen, dass du ein kompletter Volltrottel bist, wenn du diese Art von Liebe gehenlässt."

Ich schlucke schwer. „Ich könnte schwanger sein."

Sie öffnet den Mund und schließt ihn wieder. „Weiß Jake Bescheid? Hast du einen Test gemacht?"

„Nein und nein. Ich habe während meiner Ehe so viele Schwangerschaftstests gemacht, dass ich eine Phobie habe. Diese dummen Stäbchen bringen mir nichts als Enttäuschung."

„Aber du hast deine Regelblutung nicht bekommen?"

Ich lache. „Ich habe keinen regelmäßigen Zyklus."

„Ich bin irgendwie eifersüchtig." Ihre Stimme ist voller Emotionen. „Ich wollte glücklich sein, als ich herausgefunden habe, dass ich schwanger war, aber ich hatte einfach nur Angst. Angst davor, was alle denken würden und wie es meine Zukunft beeinträchtigen würde. Ich war immer so eifersüchtig auf deine Eigenschaft, dir alles in deinem Leben nehmen zu können. Du bist so mutig, Ava."

„Ich fühle mich nicht sehr mutig."

Sie schenkt mir ein sanftes Lächeln. „Entscheide dich, was du mit Jake willst, bevor du den Test machst. Warte nicht darauf, eine Entscheidung zu treffen, bis du weißt, was mit deiner Gebärmutter los ist."

Ich nicke, weil ich dieselbe Entscheidung bereits getroffen habe. „Ich glaube, ich weiß es bereits."

„Natürlich tust du das." Sie grinst. „Du bist vielleicht stur, aber du bist nicht dumm."

„Ich liebe ihn so sehr, dass es weh tut. Ich glaube, dass es mir Angst macht.“

„Es tut nur weh, weil du ihn weggeschoben hast. Ich habe euch zusammen gesehen. Eure Liebe tut nicht weh. Es ist wie eine … Lieblingsdecke. Ihr findet immer Trost ineinander.“

Ich starre meine wundervolle kleine Schwester an. „Danke, Molly.“

„Wofür?“

„Dafür, dass du mich reingelassen und mit mir geredet hast.“ Ich schlucke schwer. „Und dafür, dass du so weise bist.“

Wir stehen auf und gehen ins Wohnzimmer, wo ich mich hinknie und meine Arme öffne. „Kann ich dich umarmen, Hübscher?“

Er sieht zu seiner Mutter, die nickt, und dann stürzt er in meine Arme mit der Art von Enthusiasmus, die nur ein Kind haben kann.

„Ich bin so froh, dass ich dich kennenlernen durfte, kleiner Mann“, sage ich und streiche über sein Haar. „Ich werde wiederkommen, okay?“

Er nickt und grinst mich an. „Du bist hübsch.“

Ich lache. „Danke. Du bist ein gutaussehender Junge.“

„Ich weiß“, sagt er und wendet sich seinen Zügen zu, als Molly und ich lachend zur Tür gehen.

„Ich bin froh, dass du gekommen bist“, sagt sie, als wir in den Flur treten.

„Ich auch.“ Ich umarme sie. „Ich habe es ernst gemeint, als ich ihm versprochen habe, wiederzukommen. Ich will meinen Neffen kennenlernen.“

„Du bist immer herzlich willkommen“, sagt sie, als sie mich loslässt.

„Molly ...“ Ich zögere einen Moment, als ich über ihre Schulter in die Wohnung blicke, wo Noah spielt. „Ich werde dir drei Monate geben, um einen Weg zu finden, Colton von ihm zu erzählen. Ansonsten werde ich ihm von seinem Sohn erzählen.“

„Ava, Colton ist nicht ...“

Ich schüttele den Kopf. „Tu es nicht. Tu nicht so, als könnte ich die McKinley-Gene nicht sehen, weil du es nicht willst. Ich habe gesehen, wie Colton dich angestarrt hat, als wir Teenager waren. Ich habe immer gedacht, dass er nach Florida gezogen ist, weil er Angst hatte, dass du ihn als Bruder sehen würdest, wenn er bei euch eingezogen wäre.“ Ich atme tief ein und bereite mich darauf vor, meinen Bruder zu verteidigen. „Colton ist vielleicht etwas wild, aber er verdient es, die Wahrheit zu kennen. Und es wäre besser für alle, wenn die Wahrheit rauskommt, bevor er seiner Freundin einen Ring an den Finger steckt.“

„Die Wahrheit?“ Sie legt den Kopf zur Seite und mustert mich einen Moment, bevor sie wieder wegsieht. „Ich schätze, du hast damit recht. Es ist Zeit, dass ich darüber nachdenke.“

KAPITEL FÜNFUNDDREISSIG

AVA

Wenn Hoffnung allein ein Kind zeugen könnte, hätte ich bereits ein Dutzend. Ich habe auf so viele Stäbchen gepinkelt, und jedes Mal, wenn ich es getan habe, habe ich so viel verzweifelte Hoffnung verspürt. Ich habe angefangen, diese dummen Dinger zu hassen. Für mich repräsentieren sie die schlechten Neuigkeiten, die ich immer bekommen habe.

Ich kann mit absoluter Gewissheit sagen, dass es das erste Mal in meinem Leben ist, dass ich auf einen Test gepinkelt habe, und mir unsicher bin, wie ich mich fühle. Wie fühle ich mich mit einem möglichen positiven Ergebnis?

Ich will immer noch ein Kind. Es ist ein Teil meiner Persönlichkeit, und es wird sich nicht ändern. Aber jetzt?

Jetzt weiß ich, dass ich Jake auch will, und ich bin mir nicht sicher, ob ein Kind unsere Wiedervereinigung komplizierter machen wird. Ich will ihn zurück, und ich weiß, dass er ein toller Vater wäre, aber was, wenn er noch nicht bereit ist für ein Kind?

Ich pinkele auf den Test und lege ihn neben die Spüle, wie ich es bereits ein dutzend Mal getan habe. Und genauso, wie ich es in den Jahren meiner Ehe getan habe, stelle ich den Timer an und verlasse das Badezimmer, damit ich nicht hinsehe, bevor es Zeit ist.

Es gibt keine drei Minuten, die länger sind, als wenn man auf einen Schwangerschaftstest wartet. Aber diesmal fühle ich mich, als würden sie zu schnell verstreichen, und mein Handy klingelt mich an, um mir zu signalisieren, dass es soweit ist. Statt mich schnell von Hoffnung ins Badezimmer tragen zu lassen, habe ich Angst.

Ich habe Angst vor der Enttäuschung, die ich spüren werde, falls der Test negativ ist. Und ich habe Angst davor, wie Jakes und meine Beziehung sich ändern wird, falls er positiv ist.

Ich starre auf die Badezimmertür, die Arme um meine Taille geschlungen. „Ist alles in Ordnung?"

Ich springe auf und atme langsam wieder aus. Ich habe nicht einmal gehört, wie Ellie reingekommen ist. „Ich mache einen Schwangerschaftstest."

Ihre Schultern senken sich. „Endlich. Oh mein Gott, das Warten war die pure Folter."

Ich schüttele den Kopf und sehe weg. „Ich will ein Kind, aber es ist gerade kompliziert, weißt du?"

„Ich verstehe schon. Aber Jake *vergöttert* dich. Was auch immer du willst, er wird es tun. Ich weiß es zweifellos."

Ich umarme meine beste Freundin und drücke sie fest an mich. Seit ich mich von Molly verabschiedet habe, trage ich diese Schuldgefühle mit mir herum, weil ich ein Geheimnis habe, das ich nicht mit ihr teilen kann, und mich darauf vorbereite, dass es ihre Welt erschüttert. „Ich bin so dankbar für dich."

Sie reibt meinen Rücken und flüstert: „Ich bin auch dankbar für dich. Willst du dir jetzt den Test ansehen?"

Ich lehne mich zurück und schüttele den Kopf. „Er wird nicht positiv sein. Ich bin zu voreilig. Meine Tage sind immer durcheinander, und es ist schwer, zu wissen, wann ich testen oder warten soll."

„Dann sieh nach."

Ich nicke, bewege mich aber nicht von der Stelle, während ich sie anstarre.

Sie lächelt. „Soll ich nachschauen?"

„Ja, bitte."

Ellie wartet keinen Moment und eilt ins Badezimmer. Sie sieht runter und erstarrt.

„Was?"

Sie dreht sich zu mir, die Enttäuschung klar zu sehen, und ich bin mir nicht sicher, was es bedeutet.

Ich lege eine Hand auf meinen Bauch. „Was?"

„Es tut mir leid, Ava. Er ist negativ."

Ich kneife die Augen zu. „Natürlich. Es war dumm, zu denken ..." Mein Magen verkrampft sich. *So dumm.* All die Angst und Unsicherheit von vor ein paar Minuten wird durch eine Welle der Enttäuschung weggewaschen. Es ist zu viel, zu schwer. Bevor ich es erlebt habe, wusste ich nicht, dass man ein Kind, das nie existiert hat, so sehr betrauern kann.

Meine andere Hand findet ihren Weg auch zu meinem Bauch, während ich mir vorstelle, was hätte sein können. Wie ich Jake von unserem Kind erzähle. Die Freude in seinen Augen. Er wäre ein wundervoller Vater.

Als ich meine Augen öffne, steht Ellie vor mir. „Geht es dir gut?"

„Ja." Ich schlucke schwer und sehe zur Decke. Es wäre schwachsinnig, darüber zu weinen. „Nein. Es geht mir nicht gut."

„Oh, Süße." Sie umarmt mich erneut, und auch wenn ich mich dumm fühle, weil ich so traurig bin, liebe ich sie so sehr, weil sie mich *versteht*. „Es tut mir so leid."

„Mir auch", flüstere ich.

„Ruf Jake an. Teil deinen Schmerz mit ihm."

„Ich weiß nicht, womit ich anfangen soll."

„Sag ihm, was du fühlst. Er kennt dich, Ava. Er liebt dich."

Ich nicke. „Okay. Ich liebe ihn auch, und ich will nicht länger warten."

„Gut." Als sie sich zurücklehnt, sind ihre Augen voller Tränen. „Hast du vielleicht noch einen anderen Schwangerschaftstest?"

Ich winke sie ab. „Ich brauche keinen. Ich bin mir sicher, dass der erste richtig lag."

Sie beißt sich auf die Lippe. „Für mich."

JAKE

„Wo ist sie?" Ich habe Cindy und den dummen, neuen Kerl in der Bar gelassen und bin zu meinem Elternhaus gefahren, sobald ich Avas SMS gesehen habe. *Unser altes Versteck ist kleiner, als ich es in Erinnerung habe. Und es ist ganz schön einsam ohne dich.*

Brayden deutet zum Garten. „Baumhaus", sagt er und lacht. „Sie hat tatsächlich an der Tür geklopft und gesagt, dass sie da oben sitzen will. Sie hat gefragt, ob es mir etwas ausmachen würde. Ihr habt als Kinder immer da oben rumgehangen, oder?"

Ich nicke, aber ich habe kein Interesse, Brayden eine Geschichtsstunde zu erteilen. *Ava ist hier. An unserem besonderen Ort.*

Sie war immer hier, wenn sie traurig war und mich gebraucht hat.

Ich renne in den Garten und klettere über die Seilleiter, während ich mir gedanklich notiere, Ethan zu danken, dass er sie letzten Sommer ersetzt hat. Ich habe Ihre Nachricht vor 30 Minuten erhalten, und ich habe Angst, dass ich sie verpasst habe, als ich mich ins Baumhaus zwänge.

Sie ist hier.

Gottseidank.

Sie sitzt in der Ecke, trägt eine Jeansshorts und ihr Jackson Brews-T-Shirt, ihr Haar ist in einem Pferdeschwanz, und sie hat die Knie an ihre Brust gezogen.

„Ist alles in Ordnung?" Ich verschlucke mich fast an der Luft. Ich glaube, ich habe den Atem angehalten, seit ich hergekommen bin.

„Sie haben mir die Stelle in Florida angeboten", sagt sie.

Ich nicke. *Scheiße*. Das ist es nicht, worauf ich gehofft habe.

Ich setze mich neben sie – nah genug, dass ich sie mit der Hand berühren kann, aber nicht zu nahe. „Herzlichen Glückwunsch."

Sie atmet langsam aus. „Ja, aber ich will sie nicht. Ich will nicht wegziehen."

Die Erleichterung macht mich schlapp, und ich lehne mich mit dem Kopf gegen die Holzwand. „Ich will auch nicht, dass du wegziehst, aber ich will, dass du glücklich bist. Ich bin einfach nur ein bisschen egoistisch und möchte dich bei mir haben."

Sie rollt ihren Kopf zur Seite und mustert mich. „Wieso?" Das Wort ist so schwer mit Emotionen, dass es in der Mitte bricht. „Wieso willst du mich?"

Ich würde lachen, wenn sie nicht so verdammt verletzlich aussehen würde. „Weil ich dich liebe, Ava."

„Ist das genug?"

Ich umrahme ihr Gesicht mit einer Hand, halb in der Erwartung, dass sie mich wegstößt. Aber das tut sie nicht. „Es ist genug für *mich*."

„Ich habe Harrison die Schuld für unsere Scheidung gegeben, aber die Wahrheit ist, dass ich genauso schuldig bin. Ich *wollte*, dass er mich verlässt, weil es einfacher war, als der Tatsache ins Gesicht zu starren, dass ich ihm keine Kinder geben konnte. Er hat mich verlassen, und ich musste meine Misserfolge nicht täglich konfrontieren. Ich habe ihn weggestoßen, und er hat mich mit der Frau betrogen, die ihm die Familie geben kann, die er geplant hat."

Ich will nicht über ihren Ex-Mann reden, aber ich verstehe, wieso sie denkt, dass es relevant ist. „Harrison war ein Idiot, aber verdammt, Ava, ich bin froh, dass er dich verlassen hat." Ich rolle mich auf meine Knie, damit ich genau vor ihr bin, und halte ihr Gesicht in beiden Händen. „Ich bin froh, dass du ihm nicht mehr gehörst, weil wir sonst nicht zusammen sein könnten."

Sie schluckt schwer und mustert mich. „Als ich gedacht habe, dass du und Molly einen Sohn habt, habe ich alles gesehen. Eine Zukunft, in der ich versucht habe und dabei gescheitert bin, dir ein Kind zu geben. Eine Zukunft, ich der ich dich wegstoße, weil es mir so miserabel geht, weil mein Körper es nicht hinbekommt."

Ich schüttele den Kopf. Sie reißt mein Herz raus, und sie weiß es nicht einmal. Nach all dieser Zeit und all meinen Fehlern glaubt sie immer noch, dass sie nicht gut genug ist. „Ich bin in keiner Eile. Morgen kann warten, solange ich dich heute habe."

Sie schließt ihre Augen und senkt ihr Gesicht. „Ich bin nicht schwanger."

„Was?"

„Ich habe heute einen Test gemacht. Ich war dumm, zu denken, dass ich es sein könnte, aber ich habe irgendwie gehofft ... Vielleicht war es dumm, zu denken, dass ich es jemals sein könnte."

Ich kann nicht mehr warten, also hebe ich ihr Kinn an, damit sie mich ansieht, bevor ich meinen Mund auf ihren lege. Ihre Hand gleitet in mein Haar, als sie ihre Lippen auf meine presst, aber ich lehne mich zurück, als ich sie zittern fühle. Ich sehe ihr in die Augen, als ich sage: „Du bist die Frau, die ich liebe, und ich will mit dir zusammen sein, ob wir Kinder haben oder nicht." Ich streiche über ihre Arme, bis ich unsere Finger miteinander verschränke. „Ich liebe dich. Das hat sich nicht geändert, als ich gedacht habe, dass Noah mein Sohn sein könnte, und das ändert sich nicht, weil du nicht schwanger bist."

„Ich weiß, dass du nicht Harrison bist", sagt sie. „Ich *weiß* das, weil du mir alles gibst, Jake. Ich will dir auch etwas geben können."

Ich streiche mit den Lippen erneut über ihre. „Das ist es, was ich will", flüstere ich. „Dich. Nur dich."

„Kann ich meinen Job zurückhaben?"

Ich lache gegen ihren Mund. „Geht es dir darum? Den Job?"

„Es fehlt mir. Ich vermisse es, mit dir rumzuhängen und dir dabei zuzuhören, wie du von Bier schwärmst." Sie lehnt sich zurück und sieht mir in die Augen. „Colton sagt, dass ich Angst vor Veränderungen habe, aber das ist nur, weil ich mein Leben mag. Vor allem die Momente, die ich mit dir verbringe."

„Du kannst im Jackson Brews arbeiten, aber das bedeutet nicht, dass du nicht deiner *Leidenschaft* nachgehen solltest."

Sie nickt. „Oh, ich weiß. Deswegen habe ich mit dem

Vorstand darüber gesprochen, Jackson Harbors Kinder-theater-Programm in ein ganzjähriges Programm umzu-gestalten. Ich werde nachmittags Theatergruppen für jedes Alter anbieten. Wir können das ganze Jahr über Vorführungen haben."

Ich sehe sie mit offenem Mund an. „Ja! Ava, das ist perfekt!"

„Das glaube ich auch. Es wird nicht gut bezahlt, aber ich habe finanzielle Hilfen, die reinkommen, und kann mich noch viel mehr bewerben, da es ein Betreuungspro-gramm nach der Schule ist." Sie zieht ihre Unterlippe zwischen die Zähne, als sie meinen Ausdruck studiert.

Ich lege ihre Hand auf meine Brust aus Angst, dass sie verschwindet. „Wie kann ich helfen?"

„Naja, das Gebäude, das ich gemietet habe, braucht etwas Arbeit, also könnte ich dich für deine unterbe-zahlte Hilfe einstellen, falls du Lust hast."

„Du musst nicht einmal fragen. Was auch immer du willst."

Sie hebt eine Braue. „Auch wenn ich dich zwinge, ohne ein T-Shirt zu arbeiten?"

Ich ziehe sie auf den Boden, damit wir beide auf unseren Seiten liegen. „Du könntest mir alles einreden. Sag einfach, dass du mein bist."

„Ich bin dein."

„Verdammt richtig." Grinsend ziehe ich ihren Körper gegen meinen.

„Ellie ist schwanger", sagt sie, bevor ich sie küssen kann, und ich bin überrascht genug, dass ich mich zurücklehne.

„Coltons?", frage ich, obwohl ich die Antwort kenne. Levi ist vielleicht in die Freundin seines besten Freundes verliebt, aber er würde nie etwas tun.

„Ich denke schon. Sie hat nichts gesagt."

„Weiß er davon?"

„Noch nicht." Sie atmet tief ein. „Ich fühle mich schlecht genug, aber da sie jetzt schwanger ist, wird es noch schlimmer sein, wenn Molly Colton von Noah erzählt."

Ich runzele die Stirn. „Was meinst du damit?"

Sie stemmt sich auf einen Ellbogen und mustert mich. „Hast du ihn gesehen, als du da warst? Das Kind ist offensichtlich ein McKinley."

Ich öffne meinen Mund und schließe ihn. „Ja, die Familienähnlichkeit ist klar zu sehen." Aber ist es, weil Colton der Vater ist? Das ist viel weniger beunruhigend als das, was ich gedacht habe, aber natürlich werde ich es Ava nicht sagen. Mollys Geheimnisse gehören ihr, und nur sie kennt die Antworten.

„Ich habe Molly gesagt, dass sie drei Monate hat, um herauszufinden, wie sie es Colton erzählen soll. Ich kann es meinem Bruder nicht verheimlichen." Sie schüttelt den Kopf. „Was für ein Durcheinander. Ich will Ellie nicht weh tun."

„Sie wird es schon durchstehen. Sie hat dich." Ich rolle über sie und stemme mein Gewicht auf die Ellbogen, als ich ihr in die Augen sehe. „Und ich habe dich auch."

„Das tust du." Sie grinst. „Ich glaube, das hast du schon immer."

Ich senke meinen Mund auf ihren und entscheide mich, dass es der perfekte Ort und Moment ist, ihr zu zeigen, wie lange ich sie schon will, und wie viele verschiedene Dinge ich mir in diesem Baumhaus vorgestellt habe.

EPILOG

Zwei Monate später ...

Lilly ist offiziell das süßeste Farnkraut, das jemals auf der Bühne war für „Schweinchen Wilbur und seine Freunde", und diese Show ist möglicherweise die beste, für die ich je die Regie geführt habe.

„Was denkst du?", fragt Sydney neben mir hinter der Bühne, nachdem die Schauspieler und Zuschauer verschwunden sind. Heute Nacht war die letzte Aufführung des Sommers, und Sydney und Lance waren die ganze Zeit an meiner Seite und haben den Kindern mit ihren Texten geholfen und dabei, ihre Ängste, vor so vielen Leuten aufzutreten, zu überwinden. Ich bin mir nicht sicher, was besser ist. Den Kindern zuzusehen oder den Älteren, wie sie es ihnen beibringen. Es ist auf jeden Fall der beste Job der Welt.

„Ich denke, es ist perfekt", sage ich lächelnd. „Ich hätte mir nicht mehr erhoffen können."

„Können wir nächstes Jahr wieder helfen?", fragt sie. „Und Sie in ihrem neuen Gebäude für den Theaterclub treffen?"

Ich grinse. „Natürlich."

„Ich kann es kaum erwarten", sagt Sydney, und Lance hebt die Faust in einer untypisch aufgeregten Geste.

„Entschuldigung", sagt Jake und zieht unsere Aufmerksamkeit von der Bühne. „Ich würde der Regisseurin gerne gratulieren." Er hält mir einen Rosenstrauß entgegen. „Für meine Frau."

Ich schüttele den Kopf. „Das musst du nicht, Jake."

Er legt die Rosen auf den Tisch zwischen zwei Requisitenkisten und umarmt mich. „Ich versuche, auf deiner guten Seite zu sein, damit du heute Nacht mit mir nach Hause kommst."

Zwischen der Aufführung und der Vorbereitung für mein neues Programm, war mein Sommer stressiger als jemals zuvor, aber die meisten Nächte habe ich entweder in Jakes Wohnung oder mit ihm in meinem Haus verbracht. An Schlaf hat es in den letzten zwei Monaten definitiv gemangelt, aber ich könnte nicht glücklicher sein. „Du kannst mich bestimmt überreden."

Er legt seinen Mund auf meinen, und die Teenager hinter uns kichern.

„Wir werden Ihnen etwas Privatsphäre geben, Frau McKinley", sagt Lance.

Ich winke ihnen zu und schlage Jakes Hände weg, als sie von meinen Hüften zu meinem Hintern gleiten. „Benimm dich", flüstere ich.

„Lieber nicht." Sein nächster Kuss ist lang und verweilend, und ich werde in den Bann seiner Hände gezogen, die jetzt über meine Seiten streichen,.

„Wir schließen hinter uns ab", ruft Sydney.

Jake lehnt sich zurück, um ihr zu antworten: „Danke, Sydney! Ich habe dich schon immer gemocht." Unfug ist über sein Gesicht geschrieben. Er hält inne, bis wir das Klicken der Tür hören, bevor er mich gegen die Wand drückt und eine Hand unter mein Oberteil wandert.

Ich wölbe mich seiner Berührung entgegen. „Was denkst du, tust du da?"

„Ich lenke mich ab. Ich bin aus guten Grund hier, aber ich habe dich für mich allein, und ich will dich berühren." Sein Mund gleitet langsam über meinen Hals, ehe ich seinen heißen Atem gegen mein Ohr spüre. „Ich muss all die Jahre nachholen, in denen ich das hier nicht tun konnte."

Ich lege meine Hände auf seine Brust und drücke ihn weg. „Sei nicht abgelenkt."

Er rümpft die Nase und sieht mich von Kopf bis Fuß an. „Vielleicht versuche ich, mich zu beruhigen."

„Hm, wieso?"

Er schluckt schwer und macht einen Schritt nach hinten. „Ich wollte warten, bis die Papiere unterschrieben und alles fertig ist für dein neues Theaterprogramm. Ich wollte dir Zeit geben, diesen Teil deines Lebens zuerst zu organisieren.“

Gänsehaut überzieht mich. „Zuerst? *Bevor* du etwas anderes tust?“

„Jap.“ Er nickt und senkt sich auf ein Knie.

„Jake ... Du ... Was?“

Anscheinend ist mein Stottern beruhigend, weil er plötzlich grinst und in seine Hosentasche reicht. „Du hast gesagt, dass du mir etwas geben willst.“ Er reibt mit dem Daumen über die samtige Schachtel, und ich will ihn schreiend anflehen, sie zu öffnen, aber ich halte einfach nur den Mund. „Du hast gesagt, dass ich dir mehr gebe als du mir. Ich weiß, dass es nicht wahr ist, weil ich jeden Morgen neben dir aufwachen darf. Ich weiß, dass ich das Meiste aus dieser Beziehung bekomme, wenn wir gemeinsam lachen oder du mir beweist, wie tief deine Liebe reicht.“

„Du gibst mir alles“, flüstere ich. „Alles, was wichtig ist.“

„Dann gib mir das *Für Immer*.“ Er öffnet die Schachtel langsam, um mir den glitzernden Solitär-Diamantenring zu zeigen. „Wenn du mir mehr geben willst, dann gib mir dein Morgen. Ich will dein Lächeln und deine Tränen. Ich will deine guten Tage und die schlechten.“ Er zieht den Ring aus der Schachtel und reicht nach meiner Hand. „Weil es nichts anderes gibt, das ich will, Ava.“

Ich fühle Tränen auf meinen Wangen, als ich nicke. „Ja. Natürlich will ich dich heiraten, Jake.“ Er schiebt den Ring auf meinen Finger, und ich kann ihn nur verwundert anstarren. Jake war mein Ein und Alles, auch wenn er es nicht sein musste. Er war immer mein Für Immer, auch wenn ich ihn weggeschoben habe. „Ich liebe dich."

„Ich liebe dich auch." Er steht auf und presst mich erneut gegen die Wand, als er seinen lächelnden Mund auf meinen legt und an meinem Kleid zieht.

„Was tust du da?", frage ich gegen seine Lippen.

„Ich will es mit meiner Braut hinter der Bühne treiben."

Ein Schauder der Wollust überfährt mich. „Oh."

Seine Hand wandert zwischen meine Beine. „Ich liebe dich, Ava."

Ich keuche auf, als er mein Höschen zur Seite schiebt. „Ich liebe dich auch", sagt ich atemlos. „Aber ich muss dir etwas sagen."

Er zieht an meiner Unterwäsche, bis sie zu Boden fällt. „Ich habe den Müll im Badezimmer gesehen", sagt er. „Wag es nicht, dich zu entschuldigen." Er saugt an meinem Nacken und reibt zwischen meinen Beinen, und ich schaffe es kaum, Worte zu formen. „Wir müssen uns nicht beeilen, und wenn ich dich jeden Tag für den Rest unseres Lebens ficken muss, um dir ein Kind zu geben, dann werde ich es durchstehen."

„Der Test war positiv."

Er erstarrt — seine Hand, sein Mund, vielleicht sogar sein Herz —, bevor er sich zurücklehnt. „Ernsthaft?"

Ich schlucke schwer und nicke. „Ernsthaft." Er sucht mein Gesicht ab, und mein Herz ist so verdammt voll. „Ich bin schwanger."

„Bist du glücklich?"

Ich nicke, während mir Tränen über die Wangen kullern. „So glücklich."

„Ich ..." Er schluckt und schüttelt den Kopf. „Ich habe nicht gewusst, dass ich noch glücklicher sein könnte. Ich lag so falsch."

„Ich habe nie erwartet, dass es so schnell passieren könnte. Es tut mir leid, wenn–"

Er unterbricht mich mit einem erbarmungslosen Kuss. „Keine Entschuldigungen. Es ist wundervoll." Seine Lippen zucken, als er sich erneut wegzieht. „Du wirst die Hochzeit schnell planen müssen. Bist du bereit? Du wirst mich heiraten müssen, bevor das Baby kommt."

„Ich *muss* nicht. Ich *darf* dich heiraten, Jake Jackson."

„Und mein Kind haben", sagt er mit rauer Stimme.

Ich nicke. „Genau. Ich bin die glücklichste Frau der Welt."

Danke, dass Sie *Die selbstlose Art von Liebe* gelesen haben. Es ist das zweite Buch der *Die Jungs von Jackson Harbor*-Reihe. Es geht weiter mit Levis Geschichte in *Gewagte Liebe*.

Ich hoffe, Sie haben dieses Buch genossen und ziehen es in Erwägung, eine Rezension zu schreiben. Danke fürs Lesen! Es war mir eine Ehre.

www.ingramcontent.com/pod-product-compliance
Lightning Source LLC
Chambersburg PA
CBHW030953190726
48285CB00004BB/1318